Quando acreditávamos em sereias

BARBARA O'NEAL

QUANDO ACREDITÁVAMOS EM SEREIAS

Tradução
Gabriela Peres Gomes

Principis

Esta é uma publicação Principis, selo exclusivo da Ciranda Cultural
© 2023 Ciranda Cultural Editora e Distribuidora Ltda.

Traduzido do original em inglês *When we believed in mermaids*	Produção editorial Ciranda Cultural
Texto Barbara O'Neal	Diagramação Linea Editora
Editora Michele de Souza Barbosa	Revisão Eliel Cunha
Tradução Gabriela Peres Gomes	Design de capa Ana Dobón
Preparação Walter Sagardoy	Imagem de capa Valenty/shuterstock.com
	Ilustrações Vicente Mendonça

Dados Internacionais de Catalogação na Publicação (CIP) de acordo com ISBD

O585q   O"Neal, Barbara.

Quando acreditávamos em sereias / Barbara O'Neal ; traduzido por Gabriela Peres Gomes. - Jandira, SP : Principis, 2023.
416 p. ; 15,50cm x 22,60cm.

Título original: When we believed in mermaids
ISBN: 978-65-5552-871-8

1. Literatura americana. 2. Família. 3. Amizade. 4. Irmãos. 5. Luto. 6. Encontro. 7. Verdade. I. Gomes, Gabriele Peres. II. Título.

2023-1117

CDD 810
CDU 821.111(73)

Elaborado por Lucio Feitosa - CRB-8/8803

Índice para catálogo sistemático:
1. Literatura americana : 810
2. Literatura americana : 821.111(73)

1ª edição em 2023
www.cirandacultural.com.br
Todos os direitos reservados.
Nenhuma parte desta publicação pode ser reproduzida, arquivada em sistema de busca ou transmitida por qualquer meio, seja ele eletrônico, fotocópia, gravação ou outros, sem prévia autorização do detentor dos direitos, e não pode circular encadernada ou encapada de maneira distinta daquela em que foi publicada, ou sem que as mesmas condições sejam impostas aos compradores subsequentes.

Esta obra reproduz costumes e comportamentos da época em que foi escrita.

Para Neal,
que se mantém firme em qualquer tempestade.

Kit

Minha irmã está morta há quase quinze anos quando a vejo no noticiário da tevê.

Faz seis horas que meu turno no pronto-socorro começou e estou atendendo jovens que se feriram em uma briga durante uma festa na praia. Dois ferimentos a bala, um osso malar esfrangalhado, um pulso quebrado e inúmeras escoriações faciais de diferentes níveis de gravidade.

Quando terminamos a etapa de triagem, eu já tinha suturado aqueles que tiveram mais sorte. Os outros foram direto até a sala de cirurgia ou para as enfermarias, e eu me esgueirei até a salinha de descanso, para pegar um Mountain Dew na geladeira, minha forma preferida de ingerir açúcar e cafeína.

A televisão disposta na parede transmite a notícia de uma catástrofe em algum lugar. Encaro a tela, totalmente absorta nos meus próprios pensamentos, enquanto tomo o refrigerante doce e pegajoso. Já é noite. As chamas se elevam no fundo da imagem. As pessoas correm e gritam, enquanto um repórter com cabelos desgrenhados, vestido com uma jaqueta de couro *vintage*, transmite a notícia com seriedade.

E ali, bem acima do ombro esquerdo do homem, está a minha irmã.

Josie.

Por um longo segundo, ela olha para a câmera. É tempo suficiente para que não restem dúvidas de que é mesmo a minha irmã. Os cabelos lisos e louros, agora com um corte elegante que mal chega à altura dos ombros... os olhos escuros ligeiramente oblíquos, as maçãs do rosto proeminentes e a boca carnuda de Angelina Jolie... A beleza dela sempre chamou a atenção de todos, e a culpada disso é essa combinação de claro e escuro, de ângulos e suavidade. Ela é a mistura perfeita de nossos pais.

Josie.

É como se ela estivesse olhando, através da tela, diretamente para mim.

E, no instante seguinte, ela já desapareceu, e a catástrofe continua. Permaneço encarando, boquiaberta, o lugar vazio que ela deixou, estendendo o Mountain Dew à minha frente como uma oferenda ou um brinde.

A você, Josie, minha irmã.

Em seguida, meu corpo estremece. Acontece o tempo todo. Todo mundo que perdeu alguém que ama já passou por isto: o rosto no meio da multidão em uma rua movimentada, a pessoa no supermercado que se movimenta de forma parecida... A pressa para alcançá-la, inundada de alívio por ela ainda estar viva...

E então tudo desmorona quando o impostor se vira e o rosto não é o esperado. Os olhos. Os lábios. Não é Josie.

Devo ter passado por isso uma centena de vezes no primeiro ano, principalmente porque nunca encontramos o corpo. Seria impossível, dadas as circunstâncias. Também seria impossível que ela tivesse sobrevivido. Não encontrou seu fim em um acidente de carro corriqueiro ou ao saltar de uma ponte, embora tenha ameaçado fazer essas duas coisas com certa frequência.

Não: Josie foi dizimada em uma explosão terrorista, em um trem europeu. Ela se foi. Para valer.

É por isso que fazemos funerais. Precisamos desesperadamente ver a verdade por nós mesmos, ver o rosto da pessoa amada, mesmo que esteja arruinado. Caso contrário, é difícil demais de acreditar.

Levo o Mountain Dew até os lábios e tomo um longo gole da coisa que compartilhávamos, esse lembrete particular de tudo que significávamos uma para a outra, e digo a mim mesma que não passam de esperanças vãs.

* * *

Quando saio do hospital na quietude que precede o amanhecer, estou esgotada, tão exausta quanto agitada. Se quiser dormir um pouco antes do próximo turno, primeiro preciso processar os acontecimentos daquela noite sinistra.

Paro na minha casinha em Santa Cruz, 125 metros quadrados nas redondezas de um bairro que não é lá grande coisa, e visto meus trajes de mergulho. Dou meia lata de ração úmida para o pior gato do mundo e aliso a gororoba com os dedos. Ele ronrona em agradecimento, e eu dou uma puxadinha carinhosa em seu rabo.

– Tente não fazer xixi em nada muito importante, hein?

Hobo pisca.

Coloco a prancha no jipe e dirijo rumo ao sul, e só me dou conta de que estou seguindo para a enseada quando chego lá. Estaciono em um espaço improvisado ao lado da rodovia e baixo o olhar para fitar a água. Vejo poucas pessoas por lá, pois o dia ainda está amanhecendo. A água é fria no norte da Califórnia, onze graus no início de março, mas as ondas estão alinhadas até o horizonte. Perfeito.

A trilha começa onde antes ficava a calçada do restaurante e desce a encosta íngreme em um zigue-zague entalhado a poucos metros da falésia onde costumava haver uma escadaria, nosso acesso privado à enseada isolada e escondida. A encosta é instável e, como todos os locais sabem, tem a fama de ser mal-assombrada. Não há mais ninguém ali além de mim. Mas, bem, eu conheço os fantasmas.

No meio da descida, paro e olho para trás, para o local onde ficava nossa casa, assim como para o restaurante com o célebre terraço e a melhor vista do mundo. De ambas as construções sobraram apenas tábuas apodrecidas e escombros espalhados encosta abaixo, a maior parte arrastada pelas tempestades ao longo dos anos, e o restante escurecido pela ação do tempo e da água do mar.

Na minha imaginação, as construções ainda se elevam em uma beleza espectral, o vasto Éden com o terraço magnífico e, acima dele, a nossa casinha. Josie e eu passamos a dividir um quarto depois da chegada de Dylan, e nenhuma de nós se importava com isso. Vejo os fantasmas de nós todos quando éramos felizes: meus pais perdidamente apaixonados, minha irmã radiante e repleta de energia ilimitada, e Dylan, com o cabelo penteado para trás e preso com uma tira de couro, apostando corrida conosco escada abaixo para irmos à praia acender uma fogueira e assar *marshmallows* e cantar. Ele adorava cantar e tinha uma bela voz. Sempre dizíamos que deveria se tornar um astro do rock, mas ele declarava que não queria nada além do Éden, de nós e da enseada.

Também vejo a mim mesma, uma garota de sete anos com muito cabelo, rodopiando na praia sob um céu borrado de azul e branco.

Um milhão de anos atrás.

O restaurante da nossa família se chamava Éden, exclusivo e abrangente ao mesmo tempo, frequentado por estrelas *hippies* de cinema e seus traficantes. Nossos pais também pertenciam àquele mundo; estrelas em suas próprias áreas, cada um exercendo o poder em seus próprios termos. Meu pai, o chefe de cozinha alegre e acolhedor, com uma risada calorosa e hábitos excessivos; minha mãe em seus braços, uma coquete encantadora.

Josie e eu corríamos de um lado para outro feito cachorrinhos, caindo no sono na praia da enseada quando ficávamos cansadas, fora de vista e ignoradas. Minha mãe era uma mulher deslumbrante, que fora até o restaurante para jantar com outro homem e se apaixonara por meu pai no mesmo instante, ou pelo menos é o que dizem. Se você conhecesse meu pai, saberia que a história é totalmente plausível. Tinha um carisma contagiante, um *chef* italiano charmoso e gigantesco, embora as pessoas o chamassem de cozinheiro naquela época. Ou de dono de restaurante, o que ele era mesmo. Minha mãe o amava em demasia, muito mais do que nos amava. Meu pai nutria uma paixão intensa, sexual e possessiva por ela... mas se era amor? Não sei.

Sei, no entanto, como é difícil ter pais obcecados um pelo outro.

Josie prosperava em meio ao drama, igualzinho aos meus pais. Tinha o carisma desmedido do meu pai e a beleza da minha mãe, embora nela a combinação tenha se tornado algo extraordinário. Único. Perdi as contas de quantas vezes ela foi desenhada, fotografada e pintada, por homens e mulheres, e de quantas vezes eles acabaram se apaixonando por ela. Sempre achei que Josie seria uma estrela de cinema.

Mas, em vez disso, ela transformou a própria vida em um dramalhão ruinoso, assim como nossos pais, com um fim catastrófico à altura.

A enseada continua lá, é claro, mesmo que a escadaria tenha desaparecido. Calço minhas botas e prendo o cabelo pesado em uma trança grossa. A luz se esparrama em raios cor de pêssego no horizonte, enquanto remo ao redor das rochas e me posiciono na linha de surfe. Só há mais três pessoas além de mim. O ataque brutal de tubarão que aconteceu algumas semanas atrás diminuiu a quantidade de surfistas dispostos a se arriscar, não importa quanto as ondas estejam incríveis.

E elas estão realmente incríveis. Quase três metros de altura, com uma crista vítrea que é muito mais rara do que as pessoas acham. Dou algumas braçadas em cima da prancha e espero a minha vez. Em seguida, entro na linha e me ponho de pé para surfar bem na beirada. Eu vivo por este momento: aquele instante em que não há mais nada na minha cabeça. Não resta mais nada. Só eu, a água, o céu e o som da arrebentação ondulante. O som da minha respiração. A borda da prancha deslizando pela água fria ao redor dos meus tornozelos, mesmo com as botas. Fria como o gelo. Equilíbrio perfeito, arrepios, fios de cabelo fustigando minha face.

Por uma hora, talvez mais, eu me perco nisso. Céu, mar e amanhecer. Dissolvo-me. Não existem eu, nem corpo, nem tempo, nem história. Apenas o deque da prancha e os dedos dos pés e ar e água e suspensão... e então as coisas mudam.

A onda quebra de forma inesperada, tão rápido e com tanta força que sou atirada para dentro da água. O turbilhão das ondas crescentes martela meu corpo, minha cabeça e a prancha, que afunda muito perto de mim, algo dotado de um poder perigoso que poderia partir minha cabeça ao meio.

Amoleço o corpo e prendo a respiração, deixando a água me envolver com sua espuma. Resistir pode acabar com você. Levá-lo à morte. A única forma de sobreviver é se soltar. O mundo gira, para cima e para baixo, de um lado para outro, por momentos infindáveis.

Dessa vez, vou me afogar. A prancha puxa meu tornozelo, arrastando-me para outra direção. Algas marinhas se enrolam nos meus braços, rodopiam ao redor do meu pescoço...

O rosto de Josie aparece na minha frente. Exatamente como era quinze anos atrás. Exatamente como estava na televisão na noite anterior.

Ela está viva.

Não sei como. Só sei que é verdade.

O oceano me expele para a superfície, e puxo o ar para os pulmões ávidos por oxigênio. Quando chego à enseada, já estou exausta e caio de barriga na areia da área protegida, descansando por um minuto. Ao meu redor estão as vozes da minha infância. Eu, Josie e Dylan. Nosso cachorro, Cinder, uma mistura de labrador preto com outra raça, brinca à nossa volta, molhado, fedorento e feliz. A fumaça da cozinha do restaurante enche o ar com uma sensação de possibilidades reconfortantes, e ouço uma música fraca, abrindo caminho em meio a gargalhadas de outrora. Quando me sento, tudo para, e só restam os destroços daquilo que ficou para trás.

Uma das minhas lembranças mais antigas é de meus pais entregues a um abraço apaixonado. Não devia ter mais que três ou quatro anos. Não tenho certeza em relação ao local em que estavam, mas lembro-me de minha mãe pressionada contra a parede, a blusa levantada e as mãos de meu pai envolvendo seus seios. Os dois se beijavam com tanta avidez que pareciam animais, e assisti fascinada por um segundo, dois, três, até que minha mãe emitiu um ruído estridente e eu gritei: "Parem com isso!".

Quando me sento no quintal de casa uma hora depois, com o cabelo molhado do banho, a memória flutua em minha mente. Beberico uma xícara de café quente e adocicado e dou uma olhada nas notícias no meu iPad. Hobo está sentado na mesa ao meu lado, os olhos amarelos brilhantes e o rabo preto balançando. É um gato feral de sete anos. Ele tinha cinco ou seis meses quando o encontrei, faminto, acabado, praticamente morto na porta dos fundos da minha casa. Agora, ele só sai se eu estiver junto, e come em todas as refeições. Distraidamente, acaricio-lhe as costas, enquanto ele mantém o olhar fixo nos arbustos próximos à cerca. Os pelos são longos e sedosos, todos pretos. É incrível como não me sinto sozinha quando estou com ele.

O acidente veiculado pelo noticiário tratava-se de um incêndio em uma boate em Auckland. Dezenas de pessoas morreram, algumas quando o teto desabou sobre o público, outras pisoteadas pela multidão em fuga. Não há mais detalhes. Com a sensação estrondosa de um trem vindo na minha direção, clico nas fotos, à procura do apresentador que vi na noite anterior. Nada.

Afundo-me na cadeira e tomo mais um gole de café. Os raios intensos do sol de Santa Cruz derramam-se através do eucalipto acima e criam padrões nas minhas coxas, que estão muito brancas, já que estou sempre no pronto-socorro ou metida em trajes de mergulho.

Não é Josie, penso, de forma racional.

Estendo as mãos em direção ao teclado, prestes a pesquisar outra coisa, e me interrompo. Depois que Josie morreu, passei meses vasculhando a internet em busca de qualquer indício de que ela pudesse ter sobrevivido ao acidente cataclísmico de trem. A explosão tinha sido tão intensa que não conseguiram identificar todos os restos mortais, e como acontece com mais frequência do que os socorristas e a polícia admitem, houve muita especulação. Seu ente querido estava lá; não a encontramos. Tudo indica que ela morreu.

Passado um ano, minha necessidade inquietante de procurar minha irmã amainou, mas não podia evitar o nó que se formava em minha garganta quando pensava tê-la visto no meio de alguma multidão. Depois de dois anos, terminei a residência no Hospital Geral de São Francisco e voltei para Santa Cruz, onde comecei a trabalhar no pronto-socorro e comprei uma casa não muito longe da praia, para que pudesse ficar de olho na minha mãe e construir uma vida normal e tranquila. As únicas coisas que sempre quis: paz, calma e previsibilidade. Passei por dramas suficientes durante a infância.

Minha barriga ronca.

– Venha cá, garoto – digo para Hobo. – Vamos tomar café da manhã.

Moro em uma casinha de estilo espanhol com dois quartos, localizada em um bairro que beira locais que é melhor evitar à noite. Troquei os eletrodomésticos antigos e os armários que estavam bem ruins e restaurei os esplêndidos azulejos. Estou cogitando preparar panquecas para o café da manhã quando meu celular vibra sobre a bancada.

– Oi, mãe – digo, abrindo a geladeira. Vejo que não há ovos. Então pergunto: – Tudo bem?

– Kit – começa ela, seguida por uma breve pausa. Foi o suficiente para me fazer levantar a cabeça. – Por acaso você assistiu às notícias sobre o incêndio que aconteceu naquela boate na Nova Zelândia?

Meu coração afunda, despencando em queda livre até o centro da Terra.
– O que tem?
– Sei que é ridículo, mas juro que vi sua irmã em uma das filmagens.

Segurando o telefone junto ao ouvido, olho pela janela da cozinha para as folhas ondulantes do eucalipto, para as flores que plantei cuidadosamente ao longo da cerca. Meu oásis.

Se fosse qualquer outra pessoa além da minha mãe, eu ignoraria, sairia correndo, evitaria falar sobre esse assunto em particular, mas ela fez o que tinha de fazer. Todos os passos dos Alcoólicos Anônimos, mais de uma vez. Está sóbria e verdadeira e triste. Em respeito a ela, respiro fundo e respondo:

– Eu também vi.
– Será que ela está viva mesmo?
– Provavelmente não é ela, mãe. Vamos manter a calma e não alimentar nossas esperanças, está bem? – Minha barriga ronca. – Tem comida aí? Fiquei no pronto-socorro até as quatro, e não tem absolutamente nada para comer aqui em casa.
– Que estranho – comenta ela, com seu jeito engraçadinho.
– Rá. Se você cozinhar alguns ovos para mim, irei até aí para conversarmos sobre esse assunto pessoalmente.
– Tenho que trabalhar às duas, então venha logo.
– Ainda não são nem onze horas.
– Arrã.
– Não vou me maquiar – aviso. Ela sempre repara nisso. Mesmo agora.
– Eu não ligo – retruca ela, mas sei que liga, sim.

Dá para ir até lá a pé – outro motivo pelo qual comprei aquela casa –, mas vou de carro para ela não se preocupar. Comprei o apartamento para ela alguns anos atrás. É um tanto antiquado, os quartos são relativamente pequenos, mas as janelas do cômodo frontal fornecem uma vista ampla do Pacífico. O som do mar a acalma. É algo que compartilhamos, essa avidez profunda pelo oceano. Nada mais é capaz de aplacá-la.

Quando avista meu carro, minha mãe vai até a varanda apinhada de plantas. Está usando calça capri amarela e blusa branca listrada com o mesmo tom ensolarado. Os cabelos – ainda espessos e saudáveis, louros e com mechas grisalhas – estão presos em um coque, como o de uma mãe jovem. Parece perfeito, mas o rosto revela os anos difíceis que viveu, toda a exposição ao sol pela qual passou. Não faz diferença. Ela é magra, tem pernas longas e seios fartos, e os olhos deslumbrantes, semelhantes a joias, não perderam nem um pouco do brilho. Ela tem sessenta e três anos, mas, sob a luz difusa da varanda modesta no andar de cima, parece ter uns quarenta.

Subo a escadaria externa, que desemboca no apartamento no segundo andar, lançando um olhar automático na direção do mar para conferir como estão as ondas. Não há nenhum surfista, mas muitas crianças e famílias brincam ao longo das margens da água levemente agitada.

– Você parece cansada – comenta ela, fazendo sinal para eu entrar.

Os cômodos estão atulhados de plantas de vários tipos. Orquídeas são a especialidade de minha mãe. É a única pessoa que conheço capaz de fazer as orquídeas estarem sempre em flor. Deixe-a falar por meio segundo e ela vai enumerar os vários gêneros diferentes: *Cattleya*; *Phalaenopsis*, sua preferida; a bela e delicada *Laelia*... todas com os nomes latinos apropriados.

– Noite longa – respondo.

Sinto o aroma de café assim que entro, e sigo em direção à cafeteira. Sirvo café na caneca que já estava separada, aquela que ela guarda para mim: uma caneca verde pesada com uma estampa de "Havaí" na frente. Há ovos e pimentões fatiados sobre a bancada.

– Sente-se – diz ela rapidamente, amarrando um avental ao redor da cintura. – Vou fazer omelete, está bem?

– Mais do que bem. Obrigada.

– Abra o meu *laptop* – instrui ela, pondo um pouco de manteiga na pesada frigideira de ferro. – Eu salvei o vídeo.

Faço o que ela pediu, e lá está a reportagem que vi na noite anterior. A cena caótica, os gritos e o barulho. O repórter de jaqueta. O rosto atrás do ombro dele, olhando diretamente para a câmera, por três segundos contínuos. Um, dois, três. Assisto, depois volto e assisto de novo, contando. Três segundos. Se eu pausar o vídeo enquanto o rosto está em foco, é impossível confundir.

– Ninguém poderia ser tão parecida com ela – declara minha mãe, olhando por cima do meu ombro. – E ter a mesma cicatriz.

Fecho os olhos, como se, com isso, o problema fosse desaparecer. Quando os abro, lá está ela, congelada no tempo, a cicatriz irregular que vai do couro cabeludo até a sobrancelha e para na têmpora. Foi um milagre ela não ter perdido o olho.

– Sim – respondo. – Você tem razão.

– Você tem de ir atrás dela, Kit.

– Isso é ridículo – protesto, embora esteja pensando exatamente a mesma coisa. – Como eu a encontraria? Há milhões e milhões de pessoas em Auckland.

– Conseguiria encontrá-la. Você a conhece.

– Você também.

Ela meneia a cabeça e se empertiga.

– Você sabe que não viajo.

Fecho a cara.

– Faz quinze anos que você está sóbria, mãe. Daria tudo certo.

– Não, não posso. Você é que tem de fazer isso.

– Eu não posso simplesmente ir para a Nova Zelândia. Tenho um emprego e não posso deixá-los na mão. – Afasto o cabelo do rosto. – E o que vou fazer com o Hobo?

Sinto uma pontada no coração. Consigo dar um jeito no trabalho, já que não tiro uma folga há três anos, mas meu gato vai definhar sem mim.

– Eu fico na sua casa.

Olho para ela.

– Vai ficar lá ou só ir de manhã e à noite para dar comida para ele?

– Vou me mudar para lá. – Ela coloca a omelete, fumegante e lindamente cravejada de pimentão, sobre a mesa. – Venha comer.

Fico de pé.

– Ele provavelmente vai passar o tempo todo escondido.

– Tudo bem. Ao menos vai saber que não está sozinho. E talvez, depois de um ou dois dias, ele saia do esconderijo para dormir comigo – ela rebate.

O cheiro de cebola e pimentão envolve meu corpo, e ataco os ovos com a voracidade de um garoto de dezesseis anos, um turbilhão de lembranças na mente. Josie se curvando, quando éramos pequenas, para ver se eu já tinha acordado, os longos cabelos fazendo cócegas no meu pescoço; sua risada exuberante; ela jogando um graveto para Cinder buscar. Meu coração está doendo de forma literal, não metafórica – uma carga de lembranças e saudade e raiva assoma sobre ele com tanta força que sou obrigada a fazer uma pausa, largar o garfo e respirar.

Minha mãe permanece sentada em silêncio. Lembro-me de sua voz quando me contou que Josie tinha morrido. Vejo que a mão dela está ligeiramente trêmula. Como se quisesse disfarçar, como se essa fosse uma manhã normal repleta de coisas normais, ela levanta a xícara em direção à boca.

– Você foi surfar?

Assinto com a cabeça. Nós duas sabemos que é isso que faço para processar as coisas. Para me conformar com elas. Para continuar vivendo.

– Fui. Estava maravilhoso.

Ela se senta na única outra cadeira disponível à mesa. O olhar está fixo no oceano. A luz incide sobre sua boca, com expressão séria, e de repente me lembro dela rindo com meu pai, os lábios vermelhos e largos, enquanto dançavam aos rodopios no terraço do Éden. Suzanne sóbria é uma criatura muito melhor que Suzanne bêbada, mas às vezes sinto falta da exuberância que ela exibia naquela época.

– Eu irei – declaro, talvez esperando ver um indício daquela mulher mais jovem.

E, por um único momento, vejo uma faísca cintilar em seus olhos. Ela estende o braço em minha direção, e pela primeira vez deixo que segure minha mão. Dou um apertãozinho na mão dela em um leve acesso de generosidade.

– Você promete que vai mesmo morar na minha casa? – pergunto.

Ela leva a mão livre ao coração e depois a levanta em um gesto solene de juramento.

– Prometo.

– Tudo bem. Vou partir assim que possível. – Uma onda de expectativa e terror arrebenta no meu peito e respinga nas minhas entranhas. – Puta merda. E se ela ainda estiver viva?

– Bem, nesse caso... acho que terei de matá-la – diz Suzanne.

Mari

    Passando os dedos sobre a venda que cobre meus olhos desde que entrei no carro, pergunto:

– Para onde você está me levando?

Simon, meu marido, dá um tapa na minha mão.

– Não mexa nisso.

– Já estamos dirigindo há um tempão.

– É uma aventura.

– Vamos realizar algum fetiche sexual seu ao chegarmos?

– Isso não estava nos planos, mas, agora que você mencionou... – Ele desliza a mão por meu braço, esticando-a em direção aos seios, mas eu o impeço. – Gosto muito da ideia de ter você nua e com os olhos vendados... ao ar livre...

– Ao ar livre? Em Auckland? Ah, não.

Tento decifrar as pistas sobre o nosso destino. Saímos da rodovia há alguns minutos, mas ainda não consigo ouvir nada que me dê uma dica dos nossos arredores. A longa distância percorrida poderia ser útil, mas moramos no bairro de Devonport, que fica afastado de muitas áreas da cidade. Levanto a cabeça para cheirar o ar e sinto o aroma de pão.

— Oh, estou sentindo cheiro de padaria!

Simon dá risada.

— Ah, então agora deve estar fácil — ironiza.

Seguimos em silêncio por um tempo. Levo o copo descartável à boca e tomo um gole de café. Estou preocupada com minha filha, Sarah. Ela surtou durante o café da manhã, o cabelo escuro e rebelde caindo como uma capa ao redor dos ombros enquanto protestava por ter de ir à escola. Não disse por que não queria ir, apenas que odiava, que era horrível, que queria ser educada em casa como Nadine, sua (estranha e certinha) amiga do bairro. Uma cena e tanto para uma menina de sete anos que já foi a estrela da turma.

— O que você acha que está acontecendo com Sarah?

— Eu diria que deve ter acontecido alguma dessas briguinhas infantis de colégio, mas é melhor irmos até lá para conversar com o pessoal da escola.

— É, eu concordo.

Ela se recusou a ir, mesmo depois de o irmão mais velho ter se oferecido para ficar de olho nela. Aos nove anos de idade, Leo é um reflexo do pai: o mesmo cabelo escuro, espesso e brilhante; os olhos profundos como o oceano e a constituição esguia. Dá todos os indícios de que também vai puxar ao pai na parte atlética, pois nada feito um peixe desde os seis meses de vida. E, assim como o pai, ele não sofre de mau humor ou de falta de confiança, ao contrário de Sarah e de mim.

Nem consigo imaginar como é ter uma vida tão tranquila e despreocupada, embora ame isso em ambos.

— Ela puxou à mãe, infelizmente.

— Você também era rabugenta quando criança?

Dou risada.

– O eufemismo do século. – Dou um tapinha na mão dele, sabendo exatamente onde está, mesmo com a venda. – Alguns diriam que ainda sou.

– Eu não diria. Você é perfeita.

Ele aperta minha mão, e o carro dá uma guinada abrupta, passando sobre o que presumo ser a entrada de uma garagem. O carro segue por um trajeto inclinado por um tempo antes de parar.

– Pode tirar a venda agora – avisa Simon.

– Graças a Deus.

Arranco a venda dos olhos, balanço o cabelo e o ajeito com a palma da mão.

Mas a visão não me revela muita coisa. Estamos em um túnel de arbustos selvagens repletos de samambaias arbóreas e vinhas. Uma árvore de feijoas carregada arremessou centenas de frutos verde-escuros na calçada.

– Onde a gente está?

Simon arqueia uma das sobrancelhas escuras e espessas, o esboço de um sorriso brincando nos lábios carnudos.

– Você está preparada?

Meu coração dispara.

– Estou.

O carro avança, seguindo para cima, e ainda mais, por uma estrada completamente esburacada e abandonada, por um ou dois minutos, até que de repente emergimos da vegetação cerrada e adentramos um amplo pátio circular em frente a uma casa elegante dos anos 1930, assomando solitária contra o azul do céu e do mar.

O ar escapa de meus pulmões e, boquiaberta, saio do carro quase antes de Simon estacionar.

Casa Safira

É uma mansão *art déco* de dois andares, com vista para o porto e para as ilhas pontilhadas ao longe. Dou meia-volta e vejo que a cidade se estende abaixo, brilhando e reluzindo sob o sol da manhã. A partir desse ponto, é possível divisar três dos sete vulcões da cidade. Quando me viro outra vez de frente para a casa, sinto um aperto no peito. Sou fascinada por ela desde que cheguei, em parte pela história trágica que a cerca, mas principalmente porque fica bem no topo desta colina, elegante e afastada ao mesmo tempo. Intocável, assim como Veronica Parker, a estrela de cinema assassinada que construiu a casa para si na década de 1930.

– Vamos ver a parte de dentro? – Simon levanta a chave.

Eu a pego e envolvo o pescoço dele com os braços.

– Você é maravilhoso demais!

As mãos dele pousam na minha bunda.

– Eu sei. – Em seguida, pega a minha mão e entrelaça os dedos nos meus. – Vamos dar uma olhada.

– A dona morreu?

– No mês passado. Venha, faça as honras. – Ele para em frente à porta. – Afinal de contas, ela é sua.

Meu sangue gela.

– Do que você está falando?

Ele pende a cabeça para trás e contempla o telhado.

– Eu a comprei – declara, baixando o queixo. – Para você.

Seus olhos são da cor do Pacífico em dia de tempestade, cinzentos e profundos. Nesse momento, reluzem de alegria pela surpresa e pelo amor honesto e evidente que nutre por mim. Uma citação de Shakespeare, arraigada no meu cérebro graças a uma das únicas aulas que frequentei com regularidade no colégio, cruza a minha mente: "Duvides que as estrelas sejam fogo, duvides que o sol se mova, duvides que a verdade seja mentirosa, mas nunca duvides do meu amor". Lanço-me sobre ele, a testa apoiada em seu peito, os braços envolvendo-lhe a cintura.

– Meu Deus, Simon.

– Ei, calma. – As mãos acariciam o meu cabelo. – Vai ficar tudo bem.

O cheiro dele é uma mistura de sabão em pó com nossa cama, com um leve toque de folhas de outono. O corpo é forte e largo, um baluarte contra os males do mundo.

– Obrigada.

– Só tem um "porém".

Inclino o corpo para trás e olho para ele.

– O quê?

– Helen, a irmã de Veronica, tinha dois cachorros. Ela determinou que eles teriam que vir junto com a casa, e uma associação ficará de olho para ver como eles estão.

Dou risada.

– Eu acho que a amo por isso. Como eles são?

– Não sei ao certo. Um cachorro grande e um pequeno, pelo que o corretor disse.

– Isso não será um problema. Nós dois amamos cachorros, e o nosso *golden retriever* ficará radiante por ter companhia.

Simon me cutuca.

– Venha, vamos entrar.

Com o coração acelerado, destranco a porta e a abro.

Ela se abre para um saguão de dois andares, com uma galeria arejada ao redor. O dia claro derrama uma profusão de raios de sol através da claraboia. Os cômodos estão dispostos em um círculo, e as portas estão escancaradas, oferecendo vislumbres das janelas e da paisagem lá fora. Ao longo da parede do que parece ser uma comprida sala de estar, uma fileira de portas francesas revela uma vista esplêndida do mar verde-azulado, cintilante e onduloso. Ao longe, um veleiro passa trepidante. A parte interna da casa, todavia, é ainda mais inacreditável. As pinturas, os móveis, os tapetes e decorações são todos de época, principalmente no estilo *art déco*, com suas linhas claras e definidas, e também há algumas peças na estética *arts & crafts*. Um vaso entalhado cheio de ramos secos empoleira-se sobre um armário laqueado em preto e vermelho, e junto dele se vê uma cadeira redonda que certamente nunca serviu de assento. Videiras estilizadas estendem-se pelo tapete vermelho e dourado.

– A casa toda é assim? – pergunto, com a voz abafada. – Tão... intocada?
– Não sei. Nunca tinha entrado antes.
– Você comprou a casa sem ver primeiro?
Ele segura minha mão.
– Vamos dar uma olhada.

É uma excursão mágica; praticamente um museu de como era o mundo em 1932: os móveis, as roupas de cama, as paredes e as artes. Os três banheiros são revestidos com azulejo, e um deles, o banheiro principal, é tão esplêndido que me vejo obrigada a fazer uma dancinha de alegria no meio do cômodo. Deslizo os dedos sobre os discretos azulejos verdes e azuis que revestem as paredes, o teto e o nicho da banheira.

O esplendor da casa já seria um achado mesmo que fosse em estilo *art déco* clássico, mas o orgulho pela Oceania está presente em sua construção. As escadas são de madeira kauri polida, e o corrimão é feito de acácia-negra, típica da Austrália. A mobília, as peças de madeira e os azulejos são decorados com estampas de samambaias e kiwis, e, enquanto percorremos os corredores e cômodos, tracejo os entalhes e engastes com a ponta dos dedos, perguntando-me quem seria o marceneiro responsável. Portas francesas com contornos estilizados nos conduzem de um cômodo a outro, até chegarmos a um pátio amplo com vista para o mar.

Apenas três dos vinte e dois cômodos foram restaurados: um quarto e uma sala de estar nos fundos da casa, que são uma ode aos insípidos anos 1970, e algumas partes da cozinha, que conta com um fogão e uma geladeira que parecem ter mais de dez anos de idade. Os eletrodomésticos de aço inoxidável destoam do restante do cômodo, que é bastante amplo e foi projetado para uma casa repleta de criados. Os ladrilhos não são tão espetaculares ali, mas o fogão fica sobre um nicho ladrilhado, e vejo que talvez possa haver mais deles escondidos sob uma infeliz camada de tinta.

Simon e eu damos uma olhada na copa, ainda abastecida com uma miríade de coisas, desde facas de peixe a terrinas de sopa, além de porcelanas de todos os tipos. Abro uma das portas envidraçadas e pego um prato de porcelana branca orlada de azul-escuro, decorado com estampa de leoas e flores estilizadas em ouro ao longo da borda.

– Isso é... incrível. Parece um museu. – Devolvo o prato ao lugar com cuidado. – Talvez devesse mesmo ser um museu. Talvez seja egoísta querer morar aqui.

– Não fale besteira, meu amor. – Ele me conduz pelo cômodo estreito até a sala de estar, e depois por uma das portas francesas dispostas em uma longa fileira. – Olhe para lá. – Ele aponta na direção do horizonte, como se tivesse pintado a vista com as próprias mãos. – Imagine nossos filhos crescendo aqui. Imagine a casa finalmente ganhando vida.

A brisa bagunça seu cabelo, e sou envolvida, como sempre, por sua visão enérgica e otimista do mundo.

– Você está certo.

– Certo. – Ele dá um tapinha no meu ombro e desliza os óculos de sol de volta ao rosto bronzeado. – Vou dar uma olhada na casa de barcos enquanto você explora o local. Vamos almoçar no Marguerite's, certo?

– Isso. Eu adoraria – respondo, mas já estou voltando para o interior da casa, ávida para colocar as mãos em todas as coisas, tocá-las, ter certeza de que é tudo real.

Enquanto caminho pelos cômodos, tateando batentes de portas e paredes e obras de artes e vasos, apuro os ouvidos para ver se escuto qualquer som fantasmagórico ou triste, mas os aposentos são apenas silenciosos. Mergulhados no silêncio, quase como se estivessem à espera de algo. Deixo o quarto principal por último e o exploro por completo. Em seguida, subo silenciosamente a escadaria em espiral para chegar ao cômodo que ocupa um terço do segundo andar. As portas francesas se abrem para uma varanda que se estende por todo o cômodo e, do lado oposto, as portas do armário vão até o teto, lustrosas e envernizadas, com entalhes discretos embutidos nas bordas.

De forma macabra, examino o chão de parquete, coberto com tapetes rosados e cinzentos. Foi bem ali que o corpo da dona original da casa foi encontrado, esfaqueada até a morte com a tenra idade de vinte e oito anos.

Veronica Parker, uma neozelandesa lindíssima e curvilínea de cabelos escuros, ascendeu ao estrelato de Hollywood em meados dos anos 1920. Em 1932, as Olimpíadas foram sediadas em Los Angeles, e Veronica integrou o comitê de boas-vindas aos atletas de seu país. Foi assim que ela conheceu George Brown, um nadador olímpico natural de Auckland. Um tumultuado caso amoroso teve início. Veronica já havia construído a Casa Safira, mas George era casado com sua namorada da época do colégio, que se recusava a conceder o divórcio. Isso foi, sob todos os aspectos, a ruína de Veronica.

O romance turbulento durou seis anos. Em 9 de abril de 1938, após uma festa na colina, ela foi encontrada morta a facadas. Dezenas de suspeitos foram interrogados, mas todos tinham certeza de que George tinha sido o responsável. Vendo seu mundo em frangalhos, ele passou seus últimos três anos de vida isolado. Alguns alegaram que ele morreu de tristeza. Outros disseram que foi de culpa.

Bato com o pé no chão, pensativa, mas não consigo ver nenhum vestígio do crime. Fora limpo cerca de oitenta anos atrás, é claro. Ainda assim, acho intrigante como a irmã de Veronica viveu todo esse tempo na casa, mas nunca dormiu no cômodo. Ou talvez seja normal. Quem iria querer dormir no quarto onde a irmã foi assassinada? Por que ela morou aqui, sozinha, por tanto tempo? Será que estava tão desolada que só conseguia ficar em paz na casa construída pela irmã? Ou tinha sido apenas mais conveniente?

Não, nada conveniente. Ela poderia ter feito centenas de outras coisas. Poderia ter vendido a casa ou reformado para que se adequasse a seus gostos. Em vez disso, ficou morando naqueles três cômodos modestos, deixando o restante da casa quase idêntico a como era quando a irmã estava viva.

Com exceção deste quarto.

Dou a volta no cômodo, abro as gavetas e vejo que estão vazias. Também não há nada nos armários. Apenas a mesa, que fica em um dos cantos, contém alguma coisa. Vejo alguns papéis amarelados e lacres de cera em uma das gavetas. Em outra, encontro um frasco de tinta seca e uma caneta-tinteiro.

Envolvo a caneta com os dedos, e uma sensação de perda se instala na minha garganta. É uma caneta notável, com padrões suaves e geométricos incrustados em verde e amarelo. Tiro a tampa e vejo a ponta de prata entalhada.

Eu me perco no tempo.

Tenho dez anos e estou praticando caligrafia com uma caneta bico de pena enquanto a tempestade fustiga as janelas do quarto que divido com a minha irmã. Seu cabelo encaracolado cai no rosto quando ela se curva sobre a página, desenhando um "L", sua letra preferida, de forma meticulosa. É melhor que o meu. A caligrafia dela sempre é melhor que a minha.

Devolvo a caneta à gaveta da mesa e limpo as mãos na coxa.

A casa pode não ser assombrada pelo passado, mas eu com certeza sou.

Kit

Alguns dias mais tarde, estou embarcando em um grande avião da Air New Zealand e sentindo-me estranhamente apreensiva. Com exceção das idas ocasionais ao México durante as férias de primavera, não fiz muitas viagens, então reservei um assento ao lado da janela na classe executiva. Como não compro nada além de pranchas de surfe e canetas-tinteiro, também me dei ao luxo de reservar um Airbnb suntuoso em um arranha-céu no centro da cidade, com direito a vista para o mar. Assim, se toda a viagem se provar um fracasso, ao menos terei umas feriazinhas.

Embalada pelo ruído dos motores e pelas vozes murmurantes, acabo caindo no sono quase de imediato. Inevitavelmente, o sonho chega. É sempre o mesmo.

Estou sentada em uma pedra na enseada, com Cinder ao meu lado. Envolvo-o com um dos braços, e ele se apoia em mim. Encaramos o oceano agitado, observando as ondas colossais se aproximarem da costa e se chocarem contra as rochas perigosas. O borrifo da água respinga em nós, mas não nos movemos. Ao longe, Dylan está sobre sua prancha de surfe e não veste nem um traje de mergulho, apenas uma bermuda amarela e vermelha. Eu sei que ele não deveria estar lá, mas não faço nada além de observá-lo. A onda é grande demais para surfar com segurança, mas ele a encara mesmo assim, deslizando pelo centro da crista com as mãos estendidas, os dedos resvalando na água à frente. Ele parece feliz, extremamente feliz, e é justamente por isso que não quero avisá-lo de que a onda está prestes a quebrar.

E em seguida a onda o arremessa, e ele desaparece no mar. Cinder late de forma incessante, mas Dylan não vem à superfície. O mar fica tranquilo, e não há mais nada para ver além do oceano prateado, que se estende até o horizonte.

Acordo sobressaltada, a boca seca, e abro a cortina para contemplar a escuridão do oceano infindável. A lua está cheia e lança um brilho linear na água que se estende muito, muito abaixo de mim. As estrelas cintilam acima, suavizando a escuridão densa do céu negro.

Por um longo momento, um buraco enorme palpita em meu peito. Como sempre, porém, se eu ficar parada e me concentrar em algo externo a mim mesma, ele vai embora.

A única forma de sobreviver às perdas que marcaram a minha infância foi aprender a técnica de compartimentalização, embora minha mãe tenha me aconselhado a buscar ajuda especializada. Estou bem na maior parte do tempo. Nesta noite, porém, com o sonho ainda fresco em minha mente, as memórias me invadem. Josie e eu entrando furtivamente no restaurante bem cedinho pela manhã para jogar o açúcar fora e substituí-lo por sal, achando isso hilário até que nosso pai perdeu a paciência e nos deu uma surra. Nós duas dançando no terraço do Éden, vestindo as camisolas velhas da nossa mãe. Fazendo de conta que éramos sereias ou fadas nas falésias. E, posteriormente, nós três nos movendo como um cardume de peixes, Josie, Dylan e eu, nadando na enseada ou fazendo uma fogueira ou praticando caligrafia com canetas-tinteiro que nossa mãe trouxe de alguma viagem que fez com nosso pai durante um de seus períodos felizes, um interesse reforçado pela paixão de Dylan por tudo que fosse chinês. Como muitos garotos daquela época, ele se apaixonou perdidamente por Kwai Chang Caine, da série televisiva *Kung Fu*.

Eu adorava os dois, mas minha irmã vinha em primeiro lugar. Eu venerava até o ar que ela respirava. Teria feito qualquer coisa que ela me pedisse: perseguir bandidos, construir uma escada para a lua. Ela, por sua vez, me trazia bolachas-do-mar para examinar e *Pop-Tarts* que havia roubado da despensa da cozinha, e passava a noite toda com meu corpo aninhado em seus braços.

Foi Dylan quem nos apresentou ao surfe. Ele nos ensinou a surfar quando eu tinha sete anos e Josie tinha nove. Isso nos forneceu uma sensação de poder e alívio, uma forma de escapar da nossa vida familiar em ruínas e explorar o mar... e representava, é claro, a nossa ligação com Dylan.

Josie. Lembrar-me de como ela era antes de se tornar a versão posterior de si mesma, a viciada indiferente e promíscua, faz meu peito doer de saudade. Eu sinto falta da minha irmã com cada molécula do meu ser.

Ela mudou logo no início da adolescência, sempre discutindo com nosso pai e se rebelando até mesmo contra a menor das regras. Nem mesmo Dylan era capaz de refreá-la, embora ele tentasse. Por mais que agisse como um tio ou uma figura paterna, ele não passava de um adolescente. Josie começou a se enturmar com crianças mais velhas, que frequentavam a praia ao norte daquela em que morávamos. Gatinha era como a chamavam. Gatinha surfista. Àquela época, ela era ainda mais bonita, pequena e com um tom de bronzeado profundo, o cabelo louro interminável e queimado de sol.

Josie, Josie, Josie.

Por fim, cochilo de novo, dessa vez caindo em uma espécie de sono pesado e profundo, e só acordo quando um feixe de luz se derrama sobre minhas pálpebras.

Abaixo de mim está a Nova Zelândia, azul e sinuosa, destacando-se na vastidão do oceano. Pequeninas ilhas pontilham todo o seu entorno, e fico maravilhada ao ver a beleza tanto do Oceano Pacífico quanto do Mar da Tasmânia. Este último parece mais azul que o outro.

O avião sacoleja e começa a descer, e posso divisar as enseadas e falésias ao longo da costa. Meu coração dá um salto. Será que Josie está em algum lugar por ali? Ou estou em uma missão ridícula?

Apoio a testa contra a janela do avião, sem querer parar de olhar a vista. A luz da lua desliza sobre as ondas, e me lembro de quando minha irmã e eu achávamos que havia joias no oceano, dançando no topo de cada ondulação.

Certa manhã, quando éramos crianças, Josie e eu estávamos dormindo em uma barraca, aninhadas junto a Cinder, e nossa mãe nos acordou aos sussurros.

– Meninas – chamou ela com voz dócil, envolvendo o meu pé com uma das mãos. – Acordem! Encontrei uma coisa!

O ar estava denso com a neblina, mas a maré havia recuado, deixando uma faixa de areia plana e lisa. Minha mãe nos conduziu pelo caminho até uma caverninha que só podia ser acessada quando a maré estava baixa.

– Vejam! – exclamou ela, apontando para algo.

Lá dentro havia algo que se assemelhava a uma caixa. Josie se curvou, perscrutando a escuridão.

– O que é isso?

– Acho que pode ser um tesouro – respondeu Suzanne. – Você deveria ir dar uma olhada.

Josie se empertigou e cruzou os braços.

– Eu não vou até lá.

– Eu vou.

Embora Josie fosse dois anos mais velha que eu – ela com sete, e eu com cinco à época –, inegavelmente, eu sempre fui mais corajosa.

Cheia de uma curiosidade profunda e sem dar a mínima para possíveis bichos rastejantes e assustadores, entrei na caverna, curvando o corpo para não bater a cabeça. Mesmo na escuridão, podia ver as coisas cintilando na caixa, transbordando pelas laterais como um butim de desenho animado.

– Um tesouro! – gritei e o arrastei até a praia.

Suzanne se ajoelhou.

– É o que parece. Você acha que foram piratas?

Vasculhei as pérolas, anéis cravejados e moedas de chocolate e em seguida assenti com a cabeça.

– Talvez tenham sido as sereias.

Ela desenrolou um cordão de safiras e o colocou no meu pescoço.

– Talvez – concordou ela. – Agora você está usando as joias delas.

Enfeitei o braço dela com pulseiras. Josie colocou anéis nos dedos dos pés de Suzanne. Tomamos chocolate quente e ficamos sentadas na praia com nossos adornos. Éramos sereias acompanhadas de nossa mãe sereia.

A comissária de bordo me desperta do devaneio.

– Senhorita, pousaremos em poucos minutos.

– Obrigada.

Eu pisco, retornando ao presente, no qual aquela mesma mãe está esperando ouvir o que descubro sobre a filha que ela perdeu. Pela milionésima vez, pergunto-me como conciliar as partes ruins e boas de Suzanne, mas é impossível. Ela foi a pior mãe do mundo. Também foi a melhor mãe do mundo.

Posso ver a cidade lá embaixo, estendendo-se por uma vasta paisagem montanhosa repleta de telhados e ruas. Com um sentimento súbito de estupidez, percebo que esta é a exata definição de missão impossível. Como vou conseguir encontrar uma pessoa naquele lugar apinhado de gente? Se é que era mesmo ela.

Essa história toda é absurda.

E, no entanto, sei que não é absurdo... não de verdade. Definitivamente, era minha irmã naquela tela. Era Josie. Não há dúvida. Se ela estiver ali, naquela cidade abaixo de mim, vou encontrá-la.

Quando chego ao centro de Auckland, estou tão exausta por causa do fuso horário que parece que fui alvo de uma maldição. Percebo que terei de arrastar minha mala para o saguão de um arranha-céu residencial, decorado com indícios de um passado *art déco* que nunca viveu. As rodinhas da minha mala deslizam murmurantes pelo piso de mármore. Uma jovem maori de uniforme me cumprimenta e, em seguida, entrega-me a chave e me conduz aos elevadores. Duas garotas asiáticas bem-vestidas e impossivelmente perfeitas passam por mim e, comparada a elas, pareço uma giganta com um metro e setenta e oito de altura, os cabelos encaracolados desgrenhados por causa da viagem. Qualquer resquício da maquiagem que eu estava usando ao embarcar na Califórnia já desapareceu há muitas horas. Anseio pela proteção e pelas credenciais do meu jaleco branco, que lembra ao mundo que sou médica.

Patética.

Quando o elevador se abre, um casal de meia-idade aparece, câmeras nas mãos, e um homem bonito mantém a porta aberta para mim enquanto sai. Faço um aceno de cabeça.

– *No hay de qué* – diz ele, de forma encantadora.

Abro um ligeiro sorriso quando as portas se fecham e apoio a cabeça na parede até me dar conta de que preciso apertar o botão.

Dezoito.

Sou a única pessoa no elevador, e quando desço no andar certo, encontro o apartamento e abro a porta. Por um momento, fico um pouco surpresa. É espaçoso e bonito, com uma cozinha à direita, um banheiro à esquerda, uma sala de estar com mesa e sofá e um quarto com varanda com vista para vários arranha-céus e para um porto.

Mas não consigo prestar atenção nem mesmo nisso. Meu celular está quase sem bateria, e terei de procurar um carregador, mas, por ora, tiro as roupas, fecho as cortinas para tapar a luz do sol e me jogo direto na cama.

Quando acordo do sono pesado, demoro um tempo para reconhecer onde estou. Aninhada sob as cobertas, encolhida por causa do ar frio, mas não na minha cama.

Aos poucos, vou me lembrando de tudo. Nova Zelândia. Minha irmã. Minha mãe e o pobre Hobo. Pego o celular e também me lembro de que não tenho carregador. Está sem bateria, então não sei ao certo que horas são. Sem sair da cama, estendo o braço em direção às cortinas e abro uma fresta de um dos lados.

E ali, estendido como um tecido repleto de joias cintilantes, está o porto. Os raios do que parece ser o sol poente se espalham em uma glória amanteigada, e um barco a vela atravessa em linha reta. Uma balsa zarpa rapidamente em outra direção e, ao longe, avisto uma ponte comprida. Edifícios comerciais se erguem ao meu redor. Posso ver as pessoas pelas janelas, andando apressadas por um corredor, agrupando-se em uma sala de reuniões, paradas em pé ao redor de uma mesa enquanto conversam. É estranhamente reconfortante, e fico parada ali por bastante tempo, apenas observando-os.

É a minha barriga faminta que me obriga a levantar. Depois de alongar o corpo retesado por causa do voo, sigo em direção à cozinha, onde há uma cesta com frutas e uma prensa francesa com um pacote de café. Tem leite na geladeira – uma embalagem grande, considerando o espaço – e sachezinhos de açúcar sobre a bancada. Uma chaleira elétrica vermelha está à minha espera. Encho com água, coloco para ferver e vou para o boxe do chuveiro, que é muito luxuoso, todo de vidro e com frascos perfumados de xampu e sabonete. A água me revitaliza mais que tudo, e, quando saio do banho, estou pronta para lidar com qualquer coisa. A prensa francesa é mais complicada do que eu gostaria, mas o café é sensacional, e escancaro as cortinas para apreciar a vista enquanto devoro duas bananas e duas maçãs e tomo o café. Isso vai forrar meu estômago até eu fazer uma refeição de verdade.

A coisa mais importante é ir atrás de um carregador de celular. Tentei comprar um antes de embarcar, mas o tempo era curto, e a loja só vendia modelos europeus, britânicos e japoneses. Na recepção, peço orientações a um jovem magro, e ele aponta para a porta dos fundos, que dá para a rua principal.

O calor me engolfa do lado de fora, o ar denso e úmido. Fico parada em frente à porta por um instante, de repente sabedora de que estou sozinha em uma cidade com milhões de pessoas, a milhares e milhares de quilômetros de casa ou de qualquer pessoa que conheço. Sinto uma onda de pânico por não ter o GPS do celular para me orientar. Meu cérebro despeja todas as coisas que poderiam dar errado: acabar morrendo por me esquecer de olhar para o lado certo ao atravessar a rua, ou por me enveredar por um bairro hostil, ou por ir parar no meio de uma briga acidentalmente.

Nem tudo é um desastre iminente, digo a mim mesma. Embora, a bem da verdade, seja, sim.

Mas não vou deixar meu receio me controlar. Mergulhei de cabeça em uma universidade a quilômetros de distância de casa sem pensar duas vezes, e ninguém tinha mapas no celular naquela época. Fito os arredores, me oriento e encontro pontos de referência: uma praça ampla e repleta de degraus está apinhada de jovens asiáticos bem-vestidos e de turistas europeus suados. Ouço mandarim e coreano, um pouquinho de alemão, e inglês em vários sotaques diferentes.

Essa mistura diversa me acalma, lembra-me de São Francisco, onde passei quase uma década por causa da faculdade de medicina e do trabalho de pós-graduação. Auckland também se assemelha àquela cidade em outros aspectos: reluzente e cercada por água, lotada e cara, muito apreciada.

Depois que começo a andar, olho por cima do ombro e vejo que o prédio em que estou hospedada, que parece ser residencial ao menos em parte, é bastante singular com seus toques de *art déco*. Seria fácil identificá-lo. Ainda assim, anoto o endereço e a rua por onde estou caminhando.

O funcionário da recepção me deu instruções de como chegar a um shopping, que me conduz por um labirinto de lojinhas no subsolo e depois me expele na movimentada rua principal. Queen Street. Aqui as marquises cobrem a calçada, permitindo que as multidões caminhem sob a sombra, e sinto-me grata por isso.

A loja de eletrônicos é exatamente igual a qualquer outra que já vi. Cheia de dispositivos, bolsas organizadoras e muitos cabos. Há alguns rapazes e uma moça atendendo nos balcões. A garota dá um passo à frente.

– Olá, senhora – diz, fazendo eu me sentir uma idosa. – Posso ajudar?

Ao contrário do que eu esperava, seu sotaque não se parece em nada com o australiano. É algo totalmente diferente, mais contido e cadenciado.

– Pode. – Pego meu celular. – Eu preciso de um carregador.

– Você é dos Estados Unidos?

– Sou, mas disseram que não faz diferença, não é? Um carregador da Nova Zelândia deve funcionar no meu celular americano.

– Não se preocupe. – Ela abre um sorriso. Tem um rosto redondo, a pele clara. – Foi só um comentário. Eu adoraria conhecer os Estados Unidos. – A garota levanta um dedo para que eu a siga. – Por aqui.

– Que lugar você quer visitar nos Estados Unidos? – pergunto, por educação.

– A cidade de Nova York – responde ela. – Já esteve lá?

– Só uma vez, em uma conferência – digo, mas a memória está turva na minha cabeça. – A única coisa de que me lembro com clareza é de ter visto uma pintura que sempre amei.

– Aqui está. – Ela apanha uma embalagem em uma prateleira, estende a mão para pegar meu celular e examina as duas coisas com atenção. – Sim, é este mesmo. Precisa de algo mais?

– Não. – Olho para os cabos e percebo que vou precisar de um para o meu *laptop*, e digo a ela a marca e o modelo. Seguimos até a caixa, e eu lhe entrego meu cartão de crédito.

– Qual era a pintura? – pergunta ela.

– Quê?

Ela devolve o cartão de crédito.

– Qual era a pintura que você lembra de ter visto em Nova York?

Abro um sorriso e meneio a cabeça, sem querer admitir que era a de uma sereia pré-rafaelita.

– John Waterhouse... você conhece as obras dele?

– Ah, que pena. Não conheço. – Ela pega a sacola. – Aproveite a viagem.

A conversa, na verdade a lembrança da pintura, me faz pensar em minha irmã, embora ela não tenha saído da minha cabeça por um minuto sequer desde que a vi no noticiário.

– Na verdade, estou aqui em uma missão triste. Por acaso você sabe onde fica a boate que pegou fogo? Uma pessoa que eu conhecia estava lá.

– Oh! – Ela cobre a boca com a mão. – Sinto muito. Não fica longe. Desça em direção ao cais e vire à esquerda um pouco antes da rua principal. – As faces dela estão muito vermelhas. – Não tem como não ver. Fizeram um memorial.

Assinto com a cabeça. É um lugar tão bom para começar quanto qualquer outro.

Ela está certa. Não é difícil de encontrar. O estabelecimento fica em uma esquina, e as fitas de isolamento da polícia impedem o acesso em três lados. Marcas de fumaça se estendem pelo prédio até o telhado, pretas e sinistras. Paro por um instante para recobrar o equilíbrio.

Em seguida, viro a esquina e avisto o memorial: uma pilha de bichinhos de pelúcia, velas e flores. Algumas flores estão frescas, mas outras já deveriam estar ali há alguns dias, pois estavam começando a ficar amarronzadas. Sinto no ar um cheiro que associo a pacientes vítimas de queimaduras, a tecidos e cabelos chamuscados e a peles cobertas de bolhas. Sempre horrível.

Eu tinha lido algumas coisas sobre o incêndio antes de chegar, mas não havia nada de muito incomum. Não se tratava de um ato terrorista: por incrível que pareça, a Nova Zelândia não tem esse problema. Foi apenas um acidente lamentável, a boate abarrotada, uma saída bloqueada e um dispositivo de extinção de incêndio com defeito. Uma receita para o desastre. Só virou notícia nos Estados Unidos por seu caráter dramático.

As catástrofes são sempre piores quando envolvem muitas pessoas jovens, e aquela multidão era realmente muito jovem. Passo devagar em frente às fotos que foram coladas, amarradas e penduradas nas fitas que mantinham todos afastados. A maioria retratava pessoas asiáticas, ninguém com mais de trinta anos, os olhos ainda reluzindo por tudo que viria pela frente e por não ter nada tão horrível para trás. Agora, eles vão ficar congelados ali para sempre.

As perdas imensuráveis reviram minhas entranhas. Os pais que os amam, os amigos, os irmãos, os lojistas que gostavam de suas piadas. Penso nisso o tempo todo no pronto-socorro quando o dia foi mais horrível que o normal: acidentes de carro estúpidos, violência doméstica, brigas de bar e tiroteios. Vidas arruinadas. Interrompidas. Não há mais nada a fazer.

Isso está me afetando. Sempre odiei perder pacientes, é claro, mas amava a urgência de salvá-los, estar lá no momento mais horrível e traumático e ajudar a resgatá-los das iminências da morte... como a garota que atendi no pronto-socorro na noite em que vi Josie no noticiário. Estava com um ferimento de bala no estômago. O namorado a carregou até lá, e as mãos dele estavam cobertas de sangue por ter estancado a ferida. Isso a salvou.

Ultimamente, porém, quem me assombra são os que perdi. A mãe que bateu o carro em uma árvore, o menino que foi atacado por um cachorro, as feições adoráveis do garotinho que atirou em si mesmo com o revólver da mãe.

Afasto seus rostos da memória e me concentro em ver a coleção de fotos bem à minha frente, demorando-me para olhar uma a uma. A garota com mechas roxas no cabelo e um dente da frente torto. A diva de lábios vermelhos e uma expressão astuta. O menino rindo ao lado de um cachorro.

Quantas famílias terão a chance de ter o ente querido identificado? Um caso como esse, com tantas vítimas e danos físicos, pode ser muito desafiador.

O vagão que sofreu a maior parte da explosão no trem que supostamente matou Josie ficou em pedaços, derretido e evaporado, assim como as pessoas dentro dele. Encontraram a mochila dela e os restos mortais de um de seus companheiros de viagem, um cara que ela tinha mencionado uma ou duas vezes nos e-mails que escrevia para nós de um cibercafé estranho, e sabíamos que Josie estava viajando com aquele grupo.

Recebi o telefonema quando estava a caminho de casa, ansiosa para dormir um pouco depois de um período de trinta e seis horas de plantão obstétrico no Hospital Geral de São Francisco. Estava subindo a colina a pé para chegar ao apartamento que dividia com quatro outros residentes, nenhum de nós parando em casa por tempo suficiente para se importar com a superlotação. O lugar era um buraco, mas também não nos importávamos com isso. Só pedíamos comida fora, pouco nos lixando para o meio ambiente, e comprávamos café em uma cafeteria que ficava no térreo do prédio. Estava sonhando em tomar um banho quente demorado e lavar meu cabelo, e depois dormir por algumas horas, com a casa toda para mim, já que as pessoas que moravam comigo ainda estavam no hospital.

O telefone tocou e era minha mãe, uivando de dor. Eu só tinha escutado aquele som uma outra vez, depois do terremoto, e ficou gravado nos meus ossos. "Mãe? O que aconteceu?"

E ela me contou. Josie estava morta. Tinha morrido em um atentado terrorista que destruíra um trem na França alguns dias antes.

As semanas seguintes passaram como se fossem um borrão. Quando não estava ao telefone com minha mãe, com a funerária ou com a polícia, eu trabalhava. Muitas vezes, recebia ligações entre um paciente e outro, e me escondia em um armário para ter um pouco de privacidade. Estava exausta e sobrecarregada demais para chorar. As lágrimas só vieram mais tarde.

Ao meu lado, naquela rua em Auckland, vejo uma jovem chorando, e me afasto para lhe dar privacidade, desejando poder tornar sua jornada mais fácil; sei que só existe uma maneira de trilhar esse caminho: um passo de cada vez.

De repente, sinto uma raiva tão intensa e profunda que minhas mãos começam a tremer. Tenho de parar para respirar, e em seguida olho para o estabelecimento.

– Mas que droga, Josie! – exclamo em voz alta. – Como você pôde fazer isso com a gente? *Como*?

Mesmo vindo da minha irmã egocêntrica, surfista e babaca, é difícil acreditar.

Estar em Auckland, a terra dos vulcões, parece apropriado, já que sinto que minhas entranhas se transformaram em magma, escaldante e impossível de acalmar.

Quando a encontrar, não sei o que vou fazer. Dar um tapa nela? Uma cusparada? Um abraço?

Não faço a menor ideia.

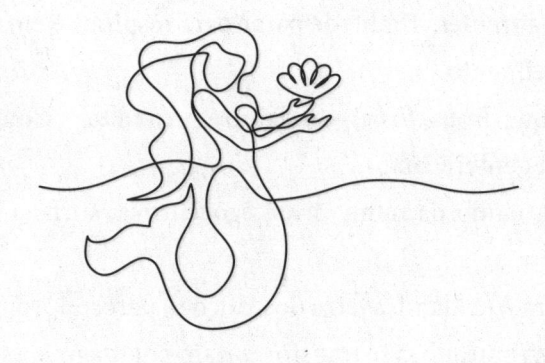

Mari

Simon e eu marcamos de ir conversar com a professora de Sarah antes da aula. Vamos em carros separados, assim podemos ir cada um para um lado depois. Eu para a Casa Safira, para começar a fazer os preparativos, ele para seu império de academias.

Estou muito bem-humorada graças ao sexo matinal com meu marido atlético, que me deixou tão alegre que preparei *muffins* de mirtilo para o café da manhã. Até mesmo Sarah comeu com entusiasmo, depois de ter passado os últimos dias mal encostando na comida. Eu a encaro pelo retrovisor e vejo que está olhando pela janela, o cabelo escuro afastado do rosto sardento. Ela é tão diferente de mim que chega a ser estranho. Seria de esperar que sua própria filha se parecesse um pouquinho com você, mas ela é uma mistura do meu pai e da minha irmã.

Talvez uma punição adequada aos meus pecados, embora eu tente não pensar muito nisso. "Aceite as coisas que você não pode mudar" e todo aquele papo.

Mas sei que Sarah vai odiar quando as outras garotas pararem de crescer e ela continuar, assim como aconteceu com a minha irmã. Já tem mãos e pés maiores que as garotas de sua idade e uma solidez que não tem nada a ver com gordura, mas ela a enxergará dessa forma se não continuarmos desmentindo as besteiras que ela ouve todos os dias.

– Tem aula de natação hoje, filha?

– Tenho – responde ela, com seu sotaque bem típico da Nova Zelândia. – Eu me saí melhor que a Mara ontem.

A arqui-inimiga dela.

– Isso é fantástico. Você é mais forte que ela. Bem mais.

Ela encolhe os ombros, e, em seguida, nossos olhares se cruzam no retrovisor.

– Você não precisa ir à minha escola, sabe...

– Eu sei que não – concordei em tom brando. – Mas nos últimos tempos você não tem parecido muito feliz, e seu pai e eu queremos nos certificar de que está tudo bem.

– Meus professores não sabem de nada. – Não há desdém em sua voz, é apenas uma constatação.

O trânsito está pesado, e preciso prestar atenção na estrada por alguns instantes. No semáforo seguinte, pergunto:

– O que eles não sabem?

Sua boca larga se contrai em uma expressão resignada, e ela apenas balança a cabeça.

– Sarah, vai ser muito mais fácil ajudar você se me contar o que está acontecendo.

Ela não responde. Entro no estacionamento da escola. O carro de Simon ainda não está lá, então desligo o meu, tiro o cinto e me viro, avaliando as dez mil respostas possíveis para aquela que ajudará a desvendar esse segredo.

– Você está com problemas com algum amigo?

– Não.

– Não sei por que você simplesmente não me conta. Sabe que pode confiar em mim.

– Posso confiar em você, mas, se eu contar, as coisas só vão piorar, e ninguém vai gostar de mim.

– Quais coisas vão piorar?

– Eu não quero contar para você! – grita ela. – Será que você não está entendendo?

Estendo o braço pelo espaço entre os bancos do carro e envolvo o tornozelo dela com uma das mãos. Fico parada ali, esforçando-me para acreditar que o segredo dela não é tão terrível quanto o meu era quando era só um pouquinho mais velha. Ela é uma criança bem-cuidada. Tomamos conta dela.

– Tudo bem. Seu pai chegou. Vou entrar na escola agora.

Encontro Simon na porta, e ele segura a minha mão. Somos um time.

A professora é jovem e bonita e enrubesce quando Simon lhe dá um aperto de mão.

– Bom dia, senhora Kanawa.

– Bom dia, senhor Edwards. Senhora Edwards. Sentem-se, por favor. – Ela cruza as mãos em cima da mesa. – Como posso ajudar?

Relatamos o problema. Contamos que, de uma hora para outra, Sarah passou a querer estudar em casa em vez de ir à escola, e parece que pode estar acontecendo alguma coisa. A senhora Kanawa pondera sobre o assunto e, em seguida, diz:

– Será que pode estar acontecendo algum tipo de *bullying*? Uma das garotas é bem popular, sabe, e todas as outras meninas agem como se ela fosse da realeza.

– É Emma Reed? – sugiro. É uma garota de pele alva e faces rosadas, com cabelos dourados e enormes olhos azuis... tudo isso camuflando os seus instintos de barracuda.

A senhora Kanawa assente com a cabeça.

– Ela e Sarah nunca se deram bem.

– Por quê? – quer saber Simon.

– As duas são... – Ela faz uma pausa, escolhendo as palavras com cuidado. – As duas são garotas obstinadas. E tem a questão de que as duas têm pais populares...

– Populares? – repito.

– Bem conhecidos. A mãe de Emma é apresentadora na TVNZ, é claro, e você, senhor Edwards, tem bastante visibilidade por causa das academias.

Simon é o porta-voz da própria rede de academias, o anfitrião cordial que convida todos para conhecer e experimentar a saúde que um bom exercício pode proporcionar. Além disso, todos os anos ele organiza arrecadações de fundos para a Iniciativa de Auckland pela Segurança da Natação, um empreendimento para garantir que todas as crianças da cidade saibam nadar.

– Entendi. – Olho para Simon, cujo rosto apresenta a expressão simpática ilegível que lhe é característica, mas vejo seu desagrado na linha crispada da boca.

– Você já notou algum indício de *bullying*, senhora Kanawa? – pergunta ele.

– Algumas trocas de xingamentos e coisas do tipo. As meninas em questão foram repreendidas.

– Que tipo de xingamento? – pergunto.

– Ah, não acho que isso seja...

– Que tipo de xingamento? – repito.

Ela suspira.

– Chamam a Sarah de Shrek... porque ela é muito alta.

Simon permanece em silêncio mortal ao meu lado.

– E... – Ela lança um olhar em direção a Simon. – E de *nerd*, já que ela gosta de ciências.

– Isso é um insulto?

Ela ergue os ombros.

– Vou conversar com a mãe de Emma – declaro. – Nesse meio-tempo, será que você pode me avisar se acontecer mais alguma coisa?

– Claro.

A mandíbula de Simon estremece ligeiramente.

– Como as meninas foram repreendidas?

– Oh, eu não... não me lembro direito.

– Acho que você está mentindo, senhora Kanawa, e eu não tolero mentiras.

Ela fica corada e começa a protestar:

– Não, eu... O que eu quis dizer foi que...

Simon se põe de pé, elevando-se à sua altura considerável de um metro e noventa e três.

– Sugiro que você se certifique de que qualquer tipo de *bullying*, praticado contra qualquer aluno, seja punido imediatamente. Não é brincadeira e não deve ser tolerado.

– Sim, sim. Você está certo, é claro.

As faces dela ardem em um tom de magenta.

– E não minta para mim de novo.

Simon pega minha mão enquanto saímos, e ele está andando tão rápido que tenho dificuldade para acompanhar seu ritmo. Enfim, ele percebe e interrompe o passo.

– Desculpe. É que eu odeio quem faz *bullying*.

– Eu sei. – Nunca fui muito fã de esportistas grandalhões antes de conhecê-lo, mas esse aspecto específico de Simon, o apego à justiça e à honra, o difere dos demais. – E eu amo você por isso.

Os seus ombros relaxam, e ele se curva para apoiar o nariz contra o meu.

– Não só por isso.

– Claro que não. Tem mais algumas coisinhas.

– Ah, eu tenho uma coisa aqui que não é nada *inha*.

– Não, meu amor. Definitivamente não é.

Depois da reunião, sigo para a Casa Safira, para dar uma olhada por conta própria. Quero uma oportunidade de sentir a energia, por falta de uma palavra melhor, e começar a definir os preparativos e decidir quem precisarei contratar para o serviço. Enquanto subo a estrada esburacada e rodeada de mato, já estou definindo como cada cômodo será usado e pensando na melhor forma de catalogar o fantástico acervo de antiguidades que eles abrigam. Uma árvore de feijoa arranha a lateral do carro, e eu estremeço, pensando nos riscos na lataria prateada. Os pneus devem ter esmagado algumas frutas na estrada, porque um aroma doce e carregado penetra pela janela aberta. Por impulso, paro o carro e saio para apanhar uma sacola de lona no banco de trás.

Eu nunca tinha ouvido falar em feijoas antes de chegar à Nova Zelândia. São frutinhas verdes que, por fora, parecem uma mistura de abacate com limão, mas por dentro têm uma polpa amarela cheirosa muito parecida com a de uma pera madura. Demora um pouco para se acostumar com o gosto, doce e aromático, uma combinação de uma dúzia de outras coisas. Para mim, no entanto, elas são simplesmente sublimes.

Com uma onda de alegria, coloco dezenas delas na sacola, imaginando o que vou fazer com a polpa. Imagino o rosto de Simon – ele está longe de gostar delas como eu – e rio sozinha. Ponho a sacola no banco do passageiro e cantarolo baixinho enquanto percorro o restante do trajeto até a colina.

Quando saio da cobertura fornecida pelos arbustos e adentro a luz do sol, a vista me tira o fôlego mais uma vez. O céu, o mar e a própria casa, empoleirada no alto como uma rainha contemplando a paisagem. Casa Safira é um nome apropriado: ela está rodeada por todas as joias azuis da natureza. Um arrepio percorre meu corpo, um prazer tão intenso que é quase sexual. Como é possível que minha vida tenha me trazido até aqui, a esta casa, que vou compartilhar com os meus filhos e o pai deles, um homem que, ainda hoje, não consigo acreditar que é real?

Enquanto estou ali admirando a vista, uma nuvem cobre o sol, lançando uma sombra repentina sobre a paisagem. Sinto um frio na espinha, como se fosse um presságio... já faz muito tempo que as coisas estão ensolaradas na minha vida. Talvez tempo demais.

Mas a nuvem logo se afasta, o sol volta a derramar seus raios sobre a paisagem, e eu me livro daquela sensação de alerta.

Pego um punhado de feijoas na sacola e em seguida apanho minha bolsa de lona, cheia de cadernos e canetas, fitas métricas e um iPad. Sinto o couro cabeludo arder por causa do sol e me pergunto se não seria melhor pegar um chapéu. Como surfista da Califórnia, eu achava que sabia tudo sobre o sol, mas bastou uma queimadura grave na Nova Zelândia para perceber que ele é muito mais intenso por aqui. Ninguém sai de casa sem passar litros de protetor solar.

Como não vou ficar ao ar livre, deixo o chapéu branco de algodão no banco do carro e, em seguida, atravesso a umidade estranhamente elevada até chegar à porta da frente. Pode ser uma tarde bem difícil se não começar a ventar. No momento, o ar está mortalmente parado, e o suor escorre do meu cabelo, descendo pela nuca e gotejando ao redor das minhas orelhas.

O ar está mais fresco dentro da casa, embora eu duvide de que haja algum ar-condicionado. Seria muito raro, mesmo em uma casa tão sofisticada quanto essa. Largo a bolsa no aparador ao lado da porta e sigo em direção às portas compridas do átrio. Elas ficam de frente para o mar, e, quando as abro, uma a uma, ao menos um tênue fiapo de frescor afasta o cheiro leve e distinto de mofo. Não há cortina em nenhuma janela, o que me parece um pouco desconfortável, mesmo que só haja o oceano lá fora. Os vidros são tão espetaculares, contudo, que eu entendo. Entre cada conjunto de portas há um painel de vidro transparente chumbado, o metal formando padrões ondulados. Encosto na ponta de um deles. É incrível.

Cada um dos cômodos é assim, com um detalhe diferente. Percorro toda a extensão do andar principal mais uma vez, observando mais atentamente o que vale a pena guardar e o que deve ser passado para a frente. Muitas das coisas estão desbotadas e com aparência gasta, mas não tão ruim quanto eu esperava. Helen, a irmã de Veronica, deve ter tido bons empregados ao longo dos anos.

Em um bloco de folhas amareladas, anoto que teremos de trocar o estofado dos sofás e das cadeiras, ou então nos livrar deles. Alguns parecem desconfortáveis para se sentar, e não tenho o menor interesse em morar em um museu, de modo que podem muito bem ir a leilão. Há duas cadeiras magníficas, ainda que surradas, dispostas em um canto, espelhando uma à outra com um espaldar graduado que se assemelha a degraus. Com certeza vou ficar com elas, junto com a mesa da sala de jantar, os armários *credenza* e um magnífico rádio embutido em um móvel incrustado com abalone e algo que parece ser madeira de teca. Grande parte dos quadros consiste em pinturas banais de paisagens e dos clássicos de sempre, mas também há uma série de peças em estilo modernista e paisagens distintamente neozelandesas que parecem dignas de nota. Reconheço uma vista à beira-mar no estilo de Colin McCahon, com suas formas simplistas, mas é muito recente para ser uma obra dele. Fico me perguntando se Veronica apoiava os artistas locais.

À medida que atravesso os cômodos rabiscando anotações, percebo que há muitas obras de arte, tanto pinturas quanto cerâmicas, algumas escondidas em espacinhos, como a paisagem marinha em tons de verde e turquesa que adorna a parede estreita acima da mesinha de telefone. Em cima dela, vejo um telefone preto clássico com disco giratório. Eu o tiro do gancho com curiosidade. O tom de discagem zumbe em meu ouvido e, perplexa, coloco-o de volta e descanso a mão em seu formato curvado. Vou ter de mostrar às crianças. Talvez elas nem saibam identificar o que é.

Por um momento, é como se eu tivesse treze anos de novo, lavando a louça em nossa casa, o telefone enfiado entre a orelha e o ombro, o cabo balançando atrás de mim toda vez que me mexo. Minha mãe aparece, abrindo a porta com um estalo vigoroso. *"Saia do telefone e volte ao trabalho. A sala de jantar está lotada de gente."*

Uma pequena onda de nostalgia me invade, uma saudade daquele dia em particular, antes que tudo desmoronasse. Desci de uniforme até o Éden para servir os pratos sicilianos de meu pai. Todos os clientes iam até lá para comê-los: rolinhos de peixe-espada, alcachofras recheadas e *arancini*. Era uma comida tão gostosa. Hoje em dia meu pai poderia participar do *Top Chef*. Naquela época, ele ainda era uma espécie de rei em seu próprio mundo, o cerne arrojado e carismático do Éden, o homem que sabia o nome de todo mundo, cumprimentava as pessoas com tapinhas nas costas e dava os melhores abraços de todos. Não havia uma pessoa que não o adorasse, inclusive eu, pelo menos quando era criança.

Por um momento, estou tão absorta nessas lembranças que o telefone aquece sob minha mão, e o caleidoscópio previsível de emoções percorre o meu corpo: saudade e arrependimento e vergonha e amor. Sinto saudade de todos eles: de Dylan e do meu pai, da minha mãe e, acima de tudo, de Kit.

Pego a sacola na porta da frente e a levo para a cozinha. É um local calmo e prático, claramente pouco usado. Pego uma faca em uma das gavetas e corto as feijoas ao meio. Elas ostentam uma polpa gelatinosa e pontilhada de sementes, em um desenho que me parece uma cruz medieval. Alguns dos frutos estão maduros demais, mas os outros são doces, frescos e deliciosos, e eu os devoro, ficando com as mãos e a boca pegajosas.

Isso me deixa feliz.

Também trouxe algo para almoçar, a mesma coisa que empacotei para as crianças: um bentô com tomate-cereja e uvas verdes, espetinhos de presunto e queijo, um pedaço de *brownie* e uma tangerina. Eles amam essas caixinhas e adoram se revezar para dar novas ideias para recheá-las. Isso me lembra dos aperitivos e dos espetinhos que eu ajudava o meu pai a preparar para servir no *happy hour* do Éden, muito tempo atrás.

Ao meu redor, a casa está profundamente silenciosa, e sinto-me consciente de seu tamanho, de sua vastidão. Se começar a pensar muito, pode parecer assustador. Posso imaginar o fantasma de Veronica aprisionado aqui, vagando pelos cômodos, em busca de seu amante perdido.

Uma porta bate no andar de cima, e eu tomo um susto tão grande que meu coração quase sai pela boca.

Controle-se.

Se houvesse fantasmas nesta Terra, eu já teria encontrado um a essa altura. Deus sabe quanto já procurei por eles. Para me explicar. Para consertar as coisas.

Deliberadamente, dou meia-volta, ponho um tomate na boca e me inclino sobre a bancada, perguntando-me o que vou fazer com este espaço. É grande o suficiente para fazer as refeições aqui, e é bastante provável que tomemos o café da manhã nele, mas não é tão iluminado quanto eu gostaria e não tem nenhuma vista, só as paredes da cozinha. Valeria a pena acrescentar algumas janelas neste cômodo? Preciso pedir a opinião de Simon.

Abro a porta dos fundos e jogo as cascas de tangerina e as uvas passadas para os pássaros. Elas caem em um emaranhado de arbustos que ladeiam uma trilha entrecortada que parece contornar a casa. Tento segui-la, mas termina em um emaranhado de trepadeiras que parecem carregadas de rosas ou de metrosíderos escarlates. Uma samambaia arbórea se eleva sobre os arbustos. De repente me dou conta de que pode haver ratos, e me pergunto se ter jogado as frutas fora foi uma boa ideia.

Ah, dane-se.

Lavo as mãos e retorno à sala de estar principal daquele andar, um cômodo amplo e comprido que pode ser dividido por portas de correr e painéis espetaculares de mosaico. Queremos um *lounge* reservado ao entretenimento, e será maravilhoso à noite, com as portas de frente para o mar e talvez um piano no canto. Fico parada no meio do aposento, com as mãos na cintura, visualizando como vai ficar. Tons de turquesa, laranja e prata. Os espelhos deste cômodo são fantásticos, com degradês geométricos sobrepostos nas laterais, e vou mandar revesti-los de prata novamente.

Muitos dos móveis e mobílias são medíocres. Há uma porção de falsificações e imitações, o que é estranho, considerando que a casa é repleta de detalhes singulares. Encontro uma tigela que parece ser uma autêntica Rookwood verde no estilo dos povos ameríndios, e fico me perguntando se alguém mobiliou e decorou a casa para Veronica. Ela era uma atriz ocupada, sempre cheia de trabalhos, e, embora tenha começado a passar mais tempo na Nova Zelândia depois que se apaixonou por George, ainda tinha uma agenda muito corrida.

Ou talvez não tivesse muito bom gosto. Pensar nisso faz minhas orelhas ficarem um pouco vermelhas de vergonha. Quem sou eu para julgar? Não é como se eu tivesse recebido algum treinamento: simplesmente me ensinei a reconhecer coisas refinadas. Talvez ela tenha feito o mesmo. Talvez apenas não tivesse tempo para aprovar todas as decisões.

Agora fico curiosa a respeito dela e, se quiser entender o que lhe aconteceu e por que razão, precisarei me aprofundar ainda mais. No momento, só sei as coisas óbvias: o relacionamento malfadado, a casa, o assassinato. Mas que tipo de mulher era Veronica Parker? De onde veio? Como se tornou uma grande estrela?

E quanto a George, o amante dela?

Parece importante saber quais eram os desejos e os sonhos de Veronica. A Casa Safira era seu lar, sua visão, seu sonho luxuoso, e agora é minha. Honrá-la parece um compromisso sagrado. Ao entender Veronica, farei um trabalho melhor para restaurar a casa à glória que merece.

Já está quase na hora de ir por hoje, mas posso ao menos explorar o gabinete. É um cômodo ricamente decorado, com janelas compridas que dão vista para a curva do porto. Ao longe, colinas azuis e ondulantes se elevam da água, e punhados de nuvens longas assomam sobre os picos. Daria um excelente escritório para Simon... se não fosse pelo barulho. Ele é muito tranquilo em relação à maioria das coisas, mas, quando está trabalhando na contabilidade, marketing ou qualquer coisa que envolva negócios, gosta

– precisa – de silêncio total. Vai preferir um cômodo lá em cima, afastado de tudo. Talvez os aposentos que antes pertenciam à irmã de Veronica.

Este aqui será meu, então. Inspiro profundamente e depois solto o ar, absorvendo a atmosfera. A escrivaninha de madeira de cerejeira, as estantes de livros, as luminárias de vidro com elegantes gravuras geométricas. Não gosto da disposição da escrivaninha, bem no meio do cômodo, mas isso é fácil de consertar.

Lembro-me da missão de descobrir mais sobre Veronica e abro as gavetas da escrivaninha, mas estão todas vazias. Não apenas desocupadas, mas intatas, como se nunca tivessem sido usadas. Isso parte meu coração um pouquinho. Pode significar que os livros também foram escolhidos por um decorador. As estantes ocupam toda a extensão de uma parede, e várias das prateleiras são dotadas de uma elegância notável: os livros, todos clássicos, têm as capas impressas em couro.

Outras prateleiras fornecem mais informações. Autores como Aldous Huxley e Pearl Buck, além da estimada escritora local Katherine Mansfield. Poesia, história e cultura maori, muitos títulos intrigantes que desejo explorar. Toco a lombada de todos eles, um por vez, para guardar os títulos na memória.

Na extremidade da terceira prateleira há uma coleção de livros com capas reluzentes, em grande parte desgastadas, e puxo um para ver do que se trata. Uma sereia enfeita a capa, com o cabelo pendendo graciosamente sobre o ombro, e logo devolvo o volume à estante. O próximo livro também é sobre sereias, e o empurro de volta com a mesma rapidez, mas não o suficiente.

Eu tinha oito anos, e Kit, seis, e queríamos nos fantasiar de sereia para o Halloween. Por mais que nossa mãe dissesse que seria impossível andar pelos bairros de Santa Cruz pedindo doces ou travessuras com uma cauda pendurada, não queríamos nenhuma outra fantasia. Ela encontrou saias de tafetá turquesa, pintou nossos rostos e, como toque final, desenhou escamas de sereia cuidadosamente em nossos braços e pernas.

Anos mais tarde, Kit e eu nos sentamos lado a lado em um estúdio de tatuagem enquanto os profissionais marcavam a parte interna de nosso braço esquerdo com escamas de sereia traçadas com minúcia.

Estendo o braço e corro os dedos pela tatuagem, ainda nítida e bonita mesmo depois de todos esses anos, a prova de um trabalho bem-feito. Sobre as escamas, lê-se a palavra "Irmãzona". Na dela, a palavra é "Irmãzinha". Rimos muito disso na época, pois, com quase um e oitenta, ela já era mais alta que eu, que só media um e sessenta.

Não. A dor que mantenho escondida nas profundezas começa a emergir. Chega.

Mais de dez anos de prática me fornecem as ferramentas necessárias para sufocar as lembranças. Tenho de fazer um milhão de coisas antes de buscar meus filhos na escola, já que, ao contrário de minha mãe, gosto de ser presente na vida deles. Fico me perguntando se a Sarah se saiu melhor hoje. Quando me viro para ir embora, avisto uma coleção de livros da Agatha Christie e abro um sorriso, escolhendo um volume ao acaso. Agatha Christie é sempre uma boa pedida.

O cronômetro do meu celular apita, assustando-me. Já faz três horas que estou aqui, perdida no passado. Recolho minhas coisas e confiro se tranquei todas as portas e não deixei nenhuma luz acesa.

Estou quase saindo quando mudo de ideia e acendo a luz do gabinete, um farol em meio à escuridão. Um sinal de que a casa não está deserta. Fico apreensiva por todos saberem que Helen morreu e a casa está vazia. Para a minha surpresa e a de Simon, não há sistema de alarme, algo que será corrigido na próxima semana.

Saio para o calor sufocante do início de tarde. O sol fustiga minha cabeça com toda a intensidade, e tenho de respirar fundo em meio ao ar úmido. Quando tranco a porta atrás de mim, uma onda de pavor envolve minha nuca.

Sereias e canetas-tinteiro. Nas minhas lembranças, Kit e Dylan estavam sentados à mesa sólida e lacerada que ficava em um dos cantos da cozinha, debruçados sobre uma folha de papel pautado, praticando fazer a perna de algumas letras: *g*, *p*, *q*. Escrevi uma linha de "Z", maiúsculas e minúsculas, como o Zorro.

Uma sensação de alerta me invade. Levanto a cabeça para olhar ao redor, sentindo meus fantasmas se reunirem aos sussurros. Meu pai, minha mãe, Dylan. Minha irmã.

Achei que conseguiria ir embora. Que conseguiria lidar com a saudade que sinto dela. Nunca consegui.

Enquanto sigo colina abaixo, pergunto-me o que aconteceria se as verdades da minha vida viessem à tona. O ar escapa dos meus pulmões quando penso em tudo o que poderia perder, e tenho de ligar o rádio e começar a cantar para evitar ser esmagada por um ataque de pânico.

– Controle-se – digo em voz alta.

Josie Bianci está morta. E é exatamente assim que eu quero que ela continue.

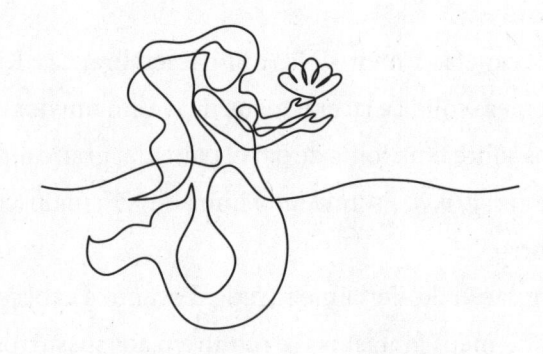

Kit

Enquanto me afasto da boate que pegou fogo, dou uma olhada nos estabelecimentos ao redor. Evidentemente, trata-se de uma região popular: lojas de camisetas e lanchonetes intercalam-se com restaurantes e hotéis. Talvez Josie tenha frequentado algum deles. Talvez alguém se lembre dela.

Atravesso a rua e espio por cada janela por onde passo, mas não vejo nada de mais. Ela poderia estar em qualquer lugar, fazendo qualquer coisa.

Ando a esmo: subo um quarteirão e desço o seguinte, procurando algo, qualquer coisa, que forneça um indício da minha irmã. Mas há um pouco de tudo: uma joalheria de luxo, uma butique de vestidinhos de alta-costura, uma livraria de dois andares completamente abarrotada. Fico um pouco sem ar só de me imaginar perguntando sobre Josie em qualquer um desses estabelecimentos e não consigo interromper o passo.

Até que, de repente, me vejo em frente à vitrine de uma papelaria, e uma coleção de tintas em frascos que mais parecem joias me atrai para o interior da loja. A essa altura, já tenho canetas e tintas para durar mais de três vidas, mas essa não é a questão. A papelaria tem um mostruário repleto de tintas Krishna, são frasquinhos limitados de tintas em cores vibrantes. Tenho um fraco por tintas cintilantes, embora tenha parado de usá-las para prescrever receitas e adotado um tom Preto-Muito-Sério e com secagem rápida.

Para as outras ocasiões, tendo a preferir as tintas chamativas de dois tons. Nunca tinha visto essa marca antes, e fico ali brincando com as cores por um bom tempo. O tom Peixinho Dourado parece incrível, mas quase nunca uso tintas alaranjadas ou amarelas. Uma chamada Mar e Tempestade chama a minha atenção, assim como a Céu de Monções, em um tom turquesa opaco, lindíssimo. Ela me lembra outra tinta turquesa que eu tinha aos dez ou onze anos, durante a primeira onda de paixão insana por caligrafia quando Dylan, Josie e eu descobrimos essa arte. Quem de nós começou com isso? Agora é difícil lembrar onde e como tudo começou. Só me lembro de que todos nos apaixonamos pela caligrafia e escrevíamos bilhetes muito educados, em letras elegantes, para os nossos pais ou uns para os outros. Dylan amava a caligrafia chinesa e vivia praticando os caracteres que representavam "crise", "amor" e "oceano", os quais havia encontrado em um livro da biblioteca.

Levo a tinta até a caixa, com a intenção de ir dar uma olhada nas canetas depois disso, mas minha barriga ronca, lembrando-me de que só comi duas bananas e duas maçãs.

– Faz muito tempo que você trabalha aqui? – obrigo-me a perguntar à moça atrás do balcão.

– Um ano, mais ou menos. – Ela sorri e embrulha minha tinta em papel de seda.

Estou prestes a perguntar se ela se lembra de alguém – da minha irmã, no caso, com a sua cicatriz tão característica –, mas sinto o meu rosto arder só de pensar. Então, apenas pago e, me xingando mentalmente, saio da loja com o pacote em mãos.

Como vou encontrar a minha irmã se não procurar por ela?

Meus pés me conduzem de volta rua acima, e entro em uma mercearia escondida no porão de outro estabelecimento. Compro uma garrafa de vinho e pão fresco, algumas frutas e meia dúzia de ovos, além de um pedaço de queijo, e consigo guardar tudo na mochila. Não tenho a intenção de cozinhar muito, já que todos esses restaurantes merecem uma visita, mas é bom ter algumas coisas à mão.

Enveredo-me por uma vielinha e avisto uma fileira de restaurantes com mesas e cadeiras dispostas na calçada, sob a luz do crepúsculo. Uma cantina italiana chama a minha atenção.

– Hum, com licença – digo a um garçom. – Posso me sentar do lado de fora?

– Mas é claro. Pode me acompanhar.

Ele me leva a uma mesa entre um jovem casal rechonchudo e um empresário bem-vestido que se levanta assim que me sento, falando ao telefone com irritação enquanto se afasta às pressas. O garçom italiano solta um som de reprovação, meneando a cabeça enquanto recolhe os pratos e limpa a mesa.

– Todo mundo está tão ocupado hoje em dia – comenta ele, e sua voz me lembra, de forma intensa e abrupta, a de meu pai, que era grave e carregada com o sotaque italiano que o acompanhou até o dia de sua morte. – Aceita um pouco de vinho? – pergunta ele. – Acho que você gosta de vinho tinto. Acertei?

– Sim, é isso mesmo. Pode me trazer algum de que você goste.

– É pra já.

Percebo que estou sem celular. Estranho. É difícil lembrar a última vez que isso aconteceu. Provavelmente deve ter sido há muitos anos. Então, para me distrair, leio cada palavra do cardápio, embora tenha decidido pedir nhoque praticamente assim que o vi. Recosto-me na cadeira e penso em como meu pai teria adorado este lugar, com as toalhas de mesa brancas e as flores em vasinhos azuis. Passo o dedo em um dos cravos e percebo que é flor de verdade. Levanto o vaso para sentir o aroma forte e apimentado.

O garçom, que tem um bigode grosso e olhos brilhantes, volta trazendo meu vinho, mostrando-o com um floreio.

– Veja se gosta deste aqui.

Com obediência, giro a taça, sinto o cheiro e provo. O homem o serviu da forma correta, em uma taça com bojo grande, e as notas deixam um aroma acentuado no nariz. Sinto o sabor intenso e frutado, mas os taninos são leves.

– Hum... – respondo. – Gostei. Obrigada.

Ele faz uma pequena mesura, e uma mecha de cabelo se desprende, caindo em seus olhos.

– E o que vai querer para jantar?

– Antepastos – respondo. E, agora que parei de me mexer, percebo como o meu estômago está vazio. – E o nhoque.

– Excelente.

Uso o vinho como desculpa para manter as mãos ocupadas e inclino o corpo para trás, contemplando o cortejo de humanos à minha frente. Vários empresários que pararam para tomar um drinque depois do trabalho, as mulheres de salto alto, os homens com ternos estilosos. Um bar com fachada aberta está apinhado de jovens profissionais observando uns aos outros. Parece que não tem ninguém fumando.

Os turistas também estão andando para cima e para baixo na viela. Sei que são turistas por causa dos sapatos confortáveis, das queimaduras de sol e porque parecem exaustos ao examinar os cardápios. Mais uma vez, presencio uma mistura de idiomas, sotaques e culturas.

O *maître* conduz um homem até a mesa livre ao meu lado. Para garantir que cada um tenha sua privacidade, mantenho os olhos fixos à minha frente, mas o escuto pedir vinho com um sotaque espanhol.

O garçom traz os antepastos. É uma porção generosa de muçarela fresca, úmida e brilhante; fatias de salame e presunto; um punhado de azeitonas, tomatinhos frescos e um pão fino e crocante.

– Maravilhoso – elogio.

Começo a comer e sou transportada para a minha infância, quando uma de minhas tarefas da tarde era separar muçarela e espetar palitos de dente nos embutidos variados que eram servidos no *happy hour*, junto com os coquetéis Harvey Wallbangers, com os White Russians e os inúmeros Long Island Iced Teas, o drinque preferido da minha mãe.

– Não quero incomodar, mas você também é turista? – pergunta o homem ao meu lado.

Entretida com uma fatia particularmente maravilhosa de presunto, demoro-me um instante para saboreá-la e, em seguida, engulo com um golinho de vinho. Olho para o homem. É alto e tem cabelos escuros e grossos, com uma leve barba por fazer. Ao lado dele, sobre o tampo da mesa, há um livro bastante manuseado, e me pergunto quando foi que parei de carregar livros para todos os cantos.

– Sou. Você também?

Ele assente com a cabeça.

– Vim visitar um amigo, mas ele teve de trabalhar esta noite, então fui abandonado. – Ele ergue a taça. Há uma garrafa de vinho ao lado do livro. – Saúde.

– Saúde. – Levanto a taça, mas uso a expressão corporal para indicar a ele que não estou muito a fim de papo.

Ele claramente não percebe.

– Eu quase fui àquele lugar do outro lado da rua, onde vende *tapas*, mas vi você de novo e tive de vir para cá.

– De novo?

– Eu a vi hoje de manhã. Você chegou do aeroporto, acho.

Ele tem uma voz sonora, vibrante... como um instrumento musical. Viro-me para dar outra olhada em seu rosto. Tem traços fortes: nariz romano, quase agressivo demais para ser atraente, e grandes olhos escuros.

– Isso mesmo – concordo. – Mas ainda não me lembro...

Ele leva a mão ao peito, posicionando-a sobre o coração.

– Você já me esqueceu! *Tsc, tsc* – diz, e em seguida pende a cabeça para o lado e sorri. – No elevador...

A cena retorna à minha mente.

– Ah, sim. O cara que disse *"no hay de qué"*.

Ele ri, e é um som robusto, cheio de vida. Tomo um gole de vinho, avaliando a situação. Não seria tão ruim dar umazinha. Já faz um tempo desde a última vez.

– Meu nome é Kit – digo.

– Javier.

Pego o prato de antepastos e ofereço a ele.

– O salame é muito bom.

Ele aponta para a cadeira à sua frente.

– Quer se juntar a mim?

– Não, obrigada. Se cada um de nós ficar onde está, os dois conseguem ver a rua.

– Ah. – Ele se serve de muçarela e salame e os coloca no próprio prato, ao lado do pão. – É um bom ponto.

– Além disso, é quase como se estivéssemos na mesma mesa – comento, apontando para o espacinho estreito entre nossas cadeiras. Ele está perto o suficiente para que eu possa sentir seu perfume, de aroma levemente picante.

– O que você veio fazer na Nova Zelândia? – pergunta.

Encolho os ombros. Vou ter de encontrar uma forma de responder a essa pergunta. Fica bem longe de casa para eu ter vindo sem nenhum motivo.

– É diferente de todos os outros lugares, não é?

– É mesmo.

Ele toma um gole de vinho e, de perfil, seu rosto é bem imponente. Lindo. Talvez esteja se enquadrando em muitas das regras da minha lista de "Nem Pensar".

Veremos.

– E você?

Ele encolhe os ombros, e o gesto é um tanto triste, o que o enquadra em mais um item da lista. Nada de homens sofridos. Eles sempre querem ser salvos, e, dada a minha infância repleta de pessoas atormentadas, sempre tenho de lutar contra esse impulso.

– Um velho amigo me convidou. Parecia que estava na hora de fazer alguma mudança. Talvez eu me mude para cá.

– Sério? – Como um pedaço de queijo, parto o pão e estendo o prato para ele novamente. – E onde você mora?

– Em Madri.

– É uma baita mudança.

Ele assente e junta as mãos, esfregando uma palma contra a outra.

– Estou cansado de política.

Solto uma risada pelo nariz e tenho de cobrir a boca.

– Pois é. Foram anos estranhos.

– Décadas.

– É.

Observamos as pessoas passando. Casais apaixonados, gente casada há muito tempo, a multidão do *happy hour* voltando para casa. Meu corpo está tranquilo e sossegado pela primeira vez em muito tempo. Talvez eu precisasse tomar novos ares mais do que imaginava. Automaticamente, estico a mão para pegar o celular fantasma que não está lá e, em seguida, apoio a palma sobre a mesa.

– O que você está lendo?

Ele levanta o livro para me mostrar. *Cem Anos de Solidão*. Uma edição em espanhol, é claro.

– Já li várias vezes, mas adoro reler.

Assinto com a cabeça. Um leitor, o que não está na minha lista de "Nem Pensar", mas denota uma mente brilhante, e isso está na lista.

– Você já leu? – quer saber ele.

– Não. – Surpreendo-me ao acrescentar: – Minha irmã era a leitora.

– Você não gosta de ler?

– Gosto. Só não leio livros *importantes*. Esse era o lance dela... todos os grandes poetas, escritores e dramaturgos.

– Entendi. – Os lábios estremecem ligeiramente. – Vocês não podiam compartilhar?

O vinho está me deixando mais solta.

– Não. Eu sou a científica. Ela era a criativa.

– Era?

– Ela morreu – declaro, mesmo que agora não saiba se isso é mesmo verdade.

– Sinto muito.

O garçom aparece com o meu nhoque, servido com delicadeza no prato e coberto com salsa e parmesão. Sinto meu pai sentar-se à mesa e cruzar os braços. Os pulsos peludos debaixo das mangas da camisa, com as abotoaduras que ele sempre usava. Dou uma garfadinha.

– Nossa, isto é uma delícia – elogio, e meu pai concorda.

– Que bom que gostou – responde o garçom.

– Pode me trazer mais uma taça de vinho, por favor?

– Oh, não. Nada disso – protesta Javier, e abana o ar com as mãos para enfatizar suas palavras. – Tome um pouco do meu. Jamais conseguiria tomar tudo sozinho.

– Jamais? – pergunto.

– Bem, talvez. Mas prefiro dividir.

Assinto com a cabeça. O garçom sorri, como se isso fosse obra dele.

– Voltarei em breve com o seu jantar, senhor.

O cheiro de alho se desprende do prato, e dou outra garfada.

– Esta era uma das especialidades do meu pai – comento, e a frase escapa antes que eu me dê conta. – Nhoque com ervilhas e cogumelos. Eu costumava enrolar a massa para ele.

– Ele era italiano, seu pai? – Javier se inclina para servir vinho na minha taça, que está vazia.

– Siciliano.

– Sua mãe também?

Eu o encaro.

– Você é bem direto.

– Normalmente não sou.

– Por que agora?

Ele se aproxima ainda mais e, pelo brilho em seus olhos, percebo que vai dizer algo ousado.

– Porque meu coração parou quando vi você sentada aqui.

Dou risada, satisfeita com essa extravagância.

– Você acha que estou só brincando – começa ele –, mas juro que é verdade.

– Não sou o tipo de mulher que faz o coração dos homens parar, mas obrigada.

– Você não conheceu os homens certos.

Eu paro, o garfo ainda na mão e o cotovelo apoiado na mesa. Atrás dele, o céu está quase escuro, e as risadas ao nosso redor ficaram mais enérgicas. O formato de seus lábios faz minha pele arrepiar, e ele tem aquele ar elusivo que me faz imaginar que deve ser muito bom de cama.

– Talvez não tenha conhecido mesmo.

Ele sorri diante da resposta, e uma covinha marcada aparece em sua face. Precisa inclinar o corpo para trás para que o garçom coloque a comida na mesa. É um prato fumegante de risoto de camarão e lagostim. A escolha de um bom glutão, como meu pai teria dito. Ele não tinha paciência para pessoas frescas para comer, para os vegetarianos, que já começavam a aparecer na época, nem para quem não comia peixe ou carne de vaca ou alguns legumes. *Coma do jeito que está*, dizia ele, fungando, *ou então não coma*. Apenas Dylan tinha permissão para ser seletivo. Odiava alcaparras, picles e azeitonas, não podia ver abacate na frente e preferiria morrer a comer clara de ovo ou amêijoas. De certa forma, Dylan realizou o desejo de meu pai de ter um filho, e por isso ele passou anos praticamente o venerando.

Até que, de repente, parou de venerar.

– Seu pai cozinhava muito para você? – pergunta Javier.

– Não para mim, exatamente. Ele cozinhava para o restaurante que tinha. Nós crescemos lá, comendo qualquer que fosse o prato especial do dia.

– Parece uma infância interessante. Você gostava?

– Às vezes. – É fácil conversar com este estranho, alguém que, daqui a um mês, nem se lembrará do que eu disse. Esvazio minha taça e a estendo em sua direção. Ele serve uma quantidade generosa de vinho. – Era um pouco cansativo, e meus pais estavam sempre preocupados com o restaurante, e não com os filhos. – Com delicadeza, equilibro um nhoque de formato perfeito no garfo. – Como foi a sua infância?

Ele enxuga os lábios com o guardanapo.

– Cresci na cidade. Minha mãe dava aulas na escola, e meu pai era um... – Ele franze a testa, esfregando os dedos como se quisesse tirar a palavra do ar. – Um funcionário, sabe, do governo. – Seu rosto se ilumina. – Um burocrata.

– Você é filho único?

– Não, não. Somos quatro. Três meninos e uma menina. Sou o segundo mais velho.

Aquele que precisa de atenção, assim como eu.

– O mais velho sempre tem tudo – declaro em voz alta.

Ele pende a cabeça ligeiramente para o lado, discordando.

– Talvez. Minha irmã é a mais velha, e não é do tipo exigente. É muito na dela, tem medo do mundo.

É a minha vez de ser ousada; o vinho afrouxou minhas inibições. Somos dois estranhos de férias, não tenho o celular para me entreter e nada a perder. Não há motivos para pensar demais antes de falar.

– Por quê?

Ele fecha a cara e olha para baixo. Em seguida, meneia a cabeça.

– Desculpe – peço. – Fui longe demais.

— Não, não tem problema. — Ele estende a mão através do espacinho estreito e toca meu braço. — Ela foi sequestrada quando era pequena, tão pequena que ninguém sabe o que aconteceu com ela. Nunca mais foi a mesma depois disso.

— Tadinha.

Uma parte do brilho da noite se esvai, e penso em Josie.

— Ora — diz ele, deixando o assunto de lado e agarrando a taça. — As férias foram feitas para a gente se esquecer das coisas, hein? *Salud*.

Abro um sorriso.

— *Salud*.

Em seguida, nós dois nos concentramos em comer, e o silêncio vem fácil. O alho do meu prato e o toque intenso do risoto dele perfumam o ar. Dois garotos caminham, ombros colados, um maori, outro branco, as pernas se movendo em perfeita sincronia. Um grupo de adolescentes esguias passa por ali, todas hiperconscientes de si mesmas, conversando em um idioma que não reconheço logo de cara. O ar ainda está úmido e cálido, mas não tão opressivo quanto antes.

Nesse momento, sinto-me feliz comigo mesma, apenas sentada ali, comendo.

— Meu amigo é músico e está tocando em uma boate não muito longe daqui. Quer ir para lá comigo para vê-lo tocar? — pergunta Javier.

Por um instante, pondero se não seria melhor simplesmente voltar para o meu quarto e dormir um pouco.

— Acho que não estou com a roupa certa para isso — respondo. — E tem algumas compras na minha mochila.

— Fica bem pertinho do apartamento. Podemos passar lá primeiro, depois vamos para a boate.

Realmente, é o que prefiro fazer.

— Tudo bem.

Relâmpagos despontam no horizonte enquanto caminho em direção ao apartamento com Javier. Ele é mais alto que eu, o que me agrada, com uma robustez nos ombros e nas coxas que me faz sentir pequena ao lado dele, algo que não é tão comum quando se tem quase um e oitenta de altura mesmo descalça.

Javier espera no saguão enquanto vou apressada até o meu andar, conecto o celular ao carregador novo com uma sensação de alívio e ponho um vestidinho de verão e um suéter leve por cima. O espelho do banheiro, que se estende de uma parede a outra, revela cachos descontrolados por causa da umidade, e não há muito que eu possa fazer a respeito. Para compensar, passo um pouco de batom. A boca é o meu melhor traço, lábios que são uma herança do meu lado italiano. O batom vermelho-mate a realça ainda mais.

Quando saio do elevador, Javier demonstra sua admiração e me estende um dos braços, e eu o enlaço com o meu. Em seguida, voltamos ao ar carregado da rua.

– Você viaja muito? – pergunta ele.

Desvio de um trio de garotas vestidas com seus melhores trajes para a noite e respondo do outro lado:

– Não muito, na verdade. É difícil escapar do trabalho. E você?

– Para mim, é exatamente o oposto. Muitas viagens nos últimos anos.

– A trabalho?

Ele assente de leve, mas não diz mais nada. Percorremos alguns quarteirões, mergulhados em um silêncio confortável. Contemplo o brilho das luzes contra o céu, o vislumbre de água em meio aos prédios altos, o leve toque de música vindo das janelas. Entramos em uma ruela com paredes de tijolinho, e ele interrompe o passo, olhando para cima.

– Chegamos.

Quando Javier abre a porta, uma lufada de sons e odores se esparrama pela rua, álcool e perfume, vozes e risos e os dedilhados de alguém afinando um violão. Entro, seguida de Javier, e muitas pessoas olham para nós. Por alguns segundos, sinto-me constrangida, mas logo percebo que eles provavelmente olham para todo mundo.

Além disso, talvez sejamos uma dupla marcante: eu com a boca vermelha e o cabelo rebelde, ele com os ombros largos.

Não há muitas mesas disponíveis, e ele nos conduz a uma nos fundos do salão, onde uma garota de calça jeans justinha e uma bata aparece para anotar nossos pedidos.

– Quero uma cerveja – peço, deslizando para o meu assento. – Qualquer cerveja preta que você tiver.

– Vou querer o mesmo que ela – declara Javier. – E uma tequila, a melhor que tiver, pura.

A mesa é bem pequena, e o espaço confinado nos obriga a sentar perto um do outro. A coxa dele encosta no meu joelho. Meu ombro roça seu braço. O cheiro dele remete a algo elusivo e profundo, e tento identificar o que é antes de voltar minha atenção ao palco, ciente de meus sentidos aguçados, do cotovelo dele, da espessura de suas sobrancelhas.

– Qual deles é o seu amigo?

– Todos eles são meus amigos, na verdade, mas vim para cá para visitar Miguel. É aquele ali de camisa vermelha. O bonitão.

Abro um sorriso, porque é verdade. Miguel tem uma expressão afável e maçãs do rosto salientes, além de cabelos muito brilhantes e muito pretos. É ele quem está afinando o instrumento, assentindo para a banda de apoio.

– Já são amigos há muito tempo?

– Nós nos conhecemos por meio de uma amiga comum. – Javier abre um sorriso irônico. – Ele é irmão da minha ex-esposa.

A garçonete traz nossas bebidas, e a cerveja adquire um tom de caramelo excelente quando a luz incide sobre ela. Curvo-me para sentir o aroma. Promissor. Levanto o copo.

– Saúde.

Ele mantém o copo levantado por um segundo, seu olhar fixo no meu cabelo, depois na minha boca.

– Um brinde a novas aventuras.

Tomo um gole, e o líquido é frio, refrescante e espetacular. Com um suspiro, devolvo o copo à mesa.

– Ah, como eu amo cerveja.

Ele levanta o copo, cheio de tequila transparente.

– Eu, por outro lado, prefiro isto aqui. – Cheira a bebida e dá um golinho, como se estivesse tomando vinho. – Mas apenas em pequenas doses.

Dou risada, conforme o esperado, mas uma lembrança desponta na minha mente: a visão de um garoto que, no ano passado, foi parar no pronto-socorro por se atirar em uma fogueira, como um gesto de amor, depois de ter tomado uma garrafa de tequila. Não é exatamente o tipo de história adequada para essa ocasião. Para afastar a lembrança, pergunto:

– Você veio para cá por causa do divórcio?

– Não, não. – Ele acena com a mão. – Estamos divorciados há muitos e muitos anos. – Os olhos escuros se fixam nos meus. – E você? Já se casou alguma vez?

Nego com a cabeça e giro o copo.

– Não está exatamente nos meus planos.

Ele pende a cabeça para o lado, surpreso.

– Casar com alguém não está nos seus planos?

– É. Meus pais me deram um exemplo que jamais quero repetir.

Na verdade, mal consigo permitir que as pessoas se aproximem o suficiente para um relacionamento de mais de cinco minutos, que dirá um casamento.

– Ah. – Ele beberica a tequila, um golinho tão minúsculo que me pergunto se consegue mesmo sentir o sabor, e gosto dele por isso.

A música começa com um dedilhar repentino e eletrizante do violão. O belo Miguel se aproxima do microfone, e fica difícil escutarmos um ao outro. Javier e eu nos acomodamos em nossas cadeiras, e é impossível que nossos corpos não se esbarrem. É uma sensação agradável, e fico mais consciente de tudo à medida que a música preenche o ar. É cálida, passional, com repertório em espanhol. Meu corpo balança, e de repente me lembro de um músico que costumava tocar no terraço do Éden quando eu tinha uns oito ou nove anos. Era um homem de quadris estreitos com quem minha mãe flertava descaradamente. Josie e eu usávamos nossos vestidos de festa, duas das camisolas de seda de nossa mãe, velhas e surradas, das quais ela havia cortado a barra para que não tropeçássemos. Nós nos balançávamos e rodopiávamos sob o céu vasto e escuro, o coração explodindo de amor e admiração e de coisas que mal sabíamos que existiam.

Agora que minha avidez está mais intensa, olho para Javier. Quando ele sente meu olhar e se vira para trás, vejo que o desejo também está estampado em seus olhos, e a mão dele acaricia minha coxa, logo acima do joelho. Mantenho o olhar fixo ao dele e deixo o prazer da expectativa crescer. Somos adultos. Conhecemos o ritual. Baixo um pouco a guarda, permitindo-me imaginar como vai ser beijar aquela boca, tocar aqueles ombros sem o tecido para atrapalhar, a perspectiva de tê-lo...

– E, agora, gostaríamos de convidar meu grande amigo Javier Velez para vir ao palco tocar com a gente.

A plateia murmura e começa a aplaudir. Javier dá um apertãozinho no meu joelho.

– Já volto. Peça outra cerveja, se quiser.

Assinto com a cabeça, e o vejo ziguezaguear por entre as mesas. Seu jeito de se movimentar é suave, como se fosse feito de água, como se houvesse um único caminho a percorrer, por essa brecha, depois aquela, sem nunca parar.

No palco, ele dá um abraço em Miguel e pega um violão. O instrumento repousa em seus braços, como uma criança. A postura de Javier relaxa, as mãos calmamente posicionadas sobre as cordas.

Uma cascata intensa de avisos jorra sobre meu sistema superaquecido. Um feixe de luz azulada se derrama sobre os cabelos de Javier quando ele inclina a cabeça, puxa o microfone para mais perto e, de olhos fechados, aguarda por algum sinal interno. O salão todo fica em silêncio, prendendo a respiração, na expectativa.

E eu faço o mesmo.

Javier olha para a plateia, depois baixa a cabeça em um gesto repentino e dedilha um acorde melancólico. Logo em seguida, uma cachoeira complexa de notas irrompe com rapidez. Sinto meus braços formigarem.

Ele se aproxima do microfone e começa a cantar em uma voz profunda e grave. Mesmo que eu não conheça a letra, fica evidente que se trata de uma balada, de uma canção de amor. A voz dele acaricia cada sílaba, ressoa e sussurra, os dedos marcando o tempo nas cordas.

Um músico. E não um músico amador. Ele conquistou a plateia, me conquistou.

Sexy.

Alto.

Inteligente.

Sarcástico.

E, além de tudo, um músico.

Javier Velez entrou para a minha lista muito, muito curta de "Nem Pensar *Mesmo*".

Nunca. De jeito nenhum. Nunquinha mesmo.

Enquanto ele canta, pego minha bolsa e o suéter e saio da boate. Ando rápido para dissipar o feitiço que ele lançou, o feitiço pelo qual me permiti ser envolvida.

Em meio à noite, subindo a rua em direção ao prédio, sinto um formigamento irradiar por minha coluna, pelas palmas das mãos. Estou decepcionada. Já faz um tempo desde que meu último parceiro casual e completamente impróprio, um surfista dez anos mais novo que eu, partiu em busca de ondas melhores. Sexo é uma urgência biológica, e todos os tipos de sistema são aprimorados mediante relações sexuais regulares. Sexo sozinho é ótimo e pode ajudar a dissipar muita energia ruim, mas sexo a dois é muito mais divertido. O contato de pele com pele alivia o lado animalesco do ser humano.

Eu estava ansiosa por isso.

As pessoas pararam de perguntar se vou me estabelecer, se vou arranjar um marido. Não tenho interesse nisso agora, embora nem sempre tenha sido o caso. É doloroso saber que não vou ter filhos a menos que descubra, o mais rápido possível, o que pretendo fazer. Congelei alguns óvulos quando fiz trinta anos, então tenho um plano B, mas estou me sentindo tão inquieta em relação à minha vida que preciso definir o que vou fazer antes de envolver um bebê nessa confusão.

Não me arrependo de nunca ter tido um relacionamento longo. É surpreendentemente fácil encontrar homens com quem se envolver por um tempo, como Tom, o surfista sarado que me fez companhia durante a maior parte do verão passado até o outono. Em algum momento, conforme envelheço e me torno menos atraente de um ponto de vista sexual, as coisas podem ficar mais complicadas. Vou lidar com isso quando chegar a hora.

O que não vou fazer, porém, é me permitir transar com um homem que tem o potencial de mexer comigo de verdade. Crescer em meio à guerra que foi o casamento dos meus pais, seguido por tudo o que minha irmã fez, incluindo morrer, me ensinou a ficar longe de relações intensas.

Foi por isso que criei as minhas regras, as regras que me mantiveram a salvo durante toda a vida adulta, e não vou começar a quebrá-las agora.

Dentro do prédio, cravo o dedo no botão do elevador, irritada, e espero enquanto fito os números.

Droga. Ele parecia tão promissor.

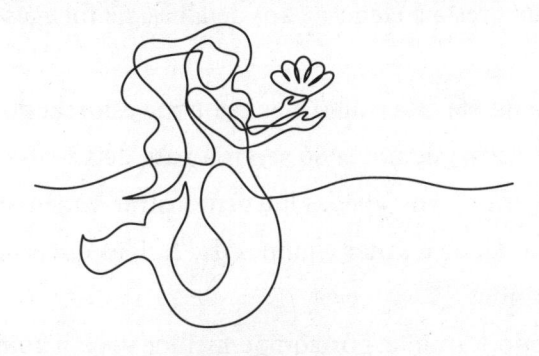

Mari

Depois do jantar, Sarah me ajuda a lavar a louça. Nossa casa é uma *villa* localizada do lado oposto ao porto, bem no alto de uma elevação, e, enquanto lavo os copos e os passo para Sarah, admiro os feixes de luz opalescente que brincam sobre as ondas. Do outro lado da água há uma longa falésia, começando a cintilar com as luzes que se acendem ao cair da noite.

Em uma tentativa de domar, o cabelo, Sarah o prende em uma trança, mas cachos teimosos espalham-se ao redor de seu rosto e por sua testa. A camiseta está com uma mancha de grama e, mesmo com o aroma adocicado do detergente, sinto cheiro de sujeira e de suor de criança. Ela tem mil pequenos experimentos em andamento do lado de fora: está tentando cultivar brotos usando talos de salsão, caroços de abacate e restos de cebola; tem três comedouros diferentes para pássaros; um barômetro sofisticado que ganhou do avô para acompanhar a estaçãozinha meteorológica que ele a ajudou a montar. Richard, meu sogro, viúvo há muitos anos, é apaixonado por velejar, e ama a natureza tanto quanto Sarah. Ela passa todas as tardes lá fora, mexendo nas coisas, cantarolando para si mesma e examinando tudo, desde penas até pedras.

Uma baita de uma *nerd*, igualzinha à minha irmã. Em cada gesto, na atenção que presta à ciência e aos detalhes, na forma séria como avalia o mundo.

Ela está quieta esta noite, mas estou me esforçando para não perguntar sobre a escola de novo. Só serviria para deixá-la nervosa. Quem sabe amanhã. Por ora, vou apenas lhe demonstrar o meu amor aqui em casa, e talvez isso ajude a sanar algumas das feridas que as meninas da escola estão causando.

— Quando terminar por aqui, é melhor você ir tomar um banho. Eu ajudo com seu cabelo.

Sarah apenas assente com a cabeça, o lábio inferior carnudo projetando-se enquanto ela seca um prato.

— Em que você está pensando?

Ela ergue a cabeça e pisca.

— Quero ler uma história hoje à noite.

— Uma história de verdade? *Harry Potter*, talvez?

— Não. — A testa franze de leve. — Você sabe que não gosto de histórias fictícias.

Sei mesmo. E me parecia a coisa mais estranha do mundo, já que passei a vida inteira como uma leitora ávida, mas, assim que ela teve idade suficiente para pensar por si mesma, começou a questionar tudo. Se havia fadas nos livros, por que não conseguia vê-las na vida real?

Quando tinha uns dois anos, começou a apanhar insetos para examiná-los. Seguia o avô quando ele se enveredava pela natureza, mostrando para ela várias espécies de flora e fauna. Percorreram todas as trilhas principais ao redor da cidade, depois foram além. Ele a está ensinando a contemplar o céu, a ler o vento e as ondas. Os dois são muito próximos.

Algo que ela nunca, jamais, terá com a minha família, o que é ainda mais doloroso se pensarmos em como ela e Kit ficariam fascinadas uma pela outra.

– Tudo bem. Qual livro, então?

– Um livro de botânica que peguei na biblioteca.

Esforço-me para reprimir um sorriso.

– Eu adoraria. – Estendo o último pires lavado para que ela o seque. – Estava pensando... e se nós lêssemos *A pequena sereia* depois?

É a única história de que ela gosta. Não a clássica da Disney, mas a versão mais antiga e sombria, de Hans Christian Andersen.

Quando Sarah tinha cinco anos, li essa versão para ela, que ficou alucinada pela Ariel. A versão da Disney é ótima, mas os contos de fadas são sombrios por um motivo. As crianças sabem que nem tudo na vida é doce e iluminado. Sabem mesmo.

– Na nova casa que compramos, eu encontrei uma prateleira inteirinha de histórias de sereias. Talvez a gente possa explorá-las juntas. O que acha?

– Pode ser, mesmo sabendo que sereias não existem.

– Você não acredita nelas, mas eu acredito.

Penso em Kit e em minha mãe, em um baú de pirata recheado de tesouros. Penso em Dylan, que parecia ter saído do mar diretamente para os nossos braços e depois para lá voltou. Por que estou pensando em tudo isso de repente?

– Mãe, isso é muito besta.

Aponto para o meu antebraço, onde escamas de sereia reluzem sobre a minha pele.

– Eu sempre fui parte sereia.

Ela meneia a cabeça.

– Tatuagens não tornam as coisas reais.

– Hum, não sei não.

– Mas eu sei. – Ela pega um par de garfos no escorredor. – O papai disse que vamos morar naquela casa.

– Isso mesmo. Vai demorar um pouco para ficar tudo pronto, mas esse é o plano. Você pode ter seu próprio laboratório. – Pronuncio a palavra com o sotaque neozelandês, com ênfase. – E lá tem uma estufa.

– Sério? – Os olhos dela se iluminam, da mesma forma como os de outra garota talvez cintilassem diante de sapatos novos. – Quando podemos conhecer?

– Logo, logo. – Puxo o pano de prato da mão dela. – Vá tomar banho.

– Você pode lavar meu cabelo?

– Posso. – Só faz alguns meses que ela está fazendo isso sozinha, e os resultados são um tanto desiguais. – Dê um grito quando estiver na hora.

Enquanto guardo os pratos no armário, meu celular toca no bolso de trás. A tela mostra o nome da minha amiga Gweneth.

– Oi, tudo bem? Não ligou para cancelar, né?

Caminhamos juntas todas as segundas, quartas e sextas-feiras, logo depois que as crianças vão para a escola. Ela é uma dona de casa e tem um *blog* interessante sobre maternidade, então usa o tempo livre para si mesma, assim como eu.

– Não, mas JoAnn não vai poder ir com a gente. Quer fazer uma caminhada em Takarunga?

JoAnn não tem tanto tempo livre quanto nós duas, então deixamos as caminhadas mais intensas para os dias em que ela tem de ir cedo para o trabalho. Temos de planejar com antecedência, porque gosto de levar uma mochila de hidratação nessas ocasiões; caso contrário, deixo-a em casa.

– Vou adorar!

Ao fundo, ouço uma latida furiosa de cachorro, e ela diz:

– Vejo você às sete e meia, então! Até mais.

– Até.

Quando termino de arrumar a cozinha, os três cachorros entram apressados pela porta. São os dois que ficaram órfãos quando Helen morreu, e o outro é o Ty, diminutivo de *Tyrannosaurus Rex*, que adotei. Ele foi nomeado quando Leo estava em sua fase de gostar de dinossauros. É uma mistura de *golden retriever* com outra raça e está extasiado por ter novos amigos com quem brincar.

– Querem ir lá para fora, crianças? – pergunto, e eles abanam o rabo. Paris e Toby estão um pouco perdidos. Paris é uma pastora-alemã preta, magra demais, com os olhos mais tristes que já vi. É grande e tem um pelo longo e bonito, e me curvo para fazer carinho nela enquanto passa. Ela deixa, mas acho que está com o coração partido. Faço uma anotação mental para procurar formas de ajudar a curar um cão enlutado.

O outro, Toby, é muito menor, talvez uma mistura de *shih-tzu* ou lhasa, e está precisando de uma tosa. Fora isso, no entanto, parece bem. É branco e marrom e tem olhos pretos e alegres, e, para minha surpresa, Simon ficou maluco por ele. Toby já aprendeu que pode pular no colo do meu marido quando ele estiver sentado na poltrona.

Relâmpagos tremulam no horizonte quando abro a porta, e sinto o cheiro de chuva se aproximando, trazendo consigo o aroma do oceano e do céu.

– É melhor vocês se apressarem, pessoal.

Fico parada na porta, respirando profundamente em meio ao crepúsculo que se aproxima e ao canto de duas notas de um par de pássaros tuim. Uma gaivota navega pelas correntes de ar. A água ondula em tons de verde e opala, com leves toques de roxo. Uma tempestade se aproxima, e olho para o barômetro no galpãozinho de Sarah, mas não sei identificar o que as bolhas nem os pesos significam.

Paris faz suas necessidades e depois volta depressa para perto de mim, sentando-se em estado de alerta ao meu lado, observando tudo ao redor.

– Você é um amorzinho, não é?

Acaricio suas orelhas compridas, e ela deixa, mas está vigiando o perímetro para o caso de haver invasores. É bem possível que eu me apaixone por Paris. Ela me lembra Cinder, o labrador vira-lata que tínhamos quando eu era criança. Foi Cinder quem nos avisou sobre o estranho parado à porta na noite em que Dylan apareceu no Éden.

Naquela noite, uma tempestade também fustigou as vidraças e transformou o oceano em um monstro selvagem a que Kit e eu assistíamos da janela de nossa sala de estar, na casinha que se empoleirava tão precariamente no topo do penhasco. Em dias claros, era possível enxergar a uma distância de cento e sessenta quilômetros, ou ao menos era o que meu pai dizia, e só se via o oceano. O oceano que mudava a cada minuto, o oceano que mudava de cor e textura, de som e humor. Seria possível olhar para o oceano mil vezes por dia, exatamente no mesmo ponto, e ele sempre estaria diferente.

Naquela noite, contudo, ele estava selvagem. Kit e eu compartilhamos histórias sobre naufrágios.

– De manhã, vamos até lá para ver se a maré traz alguma coisa caída dos navios – sugeri.

– Tesouro! – gritou Kit, no auge de seus cinco anos, socando o ar com a mão.

Cinder levantou-se de um salto atrás de nós e soltou um latido grave de advertência. Minha mãe saiu da cozinha enxugando as mãos. Foi uma noite parada no Éden por causa da tempestade, então estávamos em casa, o que era atípico, embora ela não estivesse cozinhando. Por que cozinhar, se poderíamos devorar as lulas recheadas do meu pai? Marie, uma das ajudantes de cozinha, havia trazido uma travessa de macarrão com pão e azeite de oliva com ervas, e nos sentamos juntos para comer.

Quando minha mãe atendeu à porta, havia um menino parado lá, encharcado e trêmulo, os longos cabelos grudados no pescoço e na testa. A camisa de cambraia e os jeans estavam colados em seu corpo, e o rosto estava coberto de sangue e de machucados, como se ele tivesse caído de um navio naufragado ou fosse o fantasma de um marinheiro que não sabia que tinha se afogado.

Kit e eu líamos muitas histórias desse tipo. Eu lia livros indicados para pessoas bem mais velhas e adorava contar para ela as histórias tiradas de um exemplar surrado de *O grande livro dos piratas*, repleto de contos sobre naufrágios e fantasmas, e de sereias atraindo marinheiros para a morte. Não entendíamos muitas dessas coisas, mas serviram para alimentar nossa imaginação por anos a fio.

Minha mãe o trouxe para dentro e foi buscar toalhas e uma xícara de chá. Kit e eu ficamos encarando, fascinadas por sua beleza. Ele ainda mal havia chegado à adolescência, embora na época mentisse dizendo que tinha quinze anos, então a pele ainda conservava o viço orvalhado da infância, esticada sobre as maçãs do rosto elegantemente entalhadas e a mandíbula. Os olhos eram da mesma cor das conchas de abalone, prateados e azuis com toques de violeta, como se ele tivesse nascido no mar.

– Talvez ele seja um tritão – sussurrei para Kit.

Minha mãe não era conhecida por acolher criaturas perdidas, nem cães, nem gatos, nem pessoas, mas ela se apegou a Dylan como se ele fosse seu próprio filho. Ela fez Kit se mudar para o meu quarto, para que houvesse um lugar para Dylan dormir, e ofereceu-lhe um emprego de lavador de pratos no restaurante.

– Meninas, vocês precisam ser boazinhas com ele – disse-nos ela naquela noite, enquanto nos botava para dormir. – Ele já passou por muita coisa.

– Ele é um tritão? – perguntou Kit.

Minha mãe acariciou a testa dela.

– Não, querida. É apenas um menino.

Um menino que ela acolheu e criou daquele momento em diante, como se fosse um gato perdido, sem a menor explicação.

Apenas um menino. Por um bom tempo, parada sob o céu açoitado por relâmpagos de Auckland, penso em como essa frase é pequena. Como pode, ao mesmo tempo, ser tão verdadeira e tão falsa.

Uma dor estrondosa lateja no meio do meu peito. E se minha mãe tivesse chamado a polícia para relatar o aparecimento de um estranho? E se ele tivesse sido enviado para um orfanato em vez de ter criado raízes na nossa família?

Minha mãe, em vez disso, simplesmente mentiu para todo mundo, dizendo que ele era seu sobrinho de Los Angeles. Ninguém jamais a questionou, e, naquela época, meu pai deixava que ela fizesse quase qualquer coisa.

Os cachorros, impacientes com meu devaneio, rodeiam minhas pernas e lambem meus dedos. Levo-os para dentro e, em seguida, vou lavar o cabelo da minha filha.

Mais tarde, Simon está assistindo a um filme de aventura ambientado em uma selva com muita lama e coisas que mordem e cortam, e um homem grandalhão lidera o caminho. Tudo de que ele gosta. Não é muito fã de leitura, mas assiste a todos os filmes de ficção científica e aventura que existem e, quando não tem mais nenhum para ver, procura vídeos desse estilo no YouTube.

Estou sentada ao lado dele com o *laptop* no colo, as pernas cobertas por um edredom por causa do frio. Simon está tomando uma gengibirra e, volta e meia, joga um amendoim para dentro da boca. Eu, por outro lado, tomo uma xícara de chá verde, que provavelmente já está frio. Para ser sincera, só estou tomando para acompanhá-lo.

Estava procurando inspirações para a Casa Safira no Pinterest, e depois encontrei um monte de receitas para feijoas, e agora estou me esforçando para pesquisar mais sobre a vida de Veronica.

Minha amiga Gwen é fascinada por Veronica e vive compartilhando histórias sobre essa lenda de Auckland comigo e com a nossa amiga Nan. Já faz tempo que estou intrigada em relação à ascensão e ao trágico fim de Veronica. Sinto uma espécie de conexão com a tentativa dela de se transformar, de se tornar uma nova pessoa... e ela conseguiu.

Todavia, como uma versão feminina de Ícaro, ela foi punida por sua coragem e morreu quando ainda era jovem.

No YouTube, procuro o filme que fez a carreira de Veronica deslanchar. Ela estava em Hollywood havia vários anos e desempenhara muitos papéis, em sua maioria interpretando o arquétipo de garota da selva. Quando o cinema mudo virou coisa do passado, porém, Veronica passou a ser escalada para o papel de megera, assumidamente linda e ambiciosa, e a química entre ela e o outro protagonista era eletrizante. Esse filme traz a famosa cena do beijo, e ela usa um vestido tão transparente e colado que era quase como se estivesse nua.

Enquanto assisto, fico chocada com o aspecto liberal do roteiro e com a forma atrevida e irreverente como Veronica desempenhou o papel. Usando o famoso vestido, seu corpo parece estar pegando fogo: um corpete rendado que dá a ilusão de mamilos, ou será que os mamilos dão a ilusão de renda? Quadris curvilíneos, cintura estreita e braços finos.

A inteligência do roteiro e da atriz são uma grande surpresa, assim como o fato de que essa megera atrevida de fato se sai vitoriosa no final. É como se alguém tivesse jogado os conceitos preestabelecidos de roteiro pela janela.

Faço algumas pesquisas e encontro mais informações sobre aquela época, que durou muito pouco, chamada de Hollywood pré-code. Por um breve período de cinco anos, entre o estabelecimento da indústria do cinema sonoro e a adoção do Código Hays, em 1934, não havia regras de condutas morais, e os cineastas se aproveitavam disso. Dezenas de filmes foram produzidos, muitas vezes com temas abertamente sexuais, e em vários deles as atrizes desempenhavam papéis de mulheres cientes de sua sexualidade e ambição.

Fico surpresa ao ver que, muitos anos atrás, havia tanta liberdade nas histórias, tanto poder nas mãos das mulheres. Por alguns instantes, fico imaginando como a vida das mulheres teria sido diferente se essas histórias tivessem sido permitidas, encorajadas. Até mesmo celebradas.

Veronica Parker, com as pernas longas e elegantes e a voz sexy, tinha feito seu nome ali. Em cinco anos, atuou em treze filmes, quase três por ano, e recebeu muito bem por isso, cerca de cento e dez mil dólares anualmente. Parece bastante dinheiro para o início da década de 1930, os anos da Grande Depressão. Depois de procurar a conversão para os dias de hoje, vejo que seria o equivalente a um milhão e meio de dólares por ano. Dinheiro suficiente para construir uma linda casa na qual ela mal teve a chance de morar.

Com a implementação do Código Hays, Veronica passou a ter mais dificuldade para conseguir papéis em Hollywood, e um diretor neozelandês a atraiu de volta à sua terra natal com a promessa de estrelar um romance trágico, mas o filme nunca foi feito. De acordo com a Wikipédia, o diretor, Peter Voos, esteve envolvido em dezenas de escândalos relacionados a mulheres. Na foto, vejo um homem louro e bonito de feições arrogantes. Não consigo encontrar uma explicação para o filme não ter ido para a frente, além de "divergências criativas". Veronica começou a pegar papéis menores, sempre interpretando a mulher fatal ou a amante perigosa.

Enrolada em meu cobertor, pergunto-me como ela deve ter se sentido com tudo isso. Tinha chegado ao topo só para depois ser deixada de lado, ainda tão jovem e cheia de potencial. A melancolia me invade, e fecho o *laptop*.

– Estou indo dormir – aviso Simon, antes de beijar-lhe a cabeça. – Não fique acordado até tarde.

– Pode deixar. Já, já eu subo.

Deixo um lembrete mental para procurar mais filmes de Veronica e assistir a eles. Talvez Gweneth queira me fazer companhia. Ela vai surtar quando descobrir que compramos a Casa Safira.

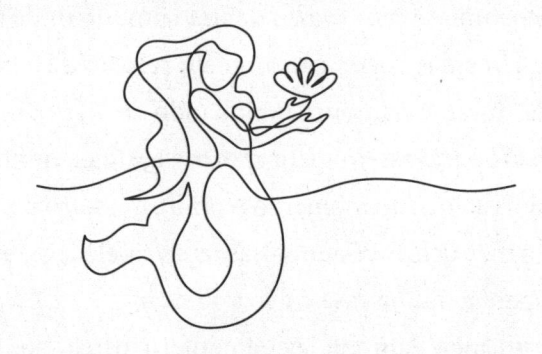

Kit

Acordo às quatro da manhã por causa do fuso e passo um tempinho tentando voltar a dormir, mas não consigo.

As cortinas estão abertas. Edifícios comerciais se elevam entre minha varanda e o porto, mas a água se estende em completa escuridão entre os limites do centro da cidade e o que parece ser uma ilha do lado oposto. Luzinhas cintilam naquele ponto, aquele tipo de luzes silenciosas do meio da noite. Deito-me de lado e imagino minha irmã em alguma casa lá fora, profundamente adormecida, sob a mesma lua que eu. Imagino que ela se levanta para ir ao banheiro e para em frente à janela, atraída pelo meu olhar intenso, e fixa os olhos na direção do distrito comercial do centro da cidade, onde fica a minha janela, invisível em meio a tantas outras. Ela me sente. Sabe que estou aqui.

Quando éramos bem pequenas, antes de Dylan chegar, cada uma tinha seu próprio quarto. Eu tinha cinco anos quando as coisas mudaram, e, a partir desse momento até o dia em que fui para a faculdade, dividimos um quarto. Primeiro, o cômodo que tinha vista para o oceano, no qual uma janela aberta significava que dormiríamos embaladas pelo som das ondas, e depois a suíte principal do apartamento em Salinas. Levou muito tempo para me acostumar com o vazio de um cômodo onde a única respiração é a minha. Uma das coisas que amo em relação a Hobo é que ele me faz companhia durante as noites, aninhando-se atrás dos meus joelhos ou deslizando até o travesseiro para apoiar o rosto na minha cabeça, como se fôssemos dois gatos. Em momentos como esse, sofro por ele e me pergunto para onde a mãe dele foi e que coisas terríveis ele teve de suportar antes de eu levá-lo para a minha casa e deixá-lo ficar.

Pensar no meu gato me leva a conferir o relógio. São quase oito da manhã em Santa Cruz. Minha mãe já deve estar acordada a essa altura. Disco o número dela enquanto sigo em direção à pequena cozinha estreita perto da porta e encho a chaleira. O telefone passa tanto tempo chamando que sinto que ela não vai atender. Uma sensação familiar de decepção e preocupação me invade; no fim das contas, ela me deixou na mão e não foi ficar com Hobo. Penso no meu pobre gato, que só confia em mim e foi maltratado pelo mundo antes de eu tê-lo acolhido, sozinho na minha casa...

No último minuto, ela atende, sem fôlego.

– Kit! Oi! Estou aqui!

– Você está aí? Na minha casa?

Um breve silêncio. Ela sabe que não confio nela.

– Estou aqui, Kit. Só saí um pouquinho para regar as plantas no quintal e esqueci que tinha deixado o celular aqui dentro.

– Hobo saiu com você?

– Ah, não. Ele nem saiu de baixo da cama.

Sinto um aperto no estômago. Consigo ver seu rosto negro e as patinhas felpudas com tanta clareza.

– Você dormiu lá?

– Dormi. Juro. Ele sai para comer e para usar a caixinha de areia quando não estou por perto. Mas acho que ele fez xixi nos seus tênis. Você os deixou ao lado da porta.

– Ele provavelmente está me reivindicando para si. Deixe as suas coisas guardadas no armário.

– Pode deixar. Estamos bem, Kitten. – É raro que ela me chame por esse apelido, o que é fofo. – Prometo. Eu já tive um ou dois gatos na vida, sabe...

– Tudo bem.

– Só faz alguns dias. Ele vai ficar bem.

– Tome muito cuidado para ele não fugir de casa. Não quero que ele saia atrás de mim.

– Prometo – declara ela em um tom de voz muito razoável, e percebo que estou surtando um pouquinho por causa de uma situação sobre a qual não tenho controle.

Nossa, que novidade, penso com ironia.

Respiro fundo e solto o ar pela boca.

– Está bem. Eu acredito em você.

– Obrigada. Agora, me conte tudo. Como é aí? É bonito?

Ando até a porta de correr e a abro, permitindo a entrada de uma lufada de ar abafado, e saio para a varanda de concreto do décimo oitavo andar.

– É maravilhoso. A água, as montanhas, as árvores esquisitas... é tudo lindo. Vou mandar algumas fotos para você mais tarde.

– Eu vou adorar.

Em vez de me encher de perguntas ou comentários, ela apenas espera que eu continue falando, uma lição que aprendeu no AA e que teria tornado a minha infância dez mil vezes melhor.

– Fui até a boate que pegou fogo – conto. – Para ser sincera, é difícil imaginar o que ela poderia estar fazendo lá. O local parecia ser frequentado por asiáticos muito jovens, não por mulheres brancas de meia-idade.

– Ah, nem sei se ela pode ser considerada como alguém de meia-idade.

Arqueio as sobrancelhas.

– Se ela estiver viva, tem quase quarenta e três anos. Depois que você passa dos quarenta anos, acho que tem de aceitar que é de meia-idade – respondo.

Ela emite um ruído de desdém, e a ouço acender um cigarro. Os cigarros que ela acha que não sei que fuma.

– Bem, e o que vai fazer agora?

– Eu sinceramente não faço a menor ideia.

– Talvez possa mostrar uma foto dela nos estabelecimentos da região. Perguntar se alguém a conhece.

– Isso não é má ideia.

– Assistir a programas de investigação criminal tem suas vantagens.

Dou risada.

– Bem, se você tiver mais alguma dica, fique à vontade para me enviar uma mensagem. Esse não é exatamente o meu ponto forte.

– Se tem alguém no mundo capaz de encontrá-la, é você – diz ela.

– E se eu não conseguir?

– Aí não conseguiu – declara com firmeza. – Tudo o que você pode fazer é tentar.

A quilômetros e quilômetros de distância, ouço o grasnar de um gaio--azul no meu quintal na Califórnia. Lembro-me de como estou longe de casa, sem ninguém além de mim mesma para me fazer companhia. A sensação solitária de ter levantado âncora de meu pontinho geográfico, sem o gato e – está bem, eu admito – sem a mãe que estou acostumada a ver todos os dias, é dolorosa.

– Darei o meu melhor – digo. – Por favor, continue se esforçando com o Hobo. Ele precisa de amor.

– Pode deixar. Comprei atum para ele ontem à noite, e ele botou o nariz para fora para comer um pouquinho.

Dou risada.

– Ótima ideia. Obrigada, mãe. Ligo para você em breve.

Sento-me na cama, de pernas cruzadas, com uma xícara de chá apoiada na bandeja. As xícaras do apartamento são minúsculas, e terei de comprar uma caneca em algum lugar hoje. Vi um Starbucks enquanto perambulava por aí, mas parece meio patético, estando a onze mil quilômetros de casa, frequentar um estabelecimento que já conheço tão bem.

Abro meu *laptop*, clico em um mapa da área em que fica a boate e dou uma olhada nos nomes dos estabelecimentos ao redor. Já tinha visto que se tratava de uma região com bastante movimento turístico, repleta de cafés e restaurantes de todos os tipos e de lojas apinhadas de cartões-postais e camisetas. Em um dos lados, contudo, fica um centro comercial com uma aparência mais luxuosa, o Britomart, e parece ter restaurantes, cafeterias e butiques de alto padrão, entre outras coisas. Será que esse seria o tipo de lugar que Josie frequentaria?

É difícil até mesmo imaginar como ela seria agora. Quando as emoções começam a fervilhar em minhas entranhas – raiva, medo e uma estranha sensação de esperança –, apelo para o meu lado científico. Como imaginar a versão mais velha de uma pessoa que forjou a própria morte e depois começou do zero em uma terra distante? Por que ela fez isso? De que forma seguiu com a nova vida? O que pode ter feito durante os últimos quinze anos?

Tomo um gole de chá enquanto observo uma equipe de limpeza passar o aspirador de pó em um andar repleto de escritórios no prédio em frente ao meu. Reflito sobre todas as possibilidades.

Em uma das últimas vezes que encontrei Josie, ela foi me visitar em São Francisco. Eu estava cursando medicina, passava o dia e a noite estudando, e ela apareceu na cidade como sempre fazia, ligando-me de um orelhão em algum lugar perto da praia.

– Podemos nos encontrar?

Fecho os olhos e me lembro de tudo. Fazia pelo menos uns seis ou oito meses desde que ela visitara a cidade pela última vez, mas eu não tinha tempo. Ela iria querer passar a noite toda festejando, comer tudo o que houvesse na minha parca cozinha, e depois sair para comprar comida em algum restaurante, e esperaria que eu bancasse, mesmo que estivesse zerada de dinheiro e me alimentasse primariamente de batatas assadas com quaisquer restolhos de legumes que encontrasse em promoção no supermercado, isso quando não vivia à base de macarrão instantâneo.

– Estou de plantão, Josie.

– Só uma xícara de café ou alguma outra coisa? Já faz tanto tempo, Kit. Estou com saudade.

– Sim, eu também estou – respondi de forma automática, mas não era verdade. Já tinha sentido saudades absurdas dela centenas de vezes ao longo da vida, mas, naqueles dias intermináveis e solitários em Salinas, depois do terremoto, quando ela se entregou completamente a seus dois vícios, surfar e ficar chapada, por fim percebi que ela nunca voltaria para mim de verdade. – É que tenho muita coisa para estudar.

– Tudo bem. Eu entendo. Faculdade de medicina, cara. Tenho tanto orgulho de você.

As palavras atingiram um fio retesado em algum ponto bem lá no fundo, e a reverberação desencadeou milhares de memórias, todas me lembrando de quanto eu a amava. Respirei fundo.

– Vou encontrar você em algum lugar. Onde você está?

– Não precisa, irmãzinha. Sério. Eu entendo. Se você não tem tempo, não há o que fazer. Eu só queria dar um oi.

– Para onde você vai depois daqui?

– Hum. Ainda não tenho certeza. As ondas são ótimas em Baja, mas estou meio que cansada do México. Talvez Oz. Eu e mais algumas pessoas estamos cogitando encontrar uma vaga em algum cargueiro ou algo assim.

Quanto mais ela falava com aquela voz rouca e linda, mais eu queria abraçá-la.

– Olha, quer saber? Posso tirar algumas horas de folga.

– Mesmo? Não quero atrapalhar nada.

– Não vai atrapalhar. Talvez demore um tempão para você voltar a São Francisco. Vou até aí. Onde você está?

Nós nos encontramos em uma hamburgueria não muito longe da Ocean Beach. Ela chegou de carona com um cara de cabelos louros emaranhados que tinha pelo menos três pulseiras de couro no braço. Josie saiu da caminhonete parecendo uma criatura de algum dos livros de Charles de Lint, um duende ou uma fada urbana caminhando entre os mortais. Como passava o ano inteiro surfando, estava extremamente bronzeada, os cabelos gigantescos cascateando sobre os braços magros até chegar abaixo da cintura. Vestia uma bata de algodão com short jeans e sandálias, e todos os homens, de seis a noventa e seis anos, pararam para admirá-la. Uma mochila surrada, mas robusta, estava pendurada em seu ombro esquerdo.

Quando me viu, começou a correr, os braços esticados, e me vi seguindo na direção dela, permitindo que atirasse seu corpo magro e definido nos meus braços. Demos um abraço apertado. Um aroma de brisa fresca se desprendia do cabelo dela, um cheiro que me deixou coçando de vontade de ir surfar, de deixar de lado a rotina pesada que criei para mim e fugir para a praia com Josie.

– Ah, meu Deus – disse ela ao meu ouvido, os braços ao redor do meu pescoço. – Sinto tanta saudade de você.

Meus olhos arderam em lágrimas. Naquela época, eu ficava na defensiva em relação a Josie, mas, dentro de vinte segundos, ela já tinha me desarmado por completo.

– Eu também sinto – admiti, e dessa vez estava falando a verdade. Fiquei abraçada com ela por um minuto, dois, transbordando de amor e sem pensar em nada, apenas no seu corpo esguio abraçado ao meu, seu cabelo no meu rosto. Dei um passo para trás. – Você está com uma aparência ótima.

– Ar fresco – brincou ela, e em seguida encostou no meu rosto. – Você parece cansada.

– Faculdade de medicina.

Dentro da lanchonete, que ainda reflete os anos 1970 em suas baias de couro sintético vermelho e detalhes cromados, nos sentamos ao lado da janela e pedimos cheesebúrgueres e batatas fritas.

– Conte-me tudinho – pediu ela, tomando um gole de Cherry Coke com um canudo.

– Humm... – gaguejei, tentando pensar em algo que não envolvesse livros, plantões e anotações. Eu estava no terceiro ano, vivenciando a parte prática do hospital pela primeira vez, e era emocionante e incrivelmente exaustivo ao mesmo tempo. – Não sei se tenho alguma coisa para contar. Estou trabalhando muito.

Ela assentiu com a cabeça com entusiasmo, e percebi como seus olhos estavam vermelhos. Chapada, como sempre.

– Bem, o que você fez *ontem*?

– Ontem... – Respirei fundo, tentando me lembrar. – Acordei às quatro da manhã para poder chegar ao hospital a tempo de dar uma olhada em todos os pacientes. Depois, fizemos as rondas com a equipe, que é cirúrgica, então estou trabalhando com cirurgiões e residentes. Em seguida, me preparei para participar de uma cirurgia de remoção de vesícula biliar e de uma apendicectomia de emergência. – Fiz uma pausa, sentindo que o sono, como o engate de um trem em baixa velocidade, começava a me puxar para baixo. Pisquei com força. Balancei a cabeça. – O que mais? Participei de um grupo de estudos antes do jantar, depois comi e fui para casa estudar para as visitas aos pacientes de hoje de manhã.

Ela arqueou as sobrancelhas.

– Cara, você não dorme nunca?

Assenti com a cabeça.

– De vez em quando.

– Não acredito que você vai ser médica. Eu vivo me gabando de você.

– Obrigada.

Os hambúrgueres são servidos, e o cheiro de sal e gordura é tão bom que inclino o corpo para sentir melhor.

– Estou morrendo de fome.

– Imagino que você não tenha muito tempo para comer no dia a dia. Você consegue sair para surfar?

– De vez em quando. Não muito, mas não tem problema. Um dia essa parte mais desgastante e exaustiva terá acabado, e eu serei igual a todo mundo.

Ela apontou uma batata frita na minha direção.

– Exceto que você será a doutora Bianci.

Abri um sorriso.

– Amo como isso soa. – Coloquei os picles e os tomates por cima do queijo e, em seguida, passei um pouco de mostarda. – E você? Conte-me o que fez na semana passada.

Ela riu, aquela risada baixa e rouca que fazia com que todos chegassem mais perto.

– Foi uma semana legal. – Josie deu uma mordida no hambúrguer e balançou a cabeça enquanto mastigava, como se estivesse pensando em todas as coisas que poderia me contar. O guardanapo estava cuidadosamente estendido sobre o colo dela, e enxerguei minha mãe nesse gesto. – Aposto que você faz mais coisas em um dia do que eu faço em um mês inteiro. – Enxugou os lábios com delicadeza, certificando-se de que não estavam cobertos de ketchup e óleo. – Mas, para ser sincera, a semana passada foi muito irada, eu diria inesquecível, porque estávamos seguindo um furacão ao longo da costa, desde a Flórida até Long Island.

– Uau. – Senti uma pontada de inveja. – Que lugar tinha as maiores ondas?

– Montauk. Você ia adorar.

– Tudo bem, você me pegou. Estou com inveja.

– Eu sei. – Josie abriu aquele sorriso largo, travesso e encantador. Tinha dentes brancos, mas não tão alinhados, porque deveria ter usado aparelho e meus pais nunca foram atrás disso. Já estávamos no ensino fundamental quando fomos ao dentista pela primeira vez, e isso só aconteceu porque Josie estava com dor em um dos molares e Dylan insistiu que a levassem para uma consulta.

— Você já pensou em surfar profissionalmente? – perguntei.

Ela mexeu o gelo com o canudo e abriu um sorriso ligeiramente curvado.

— Não. Eu não sou tão boa assim.

— Que besteira. Só precisa se concentrar, se focar nisso.

Ela encolheu um dos ombros lentamente, a boca se contorcendo em uma expressão irônica de rejeição.

— Não vejo graça nisso. Eu não sou motivada igual a você.

Passei um tempo apenas comendo meu hambúrguer, concentrando-me nisso, naquela comida que não tinha saído de um pacote ou de uma caixa.

— Tenho tanto orgulho de você, Kit – declarou Josie, mais uma vez.

— Valeu.

— Como a mamãe está?

— Bem. Você deveria ir visitá-la.

— Pode ser. – Outra encolhida indiferente de um ombro só. – Não vou passar muito tempo aqui.

Talvez eu estivesse com inveja; talvez fosse saudade dela. Talvez tenha sido uma mistura dessas duas coisas, mas eu disse:

— Você vai passar a vida toda simplesmente perambulando por aí?

O olhar dela encontrou o meu.

— Qual o problema disso?

— Você precisa de um emprego, de uma profissão, de algo que possa fazer para se sustentar quando...

— Quando eu estiver velha e feia?

— Não. – Franzi o cenho.

— Eu não tenho o seu cérebro, Kit. Era uma péssima aluna na época da escola, não passaria em nenhuma faculdade, então, basicamente, tenho duas opções: posso sofrer me matriculando em alguma faculdade comunitária xexelenta ou posso ganhar dinheiro fazendo uns bicos, viajar, surfar e amar a vida que levo.

— E você ama isso?

Uma centelha despontou em seus olhos antes de ela baixar o olhar.

– É claro.

Eu não queria brigar.

– Que bom. Também tenho orgulho de você.

– Não diga algo que você não sente de verdade.

Baixei a cabeça, e o restante do tempo discorreu de forma educada. Josie comeu tudo que tinha no prato, até a folha de alface de guarnição, e depois limpou a boca. A luz difusa entrava pela janela e se derramava sobre seus cabelos brilhantes, sobre as pontinhas dos cílios. De súbito, era como se uma parte de mim tivesse três anos de novo, recostada em Josie enquanto ela lia em voz alta para mim, e depois cinco anos, enfiada em um saco de dormir ao lado dela, abrigadas dentro de uma barraca. As cenas me encheram de dor. Como senti saudade quando ela me abandonou! Quanta saudade eu sentia. Desviei o olhar e pensei na minha prova de imunologia. Fatos e números, fatos e números.

– Você já imaginou o que poderia ter acontecido se Dylan nunca tivesse aparecido? – perguntou ela de repente. – Ou se aquele terremoto não tivesse destruído o restaurante? Já imaginou como seria nossa vida?

Aquelas palavras chocaram-se contra uma caixa fortemente lacrada no meu coração.

– Eu tento só olhar para a frente.

– Mas… e se? E se papai ainda estivesse lá no Éden, cozinhando, e talvez mamãe se recompusesse e pudéssemos ir para casa nos fins de semana ou feriados, e o papai contaria piadas e…

– Pare. – Fechei os olhos, sentindo uma pontada dolorida na parte inferior dos pulmões. – Por favor. Eu não consigo.

Uma expressão atormentada estampava seu rosto, deixando as maçãs do rosto mais iluminadas e os olhos escuros mais profundos.

– O que teria sido de nós sem ele? – Ela meneou a cabeça e pousou aqueles olhos sofridos em mim. – Nossos pais eram horríveis, Kit. Por que eles nos negligenciavam daquele jeito?

– Não sei. – Minhas palavras foram duras, erguendo um muro entre mim e o passado. – Preciso me concentrar no presente.

Mais uma vez, ela me ignorou.

– Por que não conseguimos salvar Dylan? – Quando ela voltou o olhar na minha direção, as lágrimas bordejavam o limite das suas pálpebras inferiores, mas não escorreram. – Você não sente saudade dele?

Cerrei a mandíbula. Engoli minha própria dor.

– Claro que sinto. O tempo todo. – Tive de parar de falar por um instante, baixar a cabeça, respirar fundo. – Mas não tinha como salvá-lo. Ele já estava despedaçado demais quando apareceu.

– Pode ser. – A voz dela falhou de leve, ficando mais rouca. – Mas e se as coisas que aconteceram o tenham levado a dar aquele último passo? É só que...

– Que coisas, Josie? – Eu estava impaciente e exausta. Ela já tinha trazido o assunto à tona milhões de vezes quando éramos adolescentes. – Ele sempre esteve destinado a morrer jovem. Nada o levou ao limite, exceto seus próprios demônios.

Ela assentiu, enxugou uma lágrima que ousara escorrer e olhou pela janela.

– Ele foi feliz por bastante tempo, não foi?

Estendi o braço e peguei a mão dela.

– Foi. Acho que foi, sim.

Ela apertou a minha mão com força, mantendo a cabeça baixa, o cabelo caindo como uma cortina em volta do rosto. Os nevoeiros obscuros que envolviam meus sentimentos se dissiparam, e naquele momento pude vê-la de forma objetiva, como se fosse uma estranha que havia entrado no pronto-socorro: uma jovem magra demais, com pele seca e lábios ressecados. Desidratada, eu pensaria, provavelmente uma viciada. De repente, eu queria cuidar dela.

– Sinto saudade de tudo isso – declarei. – De papai, de Cinder e de Dylan. – Minha voz ficou rouca. – Minha nossa, como eu sinto saudade de Cinder.

– Melhor cachorro do mundo.

Concordei com a cabeça.

– Era mesmo. – Afastei o cabelo do rosto. – Sinto saudade do restaurante. Do terraço, da cobertura. Do nosso quarto. – Respirei fundo. – De dormir na praia, dentro da nossa barraca. Era tão bom.

– Era mesmo.

Com a ponta dos dedos, ela tracejou a cicatriz na própria testa.

– O terremoto destruiu tudo.

– É, pode ser. – Uma leve pontada de impaciência percorreu minha coluna. – Dylan e Cinder já tinham ido embora antes disso.

– Eu sei. Por que você tem que ser tão cruel no meio de uma conversa dessas?

– Não é cruel. É apenas a realidade.

Fatos e números.

– Ok, tudo bem, mas a realidade nem sempre é o que você acha que é. Às vezes as coisas são mais complicadas que meros fatos.

Como os nossos pais. A nossa infância. O terremoto.

– Você nem estava lá naquele dia – rebati, em um raro momento de honestidade brutal. – Eu tive de passar horas sentada sozinha na beira do penhasco, sabendo que o papai provavelmente estava morto debaixo daquilo tudo. E tudo de que você parece se lembrar é que ficou com um corte na cabeça.

– Ah, Kit! – Ela agarrou as minhas mãos. – Ai, meu Deus. Eu sinto muito. Você tem razão. Deve ter sido horrível.

Não desvencilhei as mãos, mas fechei os olhos para não ter de olhar para ela.

– Eu sei que as coisas também eram ruins em Santa Cruz, mas...

Ela deslizou para fora da baia e veio se sentar ao meu lado, envolvendo-me com seu corpo.

– Desculpe. Eu sou tão egoísta às vezes.

O cheiro dela, a essência de Josie, diferente de qualquer outro aroma do mundo, me envolveu, e me perdi no amor que sentia por ela, na adoração, na raiva. Por longos minutos, as células sequiosas e solitárias do meu corpo sorveram aquele momento. Em seguida, me afastei.

– A vida é cheia de altos e baixos.

– É, acho que sim.

– Mas não consigo imaginar quem seríamos sem Dylan. Você consegue? Nem queria imaginar.

– Não importa. As coisas são como são.

Foi a minha vez de desviar o olhar e fitar através da janela, para a promessa do oceano no vasto horizonte azul.

– Eu adoraria dar uma volta na praia quando sairmos daqui – sugeri. – Talvez achar algumas bolachas-do-mar, as moedas das sereias.

– Seria um golpe de sorte – respondeu ela.

Foi nesse dia que fizemos tatuagens por impulso, sentadas lado a lado em um estúdio de tatuagem perto da Ocean Beach, enquanto o crepúsculo se aproximava.

Deslizo os dedos pela tatuagem. O desenho é elegante e delicado, e nunca me arrependi dela, embora nunca tenha feito nada tão impulsivo antes ou depois disso. Talvez só quisesse me sentir próxima de Josie novamente.

Sorte, penso agora, sentada na minha cama em Auckland, observando um feixe de luz se derramar sobre o horizonte. Não era como se ela tivesse tido muita sorte, algo que sempre fui hipócrita demais para perceber.

Josie. Tão linda. Tão perdida. Tão esperta. Tão condenada.

Em que a mulher que vi em São Francisco naquele dia se transformou? Será que vou encontrar uma garota festeira, alguém que ainda surfa pelo mundo todo? Ela já está um pouco velha demais para isso agora, mas não posso descartar a ideia. Ou talvez ela tenha encontrado uma forma de permanecer ligada a essa paixão e trabalhar com isso, como as mulheres que abriram uma loja de surfe voltada para o público feminino em Santa

Cruz. Ou talvez seja apenas uma maconheira, fazendo a vida se dissipar, uma baforada por vez.

Tomo um gole de chá, que já está esfriando. É improvável que essa última opção seja a verdadeira. Em algum momento, ela deve ter dado a volta por cima, ou não teria sobrevivido. Na última vez que a vi, o vício havia chegado a um ponto tão extremo que apenas um milagre teria sido capaz de salvá-la.

No *laptop*, abro a foto dela que apareceu no noticiário. É uma imagem surpreendentemente clara, e não há nenhum indício de euforia ou de cansaço em seu rosto. O corte de cabelo parece caro, marcado, ou talvez seja apenas recente. O rosto não está inchado, como costuma acontecer com pessoas que ingerem álcool há muito tempo, e, na verdade, ela nem parece muito mais velha do que estava quinze anos atrás, o que é a cara da Josie. Ainda está linda. Esbelta.

Ainda se parece consigo mesma.

Onde posso encontrá-la?

Vou até a pia, jogo o chá frio pelo ralo e encho a chaleira novamente. Enquanto espero a água ferver, fico apoiada de braços cruzados sobre a bancada.

Nas minhas experiências resolvendo desafios médicos, aprendi a sempre começar pelos fatos de que você dispõe. Uma paciente aparece se queixando de um sintoma misterioso: comece por aí. Dor de estômago e erupções na pele. O que ela comeu? O que fez nas últimas vinte e quatro horas? Quantos anos ela tem? Mora sozinha? Saiu para comer com os amigos ou com a família? Tomou banho?

Então, começo analisando em que pé estou em relação a Josie. Não. Esqueça isso.

Começo com um fato: uma mulher loira com uma cicatriz idêntica à da minha irmã foi filmada perto da boate que pegou fogo cinco dias atrás.

A chaleira apita, e eu despejo a água quente sobre meu saquinho de chá naquela xícara minúscula. Antes de voltar para o computador sobre a cama, penso em como queria uma caneca um pouco maior.

A que horas a mulher loira foi filmada? Faço uma pesquisa e encontro o registro de horário: dez da noite no horário da Nova Zelândia, o que seria equivalente a duas da manhã no meu fuso. Provavelmente é isso mesmo. Devo ter assistido a uma das primeiras reportagens sobre a notícia.

Tudo bem, o que estaria aberto às dez da noite de uma sexta-feira naquela região? Praticamente tudo, descubro. Todos os restaurantes, todas as boates e todos os bares.

Mas, novamente, preciso me ater aos fatos. Ela é uma mulher bem de vida, a julgar pelo corte de cabelo e pelo suéter elegante. Talvez tivesse saído para encontrar alguns amigos... Dou uma olhada no mapa, procurando possíveis locais para adicionar à minha lista. Um estabelecimento chama a minha atenção, uma cantina italiana em Britomart, o centro comercial luxuoso nas cercanias do porto. Encaminho o endereço para o meu celular. Irei até lá e mostrarei a foto para as pessoas. Talvez alguém a tenha visto. Melhor ainda, talvez alguém a conheça. Talvez ela frequente o lugar regularmente.

Mas as coisas só vão abrir mais tarde. Mal passou das sete da manhã, e já estou inquieta. Tem uma piscina no prédio. Acho que vou até lá para nadar um pouco, e depois posso voltar e me arrumar para sair.

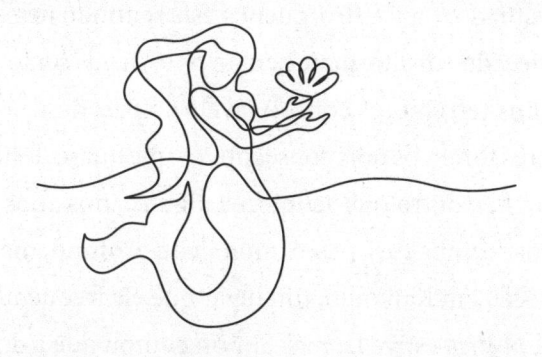

Mari

Estou fritando os ovos das galinhas de Sarah quando o terremoto tem início. Começa devagar, com aquela pequena desorientação que faz você sentir que se virou rápido demais ou que perdeu o equilíbrio, e em seguida vem o som, o tilintar de copos no armário. Com um senso de urgência, rapidamente desligo o gás e grito para a minha família, e depois corro e abro a porta para os cachorros saírem. Quando saio apressada para o lado de fora, percebo que os pássaros estão em silêncio.

Por um momento, sinto que dessa vez vou ficar bem. Não é tão forte, apenas um abalo lento e tranquilo, mais um tremor secundário que um terremoto em si.

As crianças ainda estão lá dentro. Ouço algo chacoalhando e o baque surdo de alguma coisa caindo no galpão, e sinto que deveria ir dar uma olhada, mas é como se eu estivesse colada no tronco da palmeira, a bochecha fortemente pressionada contra a casca, os braços estirados.

Tento identificar a intensidade do terremoto com base na minha vasta experiência; não teve seis de magnitude, mas talvez algo entre quatro e cinco e pouco. O suficiente para derrubar as coisas das prateleiras dos supermercados e as ferramentas das prateleiras do galpão. Pergunto-me onde está situado o epicentro, quem o está sentindo nesse momento. Talvez tenha começado em alto-mar, e então os estragos serão mínimos. Aconteceram alguns terremotos consideráveis no país desde que cheguei, sendo que os piores foram os dois consecutivos que quase destruíram a cidade de Christchurch, e outro que aconteceu alguns anos atrás, na Ilha Sul, perto de uma cidadezinha turística. Simon ficou profundamente abalado com o que aconteceu em Kaikoura, um lugar que ele frequentava muito durante a infância. Nunca estive lá, mas Simon contou que a destruição foi muito feia. A cidade está finalmente se recuperando, mas foi um longo processo.

Os tremores são sentidos em Auckland, mas o epicentro não fica aqui: sempre está localizado em outro lugar. Contudo, eles têm uma previsão nada reconfortante de que algum dia um vulcão vai incinerar a cidade toda, mas é o tipo de coisa que você não acredita que pode realmente acontecer.

Diferentemente dos terremotos, que nos lembram, vez após outra, que podem fazer o que quiserem. O solo por fim para de tremer, mas ainda estou agarrada ao tronco como uma criança de cinco anos.

– Mari! – grita Simon, e o escuto correr. A mão dele, aquela mão grande e forte, repousa perto dos meus ombros, mas continuo abraçada ao tronco. Só solto quando ele desvencilha um dos meus braços da árvore, depois o outro, e os coloca ao redor da própria cintura. – Você vai ficar bem – declara ele, uma frase peculiarmente neozelandesa. – Não se preocupe.

Sinto o cheiro intenso de algodão limpo e da pele de Simon. Seu peitoral é sólido como uma parede. O corpo dele é a única coisa que sempre vai me salvar. De repente, Sarah e Leo também estão ao meu lado, as mãos tocando meus braços, meus cabelos.

– Está tudo bem, mamãe. Você vai ficar bem.

Envolta no amor deles, consigo finalmente respirar, mas eles não me apressam.

– Desculpe, gente. Eu queria muito ser capaz de superar isso. É tão bobo.

– Não tem problema, mãe – responde Leo.
– Todos nós temos medo de alguma coisa – acrescenta Sarah.
Eu solto um muxoxo e a encaro por cima do meu braço.
– Você não tem!
– É, não tenho mesmo, mas quase todas as pessoas têm!
O riso alivia a tensão do meu corpo, e forço-me a me endireitar, a desvencilhar-me do meu marido e a beijar a cabeça dos meus filhos: um, dois.
– Obrigada. Estou bem.
A mão de Simon continua pousada na parte superior das minhas costas.
– Vá tomar uma xícara de chá. Eu termino de preparar o café da manhã.
Antes eu costumava protestar, mas um terapeuta finalmente me disse que quanto mais resistisse às emoções do meu estresse pós-traumático, pior ficaria. Se quiser superar, preciso primeiro encará-lo. Por esse motivo, volto para dentro de casa e me sirvo uma xícara de chá. A minha memória é inundada com flashes do terremoto que me deixou essa cicatriz no rosto: o barulho, os gritos, o sangue por toda parte, desde o corte na minha cabeça até a o machucado na minha barriga. Tudo isso ao mesmo tempo.
Encaro a xícara de chá com leite. A janela da cozinha está refletida na superfície do líquido, um retângulo branco entremeado por uma linha de panelas ao fundo. Obrigo-me a respirar de forma lenta e uniforme. Inspirar e expirar a mesma quantidade de vezes: um, dois, três *inspira*, um, dois, três *expira*. Pouco a pouco, meu tremor vai diminuindo. As vozes das crianças, elevando-se e baixando, dissipam os arrepios nos meus braços. Suspiro, relaxando.
Simon está fritando bacon, um avental preso ao redor do corpo. Abre um sorriso para mim.
– Está melhor?
– Sim, sim. Obrigada.
Tomamos café da manhã normalmente. Depois, Simon coloca as crianças no carro e se vira na minha direção. Enquanto afasta o cabelo do meu

rosto, seus olhos cinzentos estão inundados de preocupação. Ele sabe que sofri muito por causa de um grande terremoto, embora eu tenha mentido sobre qual.

– Tire o dia para descansar.

– Vou sair para caminhar com a Gweneth, e depois tenho de encontrar Rose na Casa Safira para definir algumas coisas.

– A caminhada vai lhe fazer bem. – Ele envolve minhas faces com uma das mãos. – Vá ao distrito comercial e visite aquela cafeteria que tem gatinhos ou algo do tipo.

Abro um sorriso.

– Quem sabe? Eu realmente acho que estou bem.

Ele planta um beijo na minha testa, demorando-se por um segundo a mais do que de costume, e depois dá um apertãozinho no meu ombro.

– Não se esqueça de que hoje à noite é o evento para angariar fundos para a natação. Eu e as crianças vamos chegar tarde em casa.

Graças à nossa divisão de tarefas, não preciso participar das coisas relacionadas à natação, já que as acho exaustivas: as jornadas prolongadas; ter que ir de carro para todo canto; ser obrigada a conversar com os pais dos outros alunos. Eu sei que as mulheres ficam tricotando e lendo e sei lá mais o quê, e não deixo de comparecer aos eventos importantes, mas Simon é apaixonado por toda essa dinâmica, ao contrário de mim. Em troca, tenho bem mais afazeres domésticos que ele, desde lavar roupa até ir ao mercado, algo que ele detesta.

Mas eu tinha *mesmo* me esquecido do evento desta noite, e um nozinho se forma na minha garganta. Levanto a mão e aceno para eles, os três no mesmo carro, as únicas coisas no mundo que realmente importam para mim. Talvez eu ligue para a minha amiga Nan e pergunte se ela quer jantar no distrito comercial.

Parece um ótimo plano.

Conheci Gweneth na balsa. Eu estava grávida de Leo, irascível por causa do calor veranil, de saco cheio de passar o Natal em pleno verão, de repente sentindo saudade da minha família, naquele momento em que estava prestes a fazer uma adição a ela. Estranhamente, depois de tanto tempo, senti saudade do meu pai. Me peguei imaginando como os olhos da minha mãe ou a boca da minha irmã ficariam em um bebê... se eu enxergaria a minha família nas mãos ou no riso daquela criança. Sofria até mesmo pelo fato de que minha mãe não estaria comigo quando o bebê nascesse, mas talvez todas as mulheres sintam o mesmo. A gravidez me deixou tão emotiva que fiquei assustada. Passava o tempo todo me preocupando com as tragédias do mundo, as coisas que poderiam se abater sobre uma criança que eu amava profundamente antes mesmo de ela nascer.

Simon gentilmente sugerira que eu fosse à cidade para visitar uma exposição sobre o Grupo de Bloomsbury, um passeio que serviu tanto para me acalmar quanto para me animar, exatamente como ele sabia que ia acontecer.

Gweneth estava sentada ao meu lado na balsa, uma mulher alta e esbelta com ar elegante, e me ofereceu um sorvete.

– Sorvete sabor *hokeypokey* – disse ela. – Não tem como ser ruim.

– Na minha opinião, não tem como nenhum sorvete ser ruim. – Fiz uma pausa. – A menos que seja de café.

– Você é americana!

– Canadense, na verdade.

Ela estreitou os olhos.

– Mas isso é o que vocês todos dizem, não é?

Dei risada e continuei contando a minha história inventada.

– Cresci na costa oeste da Colúmbia Britânica. Ilha de Vancouver.

– Saiu de uma ilha e veio morar em outra, hein? – comentou ela, assentindo com a cabeça. – Eu vi você na exposição. Qual dos membros é o seu preferido?

– Vanessa Bell, sem dúvida. Todo aquele clima de mãe natureba. Eu queria morar na casa de campo dela. E o seu?

— Duncan Grant. Sou perdidamente apaixonada por ele, é claro. Entendo perfeitamente por que Vanessa o amava. — Ela deu uma lambida no sorvete. — Eu visitei a casa de campo. Dá para senti-la em todos os cômodos. Escrevi uma tese sobre a casa de campo em si, como uma ideia de projeto.

Fiquei fascinada por Gweneth. Conversamos sobre arte e artistas, depois sobre livros e escritores, durante todo o caminho de volta às nossas respectivas casas, a dela a apenas quatro quarteirões da minha, e temos sido muito amigas desde então.

Nesta manhã, ela está esperando por mim no nosso lugar de sempre, perto do oceano. Os longos cabelos louros estão presos em um rabo de cavalo alto, e ela está usando uma regata e *leggings* que realçavam o corpo esguio.

— O terremoto de hoje de manhã... você sentiu? — pergunta ela.

Dou um breve aceno de cabeça. Ninguém além da minha família sabe que não lido bem com os tremores.

— Você sabe onde foi o epicentro?

— Em alto-mar. — Ela aponta para o oceano agitado, a espuma espirrando com força contra a terra.

— Que bom. Humm... — Começamos a andar em um ritmo acelerado, as mãos balançando ao lado do corpo. Às vezes, caminhamos por um tempão sem falar nada, mas hoje tenho notícias tão monumentais que não consigo me controlar. — Então... nós compramos uma casa nova.

— Mas já? A última casa que você reformou só ficou pronta na semana passada.

— Pois é. Mas um passarinho contou para Simon que Helen, a irmã de Veronica Parker, faleceu.

Ela interrompe o passo, boquiaberta.

— Não.

Arqueio as sobrancelhas.

— Sim. Você está olhando para a nova proprietária da Casa Safira.

— Você está brincando.

O rosto dela está pálido e vermelho ao mesmo tempo.

– Não. Está feito. Ele comprou logo de cara.

– Meu Deus. Ele é ainda mais rico do que eu imaginava.

Pego seu antebraço e a conduzo em direção à trilha que circunda uma montanha na ponta norte desta extensão de terra.

– O pai dele ainda é dono de uma porção de terras.

– Meu Deus! – exclama ela. – Você sabe que eu *amo* a Veronica. Você precisa me deixar entrar na casa!

– É claro. Quero que você me ajude.

– Quando podemos ir? Hoje não dá. Estou cheia de trabalho. Mas... que tal no fim de semana?

– Pode ser. Com certeza. Falei para as crianças que as levaria para lá. Você pode se juntar a nós.

– Você pretende vender a casa?

– Não. – Interrompo o passo assim que começamos a subir a colina. Meus ombros ardem com o sol quente e forte. – Vamos morar lá.

– Não! Você não pode fazer isso! – Gweneth levanta os braços em um gesto exasperado. – Preciso de você aqui.

– Ainda vai demorar.

– Ah, mas aí você vai ter se mudado para bem longe, no Monte Eden, e eu nunca mais a verei.

– Nada disso. Uma vez por mês, vamos combinar de nos encontrarmos em alguma cafeteria maravilhosa em cada bairro de Auckland.

Ela toma um gole da garrafa de água.

– Tudo bem. E você vai ter de dar umas festonas naquela casa.

– Pode deixar. Prometo.

Começamos a subir a montanha para valer, focadas na nossa própria respiração enquanto nos habituamos ao ritmo.

– Ei, ei, podemos ir mais devagar? – peço, arfando.

– Desculpe. – Ela desacelera. – Deveríamos organizar uma festa de boas-vindas ou algo do tipo.

Tomo um longo gole da água embutida na minha mochila de hidratação.

– Isso parece divertido. Não tenho certeza de quando arranjaremos tempo para isso, mas podemos tentar.

– Eu sei! – Seu olhar arregalado se fixa em mim. – Quando foi que tudo ficou tão corrido? As coisas não eram tão corridas assim quando eu trabalhava.

– Você não tinha filhos. Cada criança precisa de aproximadamente quarenta e oito horas de cuidados diários.

– Ah. Então é isso. Ninguém me contou.

Caminhamos em silêncio por um tempo. O porto e a linha costeira da cidade estendem-se à nossa direita. Ao norte fica Rangitoto, uma ilha vulcânica desabitada, bastante popular entre os turistas. Ao longe, uma cadeia de montanhas assoma sobre o mar, todo o cenário tingido de tons azulados: água azul, montanhas azuis, céu azul. Nunca pensei que encontraria um lugar mais bonito que a costa norte da Califórnia, mas isto aqui é surreal.

– Um espetáculo. Nunca me canso dessa vista.

– É por isso que nunca vou me mudar. Quando era mais nova, queria sair daqui. Ir para Paris e Nova York e essas cidades todas. Mas eu as visitei, e nenhuma delas se compara a este lugar aqui.

Jamais conseguiria expressar como fui sortuda de ter vindo parar aqui. Foi pura sorte, *timing* perfeito, uma boa decisão tomada em um momento de crise. Sinto um aperto na garganta ao pensar em tudo que eu não teria conhecido se não fosse por isso.

E, logo em seguida, uma leve preocupação volta a rastejar pelo meu pescoço: aquela câmera de televisão bem na minha cara na noite em que a boate pegou fogo. Tinha acabado de sair do distrito comercial com Nan e estava a caminho da balsa quando vi as equipes de reportagem. Antes de me dar conta do que estava acontecendo, olhei direto para uma delas por três segundos.

Um descuido, mas, para ser sincera, quantos acontecimentos são noticiados todos os dias? Nem mesmo um incêndio cataclísmico em uma boate ficaria muito tempo sob os holofotes.

Fazemos uma breve parada no topo do promontório, apoiando-nos em um *bunker* construído na Segunda Guerra Mundial, e recuperamos o fôlego. É uma das vistas mais lindas que já vi: as ilhas e Rangitoto, os arranha-céus do distrito comercial, a desordem singular de *villas* ao longo da orla marítima de Devonport.

– Somos tão sortudas – comenta Gweneth.

– Somos mesmo. – Dou um encontrãozinho no ombro dela. – Temos uma à outra.

– Irmãs – declara ela, envolvendo-me com um dos braços. – Para todo o sempre.

Ninguém jamais será minha irmã além de Kit, mas não consigo suportar uma vida sem ter amigas próximas.

– Irmãs – concordo e apoio a cabeça no ombro dela, direcionando o olhar rumo ao leste, através da água, para onde mora minha irmã. Por um momento vago e tolo, pergunto-me se ela também está olhando para mim, através do tempo e dos quilômetros, sentindo, de alguma forma, que ainda estou viva.

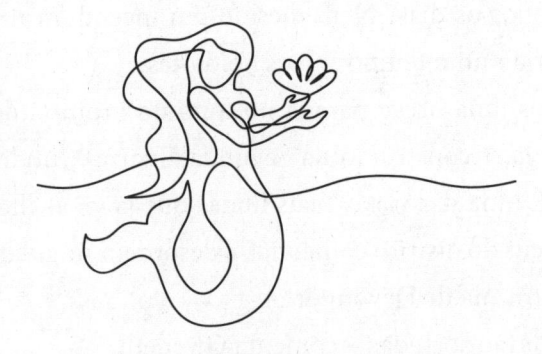

Kit

Desço de elevador até o oitavo andar. É sexta-feira de manhã, e ainda está muito cedo, então não há muita gente por perto. É aquele horário situado entre o amanhecer e o momento em que as multidões saem para trabalhar e depois de as mães levarem os filhos para a escola. O local está quase vazio, só tem uma pessoa nadando.

A piscina é extremamente convidativa, de tamanho olímpico, com um tom profundo de turquesa e talvez três raias de largura. As janelas têm vista para a selva de pedras, com seus arranha-céus, e estou empolgada para dar um bom mergulho. Tiro os chinelos e observo o homem na piscina. Está dando braçadas vigorosas, fortes, e sobe para respirar na extremidade oposta da piscina.

Droga.

Claro que é Javier.

– De todos os lugares do mundo... – começo a dizer.

– *Perdón*, o que você disse? – pergunta Javier, conferindo sua entonação espanhola à frase. Em seguida, enxuga a água do rosto. Um rosto, percebo com certo desespero, que está tão maravilhoso quanto estava ontem. Talvez até melhor.

– Deixe para lá – respondo, pegando minha toalha. – Não vou incomodar você.

Ele pula para fora da piscina com agilidade e fica parado ali, com a pele molhada, os ombros poderosos e os calções de banho simples deixando muita coisa à mostra.

– Não, não, por favor. Já estou quase terminando. A piscina é toda sua.

– Pode ficar. Ela é grande o bastante para nós dois.

– Tem certeza?

Estou me sentindo uma idiota.

– Sinto muito por ontem à noite.

Os ombros se contraem, e ele aponta para a água.

– Quer apostar uma corrida?

– Isso não é justo. Você já se aqueceu.

– Vá se aquecer, então.

Ele se senta ao lado da piscina e cruza as mãos. Filetes de luz incidem sobre sua pele, e eu desvio o olhar, tiro a roupa e tranço meu cabelo, ciente de que ele está contemplando todo o meu corpo.

O maiô sustenta meus peitos e cobre modestamente a minha bunda, mas não é exatamente um traje que deixa muito para a imaginação.

Prendo a trança e entro na água.

– Aaah – digo com um suspiro. – Ozônio.

Mergulho sob a superfície sedosa da água e nado até metade da piscina antes de subir para respirar. Depois, nado vigorosamente até a borda e me viro para voltar para a outra extremidade.

Javier ainda está sentado ao lado da piscina, as pernas revestidas de pelos escuros.

– Impressionante.

– Você não pode simplesmente ficar parado aí assistindo – protesto. – Tem de nadar também.

– Vamos nadar, então – concorda ele, que desliza de volta para a água e imediatamente se põe a dar braçadas.

Então, nós nadamos. De uma extremidade a outra da piscina, e assim por diante. Estou consciente da pele dele a apenas um braço de distância. Consciente da minha pele em contato com a água. E, em seguida, como sempre, qualquer pessoa e todos os problemas do dia somem da minha mente, e eu me fundo com a água, movendo-me com facilidade, de forma ritmada, esquecendo-me do mundo todo. Não me lembro de ter aprendido a nadar, da mesma forma como não me lembro de quando aprendi a dar meus primeiros passos.

Javier é o primeiro a parar, enganchando os cotovelos na borda da piscina, o cabelo jogado para trás. Continuo nadando, mas de súbito fico preocupada de que ele vá embora antes de termos uma chance de conversar, o que é o oposto do que eu queria na noite passada. Dessa vez, porém, talvez eu aja de acordo com os meus sentimentos, e não de acordo com o que acho que deveria fazer.

Quando nado até a outra extremidade, volto à tona e faço uma pausa.

– Já vai embora?

– Você quer que eu vá?

Nego com a cabeça.

– Tem uma piscina com hidromassagem ali – comenta ele, apontando para uma porta que dá para o lado de fora. – Posso esperar lá, se você quiser.

– Faça isso, por favor.

Ele não sorri, nem eu. Lanço o corpo para trás e dou mais algumas voltas na piscina antes de ceder à atração que ele exerce. Saio da água e enrolo uma toalha ao redor da cintura, o que é ridículo, porque logo em seguida eu simplesmente a tiro.

A piscina de hidromassagem é coberta, mas fica do lado de fora, com vista para os prédios comerciais ao nosso redor. Largo a toalha na cadeira.

– Como está a água? – pergunto.

– Bem boa.

Deslizo para a água cálida e rodopiante e afundo, deixando-a me envolver até o pescoço. Javier está sentado em uma ponta mais elevada, e não consigo evitar de admirar os braços definidos, os pelos escuros recobrindo o peitoral. Ele está ligeiramente acima do peso, carregando os quilinhos extras um pouco acima da linha da cintura, o que me faz gostar mais dele: o sinal de um homem que aproveita a vida.

Ou que viaja muito, penso, lembrando-me de que ele contou que vivia com o pé na estrada.

Ele não diz nada, apenas desliza as mãos pela superfície da água. Justo.

– Desculpe por ter saído correndo ontem à noite – digo.

Os olhos escuros se fixam no meu rosto, e ele arqueia uma sobrancelha, questionador.

Não consigo manter o contato visual e fito as minhas próprias mãos, que flutuam na água azulada. Balanço a cabeça.

– Sei lá.

– Hum...

– Olha, foi algo estúpido, e eu sinto muito. Podemos recomeçar do zero?

Ele pondera, curvando os lábios para baixo.

– Tudo bem. – Estende uma das mãos. – Meu nome é Javier.

Dou risada.

– Não precisamos recomeçar tão do começo.

– Você gostou do meu show?

– A sua voz é bonita.

– Obrigado. – Ele se afunda mais na água e deixa os pés flutuarem, os dedos furando a superfície da água. Parece estranhamente revelador. – Quem sabe um dia você não possa ouvir mais de uma música?

Abro um sorriso irônico.

– Quem sabe?

– Você vai passar quanto tempo aqui em Auckland?

– Para ser sincera, ainda não sei ao certo. – Respiro fundo e me pego dizendo a verdade. – Estou meio que em uma missão... para encontrar alguém.

– Não um namorado, imagino.

Os dedos dele desaparecem sob a superfície.

– Não, nada disso. A minha irmã.

– Ela fugiu?

Solto um suspiro.

– É uma longa história.

– Está falando da sua irmã que morreu?

Esqueci que tinha contado isso a ele.

– Isso.

Dou uma resposta lacônica para deixar claro que não estou disposta a fornecer mais detalhes.

Ele assente com a cabeça, os olhos fixos no meu rosto enquanto as mãos graciosas e fortes rodopiam sobre a água. Lindas mãos adornadas com unhas quadradinhas.

– Você vai procurá-la hoje?

Um filete de água escorre por sua bochecha e desliza sobre a boca. Sinto vontade de envolver seus ombros desnudos com as mãos.

– Vou. Encontrei algumas pistas, mas provavelmente não vai me ocupar o dia todo.

Ele finalmente sorri e, debaixo da água, seu pé roça o meu.

– E se eu ajudar a procurar e, depois, você for a um passeio turístico comigo?

Pondero sobre não ter de passar o dia todo sozinha.

– Tudo bem. Eu ia adorar.
– Quer saber aonde vamos?
Abro um sorriso e encolho os ombros.
– Seja o que for, nunca vi antes.
Ele abre um sorriso largo, contemplativo.
– Nem eu.
De repente, há uma oscilação, um respingo, e sinto que perdi o equilíbrio. Não é fruto da minha imaginação: Javier pende o corpo na minha direção, estendendo o braço para se apoiar na borda da piscina atrás de mim.
Levanto a cabeça, olhando ao redor para ver se tem alguma coisa que poderia tombar sobre nós. Em seguida, saio do spa e sigo rumo ao espaço aberto.
– Venha.
– O quê?...
A oscilação surge novamente; não muito forte, mas inconfundível.
– Terremoto – declaro, e estendo a mão.
Ele não perde tempo, e seguimos apressados em direção ao corredor aberto que leva de volta à piscina.
– É perigoso?
– Não. – Apoio as mãos no amplo parapeito de pedra. A luz do sol inunda o local. – Bem fraco, mas é melhor não ficar perto de nada que possa cair na nossa cabeça.
Ele ergue o olhar, mas não há nada acima de nós, apenas o céu. A oscilação é menos perceptível daqui, fora da água, e logo desaparece.
– Acabou – declaro.
– Como você sabia que era um terremoto?
– Eu moro no norte da Califórnia. Terremotos fazem parte da paisagem.
– Você já passou por algum muito forte?
Penso na enseada pontilhada pelas ruínas decadentes do que um dia havia sido o Éden e a nossa casa.

– Infelizmente, já. O sismo de Loma Prieta, em 1989. – Em seguida, acrescento algo que sempre faz todos se lembrarem: – O que aconteceu em São Francisco.

– Quantos anos você tinha?

– Que pergunta estranha.

Um dos lados do quadril está apoiado no parapeito, e o seu cabelo começou a secar em ondas largas.

– Doze. Por quê?

– Uma coisa dessas deve deixar marcas nas pessoas, não? Em maior e menor grau, dependendo da idade.

Tenho quase certeza de que foi o pior dia da minha vida, mas o fato de ter doze anos não influenciou em nada.

– Ah, é? E o que a minha idade na época diz sobre isso?

– Que foi horrível. Mas o seu rosto já diz isso.

Levo a mão à minha mandíbula, à minha boca.

– Diz?

Enfim ele me toca, apenas a pontinha dos dedos na minha bochecha, e em seguida se afasta.

– Diz.

Coisas sobre as quais evito pensar escapam de suas caixas: o estrondo, o barulho de vidros quebrando, meu salto desesperado em direção à porta. Estirada no chão ao ar livre, contando os segundos.

Engulo em seco e depois dou um passo na direção dele, apoiando a mão em seu peito. Ele não se abaixa para me beijar, como eu havia esperado; apenas coloca a mão sobre a minha e a deixa ali.

– A vida tem seus caprichos, não é?

Lembro-me da sensação de ficar de pé depois que o tremor chegou ao fim, e não encontrar mais nada. A casa estava em ruínas. O silêncio absoluto me confirmou o que eu já sabia. Ainda assim, gritei o nome do meu pai. Continuei gritando até ficar sem voz. Gritei até a escuridão me envolver.

Assinto com a cabeça.

Ele se afasta de mim.

– Vamos?

Tomo banho para tirar a água de piscina da pele e uso um produto para domar o cabelo, penteando-o para longe do rosto, na vã esperança de que se comporte por algumas horas. Pego um chapéu de aba larga para proteger minha pele contra o sol forte; a Nova Zelândia tem uma das taxas mais elevadas de melanoma do mundo. Está quente demais para usar mangas compridas, então optei por usar o vestidinho de verão de novo, e aplico uma camada generosa de protetor solar. Com uma bolsa de palha no ombro, desço para encontrar Javier no saguão.

Dessa vez sou a primeira a chegar, e fico esperando ao lado de uma fileira de janelas com vista para a praça. Há alguns jovens, a maioria estudantes, a julgar pela aparência, sentados ao sol, lendo ou conversando em grupos de dois ou três. As garotas têm cabelos dos mais variados tons: alguns prateados com pontas roxas, ou degradês em tons de melancia ou folhas. Uma delas tem mechas nas cores do arco-íris e usa óculos escuros enormes e um batom vermelho brilhante.

Parece que já faz muito tempo desde que me senti tão jovem, tão cheia de vida. Se é que já me senti assim alguma vez. Quando tinha vinte anos, estava soterrada em meio a livros didáticos, trabalhando em dois empregos diferentes para dar conta de tudo. Não sobrava muito tempo para relaxar ao sol. Por um momento, sinto uma pontada profunda de inveja.

– Você está linda – comenta Javier, se aproximando.

Balanço a saia vermelha do vestido.

– Só tenho este.

Ele leva a mão ao peito.

– Eu só tenho mais uma igual a esta. – É uma camisa cinza de botão com listras azuis muito finas. Parece cara. – Não consigo trazer mais do que uma bagagem de mão.

– Não sou tão eficiente assim – admito enquanto nos aproximamos dos elevadores para descer ao andar térreo. Quando entramos, sinto o cheiro do perfume dele, um toque continental ao qual não estou acostumada.

– Eu me tornei eficiente com o passar dos anos. Duas camisas boas, jeans, calças, um par de sapatos, talvez um par de sandálias.

As portas do elevador se abrem, e saímos em direção ao dia abafado. Ponho os óculos de sol.

– Nossa. Não estou acostumada a esse calor – declaro. – Não é tão quente na Califórnia, pelo menos não perto do oceano.

– Eu gosto da Califórnia – comenta ele. – As pessoas são amigáveis.

– Você já esteve lá?

– Várias vezes. – Ele também coloca os óculos de sol. São do estilo aviador e muito escuros, conferindo-lhe um ar glamoroso. – É lindo por lá. Onde você mora?

– Em Santa Cruz.

Ele franze o cenho ligeiramente.

– Bem ao sul de São Francisco – acrescento.

– Ah. Então você ficou pela área, mesmo depois do terremoto.

– Nunca morei a mais de cem quilômetros do hospital onde nasci. Californiana de nascença.

– Sua família também mora lá?

– Só a minha mãe. Ela está ficando com o meu gato.

– Não é o seu gato que foi ficar com ela?

Dou uma risadinha.

– Ele tem medo de sair de casa, então ela foi até ele.

– Isso é muito gentil da parte dela.

Olho para Javier, percebendo que ele está certo.

– É mesmo.

Uma placa sinaliza o centro comercial que eu esperava encontrar.

– Acho que é por aqui. Quanto tempo nós temos?

– Quanto você precisar. Não há a menor pressa.

– Eu só quero dar um pulinho lá e fazer umas perguntas.

– Sem problemas.

Encontro uma sombra e paro para pegar o celular. Em seguida, abro a captura que fiz do vídeo do incêndio na boate. Mostro para Javier.

– Essa é a sua irmã?

– Sim. – Baixo o olhar, sentindo um frio na barriga.

– Vocês são muito diferentes.

Solto um arzinho pelo nariz, provocando um som nada feminino que eu gostaria de poder retirar.

– O maior eufemismo da história.

Ele pende a cabeça para o lado, e um feixe de luz serpenteia sobre as ondas de seu cabelo.

– Como assim?

– Ela era pequena. Eu sou alta. Ela amava... ama... metáforas, e eu amo fatos. – Dou uma olhada na profusão de lojas. Butiques com sete vestidos dispostos em fileiras. É difícil imaginar Josie comprando roupas assim. – Ela era a maior riponga. Eu sou médica. – Vejo uma floricultura sofisticada. Vários restaurantes. – Ela era extrovertida, eu era introvertida. – Não digo "Ela era linda, eu não sou", mas provavelmente essa era uma das coisas mais óbvias. Josie, Dylan e minha mãe eram lindos. Eu era a pessoa forte e sensata.

Não que eu me importasse, para ser sincera, a não ser por aquele breve e inebriante período do ensino médio em que fui apaixonada por James. Fora isso, sentia-me aliviada por me ver livre das demandas da beleza. Afinal de contas, não parecia fazer muito bem a nenhum deles.

Um grupo de mulheres trabalhadoras passa, todas usando meias-calças e saias-lápis. Fico surpresa ao ver as meias-calças, principalmente em um dia tão abafado. Fico as encarando, tentando me lembrar da última vez que usei meia-calça por qualquer motivo que fosse. As pessoas ainda usam isso nos Estados Unidos?

Volto a examinar as vitrines. Javier fica esperando.

Por um segundo, sinto-me apreensiva, hesitante e sufocada. Por que estou nesta missão ridícula? O que vou fazer se encontrar a minha irmã? Fico enjoada só de pensar.

– Você quer sair mostrando a foto dela por aí?

Respiro fundo.

– Acho que sim.

Ele pega o celular e tira uma foto da tela do meu.

– Vou tentar nas lojas do lado de lá, tudo bem?

– Claro.

Ele segue na outra direção, e eu entro nas butiques e lojas do meu lado. Não muito depois, e sem novidades, ele se junta a mim e caminhamos lado a lado em direção a um restaurante italiano que eu tinha visto no Google Maps mais cedo. Paro em frente ao estabelecimento, um pouco nervosa, e começo a espiar timidamente o cardápio preso em um cavalete elegante. Fico com água na boca.

– Ooh, eles têm *cannoli* à moda siciliana.

– O que os torna sicilianos?

– Recheio de ricota em vez de creme. Tão gostoso.

Uma mulher alta de aparência arrumada, com uma cascata brilhante de cabelos acobreados caindo sobre o ombro direito, está parada junto do pequeno balcão ao ar livre, ajeitando algumas coisas. Quando me aproximo, ela abre um sorriso radiante.

– Ainda não estamos abertos, mas eu posso reservar uma mesa para mais tarde, se quiser.

– Não, obrigada. Estou procurando uma pessoa.

– Pois não? – pergunta ela, as mãos ainda pousadas sobre os guardanapos que estava dobrando.

Levanto o celular e mostro a foto da minha irmã.

– Você viu essa mulher?

O rosto dela se suaviza.

– Vi. Ela vem sempre aqui, mas acho que já faz um tempinho que não a vejo.

Uma onda de choque atravessa meu corpo como um raio. *Ela está viva.*

– Você sabe o nome dela, por acaso?

Ela pende a cabeça para o lado, e percebo tarde demais que é estranho que eu tenha uma foto dela, mas não saiba seu nome.

– Eu a conheço como Josie, mas acho que esse não é o nome verdadeiro dela.

– Hum. – O rosto da mulher se fecha ligeiramente e, se ela sabe o nome, não vai me contar. – Lamento, mas não sei.

– Tudo bem. – Guardo o celular no bolso, tentando controlar tanto a decepção quanto o alívio. – Você sabe me dizer se havia alguma comemoração por aqui na noite em que a boate pegou fogo? Um evento ou um show ou algo do tipo?

Os lábios dela ficam brancos.

– Ela estava no incêndio?

– Não, não. Desculpe. Eu só queria saber se tinha mais alguma coisa acontecendo no dia.

Ela lança um olhar na direção de Javier, e uma expressão que não consigo identificar cruza seu rosto: admiração, reconhecimento, surpresa. Ela se empertiga ainda mais.

– Não, não me lembro de nada.

– Obrigada. – Olho para Javier e dou um aceno com a cabeça. – Vamos visitar os pontos turísticos.

— Tem certeza? — Ele apoia a mão nas minhas costas quando saímos andando, e o vejo dar um aceno de cabeça para a mulher.

Seguimos em direção a Queens Wharf, o cais de concreto.

— O restaurante do seu pai era igual àquele? — quer saber Javier.

— Tem algumas coisas em comum. *Cannoli* de sobremesa, a muçarela fresca, macarrão com tinta de lula, e também tem algo... — Olho por cima do ombro. — Tem algo na aparência desse lugar. Acho que se minha irmã soubesse da existência dele, provavelmente iria gostar.

Ele assente com a cabeça e não me pressiona a dizer mais nada. O ancoradouro fica a apenas alguns quarteirões de distância, e nos embrenhamos no edifício, que está relativamente mais fresco.

— O que você quer fazer? — pergunta Javier.

Estamos parados, um ao lado do outro, analisando as nossas opções. Estou profundamente aliviada por ter algo em que me concentrar que não seja a minha irmã. Nenhum dos nomes significa alguma coisa para mim, e encolho os ombros.

— Eu não faço ideia.

— Vamos fazer tudo, então?

— Por que não? — respondo, de forma imprudente.

Ele pega os ingressos, então eu compro cafés em copos descartáveis e alguns quitutes. Acomodo-me em um banco para esperar a balsa, dou um gole no café *flat white* e mordisco um folhado de maçã. Observo Javier fazer um diorama sobre o guardanapo aberto no banco, o café de um lado, o doce no meio. Estou morrendo de fome depois da caminhada matinal, e fico assistindo às pessoas perambulando e conversando umas com as outras, as crianças aborrecidas carregadas pelos pais, turistas de todos os lugares do mundo. Um grupo de pessoas vestidas com ótimos trajes de caminhada enfileira-se para embarcar rumo a um vulcão em uma das ilhas. O barco balança suavemente.

– Eu amo balsas – comento.

– Por quê?

Os óculos de Javier estão pendurados na gola da camisa, e ele admira as pontas quebradiças de seu folhado. Um filete de luz solar se derrama sobre os seus cílios, lançando um leque de sombras sobre a maçã do rosto e fazendo-os parecer maiores. Ele dá uma mordida generosa.

– Não sei – admito, e pondero sobre o assunto, identificando as imagens à medida que surgem na minha mente. – As escadas. Essas fileiras alinhadas de assentos. Estar ao ar livre em dias ensolarados. – Tomo um gole de café. – Acho que é só o fato de estar na água, na verdade. Sempre gostei disso. Na minha família, costumamos dizer que não conseguimos dormir sem ouvir o barulho do mar.

– É um som reconfortante – concorda ele. – Eu gosto de balsas porque você embarca e ela o leva para onde pretende ir. Não há necessidade de se preocupar com mapas e carros. Dá para ficar lendo.

– Achei que todos os homens gostassem de dirigir.

Um dar de ombros expressivo. *Nem tanto*, diz o gesto, *mas fazer o quê?*

– Eu diria que essa é uma das necessidades, e facilidades, do mundo moderno, mas, na maior parte do tempo, não é nada prazeroso.

Inclino a cabeça para o lado, tentando adivinhar que automóvel ele dirige.

– Hum. Eu consigo imaginar você em um conversível, voando por alguma estrada sinuosa.

Um sorrisinho minúsculo curva um dos lados de sua boca.

– Que romântico.

– Sexy. – Mantenho o olhar fixo ao dele. – Como um daqueles filmes dos anos 1960 em que o cara dirige pela costa de Mônaco.

Ele ri.

– Acho que eu acabaria decepcionando você.

Inclino o corpo para trás.

– Então, o *que* você dirige?

– Um Volvo. – Um quadradinho translúcido de açúcar cai no polegar dele. – E você? Ou será que tento adivinhar?

– Você não vai acertar.

– Humm... – Ele pega o açúcar no dedo e enfia na boca, estreitando os olhos. – Não conheço carros americanos muito bem. Um Mini Cooper?

Dou risada.

– Não, mas eles são bonitinhos. Eu tenho um Jipe.

– Um Jipe? Tipo um SUV?

– Não exatamente. Preciso de espaço para levar a prancha de surfe para a praia, então... – Contemplo o horizonte. – É prático.

– Ah. Surfe. – Ele parece um pouco perplexo.

– Que foi?

– Preciso pensar na melhor forma de dizer isso...

Abro um sorriso, mesmo sabendo o que vem a seguir.

– Sem pressa.

– Achei que só adolescentes surfassem – comenta ele, em vez de dizer: *Você não está velha demais para isso?*

– Bom trabalho. – Amasso o guardanapo e o jogo no saco de papel que nos deram, e depois o estendo para Javier. – Comecei a surfar quando tinha sete anos de idade. – Lembro-me de Dylan parado atrás de mim na prancha, as mãos pairando no ar para o caso de ele precisar me segurar. Nunca precisou. – Está no meu sangue.

– É perigoso?

– Não muito. Quer dizer, é um pouquinho, especialmente se você não souber o que está fazendo, mas eu sei. Você já tentou surfar alguma vez?

– Nunca tive a oportunidade. – Ele se recosta no banco, um braço estendido sobre a parte superior do encosto, os dedos da mão direita cálidos atrás da minha escápula. – De que você gosta no surfe?

Cruzo as pernas, envolvo o joelho com as mãos e olho em direção ao mar. Penso nas minhas mãos deslizando pela água, o gosto de sal nos lábios, a prancha tremendo sob meus pés, Dylan me incentivando: *isso, assim mesmo, você consegue.*

– É emocionante entrar na onda do jeito certo, ficar nela por um tempão. Você não pensa em mais nada. Só nisso.

Por um momento, ele permanece em silêncio, os olhos fixos no meu rosto. Seus dedos tocam minhas costas, bem perto do osso, e uma onda de alerta percorre meu corpo, um arrepio de química pura, que estremece e se intensifica à medida que Javier mantém o olhar fixo em mim.

– Que foi? – pergunto, por fim.

– Nada. – Ele sorri. – Eu gosto de olhar para você.

Aliso o cabelo com uma das mãos, apreciando ser olhada por ele, mas também tão desnorteada a ponto de perder a fala, o que não é do meu feitio. Frequentemente, sou eu quem parte para cima nesse tipo de coisa, já que os homens às vezes ficam intimidados com a minha profissão e com a minha altura. Pouso a mão sobre o meu colo e olho para ele. Admiro a sobrancelha, o nariz poderoso e a abertura da camisa, que deixa o pescoço à mostra. À luz do sol, reavalio a idade dele. A princípio, pensei que ele tivesse uns quarenta e poucos anos, mas agora acho que é mais. Deve estar perto dos quarenta e cinco, talvez até um pouco mais.

Não importa. Enquanto o encaro, o leve toque nas minhas costas se junta ao seu olhar firme e direto e me dá a sensação de estar me expandindo, como se o campo de minha energia estivesse se estendendo, tentando ir ao encontro do dele. Meu corpo fica mais quente, e lembro-me daquele estudo que diz que é possível se apaixonar por uma pessoa se você passar trinta segundos olhando nos olhos dela.

Não me apaixono, mas acho que vou continuar me lembrando desse momento mesmo daqui a muitos anos. A mão dele se move, a palma estendida contra o meu pescoço, o polegar roçando de leve a minha orelha.

Quem sabe quanto tempo ficaremos assim, ambos hipnotizados? Uma voz anuncia a nossa balsa e esbarra na nossa bolha, mas não a estoura, como uma teia de aranha ainda presa aos dedos. Ele segura a minha mão enquanto embarcamos, e fico feliz com aquele toque, mantendo-me presa ao chão, ligando-me a ele, e ele a mim.

– Vamos lá para cima? – pergunta ele.

Por um momento, penso em como meu cabelo vai ficar péssimo quando o vento e a umidade levarem a melhor, mas assinto com a cabeça. Nós nos sentamos ao ar livre, sob o sol radiante da Nova Zelândia. Com tanta naturalidade como se estivéssemos juntos há cem anos, Javier pega a minha mão e entrelaça os dedos aos meus. E, mesmo que estejam um pouco suados e eu não seja muito do tipo que fica de mãos dadas, não me esquivo.

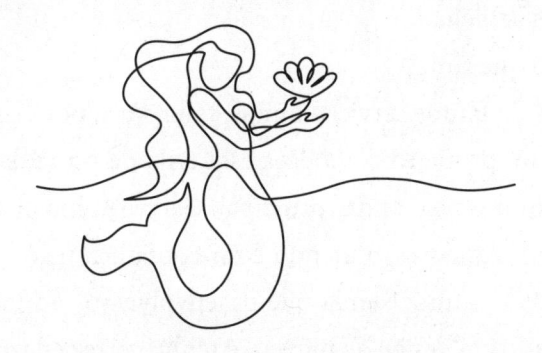

Mari

Rose e eu já vendemos seis casas juntas. Ela é uma *millennial* robusta com seios fartos e cabelos pretos bem curtinhos. Seu uniforme consiste em camisetas estampadas com frases irônicas, calças jeans e coturnos Doc Martens *vintage*. O cabelo encaracolado do namorado dela está preso em um coque, e a barba espessa esconde o que não sei ao certo se é um rosto particularmente interessante, mas ele faz bem para a Rose, e essa é a única coisa que importa.

Nós nos encontramos na Casa Safira no meio da manhã, e Rose solta gritinhos e exclamações de admiração a cada passo, igualzinho ao que fiz, mas ela parece ainda mais impressionada que eu. O pai dela é dono de uma madeireira, e ela conhece todas as madeiras disponíveis na Nova Zelândia, e até mais. Admirada, desliza os dedos pelos entalhes ao longo das paredes do saguão e nomeia os tipos de madeira presentes nas escadas, no corrimão, na moldura e nas portas.

– Meu pai vai pirar quando vir isso. – O sotaque dela é carregado, temperado com gírias maori, e, quando ela fala muito rápido, tenho dificuldade em entender tudo.

– Eu pensei nele – respondo. – Será que ele conhece alguém que trabalha com azulejos?

– Acho que sim.

Depois de tantos serviços juntas, temos um bom ritmo. Ela começa a trabalhar no primeiro cômodo à esquerda da porta da frente e segue no sentido horário pelo andar principal. Carrega uma pilha de *post-its* e fita adesiva em três cores, andando com confiança pelos aposentos, etiquetando tudo em um sistema que desenvolvemos ao longo dos anos. Ela fez mestrado em *design* de móveis, e tenho certeza de que sabe identificar a diferença entre tralhas e antiguidades dignas de nota. Em particular, as coisas que datam da época da construção desta casa são as preferidas dela. Rose também fabrica móveis em um ateliê compartilhado com um punhado de outros artistas, e eles vendem várias peças na cidade de Napier, que foi quase dizimada por um terremoto em 1931. Quando foi reconstruída, tudo foi feito no estilo *art déco*, que era muito moderno à época, e por isso os moradores da cidade têm interesse nesse tipo de móvel. Em algum momento, acho que vou acabar perdendo para o ateliê, mas por enquanto ela é inestimável.

Enquanto Rose trabalha no andar principal, subo as escadas, munida do mesmo material que ela, e começo pelo quarto. Coloco a caixa de fita adesiva e *post-its* na cama, abro as portas francesas que dão para a varanda e, em seguida, saio para admirar a vista... a minha vista. Nesta manhã, o mar está bastante escuro e hostil, as ondas chocando-se contra a orla de um jeito quase petulante, e sinto o cheiro de tempestade. Aqui estou tão perto do mar quanto em nossa casa junto à enseada, onde a janela do quarto que eu dividia com Kit ficava praticamente debruçada sobre o penhasco. Se colocasse a cabeça para fora, dava para ver as pedras logo abaixo, a pequena enseada com uma escadaria à direita, a rígida costa rochosa curvando-se para o infinito à esquerda, estendendo-se até Big Sur, e ainda mais longe, até Santa Barbara, e depois Los Angeles.

Antes eu sentia muita saudade daquela costa, a minha costa, mas posso dizer que a Nova Zelândia me curou. Não estava nos planos. Na verdade, nem havia um plano, mas às vezes parece que o destino me trouxe até aqui, para as montanhas verdejantes e o litoral infinito de uma ilha, onde eu conheceria um homem diferente de todos os outros e me apaixonaria por ele, me casaria com ele, e teríamos filhos juntos. Com esse homem, meu Simon, que comprou esta casa porque sabe que eu a amo, vou dividir este quarto, com as portas francesas abertas, ouvindo o barulho do mar.

Um tremor secundário fraco e débil retumba pela terra, sacudindo meu corpo em uma oscilação quase infinitesimal. Agarro o parapeito com força e me pergunto se a casa tem alguma proteção contra terremotos.

Sou inundada de lembranças, uma memória sonora: o bipe dos alarmes e água jorrando onde não devia e a cacofonia de pessoas formando uma canção, gritos de soprano e lamúrias de tenor amedrontadas, e gritos graves e profundos de dor. Sinto o cheiro de fumaça e gás vazando.

As lembranças se dissipam com relativa rapidez, apenas um lampejo e depois desaparecem. Depois de todos esses anos, era de esperar que eu já tivesse, enfim, superado o estresse pós-traumático. Mas parece que não é assim que funciona. Minha terapeuta diz que passei tanto tempo enchendo a cara e me drogando para esquecer o trauma que ainda vai demorar muito para resolver tudo isso.

E ela só sabe da pontinha do *iceberg*. Eu tinha saído para fazer algo triste e terrível naquele dia, inundada de vergonha escaldante e tristeza, emoções pesadas demais para a criança que eu era, embora já me achasse muito adulta.

Muita coisa já havia se perdido antes do terremoto, mas a forma como ele terminou de destruir a nossa vida – a de Kit, a de minha mãe e a minha – nos marcou de formas irremediáveis. Às vezes a saudade que sinto delas fica mais intensa nos momentos em que quero entrar em contato com aquela realidade, aquele dia em que ficamos paradas na falésia, apenas olhando para os destroços de madeira e concreto na praia lá embaixo, todas nós juntas, aos prantos.

Já chega.

Começo a trabalhar no quarto. A cama é coberta por uma colcha de seda fina demais para ser original. Tiro uma foto dela e depois da cama, afastando a colcha para dar uma olhada no colchão, antigo e extremamente empoeirado.

Pego um bloquinho e anoto algumas coisas enquanto tiro fotos. Os armários são um sonho, enormes, perfeitos para abrigar todos os vestidos de uma estrela de cinema. Onde é que eles foram parar? Em outra página, deixo um lembrete para pesquisar a história da morte de Veronica e o que aconteceu com os pertences dela. Talvez a irmã tenha doado tudo ou algo assim.

No banheiro, dou uma olhada nas luminárias, nas lâmpadas e nas cores dos azulejos, mas não há muito trabalho a ser feito neste cômodo. Está intato, praticamente novinho em folha. Foi limpo com regularidade, então não há poeira acumulada em nenhum lugar. Dois painéis compridos, pontilhados de janelas, têm vista para o mar, e eu os abro, permitindo a entrada da brisa.

O aroma pungente de algas marinhas e sal evoca uma lembrança visceral: sentar-me em um cobertor ao lado de Kit enquanto comíamos sanduíches de atum e bolinhos Little Debbies que nossa mãe havia colocado em uma cesta para nós na noite anterior. Depois de tomar leite com cereal no café da manhã, levamos o piquenique para a praia, como fazíamos com frequência. Nossa mãe não era muito fã de acordar cedo.

Aquela manhã estava nublada, cheirando a mar e chuva, e fria o suficiente para nos fazer usar moletons e calças jeans. Cinder sentou-se conosco, roendo um tronco entre as patas.

– Hoje é segunda-feira? – perguntou Kit.

Tirei uma folha do meu sanduíche.

– Você sabe que é.

O restaurante fechava às segundas-feiras. Nossos pais estavam dormindo até tarde, e sabíamos muito bem que não devíamos perturbá-los.

– A gente não deveria ir para a escola às segundas-feiras?

– Não é necessário ir todo dia. Principalmente no jardim de infância.

Eu estava na segunda série e, tirando o almoço e as prateleiras de livros a que tínhamos permissão para dar uma olhada, não ligava muito para lá. Tinha aprendido a ler sozinha antes mesmo de entrar na escola, e quem precisava de todo o resto? As outras meninas eram metidas e gostavam de bonecas, de vestidos e de um monte de coisas idiotas. Eu gostava apenas de livros, de Cinder, de Kit e do oceano.

O cabelo de Kit estava preso em uma longa trança, e ela tinha dormido com ele assim por alguns dias, fazendo com que cachos se desprendessem ao redor do rosto e no topo da cabeça, como se tivesse enfiado o dedo na tomada. As sardas lhe pontilhavam o nariz e as bochechas, mais escuras por causa do sol de verão, e a pele estava quase tão bronzeada quanto as paredes de madeira do restaurante, um tom de marrom-avermelhado profundo que fazia com que as pessoas dissessem que nem parecíamos irmãs.

Mas ela simplesmente puxou a meu pai. A pele cor de oliva, os cabelos escuros, a boca grande e larga. Ela também era alta como ele. Tinha a minha altura, embora eu fosse mais velha.

– Mas eu gosto de ir para a escola. Aprendemos coisas legais por lá – protestou ela.

– Eca. Tipo o quê?

– Estamos fazendo uma experiência com plantinhas na janela.

– Como assim?

Ela deu uma mordida no sanduíche e mastigou, pensativa.

– Plantamos cinco sementes diferentes para ver qual cresce mais rápido.

– Que coisa boba.

– Eu gosto. Elas têm folhinhas diferentes. Algumas são redondas, outras são pontiagudas. É bem legal.

– Hum. – Eu não queria dizer "que coisa chaaaata", mas foi o que pensei.
– Pelo menos tem coisas para fazer na escola.
– Nós fazemos um monte de coisas!
Ela deu de ombros.
– Você poderia falar para a mamãe que quer ir para a escola todo dia.
Os olhos de Kit se fecharam.
– Ela vai gritar comigo.
Cutuquei o pé dela.
– Eu vou falar para ela, então. Não ligo se ela gritar comigo.
– Você faria isso?
– Acho que sim. – Afastei uma mecha de cabelo do rosto. – Se você quiser.

Ela concordou com a cabeça, os grandes olhos verdes e dourados reluzindo como moedas.

– Eu quero muito, muito ir para a escola.

Em Auckland, décadas depois, corro os dedos ao longo do peitoril ladrilhado da janela. Foi só quando Dylan chegou, um ano mais tarde, que Kit passou a frequentar a escola todos os dias. Ele se certificou disso.

Depois de conferir as coisas no quarto, começo a segunda parte do meu dia: vasculho a casa em busca de papéis, cartas, diários, qualquer coisa que possa me ajudar a ligar os pontos em relação ao passado de Veronica. Como eu já sabia, o quarto tinha sido esvaziado e jamais voltou a ser usado, e o escritório não servira de nada. Encontro pilhas de revistas nos aposentos de Helen, algumas datadas de 1960, cuidadosamente armazenadas em caixas de plástico empilhadas até o teto. Pego uma caneta permanente e escrevo "lixo" nelas. Em um armário, acho novelos e mais novelos de lã, de todas as cores, tipos e pesos, e anoto na prancheta que eles devem ser enviados para bazares de caridade, junto com a maioria dos livros brochura, em grande parte romances muito antiquados, além de romances volumosos sobre as classes mais abastadas da Inglaterra que parecem combinar muito bem com certo clima que existe por essas bandas. Nunca os tinha visto nos

Estados Unidos, embora os romances mais modernos que estão em voga por lá provavelmente atendam as mesmas necessidades.

    Analiso os livros minuciosamente, um de cada vez, mas, depois de passar por várias pilhas, percebo que não haverá nada que realmente valha a pena guardar. Para mim é sempre difícil abrir mão de tamanha abundância de exemplares, mas, assim que comecei a revender casas, aprendi que me arrependeria se ficasse com muitos desses livros para mim. Já estamos quase sendo soterrados pelos livros que tenho, então não preciso arranjar mais em outro lugar. Na minha prancheta, anoto "levar para o sebo", que muitas vezes me paga uma quantia fechada razoável por todo o lote só pela remota possibilidade de encontrar algo interessante.

    O restante dos cômodos tem ainda menos a oferecer. Abrigam os últimos pertences modestos de uma senhora reclusa. A televisão dela é dos anos 1990, e o computador, disposto em um dos cantos, é um trambolhão de carcaça amarelada. Ligo, movida pela curiosidade, e demora um pouco, mas a tela enfim se ilumina. Não parece estar conectado à internet e só tem alguns programas instalados: um processador de texto que não vejo ser usado há muito tempo e alguns jogos antigos. Abro um sorriso, imaginando Helen, com seus vestidos floridos, jogando *Paciência*.

    Clico no ícone do editor de texto e, enquanto ele demora uma eternidade para carregar, leio uma mensagem que Nan acabou de me mandar.

    Recebi a sua mensagem. Vamos sair para jantar mais cedo?

Aproveito a deixa para parar de pensar na minha casa vazia por um instantinho.

    Vamos! No lugar de sempre?
    Cinco e meia?
    Pode ser.
    Vou fazer a reserva.

Animada com a perspectiva de sair, guardo o celular no bolso de trás da calça jeans e dou uma olhada na lista de arquivos no computador de Helen. Estão bem organizados, com uma pasta para cartas, uma para afazeres diários, que logo descubro que estão organizados em uma lista que pode ser impressa, e uma intitulada "Outros". Clico nela. Anotações de diário. Abro algumas delas, só para ver se há instruções ou algo do tipo. Um sentimento de culpa me invade: diários são coisas muito, muito pessoais, e nunca se sabe o que se pode acabar encontrando se começar a procurar às cegas.

Nesse caso, contudo, são apenas relatos do dia a dia dela. Ela tricotou um par de meias para o filho do vizinho. Comeu torradas com geleia no café da manhã. Precisava deixar um recado para os empregados. Fecho o arquivo, mas não vou me desfazer do computador. Sinto-me protetora em relação à privacidade de Helen.

Bate bastante sol nos cômodos, que são bem iluminados e têm vista para o mar. Simon ficará muito confortável em ter um escritório aqui. Talvez possamos transformar um dos aposentos em uma pequena cozinha.

Como de costume, fico parada em silêncio no meio do grande cômodo e deixo que ele me revele suas cores e estilos. A estrutura daqui, assim como do resto da casa, é excelente. As janelas são as grandes estrelas: quadrados enfileirados, cada uma delas emoldurando a vista de um jeito diferente. Vou deixá-las descobertas, mas talvez pendure em cada extremidade umas cortinas pesadas que possam ser puxadas até o centro.

Não. Simples, sem cortinas. É disso que Simon vai gostar. Escolher um tom masculino de verde e mandar remover o carpete. Estantes de livros sobre as quais Rose vai querer opinar. Os detalhes intrincados da madeira despojados e depois restaurados.

Enquanto desço as escadas com as anotações em mão, me ocorre que Helen deve ter mantido diários desde sempre. O que ela fazia antes dos computadores? E onde ela os guardou?

Deve haver um sótão ou outro depósito. Ando pela galeria superior, olhando para o teto, e, no fim, chego à curva da parede. Confiro o relógio e percebo que já estou aqui há horas. Para chegar a tempo no meu jantar com Nan, preciso ir logo para o distrito comercial. Se eu cronometrar tudo direitinho, posso pegar a vaga de algum funcionário explorado que estiver de saída.

Rose está catalogando os itens na despensa.

– Encontrou alguma coisa interessante? – pergunto.

Ela assente, apontando a caneta em direção às prateleiras de vidro.

– Alguém colecionava xícaras e pires Coalport. São um espetáculo. – Ela pega uma xícara azul-escura, a parte de dentro dourada, e uma estampa de estrelas ou pontinhos do lado de fora.

– Deslumbrante. Valem alguma coisa?

– Algumas com certeza valem. Outras, talvez não. Mas são lindas. – Ela meneia a cabeça ao guardar a xícara no armário. Em seguida, pega outra com fundo amplo, com uma esmaltagem elaborada e colorida em tons de vermelho, cor-de-rosa e amarelo.

Ela ama coisas *vintage*, e eu nem sempre entendo o fascínio, mas essas xícaras são mesmo incríveis.

– Elas vão inspirar você.

– Vão, sim. Você está indo embora?

– Vou encontrar a Nan no distrito comercial. Você quer ficar aqui?

– Não. – Ela faz uma careta e olha para cima. – Esta casa aqui parece viva demais para o meu gosto.

Assinto com a cabeça.

– Sei bem como é. Quase morri de susto esses dias.

Ela devolve a xícara ao lugar e fecha a porta da despensa.

– Anotei um monte de coisas. Vou digitar tudo mais tarde e mandar para você, mas acho que já é um bom começo.

– Amanhã, ou depois de amanhã, quero entrar no sótão. Estou procurando papéis e qualquer outra coisa que possa ter pertencido a Veronica. Roupas, joias, anotações, roteiros. Qualquer coisa. Pode ser que um museu tenha interesse.

– Com certeza.

– Quer umas feijoas? – ofereço, sentindo o aroma delas carregado pela brisa quando saímos. – Tem uma tonelada delas por aí.

– Ah, não. Minha mãe tem duas árvores, e já estou tentando fugir dela.

Dou risada.

– Até amanhã.

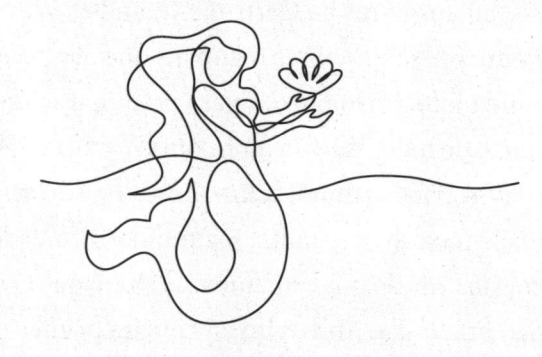

Kit

O passeio pelo porto nos dá a chance de desembarcar em vários pontos diferentes. Javier e eu perambulamos por um vilarejozinho bastante sombreado pelas fileiras de árvores e casas em estilo vitoriano. O ar está cálido e parado, e o clima nas ruas é bem tranquilo. Pacífico. Vez ou outra, Javier aponta para alguma coisa, mas parece satisfeito em apenas apreciar a vista. Gosto de como ele não sente necessidade de preencher todo o silêncio com palavras.

Nós dois somos atraídos para o interior de uma livraria, e o perco em questão de dois minutos, pois ele se envereda por um corredor de livros de história empoeirados. Perambulo sozinha, procurando uma leitura leve para me fazer companhia, mas não há muitos livros desse estilo. Contento-me em folhear um exemplar repleto de ilustrações botânicas, depois um sobre a história das flores. Passeio despreocupada por mais alguns corredores, virando para um lado e para o outro, até que chego bem ao coração da livraria, cercada pelo sussurro abafado dos livros e seu leve odor empoeirado, em frente a uma coleção gigantesca de livros infantis.

Apanho alguns, abro-os aleatoriamente para ler uma página ao acaso. *Nancy Drew*, alguns livros de Gertrude Chandler Warner, várias edições de *Harry Potter* e algumas obras regionais que não reconheço. Fico intrigada e tiro uma foto das lombadas para pesquisar sobre eles mais tarde.

E lá no meio de tudo isso está uma cópia surrada de *A Fantástica Fábrica de Chocolate*. Arfo baixinho, como se estivesse presenciando um morto voltar à vida, e puxo-o da estante, segurando-o cuidadosamente entre as mãos. É a mesma edição que tínhamos, um livro que Dylan trouxe de uma viagem a São Francisco. Abro, viro a primeira página e volto no tempo.

Retorno a uma tarde fria muito tempo atrás, eu e Josie, e Dylan entre nós duas. Recostei-me nas costelas rígidas dele, sentindo o aroma do sabonete que ele usava para tirar o cheiro de alho e cebola das mãos.

– Não vejo a hora de ler isto para vocês – disse ele. – A história é tão boa.

– Eu posso ler sozinha – declarou Josie, e era verdade. Do alto de seus oito anos, ela era capaz de ler qualquer coisa que quisesse.

– Mas, se você ler – começou Dylan –, não vamos poder ficar sentados assim, todos juntos. – Ele plantou um beijo na cabeça de cada uma. – Não é melhor desse jeito? Podemos ler um capítulo todo dia antes de vocês irem para o banho.

– Por que a gente tem de tomar banho todo dia? – perguntei, estirando-me no colo dele. – A mamãe não pede para fazermos isso.

Ele beliscou a lateral do meu corpo, fazendo um pouquinho de cócegas, e dei risada, afastando as mãos dele com alegria.

– Porque, depois de passar o dia inteiro brincando na areia, vocês fedem feito dois cabritinhos.

– Mas a gente toma banho no oceano! – gritei, e ele riu, levando um dedo aos lábios.

– Um menino da minha sala falou que meus tornozelos são nojentos – contou Josie, levantando uma das pernas magrelas para inspecionarmos.

– É meio nojento mesmo – concordou Dylan, agarrando a perna dela. – Esfregue direito hoje à noite.

– Esfregar *como*? – perguntou Josie. Ela lambeu o polegar e passou sobre a sujeira, que começou a sumir.

– Pare com isso – disse Dylan, dando um tapinha na mão dela. – Faça isso durante o banho. Você pode usar sabonete e uma toalha de rosto.

Eu gostava de me deitar em cima das pernas de Dylan e olhar para ele. Conseguia ver o queixo, onde fiapinhos de barba loira refletiam a luz, o rabo de cavalo pendendo sobre o ombro, brilhante e bagunçado. Sentia-me segura com Dylan, aquecida. Apesar de reclamar sobre o banho, gostava de ter alguém que soubesse quando nossas roupas precisavam ser lavadas, alguém que nos obrigava a seguir uma rotina: tomar banho, pentear e trançar o cabelo, escovar os dentes, escolher as roupas do dia seguinte. O sentimento de preocupação havia diminuído muito desde que ele chegara.

– Estou vendo a parte de dentro do seu nariz – anunciei, soltando um risinho.

Dylan também riu.

– Levante já daí, macaquinha. Vamos ler.

Sentei-me ereta. Josie cruzou as pernas e se aproximou, o cabelo comprido caindo como feixes de palha sobre os braços magros. Dylan respirou fundo e abriu a primeira página.

– "Estes dois velhinhos..."

Vinte e cinco anos mais tarde, segurando um exemplar do mesmo livro naquela livraria empoeirada, fico totalmente imóvel enquanto os espinhos se alojam nos meus pulmões. Sei, por experiência, que a sensação vai piorar antes de melhorar. Não consigo me mover, então apenas respiro o mais devagar possível, e ainda assim será como se estivesse enfiando a mão por entre os espinhos, inundando-me de dor. Cada espinho representa uma lembrança: meu pai, Dylan, Josie, minha mãe, eu, eles, surfe, *marshmallows* assados... e todos eles me espetam ao mesmo tempo.

Parada ali, puxando o ar pausadamente, posso sentir uma pessoa se aproximando pelo corredor, mas, se eu me mover, vai demorar mais para a dor ir embora. Por isso, fico imóvel, de cabeça baixa, como se não tivesse notado que a pessoa está ali. Talvez ela dê meia-volta e vá embora.

Mas ela não faz isso. *Ele* não faz isso. Javier toca meu braço com leveza.

– Você está bem?

Assinto com firmeza. Levanto o livro para mostrar o que estava folheando. Com uma sensibilidade rara, ele pousa a mão cálida no meio das minhas costas e estende a outra para pegar o livro. Entrego para ele.

Quando recupero a fala, pergunto:

– Encontrou alguma coisa interessante?

Ele abre um sorrisinho irônico, o que realça a covinha em sua face.

– Muitas coisas, mas aprendi que só posso comprar *um* livro, ou minha mala fica pesada demais para carregar! – Ele mostra um livro de poesia do Pablo Neruda. – Por enquanto, escolhi este aqui.

– Mas você já tem um livro.

– Não, já terminei de ler aquele. Posso deixar em algum lugar para outra pessoa encontrar.

A dor diminuiu um pouco, o suficiente para que eu conseguisse rir.

– Vou comprar esse aí, mas entendi o que você quis dizer.

Ele me devolve o livro.

– Você vai ter de me contar a história. Vamos procurar algum lugar para almoçar?

– Claro.

Ele põe o livro de poesia sobre o balcão da caixa e estende a mão para pegar o meu. Cogito dizer que posso pagar pelo meu próprio livro, mas é um ato de gentileza, e não há por que recusar.

– Obrigada.

O vilarejo é voltado para os turistas, ou ao menos a região à beira-mar é destinada a eles. Sei por experiência própria que a cidade em si deve ter casas, pessoas, escolas e supermercados normais. Fico perplexa ao me dar conta de que esta cidade turística é muito parecida com aquela em que moro, e de que, em todos os locais em que a terra encontra o mar, provavelmente existe algum lugar parecido.

Há uma grande variedade de opções, mas fico encantada com a aparência de uma lanchonete de sanduíches e chás que fica localizada em um edifício antigo, e somos conduzidos a uma mesa perto da janela, com vista para o porto e as ilhas e falésias. Lá fora, em algum lugar, está a minha irmã. Agora que tenho certeza disso, toda a questão parece ainda mais urgente. Como vou encontrá-la?

– Está tudo bem?

Assinto com a cabeça e encolho os ombros ao mesmo tempo, tentando me livrar das emoções suscitadas pelo livro.

– Não muito. Não sei como vou encontrar minha irmã. Quer dizer, como é que se faz uma coisa dessas em uma cidade tão grande?

– Você poderia contratar um detetive – sugere ele, pronunciando a última palavra com a inflexão espanhola. Eu tinha cogitado essa ideia.

– Talvez faça isso, se não conseguir encontrá-la sozinha.

Em seguida, me empertigo na cadeira. Tinha aceitado o convite de Javier para o dia de passeios porque não queria ficar sozinha, e o mínimo que posso fazer é dedicar-lhe a minha atenção durante a tarde.

– Este lugar é um absurdo de lindo – comento.

Javier, segurando o cardápio com leveza, também admira a vista.

– É um descanso para os olhos.

O tom de sua voz desperta a minha curiosidade.

– E você precisa descansar? – pergunto suavemente.

– Eu precisava de tempo... – Ele faz um gesto para abarcar o cômodo, a sala, a mesa, a vista e a mim. – Para curtir o mundo.

Um jovem de cabelos pretos encaracolados nos pergunta o que queremos beber. Ainda não sei ao certo quais são as bebidas típicas da região – o que é Lemon & Paeroa? –, então peço uma água com gás.

Javier pede limonada de um jeito encantador. Conferimos o cardápio.

– Já vi "kumara" em vários cardápios. É uma espécie de abóbora ou algo assim?

– É batata-doce – responde ele. – O Miguel me contou.

Fico dividida entre a sopa de *kumara* com bolinhos de peixe e o clássico *fish and chips*, e decido partir para a aventura: escolho a sopa e os bolinhos. Javier pede ostras.

Quando Javier devolve o cardápio para o garçom, ele é emoldurado pela luz que vem de uma janela logo atrás. Ela lança uma auréola luminosa sobre seus cabelos e os ombros quadrados e sólidos e realça seu perfil: fronte alta, nariz poderoso, lábios carnudos. Gosto da elegância de sua camisa. Do jeito tranquilo como encara o mundo.

Ele dá um tapinha no livro, que está embrulhado em um saco de papel.

– Conte-me sobre isto aqui.

– Ah, isso... – Mais uma vez, sou inundada pela dor das lembranças. – Você já assistiu ao filme *A Fantástica Fábrica de Chocolate*?

– Sim.

– Ele é baseado neste livro.

Ele assente com a cabeça, as mãos frouxamente entrelaçadas diante de si.

– E?

Tomo um gole de água.

– Meus pais meio que adotaram um garoto desconhecido, que depois começou a trabalhar no restaurante. Dylan. – Fazia quanto tempo que eu não dizia o nome dele? Uma leve onda de dor percorre minhas costelas. – Ele passou vários anos morando com a gente. E este era o livro preferido dele. – Aliso a capa com uma das mãos. – Ele sempre lia a história para mim e para minha irmã.

– De que se trata?

– É sobre um menino pobre dos subúrbios de Londres que encontra um bilhete dourado em uma barra de chocolate. Ele ganha uma visita a uma fábrica de chocolate comandada por um homem excêntrico.

– Por que seu amigo gostava tanto do livro?

Pondero sobre a pergunta. Há tantas coisas que desconheço. Não sei qual era a história de Dylan, só que ele claramente quase tinha sido espancado até a morte. Também não sabia quem era a família dele... A única coisa que ele contou sobre a mãe foi que eles iam a Chinatown de vez em quando.

– Charlie é um menino pobre que encontra um bilhete premiado. E tem um quê de magia em uma fábrica de doces, não é? – digo em voz alta.

– Você sente saudade dele.

– Não só dele. – Como explicar tamanho emaranhado de amor? Minha mãe fumando na cozinha enquanto Dylan lia em voz alta, o aroma forte de café no ar, minha irmã mastigando a ponta do cabelo, meu pai cantando em algum lugar, ocupado com algum afazer. – De todos eles, na verdade. Talvez até mesmo da garotinha que fui um dia.

Javier estende as mãos enormes por sobre a mesa e pega uma das minhas, envolvendo-a por completo.

– Conte-me sobre eles.

Ah, eu não quero gostar tanto dele. Desejá-lo, sim. Gostar? Não. Mal o conheço, mas, por esse gesto, sinto que tem um coração de leão, gigante, acolhedor e sábio. Abre uma frestinha das portas que fechei ao longo da vida.

Respiro fundo, penso naqueles dias, e mais uma vez me vejo dizendo a verdade para Javier. Talvez tenha alguma coisa nele que me leve a falar, ou talvez já esteja na hora de contar a alguém.

– Éramos crianças rebeldes, todos nós, até mesmo Dylan. Ele deve ter fugido, porque simplesmente apareceu feito um fantasma certa noite, quando tinha uns treze anos, e por lá ficou. Minha mãe o acolheu e cuidou dele. – Meneio a cabeça. O fato de ela ter feito isso permanece um mistério, mas o amou tanto quanto nós, desde o início. – Minha irmã e eu o adorávamos. – Olho para o oceano. Até mesmo meu pai, que era um homem durão em alguns aspectos, o amava. – Foi provavelmente a melhor coisa que aconteceu a Dylan.

– Por quê?

Lembro-me das cicatrizes de Dylan, algumas pequenas e claras; outras, linhas longas e finas; e algumas gordas e vermelhas.

– Eu não percebi na época, entende, mas, sabendo tudo o que sei agora, acho que ele deve ter sofrido maus-tratos físicos. – Minha pele dói só de pensar nisso, em Dylan, pequeno e gentil, tão bonito que chegava a doer, sendo vítima de murros, cortes ou queimaduras. O corpo dele apresentava as evidências de tudo isso e muito mais. Por um instante, um sentimento de perda e saudade ameaça irromper sobre mim, saudade daquela época, do próprio Dylan... Sofro tanto pelas coisas terríveis pelas quais ele passou. – Ele cuidou de nós... de mim e de Josie.

– Por que seus pais não cuidaram de vocês?

A resposta é tão complicada e tão pessoal que fico aliviada quando o garçom chega com uma cestinha de pães e Javier solta a minha mão. Ele estende a cesta para mim primeiro, segurando-a de forma cortês enquanto escolho um pãozinho marrom. Javier pega um com sementes e o aproxima do nariz.

– Humm. *Alcaravea* – diz em espanhol.

Aponto para o pão, e ele o estende para que eu possa dar uma olhada.

– Cominho-armênio – respondo.

– Uma delícia.

Todos os gestos e todas as expressões que ele faz são igualmente suaves e graciosos. Nada é precipitado ou ensaiado. Ele flui de um instante a outro de uma forma que não me lembro de ter visto em nenhuma pessoa antes. Abro um sorriso e passo manteiga no pão.

E, como se tivesse percebido que aquele é um assunto delicado para mim, ele muda o rumo da conversa.

– Então, Kit... é de Katherine ou de outra coisa? Você parecia uma raposinha quando era criança e seu pai lhe deu esse apelido?

Enquanto fala, Javier fita meu rosto com intensidade, como se quaisquer palavras que saíssem da minha boca fossem dotadas de um fascínio infinito. Certa vez tive uma professora que me olhava desse jeito. Ela era freira, e a conheci no meu terceiro ano de graduação. Eu me sentia cheia de vida na presença dela. Estou me sentindo assim agora.

– Foi obra do meu pai – admiti. – Ele achava que eu parecia um gatinho, *kitten*, quando nasci, e me deu esse apelido. Minha mãe ainda me chama de Kitten às vezes, e Dylan também me chamava assim. Fora isso, todo mundo me chama de Kit. Eu era bem moleca.

– Moleca? Acho que não conheço essa palavra.

– Eu não era muito feminina. Não gostava de bonecas nem de vestidos. As mãos dele estão pousadas uma sobre a outra, os dedos imóveis.

– E de que você gostava?

– De surfar. Nadar. – Algo amolece em meu interior, e curvo o corpo para a frente, sorrindo diante das lembranças. – De procurar sereias e tesouros piratas.

– E encontrou? – Sua voz é baixa, os olhos escuros me encaram de um jeito firme, fixamente.

Fito aqueles lábios cheios, depois levanto o olhar.

– Algumas vezes. Não muitas.

Ele dá um breve aceno com a cabeça. É a vez dele de olhar minha boca. Depois meus ombros, o pedaço de pele que meu vestido deixa à mostra.

– Então é Katherine ou Kitten?

– Katherine. Em homenagem à minha avó paterna. E, infelizmente, eu me pareço muito com ela.

– Infelizmente? Por que diz isso?

Encolho os ombros, recuando, afastando-me daquela sensação rodopiante que cresce no ar entre nós dois.

– Eu não ligo. Mas eu não era como a minha irmã ou a minha mãe.

Ele solta um muxoxo.

– Vi aquela foto da sua irmã. Ela parece pequena. Ínfima.
– É. Deixe isso para lá. Eu não quis dizer que...
– Eu sei.
Javier abre um sorriso um tanto travesso. Eu rio baixinho.
– Você está me provocando.
– Talvez só um pouquinho.
– Sua vez. Conte-me sobre você. De onde vem seu nome?
– O nome completo é Javier Matias Gutierrez Velez de Santos.
– Uau.
– Pois é. – Ele pende a cabeça para o lado, abrandando a arrogância. – Meu pai se chama Matias, e o irmão da minha mãe se chamava Javier. Foi assassinado por um marido ciumento antes de eu nascer.
Estreito os olhos.
– Isso é verdade?
Ele levanta as mãos, as palmas voltadas para mim.
– Juro. Mas nunca fui o tipo de garoto que poderia ter esse mesmo fim. Usava uns óculos enormes, sabe, bem fundo de garrafa. – Põe as mãos diante do rosto e imita o formato dos óculos. – E eu estava um pouquinho acima do peso, então me chamavam de *cerdito ciego*... porquinho cego.
Antes mesmo que ele termine de falar, começo a rir, o prazer brota de algum ponto do meu corpo de que eu havia me esquecido.
– Não sei se acredito em você.
– Eu juro que é verdade. Tudinho que eu disse. – Ele olha por cima do ombro e depois se aproxima ainda mais. – Quer saber o segredo da minha transformação?
– Sim, por favor – sussurro.
– Aprendi a tocar violão.
– E a cantar.
Ele assente.

– E a cantar. E, então, parecia mágica. Eu podia cantar e tocar, e ninguém mais me chamava de porquinho cego.

– Eu acredito nessa história. Sua voz é linda.

– Obrigado. – Um brilho cruza seus olhos. – Geralmente, isso não faz as mulheres saírem correndo.

– Não. Tenho certeza de que não.

Ele toca meu braço.

– Quer ouvir de novo algum dia?

Aquela coisa rodopiante se expande, nos envolve, e estamos presos em um mundo só nosso. O polegar dele está apoiado no meu antebraço, e vejo que suas íris não são tão escuras quanto pareciam a princípio, e sim iluminadas em um tom de âmbar.

– Quero – respondo baixinho, certa de que não quero de verdade.

– Que bom.

Fazemos uma última parada quando a balsa atraca em Rangitoto. Normalmente seria só um ponto de embarque, mas outra balsa teve problemas, e esta vai fazer uma jornada dupla. Temos de esperar uma hora para que todos saiam da montanha.

– Fiquem à vontade para desembarcar e explorar os arredores, se quiserem – anuncia o comissário pelo alto-falante. – Estejam cientes de que partiremos às dezesseis horas em ponto.

Em vez de ficarmos sentados debaixo do sol escaldante, decidimos sair e explorar. Estou de sandálias, e Javier está usando jeans e sapatos confortáveis, então não vamos muito longe, apenas até o centro de visitantes e a uma lagoinha onde pássaros pulam, chilreiam e se reúnem. Ouço assobios longos e fluidos, seguidos por um grasnido estrangulado, e plantas que nunca vi se estendem ao nosso redor. Minha mãe ia amar este lugar, e provavelmente conseguiria identificar várias delas. Sou atraída por um caminho sombreado por samambaias arbóreas e terrestres e por uma linda árvore florida. Um pássaro parece estar entretido em uma longa conversa sibilante em um dos galhos, e abro um sorriso, olhando para cima para ver se consigo vê-lo, mas há apenas mais samambaias e folhas e coisas de aparência tropical.

Meu coração acelera de repente. Como é incrível estar parada aqui neste lugar.

– É maravilhoso!

O farfalhar de asas chama a nossa atenção, e Javier toca meu braço, apontando para o pássaro que estava fazendo tanto barulho. É preto e tem uma grossa faixa marrom sobre o ombro. Fico admirando, maravilhada, e murmuro "Uau" para Javier, que assente.

Voltamos para a área principal das docas, onde as pessoas, queimadas de sol e cobertas de terra ao fim da trilha, estão se reunindo para voltar à cidade.

– Você gosta de fazer trilha? – pergunto a Javier.

Os lábios dele se curvam para baixo.

– Não sei. Eu gosto de caminhar. Você faz trilha?

– Eu amo trilhas! Ficar ao ar livre assim, o dia todo, só a trilha, os pássaros e as árvores. Tem sequoias perto de onde moro. São árvores formidáveis.

– Humm. Você gostaria de ir até aquele cume? – Ele aponta para o topo do vulcão. Não é um convite de verdade, apenas uma consulta sobre preferências.

Olho para o vulcão e encolho os ombros.

– Seria fantástico.

Ele meneia a cabeça, mede a altura.

– Não sei se eu ia gostar muito.

E, pela primeira vez, vejo algo nele de que não sei se gosto. Nada de surfe, nada de trilhas. Estou acostumada com homens mais esportistas.

Então eu me lembro da forma como ele nadou, com braçadas fortes e confiantes, e percebo que ele está em forma. Talvez as pessoas de Madri não tenham tanto interesse em escalar montanhas e desafiar as ondas como as da Califórnia.

Caminhamos em direção ao píer e nos apoiamos na balaustrada. Um bando de adolescentes, todos parte de algum grupo de excursão, estão subindo em pilares altos de concreto e pulando na água lá embaixo, estimulando os outros a fazer o mesmo.

– Você viu as árvores que ficam na rua em frente ao arranha-céu? – pergunta ele.

– Não. – É difícil desviar o olhar dos garotos e de sua brincadeirinha perigosa. Pergunto-me qual deles está no comando, mas, na verdade, parece que ninguém está.

Calma, digo para a minha médica de emergência interior. *Nem tudo é um desastre.*

Javier me segue enquanto caminho pelo píer e diz:

– Fui até lá ontem. É um parquezinho ou algo do tipo, e as árvores são velhas e cheias de personalidade. Como se fossem começar a andar quando não tiver ninguém olhando.

Viro-me para ele, capturada pela cena digna de contos de fadas.

– Sério?

Nossa atenção é desviada para dois garotos que começaram a gritar, e observamos enquanto eles escalam um pilar ainda mais alto e saltam aos berros. Batuco o dedo indicador na balaustrada que nos separa da água. Abaixo de nós, os garotos vêm à tona e riem, enquanto outros escalam o pilar elevado. Há turistas e moradores locais recostados contra as grades, tomando goles de suas garrafas de água, passando protetor solar, comendo.

Um garoto muito alto, os cabelos pretos bagunçados e encharcados fazendo a água pingar e escorrer pelas costas, alcança o topo do pilar, brincando e rindo com os outros.

Vejo antes mesmo de me dar conta: o pé escorregando, o corpo perdendo o equilíbrio, pendendo para o lado, os braços se agitando... E, então, a cabeça dele atinge a borda do concreto, rachando bem diante de mim.

– Saiam da frente! – grito, e já começo a tirar os sapatos e a arrancar o vestido quase antes de o garoto atingir a superfície da água com um baque excruciante.

Corro até a ponta do cais e mergulho na direção em que ele caiu. A água está fria e turva, mas o sol de fim de tarde ilumina a silhueta dele sob a superfície. Há outra pessoa na água ao meu lado, e nos juntamos e puxamos, ambos nadando em direção à superfície. Da cabeça do garoto, o sangue jorra em uma nuvem escura.

Voltamos à tona. O outro socorrista é um dos garotos do grupo, um nadador hábil.

– Vamos em direção à costa! – grito, e nadamos juntos, arrastando o peso morto daquele corpo em direção ao quebra-mar, onde outros vão ao nosso encontro e puxam o garoto ferido para cima. – Ajudem-me a subir! – grito. – Eu sou médica.

E de repente há mãos me içando para cima, e me vejo ao lado do garoto, fazendo-lhe respiração boca a boca até que ele se engasga e expele um pouco de água, mas permanece desacordado.

A cabeça está sangrando muito.

– Passe a sua camiseta para cá – ordeno ao outro garoto, e ele a tira e a entrega para mim.

Torço a camisa para tirar o excesso de água e a coloco sobre o corte, mantendo-a pressionada enquanto verifico os sinais vitais e as pupilas do garoto, mas os olhos são tão escuros que é difícil identificar qualquer coisa. Ele precisa ir para o hospital imediatamente.

Um homem da balsa aparece com outro cara uniformizado, talvez da guarda costeira.

– Obrigado, senhora – agradece ele – Você foi ótima. Vamos assumir agora.

Dois caras que parecem guardas-florestais correm pela praia, carregando uma maca, e avisto um barco com uma cruz pintada. A multidão abre caminho para os paramédicos, porque acho que é isso que eles são. Continuo pressionando o corte, e um deles acena com a cabeça.

— Você é salva-vidas?

— Já fui. Agora sou médica de emergência... lá nos Estados Unidos.

— Bom trabalho. Você provavelmente salvou a vida dele. — O homem assume a tarefa de pressionar o corte, e eles colocam o garoto na maca.

Fico de pé e limpo a areia dos joelhos, e um grupo de pessoas começa a aplaudir. Meneio a cabeça, faço um gesto indiferente com a mão e procuro Javier, que está parado em um dos lados, meu vestido e os sapatos na mão. Puxo o ar e o solto, as mãos apoiadas na cintura. É uma postura clássica para se acalmar. Quando ele me alcança, olho para o sutiã e a calcinha simples que estou usando.

— Que bom que coloquei as roupas íntimas boas.

Ele sorri, estendendo o vestido para mim.

— Você está bem?

— Estou.

Puxo a roupa sobre a cabeça, minha trança molhada e pesada pendendo para o lado.

— Você sumiu antes mesmo que eu...

— Instinto. Passei dez anos trabalhando como salva-vidas.

Aliso o vestido. A calcinha vai secar em breve, mas o arame do sutiã já era. Por um momento, me pergunto se devo ir ao banheiro e tirá-lo com delicadeza, mas a praia inteira já me viu seminua.

— Pode ficar na minha frente um instantinho?

Ele olha por cima do ombro, ainda segurando minhas sandálias, e dá um passo para o lado para esconder meu corpo com o seu. O quebra-mar está atrás de mim. Enfio a mão por baixo do vestido, desabotoo o sutiã, tiro-o pelos braços e o dobro.

— Minha bolsa está por aqui?

— Aqui está.

Ele a colocou trespassada no ombro, pendurada nas costas, e agora a tira para me devolver.

Jogo o sutiã lá dentro, pego uma sandália, sacudo, coloco no pé e depois faço o mesmo com a outra. Pego uma garrafa de água morna e tomo um longo gole.

Só depois de tudo isso é que inspiro profundamente e solto o ar devagar, olhando para Javier. Estou acostumada a lidar com emergências, mas essa foi tão de repente que estou um pouco tonta.

– Você está impressionado?

Ele levanta os óculos de aviador e umedece os lábios, estendendo a mão para acariciar minha face.

– Estou.

– Ótimo.

Ele puxa o ar e o solta, envolvendo-me com um dos braços.

– Você me assustou. Venha, vamos procurar algo para beber. Que tal?

– Ótima ideia.

Nós nos acomodamos na parte de cima da balsa novamente, perto das grades nos fundos, e Javier me deixa sozinha e desce até a lanchonete. Enquanto isso, contemplo a vastidão do céu. As nuvens estão se agrupando no horizonte, movendo-se como se estivessem aceleradas, e, antes mesmo de Javier voltar, elas já cobriram o sol, conferindo uma luz cinzenta e perolada à paisagem.

Ele volta com duas garrafas de cerveja, e fazemos um brinde. Estou inquieta e agitada, consciente de seu corpo ao meu lado. A cerveja está gelada, deliciosa. Refrescante.

– Obrigada.

Você é médica.

– Sim, trabalho no PS em Santa Cruz.

– PS?

– Pronto-socorro.

– Ah. – Ele toma um gole de cerveja e observa uma família de turistas se acomodando em uma fileira de assentos, e eu faço o mesmo. A mãe parece aborrecida, tendo de repetir toda hora para que os filhos coloquem os chapéus, parem de jogar a bola de um lado para outro, sentem-se e parem de se dependurar nas grades. O pai está entretido no celular. – Isso explica por que você foi tão rápida. – Ele solta um suspiro delicado e olha para mim. – Você estava bem ao meu lado e, de repente, já estava na água.

– A questão é que não foi tão repentino assim. Eu estava preocupada com aqueles garotos, então já estava a postos quando um deles caiu. Sou surfista e já trabalhei como salva-vidas, e vejo acidentes no pronto-socorro o tempo todo... Então, enquanto todos vocês estavam apreciando o espetáculo de juventude e energia, eu estava imaginando todas as coisas que poderiam dar errado.

Ele me encara por um instante, os olhos escondidos por trás dos óculos escuros.

– E ele vai ficar bem? O garoto?

– Não sei. Ele bateu a cabeça com muita força.

– Isso faz com que você sinta medo? Saber tudo o que sabe? Impede você de fazer algumas coisas?

Fico de lado no banco para que possa olhá-lo com mais facilidade, apoiando as costas contra a grade.

– Não me impede de fazer nada fisicamente.

Os olhos dele faíscam.

– Que tipo de coisas, então, hein?

Desvio o olhar, fitando o espaço acima dos ombros dele, e penso nas minhas regras envolvendo homens, na escassez de viagens, nos espaços vazios da minha vida, e de repente sinto um emaranhado de lágrimas entaladas na garganta, o que não é do meu feitio. Dou de ombros, fingindo estar despreocupada.

– Eu já sabia que coisas ruins podem acontecer.

– Ah, por causa do terremoto, certo?

– Entre outras coisas.

– Foi por isso que virou médica no pronto-socorro?

– Talvez? É bem provável. – Arranco pedacinhos do rótulo da cerveja. – Sempre quis estudar ciências, de um jeito ou de outro, mas aquele foi um baita acontecimento.

Ele pousa um dedo no meu braço.

– Você se machucou?

– Alguns hematomas e arranhões. Nada de mais. – De repente, fico sem ar, oprimida diante de tantas lembranças vindo à tona depois de todo esse tempo. Minha irmã, Dylan, o terremoto. Levanto a mão. – Já chega. Sua vez, *señor* Velez. Passei o dia todo falando sobre mim.

Javier sorri. O vento sopra seus cabelos, lançando-os sobre a testa. Ele é tão masculino. Europeu, tão educado, mas tão, tão másculo. Tem mãos enormes. Ombros largos. O nariz é forte, e a fronte é inteligente.

– Eu não sou tão interessante quanto você.

– Isso não é verdade. – Meu corpo está começando a relaxar um pouco depois da onda de adrenalina. – Conte-me o real motivo para você estar aqui na Nova Zelândia.

– Além de ter vindo a passeio?

Meneio a cabeça, seguindo um pressentimento.

– Acho que não foi só por isso.

– Você está certa. – Ele contempla o horizonte, depois fixa os olhos em mim. – Um grande amigo meu, um dos meus amigos mais antigos, se matou.

Caramba. O lago das minhas memórias ondula, ameaça transbordar. Um lampejo do corpo de Dylan, morto e inerte, emerge do lago, mas sou especialista em me livrar dessas lembranças. Empertigo-me no banco, buscando refúgio no meu treinamento profissional.

– Javier, eu sinto muito. – Em um gesto de compaixão, envolvo a mão dele com a minha. – Eu não deveria ter perguntado.

Ele vira a palma da mão para cima e aperta a minha com força.

– Éramos amigos desde crianças. Desde muito pequenos. Senti que deveria ter percebido. Feito... alguma coisa. – O rosto escurece enquanto ele contempla o horizonte. – É só que... – Ele suspira. – Depois que aconteceu, tive dificuldade de voltar a trabalhar, e Miguel me chamou para passar um tempo aqui.

Ele acaricia minha unha com a ponta do polegar.

– O suicídio é muito difícil para os que ficam – declaro, soando como a médica do pronto-socorro. Esforço-me para parecer mais humana. Mais íntima. – Você deve sentir muita saudade dele.

– Eu ainda fico esperando que algo faça sentido.

– Nem sempre faz.

– Imagino que você veja esse tipo de coisa com alguma frequência no seu trabalho.

Ele me lança um olhar de soslaio, a mão ainda entrelaçada com a minha. Engulo outra confissão.

– Vejo, sim.

– É difícil?

Ele está vulnerável e busca um consolo que não existe... ou, pelo menos, não um consolo que eu possa oferecer.

– É perturbador quando uma pessoa sofre uma morte trágica, seja como for.

Ele espera em silêncio, e eu abro a caixa, aquela caixa pesada que já venho carregando há algum tempo.

– Drogas e álcool. As coisas extremamente estúpidas que as pessoas fazem. – Meneio a cabeça. – Tantos jovens. E gangues. Por Deus, às vezes são tão jovens que ainda nem devem saber beijar, mas já têm armas.

– Humm. – Ele roça o polegar no meu.

Em meio ao silêncio, digo algo em que só havia pensado, mas nunca confessado em voz alta.

– Estou pensando em sair do pronto-socorro. Está me desgastando demais.

– E o que você faria depois?

Concentro-me no formato dos dedos dele, nas suas unhas limpas e aparadas. Mãos bem-cuidadas.

– Não faço ideia.

– Tem alguma outra coisa chamando você.

– Talvez. Quando eu era adolescente, tinha interesse em animais marinhos, mas talvez já seja tarde demais para ir atrás disso. Sei lá. Talvez nem seja o trabalho, e sim o lugar. Talvez esteja na hora de ir embora de Santa Cruz. – Sinto-me desanimada, como se tivesse desperdiçado muito tempo. – Fale mais sobre o seu amigo, se quiser.

Ele respira fundo e solta o ar.

– Ainda é tudo muito confuso. Não faz muito tempo, só um mês. Ele estava passando por maus bocados. A esposa o deixou, ele estava bebendo muito e... – Javier encolhe os ombros. – Existem épocas de trevas, certo? Perdas e tristezas por toda a parte. – Ele aperta minha mão com mais força. – Mas, se você tiver paciência, a roda gira, e então há felicidade por toda a parte. – Ele levanta uma das mãos, a palma para cima, como se estivesse jogando *glitter* no ar. – Meu amigo simplesmente se esqueceu de que a felicidade também faz parte da vida.

– É um pensamento adorável. – Abro um sorriso triste. – Mas preciso admitir algo horrível... – Estou ciente de que só estou dizendo isso para me esquivar das outras confissões que poderia estar fazendo. – Acho que, tirando a infância, não sei se já tive momentos felizes.

– Sério?

Relembro toda a minha vida, ano após ano, tentando encontrar uma época que tenha sido particularmente marcante.

– Acho que nunca mesmo. Quer dizer, eu fiquei contente quando me formei e saí da faculdade e comecei a trabalhar, mas...

Um leve franzir enruga sua testa.

– Talvez a gente não esteja falando da mesma coisa. Estou me referindo àqueles momentos em que sua família está bem, você ama o seu trabalho e talvez se apaixone e se sinta bem. Esse tipo de momento.

– Estou feliz agora. – Tomo um gole de cerveja e contemplo o oceano. – Estou em um lugar maravilhoso e curtindo a companhia de um homem interessante e... – Arqueio uma sobrancelha. – E muito bonito. Não tenho de lidar com o trabalho nem com a minha mãe ou com qualquer um dos meus afazeres do cotidiano. Isso é felicidade, não é?

A balsa começa a se mover, e uma rajada de vento me obriga a fechar os olhos e levar a mão ao cabelo. Quando os abro novamente, vejo que Javier levantou os óculos para olhar para mim.

– Isso é um pouquinho feliz. Não uma felicidade grandiosa, do tipo que nos preenche e nos faz ter vontade de rir.

– Pois é, não sei se já senti algo assim.

É angustiante dar-me conta disso, e é angustiante ver como me abri com este homem. E, no entanto, não consigo parar. Tem alguma coisa nele, talvez a bondade, a voz cálida ou algo que nem consigo nomear, que amolece a carapaça que me revestiu por tanto tempo.

– E quando você se apaixona? – pergunta ele.

Dou de ombros. Não quero revelar que nunca me apaixono, porque ele pode encarar isso como um desafio, e não é o caso. Só não quero ter de passar por todo o drama.

Ele inclina a cabeça, intrigado em relação a mim, e em seguida pega uma mecha do meu cabelo e a prende atrás da orelha. Um dos cantos da boca se curva para cima, trazendo aquela covinha ridiculamente charmosa à tona.

– Agora tenho certeza de que você não conheceu os homens certos. – Ele coloca a garrafa de cerveja no chão, depois pega a minha. – Passei o dia inteiro pensando em beijar você.

– Eu também.

Ele desliza uma das mãos pelo meu braço, seguindo o movimento com o olhar.

– Pensei nisso na livraria, quando você estava triste, mas não parecia certo. – A mão acaricia meu ombro, vai até o meu pescoço. – E, quando saímos do café, você sorriu, e seu pescoço estava longilíneo, dourado.

Os dedos dele parecem brasas contra o meu pescoço, deslizam em direção à clavícula. Todos os nervos do meu corpo ficam à flor da pele, e, no entanto, estou apreciando essa carícia vagarosa.

– Quando você saltou sobre a balaustrada, senti um aperto tão forte no peito que mal conseguia respirar, porque e se... – Ele acaricia minha orelha, depois a têmpora, o cabelo molhado, e me puxa para mais perto de si. – E se eu tivesse perdido a minha chance?

Levanto o rosto, e Javier o envolve com as mãos quando nossos lábios se encontram. E então me esqueço de erguer minhas defesas ou de construir um muro de cinismo ao meu redor, porque a boca de Javier é suculenta como uma ameixa, e ele se move ligeiramente para tornar nosso encaixe mais perfeito. Minha cabeça repousa na mão dele, e o meu joelho resvala em sua coxa, e é como se uma nuvem tóxica nos envolvesse, deixando-me atordoada. O mundo adquire um tênue tom rosado por trás dos meus olhos. Estendo a mão para me firmar, envolvendo o braço dele, e, como se eu tivesse pedido permissão, ele abre os lábios ligeiramente, me convida a entrar, e é o que faço. A minha língua vai ao encontro da língua de Javier e me perco nela, um beijo tão perfeito que poderia ser um poema, ou uma dança, ou fruto de um sonho.

Arfo suavemente e me afasto, cobrindo a boca com a mão. Ergo o olhar e fito seus olhos escuros, que se enrugam ligeiramente nos cantos. Ele afasta uma mecha de cabelo da minha testa.

– Isso também é felicidade?

Um riso leve escapa dos meus lábios.

– Não sei. Deixe-me experimentar mais uma vez.

Eu o puxo para mais perto, inclino-me para trás, e o convido a pressionar o corpo contra o meu enquanto a balsa zarpa mar adentro e a família ao lado exclama diante das gotas de chuva que começam a cair. Sinto uma grande gota salpicar minha testa e algumas me atingirem as mãos, mas o sentimento mais intenso é a boca de Javier me beijando; o seu corpo contra o meu; a língua graciosa, que desejo que me percorra por inteiro; e as costas dele, que quero ver desnudas.

E não nos importamos quando a chuva se torna mais intensa, caindo sobre nós em um tamborilar lento e suave durante todo o caminho até o distrito comercial. Apenas nos aproximamos e nos beijamos ainda mais. Nos lábios de Javier sinto o gosto salino do mar e da chuva, e estamos ensopados, perdidos e entregues aos beijos.

E nem por um segundo penso em como isso pode ser perigoso. Que eu talvez tenha... que eu *de fato* tenha baixado todas as minhas defesas.

Simplesmente o beijo. Debaixo de chuva. Em uma balsa do outro lado do mundo. Eu o beijo mais e mais e mais.

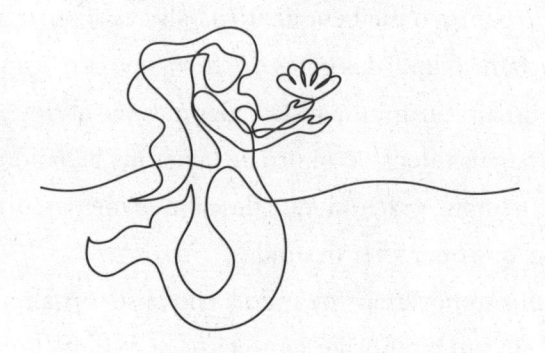

Mari

Conheci Nan anos atrás, em Raglan, uma cidade na costa central da Ilha do Norte, conhecida por ser um ótimo local para a prática de surfe. Eu estava trabalhando como garçonete na cidade de Hamilton e tinha acabado de voltar a surfar, morrendo de medo de dar de cara com algum conhecido. Raglan ficava a apenas alguns quilômetros de distância, e eu dirigia até lá nos dias de semana, quando o público era pequeno e apaixonado, para pegar as ondas que quebravam à esquerda.

Já fazia quase dois anos e meio que eu tinha fugido da França com o passaporte de uma garota morta. E, depois disso, descartei aquela identidade e me tornei Mari Sanders, de Tofino, Colúmbia Britânica. Contratei um cara para forjar os documentos de que eu precisava e destruí o passaporte verdadeiro, espalhando os pedacinhos desde Queenstown, aonde cheguei, até o norte da ilha.

Fazia 812 dias que eu não ingeria substâncias com o poder de alterar a mente, nem sequer um gole de cerveja. Isso fez todo o resto valer a pena, e era a única coisa de que julguei ser capaz de me salvar: se quisesse ficar sóbria, teria de deixar os destroços da minha antiga vida para trás e começar uma nova. Sem nunca olhar para trás.

No primeiro dia, conheci Nan na praia. Alta, magra e de cabelo preto, uma estudante de Direito na Universidade de Waikato, em Hamilton. E, assim como eu, tinha passado a vida toda surfando. Nós nos demos bem logo de cara e respeitávamos as ondas uma da outra. Em poucos meses, começamos a morar juntas em Hamilton e surfávamos sempre que podíamos. Eu trabalhava em uma cafeteria e me matriculei na Wintec, o equivalente a uma faculdade comunitária. Comecei cursando Gastronomia e Hotelaria, pensando no restaurante da minha família, mas caí em uma turma muito festeira e me vi nadando contra a corrente de sua embriaguez alegre.

Fiquei amiga de uma mulher do setor de Paisagismo e Construção e troquei de curso. Para a minha grande surpresa, caiu como uma luva. Eu gostava de trabalhar ao ar livre, amava a parte física do trabalho e, quando comecei a entender o básico de horticultura, estudando uma porção de plantas que nunca tinha visto, me apaixonei.

Nan se formou em Direito um ano depois e se mudou para Auckland, mas eu continuei em Hamilton, surfando em Raglan nos fins de semana, construindo uma vida para mim. Mantivemos contato e, quando Simon, um nativo de Auckland, me conquistou e me fez mudar para o norte, nossa amizade retomou de onde havia parado. Agora, temos o costume de sair para jantar uma ou duas vezes por mês perto do escritório de advocacia dela, no distrito comercial, e botar o papo em dia.

Encontro uma vaga para estacionar logo de cara e sigo até o Britomart, rumo ao nosso restaurante especial, uma cantina italiana que nos lembra de nossa infância. Nan está parada bem em frente, esbelta e elegante, o cabelo preso em um coque elaborado que cai bem com suas maçãs do rosto.

– Está fechado para um evento – avisa ela. – Vamos ter de jantar em outro lugar.

– Tudo bem. Tem algum lugar em mente?

– Você se importa de caminhar por alguns quarteirões? Parece que tem um músico espanhol no restaurante de *tapas*. Todo mundo está comentando sobre ele.

– Parece ótimo. Vamos?

Ela dá alguns passos e para de repente.

– Ah, espere aí. A garota queria falar com você.

– Que garota?

– Aquela bonita, com cabelão, sabe? Ela disse que queria falar com você quando chegasse.

– Sobre o quê?

– Não sei.

Lançamos um olhar sem entusiasmo ao restaurante movimentado.

– Tenho certeza de que pode esperar – declaro. – Estou morrendo de fome.

– Eu também.

Em um gesto vigoroso, ela engancha o braço ao meu, e começamos a subir a colina, conversando sobre amenidades. Um caso no qual ela estava trabalhando enfim se concretizou. Ela já sabe sobre a casa, então conto sobre o meu dia organizando coisas com Rose.

Nós nos acomodamos do lado de fora do bar de *tapas*, em uma vielinha revestida de tijolos. Estamos afastadas da multidão que lota o recinto, que é majoritariamente composta de *millennials* bem-vestidos que trabalham nos escritórios da região.

– Bem popular – comento.

– É sexta à noite.

Ela pede um martíni para si mesma e água com gás e limão para mim e, como entrada, escolhemos pimentas *padrón* assadas, azeitonas recheadas e pão. Acima de nós, o céu cintila em tons dourados por entre os edifícios, brilhante com a chuva ao longe.

– Então, me conte – começo. – Você tem alguma teoria sobre quem matou Veronica Parker?

– Aquela atriz maori?

– Aquela que construiu a Casa Safira.

– Ah, sim. Ela *também* era maori. É uma das coisas que a diferenciavam das demais.

– Eu me lembro.

– Ela era uma mulher fascinante. – Nan enfia uma azeitona na boca, o olhar fixo em um homem que usa um terno bastante formal. Aqui as pessoas costumam ir trabalhar muito bem-vestidas, diferentemente de nos Estados Unidos, onde os trajes são mais casuais. – Não sei por que ainda não escreveram um livro sobre ela. Uma garota neozelandesa se dá bem em Hollywood e se apaixona por outro neozelandês durante as Olimpíadas. Eles vivem um caso de amor intenso por alguns anos e, depois, ela é assassinada.

– Não se esqueça de que ele também morreu.

– Verdade. Só um ou dois anos depois dela, não foi?

– Isso. – As pimentas são pequenas e suaves, as minhas favoritas, e as daqui estão perfeitas, assadas e temperadas no ponto certo. Aninho uma sobre uma caminha de pão macio e dou uma mordida. – Talvez tenha sido a esposa dele?

– Ela foi descartada como suspeita logo de cara. Estava com a família ou algo do tipo. Não me lembro direito.

Gweneth é fanática pela história de Auckland, e nós três já fizemos várias conjecturas, entre lanchinhos do clube do livro e almoços e jantares. O fato de as duas se darem bem me deixava muito feliz. Minhas duas melhores amigas, e o mais perto que eu podia chegar de reproduzir a experiência de agir como uma irmã.

– Não foi a esposa, não foi a irmã de Veronica... – enumero, descartando--as. – Não foi George. Então quem foi?

Nan dá de ombros, cética.

– Ainda acho que foi George. Nunca encontraram nenhuma prova, mas ele era notoriamente ciumento. Quando mortes trágicas acontecem em casa, o culpado é quase sempre um ente querido.

– Mas ele a venerava.

– Sim, mas ele estava sob muita pressão para...

– Não. Realmente não acho que possa ter sido ele. Nunca houve relatos de violência doméstica... de nenhum tipo de violência. – Estou entretida pela conversa e apoio os cotovelos na mesa. – Meu pai era um homem muito ciumento, mas ele jamais teria matado a minha mãe.

Ela pende a cabeça para o lado.

– Acho que não me lembro de você ter mencionado isso antes.

Percebo que estava falando do meu pai *verdadeiro*, e não do pai que inventei. Sou tomada por um arrepio repentino. Nunca fui tão descuidada!

Nan está me encarando com expectativa. Talvez compartilhar algumas partes da minha história ajude a amenizar a solidão que sinto.

– Não penso muito nesse assunto – respondo, o que é mentira. Tento mantê-los afastados, mas sempre aparecem para me assombrar. – Mas ele era, sim. O tradicional homem italiano, é claro, e minha mãe não era nada tradicional. Eles tinham um relacionamento instável. Ela era um pouco mais nova que ele e muito bonita. Muito, muito, muito, muito bonita. Tinha um corpo curvilíneo que meu pai gostava de ver em vestidos justos e caros.

– Conte-me mais.

– Acho que ela gostava que ele sentisse ciúme. – Tomo um gole da água com limão e entreabro a porta para o passado. Prossigo com cautela, temendo a enxurrada de coisas à espreita, mas uma pontinha minúscula de uma tensão da qual eu nem estava ciente se afrouxa. – Era como ela o controlava. Os homens viviam flertando com ela, dando em cima dela, e ela os encorajava.

Consigo vê-la em minha mente: está usando um vestido vermelho justo, com uma gola quadrada que deixava um decote generoso à mostra, rindo no terraço com vista para o oceano. Meu pai foi atrás dela, agarrou-lhe o pulso e a conduziu até um cantinho escuro sob as glicínias que pendiam em ramos densos sobre a pérgula. Ele a pressionou contra o pilar, em meio a folhas e flores, e a beijou. Vi as línguas se encontrando e a forma como os corpos se pressionavam um contra o outro. Minha mãe riu, e meu pai a deixou ir, dando-lhe um tapa na bunda enquanto ela bamboleava de volta para o terraço, onde estavam os clientes.

Fascinada pelo poder de minha mãe, bamboleei atrás dela, imitando o balanço de seus quadris e a forma como ela jogava o cabelo para o lado. Eu estava usando uma camisola de *chiffon* que ela tinha ajustado para caber em mim, e o tecido preto e translúcido flutuou ao redor do meu corpinho de nove anos de uma forma que me deixava extasiada. Queria que a sensação perdurasse, então dei uma voltinha, fazendo a camisola esvoaçar, sabendo que meu short e a parte de cima do biquíni estavam quase totalmente cobertos. O ar tocou minha barriga, minhas coxas. Perto dali, uma mulher deu risada, e um homem bateu palmas.

– Suzanne, sua filha é um talento nato.

Radiante com a atenção deles, me entreguei ainda mais, rodopiando para agradá-los, dançando como minha mãe dançava, balançando os quadris, sacudindo os ombros, e sabia que os tinha conquistado, a minha plateia. Rodeada de rostos voltados para mim, como se eu fosse o sol, como se fosse uma rainha.

Alguém se aproximou e me pegou no colo. Era Dylan, e ele me jogou por cima do ombro.

– Amanhã tem aula, garotinha – disse. – Dê tchau para todo mundo.

Arqueei as costas como uma bailarina de dança no gelo, os pés esticados para a frente e os ombros levantados, jogando beijos com as duas mãos. Os clientes me amavam. Bateram palmas e assobiaram, enquanto Dylan me carregava para longe.

– Alô? – chama Nan.

– Foi mal. Acabei de lembrar de algo em que não pensava havia um tempão. – Abro um sorriso. – Fico me perguntando se Veronica não tentou deixar George com ciúme. Talvez não tenha funcionado com ele, mas deixou a outra pessoa possessiva.

– Talvez mais do que só possessiva. Ela foi esfaqueada mais de dez vezes, não?

– Foi.

– Isso é passional.

Vejo meus pais na minha mente de novo. Dessa vez, no entanto, já tinha se passado algum tempo, e minha mãe estava jogando alguma coisa nele. Talvez um cinzeiro? Um copo?

– Tenho certeza de que dá para encontrar menções a eles em jornais antigos. Naquela época, os dois eram bem famosos aqui na cidade. Glamorosos, exóticos, apaixonados.

– George foi morar com ela logo de cara?

– É melhor perguntar para a Gweneth, mas estou quase certa de que sim. A esposa dele fez da vida dos dois um inferno, mas eles viviam juntos na Casa Safira.

Dou um aceno de cabeça, estreitando os olhos para pensar mais um pouco. E ao longe, quase no fim da rua, vejo uma mulher com um vestidinho de verão, vermelho e amassado, uma trança grossa caindo pelas costas. Um homem caminha ao seu lado, envolvendo-a com um dos braços, e se abaixa para beijá-la, como se não pudesse resistir, e algo na forma como ela inclina a cabeça me deixa eletrificada. De repente, já estou de pé, pronta para correr atrás dela... minha irmã.

Kit.

Ela dobra a esquina e some de vista, e percebo que estou sendo ridícula. Os pensamentos envolvendo o passado, o desejo de entender a casa que comprei e a sua antiga dona... tudo isso me deixou com um pouco de saudade de casa, e nada mais.

Por um momento, porém, sinto um anseio ardente de que tivesse mesmo sido ela ali.

Enquanto dirijo pela ponte, a minha mente é permeada pela lembrança daquela noite no terraço, em uma época em que meus pais ainda não tinham começado a brigar tanto. Onde estava Kit naquela noite? Reviro a lembrança e não consigo ver a minha irmã em lugar nenhum. Talvez estivesse lendo no nosso quarto.

Não. Dylan me pôs de pé ao lado de uma mesinha afastada, que quase sempre estava desocupada. Cinder estava dormindo no chão, debaixo da mesa, e aninhada em um dos cantos estava a minha irmã, o cabelo despenteado por ter dançado comigo mais cedo. Ela tinha tirado a camisola azul de minha mãe e caíra no sono usando short e uma camiseta suja. Dylan se abaixou e a pegou no colo, e ela se aninhou em seu ombro. Ele a amava mais que a mim, assim como o meu pai, e isso me deixava furiosa. Descalça, saí bamboleando a caminho da pista de dança. Ouvi quando ele me chamou.

– Josie, venha cá! Está na hora de dormir.

Minha mãe entrelaçou meus dedos aos dela e, com sua vozinha boba, disse:

– Pode deixar, Dylan. Ela está comigo.

Mostrei a língua para Dylan, certa de que isso o faria vir atrás de mim, mas ele me lançou um olhar irritado e meneou a cabeça, e em seguida carregou Kit para fora do restaurante. Eu sabia como funcionava. Dylan ia se certificar de que Kit escovasse os dentes, depois a colocaria na cama, e, se ela acordasse, ele lhe contaria uma historinha. Quase corri atrás deles, mas minha mãe me fez rodopiar e disse:

– Dance com a mamãe, filha.

Billy estava lá naquela noite. Já tinha visto minha mãe flertando com ele, mesmo que fosse muito jovem, praticamente um adolescente. Era um jovem astro de tevê que tinha começado a frequentar o restaurante acompanhado de seu agente. Meus pais adoravam quando ele aparecia, trazendo consigo a promessa de prestígio. Tinha cabelos pretos e olhos azuis, e todos diziam que faria muito sucesso. Ele se aproximou para dançar com a minha mãe e estendeu um dos braços para mim, e nesse momento me esqueci de que minha irmã mais nova estava recebendo toda a atenção.

A porta do passado se fecha com um baque. Depois de uma vida inteira de segredos e mentiras, volto a me concentrar no presente. Estou dirigindo em plena escuridão a caminho do meu bairro. As lágrimas escorrem pelo meu rosto, e me pergunto para quem elas são. Minha irmã? Dylan? Ou talvez para aquela menininha que dançava sem parar a fim de entreter adultos bêbados? Não me lembro se Dylan voltou e me fez ir para a cama, mas me lembro de ter tomado alguns goles da cerveja de Billy, e das minhas risadinhas quando ele entornou o líquido em uma xícara de café para que ninguém percebesse o que eu estava tomando.

A bebida fez meu nariz borbulhar, dissipou minha tristeza e me fez dançar ainda mais, olhando para as estrelas, dançando com o oceano, com o céu noturno, com Billy e com uma moça que apareceu depois e me fez rodopiar. Lembro-me de andar na ponta dos pés por entre as mesas vazias e dar golinhos escondidos nos drinques que tinham sobrado nos copos. Lembro-me de pensar que poderia fazer qualquer coisa, ser qualquer coisa.

Qualquer coisa mesmo.

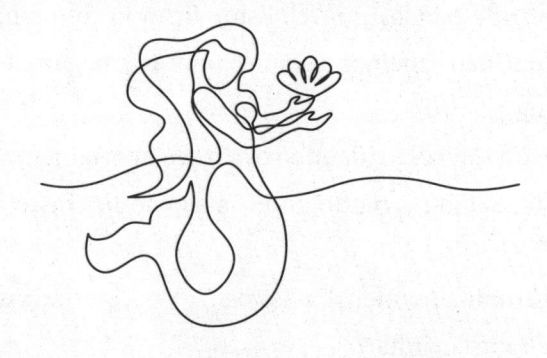

Kit

Subimos a colina juntos e em silêncio. Javier envolve meus ombros com um dos braços, algo com que nunca me senti confortável antes, mas nossa altura e nosso modo de andar tornam o gesto muito descontraído, então não me desvencilho, como normalmente faria. Para ser sincera, estou exausta depois deste dia longo e agitado.

Ele também está silencioso, cantarolando baixinho vez ou outra, apenas caminhando ao meu lado. Eu me pergunto se ele está pensando em seu amigo de Madri. Não falou muito sobre a vida que leva por lá, mas talvez esteja feliz por estar longe.

Assim como eu estou. Tento pensar na minha irmã, em o que fazer para encontrá-la, mas não consigo sentir nenhuma urgência. Voltarei à busca amanhã. Ela já está desaparecida há mais de catorze anos. Provavelmente não vai a lugar algum.

Meu cérebro, sempre tão hiperativo, está quieto pela primeira vez na vida. O tempo está mais fresco depois da chuva, e é fácil perceber que é sexta-feira à noite: as ruas estão apinhadas de estudantes e jovens trabalhadores. A música ecoa dos estabelecimentos por onde passamos.

Está escurecendo. Não tenho muita coisa para comer no apartamento, e o meu vestido está lastimável. Estou ficando com fome.

– Será que não é melhor a gente comprar uma pizza? Só tem café e ovos no meu quarto.

– Você está me convidando para o seu apartamento?

Posso ter saído correndo antes, mas não farei isso hoje. Assinto com a cabeça.

– Tem comida no meu – avisa ele. – Você gostaria de ir até lá?

– Você sabe cozinhar?

– Sou um bom cozinheiro. E você?

– Meu pai não teria esperado outra coisa. – Olho para cima e sorrio para ele, e isso também é um luxo. É tão raro estar com alguém que seja mais alto que eu. – Sou particularmente boa em assar coisas.

– Qual é a sua especialidade?

– Bolos.

– Na Espanha não fazemos bolos tão doces quanto em outras partes do mundo. Já ouviu falar de torta de Santiago?

– Já. Com amêndoas... tão gostoso.

– Você sabe fazer?

– Nunca fiz, mas acho que conseguiria.

– Talvez faça um dia. – Ele dá uma piscadela. – Para mim.

– Quem sabe.

Como se houvesse mais do que apenas um punhado de dias antes de eu ir embora.

No hotel, subimos de elevador, e ele se abaixa para me beijar.

– Você vai me deixar cozinhar para você?

– Vou.

Desço no meu andar para tomar banho e trocar de roupa, e ele continua no elevador. No corredor que conduz à minha porta, é a primeira vez que fico sozinha durante o dia todo e, de repente, tudo parece um sonho.

Retorno ao meu próprio corpo com um baque, e sinto tristeza e exaustão, e todos os meus problemas estão ali empilhados, esperando por mim. O motivo que levou a minha irmã a forjar a própria morte, onde ela está, a nítida percepção, agora que estou longe, de que já não me sinto feliz no pronto-socorro. Fico imaginando como Hobo está se saindo sem mim. Pergunto-me se devo ligar para a minha mãe de novo, mas conversamos nesta manhã.

Parece que já faz tanto tempo.

Entro no chuveiro luxuoso, lavando a água do mar, o sangue e a chuva do meu corpo e do meu cabelo. O xampu tem cheiro de tangerina. Fecho os olhos e massageio os cabelos até fazer espuma, apreciando a fragrância...

De repente, estou de volta à balsa, pressionada contra a grade enquanto Javier me beija, e sou transportada para aquele momento: a boca suculenta, a mestria primorosa, a forma gentil como envolve meu rosto...

Abro os olhos. Será que isso é uma boa ideia? Mesmo?

Através do vidro do boxe, vejo meu reflexo desfocado no espelho embaçado. Penso na minha confissão de que não tive muitos momentos de felicidade, e de repente parece ridículo. O que estou esperando?

Talvez, pela primeira vez na vida, eu queira ter um vislumbre de como seria isso. Parece que Javier sabe como obtê-la, onde a encontrar. Se eu posso ter um ou dois dias de felicidade, por que não aproveitar?

Uma voz inaudível tenta me alertar, dizendo que ele é perigoso para o meu equilíbrio. Mando-a ficar quieta, ansiosa para desfrutar de um pouco de imprudência, para variar. Certamente nada é capaz de criar raízes tão profundas em tão pouco tempo.

Por isso, seco o meu cabelo e deixo os cachos soltos. Visto roupas simples que ele possa tirar quando chegar a hora. E, então, subo até o apartamento dele.

O apartamento que ele ocupa fica vários andares acima do meu, em um andar com menos apartamentos. Paro diante da porta por um instante, a mão apoiada na barriga. Há uma música tocando baixinho, e ouço o estrépito de panelas ou pratos. O aroma de cebolas refogadas enche o ar.

O que estou fazendo? Ele é muito mais... tudo... do que alguém com quem normalmente costumo me envolver. Não saio com homens adequados para mim. Não saí com o cirurgião que passou seis meses atrás de mim até se dar conta de que eu realmente não estava a fim. Não saí com o coronel sarado que chegou ao hospital com o pulso quebrado e me encantou com seus olhos cor de chocolate.

Os homens com quem transo – e vamos deixar claro que estou parada neste corredor já pensando em sexo – são como o surfista do verão passado, ou o *barman* de um restaurante em que gosto de jantar algumas vezes, ou até mesmo o colega de trabalho robusto da minha mãe, charmoso e de pele escura e já ficando um pouco velho demais para realizar seu sonho de estourar no mundo da música.

Se eu comparar Javier ao surfista, Chris, eles nem parecem pertencer à mesma espécie. Javier é um adulto, um homem que se sente tão confortável consigo mesmo que faz a vida parecer fácil. Cada centímetro da minha pele anseia pelas mãos dele. Meus ouvidos desejam aquela voz sonora. Minha boca cobiça aqueles lábios. E minha barriga, por falar nisso, quer comida. Levanto a mão e bato à porta. Ele a abre e, fazendo um floreio com o pano de prato, convida-me a entrar.

– Fiquei com receio de que você tivesse mudado de ideia – confessa ele.

Penso em quanto tempo fiquei parada diante da porta.

– Você me prometeu um jantar. Quase nunca recuso comida.

Ele afasta o meu cabelo do ombro, acaricia a lateral do meu pescoço.

– E você só veio pelo jantar?

Ergo o olhar para encará-lo. Nego com a cabeça.

A boca se curva em um sorriso, e ele acaricia minha face com uma das mãos.

– Que bom. Por favor, sente-se. Vou lhe servir um pouco de vinho.

Dou mais alguns passos em direção ao interior do apartamento. Tem quase o dobro do tamanho do meu, com um quarto separado e uma cozinha de verdade, bastante luxuosa, toda em vidro e aço inoxidável. É um estilo diferente daqueles a que estou acostumada. Adequado aos gostos dos moradores de Auckland. O apartamento fica em uma das extremidades do prédio, e a sacada começa nas portas de vidro da sala de estar e se estende até o quarto, com vista para o centro da cidade e o porto ao longe.

– Eu amo este prédio. É tão... extravagante, não é? Eu me sinto tão paparicada.

– Ele aparece em cartões-postais e xícaras de café.

– Sério?

– Sério. – Ele me serve uma taça generosa de vinho branco. – Uma safra local. Veja se gosta.

– Obrigada. – Tomo um golinho, cautelosa, ciente de que estou me equilibrando na beira de um lago composto de cansaço, tensão sexual e *jet lag*, mas o vinho é como uma brisa: forte e suave, não muito doce. – É maravilhoso.

– Que bom – diz, voltando para a cozinha.

As pontas dos cabelos estão úmidas, e ele não está usando as mesmas roupas de antes. Está de calça jeans e camisa Henley em um tom azul-arroxeado. O tecido cai com fluidez sobre seu corpo, ligeiramente justo ao redor do torso.

– O que você está cozinhando?

– Uma coisa muito simples: *tortilla española*. Conhece?

Nego com a cabeça.

As mangas de sua camisa estão arregaçadas até os antebraços, o pano de prato apoiado no ombro, e ele sacode a frigideira larga para misturar as batatas, que estão ligeiramente crocantes por fora, e as cebolas translúcidas. Minha barriga ronca quando ele põe sal na mistura e depois a coloca em uma tigela com ovos batidos, ainda crus.

– Isso está por toda parte em Madri, igual aos sanduíches nos Estados Unidos.

– Tem muitos sanduíches por lá? Acho que nunca reparei nisso.

Ele bufa.

– Tantos sanduíches! Em todo canto! Sanduíches de peru, hambúrgueres, queijo quente e submarinos...

Dou risada.

– Chamamos só de *sub*. Submarinos são as embarcações que ficam debaixo da água.

– Isso. – O sorriso aparece com rapidez, enrugando as linhas de expressão em seu rosto. – *Subs*. Eu gosto deles. Recheados de presunto e salame e um montão de verduras e legumes.

– Eu também. E também gosto de hambúrgueres. Cheesebúrguer, principalmente. Quanto mais suculento, melhor.

– Cheesebúrgueres são uma delícia.

Ele raspa a frigideira e acrescenta um novo fio de óleo, virando-a habilmente de um lado para outro, para que se espalhe por toda a superfície. Estende a mão alguns centímetros acima da chama para testar o calor e, em seguida, põe a frigideira de volta e despeja a mistura de ovo e batata.

– É aqui que mora o perigo – declara ele, com a voz um tanto séria. – Precisamos ter muita paciência, deixar que os ovos cozinhem bem devagar.

Ficamos vigiando os ovos, vendo as bordas cozinharem, depois o centro, e, quando atingem determinada textura, Javier apanha a frigideira e, com um gesto habilidoso, joga a omelete para cima e a pega para que doure do outro lado. Apoiado na bancada, ele arqueia uma sobrancelha e abre um sorriso.

– Você está impressionada?

Dou risada, lembrando-me de que lhe perguntei a mesma coisa mais cedo.

– Sim. Muito impressionada.

Quando os ovos ficam prontos, nos sentamos lado a lado no sofá, admirando a vista do porto. "Tem uma mesa ali, mas olhe onde fica, encostada na parede... muito apertado", Javier tinha dito. Os ovos estão perfeitos e, junto com as batatas e as cebolas, formam uma comidinha caseira deliciosa. Começamos a devorar a comida como cachorrinhos esfomeados.

– Tão gostoso – consigo dizer. – Preciso adicionar isto à minha listinha de coisas para cozinhar depois do trabalho. – Tomo um gole de vinho. – Só que eu sempre me esqueço de comprar ovos.

O prato dele está vazio.

– Quer mais?

– Quero – respondo. – Se não for muito guloso de minha parte.

Ele ri e serve meu prato de novo. Depois, senta-se ao meu lado e ficamos admirando as luzes do porto. A música de antes dá lugar a uma canção suave com acordes de um violão espanhol, e é quase como se o som tivesse uma cor própria: um verde pálido, fresco, que serpenteia pelo cômodo fazendo flores brotarem. Penso em Javier no palco, cantando uma canção de amor.

– Certamente deve haver mercados que fazem entregas para uma mulher tão ocupada como você – diz ele depois de um momento. – Eu mesmo morreria de fome se não fosse por isso.

Encolho os ombros.

– Vivo dizendo a mim mesma que vou ao mercado, aí chego lá e compro leite e ração de gato e me esqueço do resto.

Também devoro o segundo prato com rapidez, e não sei se é apenas pela expectativa ou se estou mesmo com fome. Limpo a boca com um guardanapo enquanto Javier pega o meu prato e o coloca em cima do dele na mesinha de centro. Em seguida, ele se aproxima, afastando o cabelo do meu pescoço.

– Conte-me mais sobre o seu gato.

– O nome dele é Hobo – respondo, fechando os olhos quando os lábios de Javier alcançam a curva entre o meu pescoço e o ombro.

– Eu gosto de gatos – diz ele baixinho.

– É um gato feral preto que resgatei. – Viro-me de frente para ele e envolvo seu rosto entre as mãos para que possa beijá-lo direito. A mandíbula está incrivelmente macia, muito mais do que estava na balsa. Acaricio a pele lisa. – Você fez a barba.

– Fiz – murmura ele, retribuindo o beijo.

Assim como na balsa, passamos um bom tempo nos beijando, e fico maravilhada de que um beijo seja suficiente para satisfazer tamanho desejo.

Então ele se põe de pé e estende a mão, e o sigo em direção ao quarto. Tiro a blusa e o ajudo a despir a dele, e logo meu sutiã também se vai. Nós nos beijamos sem parar, pele contra pele, com cada vez mais ardor, a minha respiração acelerada e irregular enquanto ele desliza as mãos pelo fecho da minha calça e me ajuda a despi-la. Levo a mão aos jeans dele, mas Javier diz:

– Pode deixar que eu tiro.

E no momento seguinte estamos na cama, nus, e estou tão ávida que sinto vontade de mordê-lo. E é o que faço: dou uma mordida em seu ombro. O tamanho do corpo dele me excita. A língua me excita. A boca, os dentes me mordiscando, as mãos me segurando com força. É um encontro muito físico, quase bruto, e sinto-me satisfeita: satisfeita com a energia vigorosa, com a sensação do corpo dele junto ao meu, com a urgência dele, com o meu próprio aperto poderoso. Enlaço minhas pernas com força ao redor dele, e nós nos movemos, e de novo, e de novo. A minha voz gutural, nossa pele escorregadia, e então nós tombamos e ficamos deitados juntos no escuro, ofegantes.

– Meu Deus do céu – sussurro ao ouvido dele, envolvendo o lóbulo com a boca.

– Humm – concorda ele, e levanta a cabeça. Por um longo momento, fica apenas me olhando; em seguida, me beija com delicadeza. – Tão linda.

Ficamos deitados de lado, meu corpo aninhado ao dele, algo de que não costumo gostar, mas que parece gostoso agora que estou tão longe de casa, tão distante dos meus próprios limites. O corpo de Javier é maior que o meu em todos os aspectos, e isso me faz sentir segura e protegida. E, exausta como estou, logo caio em um sono profundo e sem sonhos, e vou para bem, bem longe.

O sonho vem mais uma vez.

Estou sentada em uma pedra na enseada com Cinder ao meu lado. Estamos contemplando o oceano agitado e, ao longe, Dylan está sobre sua prancha de surfe e não veste nem um traje de mergulho, apenas uma bermuda amarela e vermelha. Ele parece feliz, extremamente feliz, e é justamente por isso que não quero avisá-lo de que a onda está prestes a quebrar.

E em seguida a onda o atinge, e ele desaparece na imensidão do mar. Cinder late de forma incessante, impaciente, aflito, mas Dylan não vem à superfície. O mar fica tranquilo, e não há mais nada para ver além do oceano prateado, que se estende até o horizonte.

Acordo sobressaltada, aliviada por ter o peso de Javier me servindo de âncora. Meu coração está acelerado, e preciso respirar fundo. *Calma. Fique calma. Foi só um sonho.*

– Está tudo bem? – pergunta Javier.

– Sim. Foi só um sonho estranho.

Minha bexiga clama por atenção, então jogo as cobertas para o lado e, ainda nua, sigo em direção ao banheiro. Meus dentes estão sujos por causa do vinho, então passo um pouco de pasta de dente no dedo e os escovo. Em seguida, faço um bochecho e volto para o quarto. Agora que estou acordada, talvez fosse melhor simplesmente voltar para o meu apartamento, mas Javier levanta as cobertas para mim e me aninho ali, feliz por ter um vislumbre de seu quadril nu, de seu umbigo. O cabelo está despenteado, bagunçado, e sorrio com a visão enquanto me acomodo ao lado dele. Um dos braços me envolve, e também me deixo envolver no conforto silencioso de tê-lo ao meu lado.

O dia já está amanhecendo quando volto a acordar. Além das janelas, a luz amanteigada se derrama sobre o mar, respingando nos arranha-céus que nos cercam. Javier está adormecido ao meu lado, os braços estirados para a frente, o rosto sereno. Está totalmente nu, e levanto o lençol para espiar. O corpo dele é maravilhoso.

– Está gostando? – pergunta Javier, com uma voz suave.

– Bastante – respondo e olho para ele, mas não abaixo o lençol, e continuo admirando fixamente. Isso mexe comigo, e posso ver que também está mexendo com ele. Sorrio e solto o lençol. – Bom dia.

Ele estreita os olhos.

– Você é bem-humorada de manhã?

– Geralmente, não. Às vezes fico bem azeda. E você?

– Já faz muito tempo que trabalho à noite, e, em Madri, isso significa ficar acordado até muito tarde.

– Você ainda não me contou com o que trabalha – comento.

Ele levanta o lençol, admira o meu corpo e solta um gemido baixinho antes de se aproximar. Joga o lençol para longe de nós com um gesto irritado e retoma a sua tarefa. Deixo que o faça, apreciando a curvatura de suas costas, longas e musculosas, enquanto ele me examina.

– Seu corpo é uma exuberância selvagem – diz ele baixinho, e traceja as minhas costelas com a ponta dos dedos, depois a barriga, desliza-os por entre as coxas, beija meu umbigo e continua correndo os dedos pela minha perna. Sua bunda, forte e torneada, está ao meu alcance, e, enquanto ele explora as minhas curvas, deslizo a mão pela parte de trás de suas coxas, posicionando-a entre suas pernas para ouvi-lo gemer. Rio baixinho, e ele se apoia em um dos joelhos, oferecendo o corpo para mim.

Chego mais perto.

– Nudez frontal completa. Gosto disso.

E, agora, fazemos amor de forma mais lúdica, parando para admirar e perguntar, com um olhar ou com um som, se isso ou aquilo, ou talvez assim ou assado, não é melhor. O corpo dele paira acima do meu, oferecendo carícias e beijos. E, exatamente como imaginei, sua boca está em toda parte, explorando cada cantinho, e eu faço o mesmo. Em seguida, estamos entrelaçados um no outro enquanto o sol se derrama sobre o quarto através das portas de vidro.

Deitada junto dele em meio aos raios de sol, completa e profundamente satisfeita, percebo algo que nunca havia entendido a respeito dos homens mais maduros: quanto eles aprenderam sobre o corpo feminino ao longo de sua jornada.

Ou talvez seja apenas algo do próprio Javier. Ele levanta a cabeça e se apoia no cotovelo, e, com uma das mãos, afasta uma mecha de cabelo do meu rosto, colocando-a delicadamente atrás da orelha. Sinto uma pontada no peito diante do gesto, mas não me mexo. A luz se espalha sobre o nariz imponente de Javier e lhe ilumina o cabelo, e os ombros trazem as marcas de minhas mordidas. Encosto em uma delas.

– Desculpe por isso. Eu me empolguei.

Ele pisca devagar, desliza a coxa por sobre a minha.

– Não tem problema. Vai servir de alerta para as mulheres ficarem longe.

– Elas vêm atrás de você aos bandos? – pergunto, me divertindo um pouco.

– Não tanto como quando eu era um pouco mais jovem, mas, sim, ainda são muitas.

Franzo o cenho.

– Você está falando sério?

Ele levanta o dedo e rola pela cama para pegar o celular. Depois, abre um aplicativo e vira a tela para me mostrar. Nela, vejo a capa de um disco e a foto de um homem inclinado sobre seu violão. Nas sombras, uma mulher o encara. O título está em espanhol, mas consigo ler o nome, Javier Velez, e reconheço as mãos.

– Este é o trabalho que o faz ficar acordado até tarde?

Ele assente, quase com tristeza.

Dou uma olhada nos enormes aposentos, e a ficha começa a cair.

Este é um apartamento muito caro.

— Você é famoso?

— Não aqui. — Ele se apoia em uma das mãos, esplendidamente nu, e me pergunto se alguém dos edifícios comerciais está olhando para cá, espiando a bela forma de seu corpo.

Abro um sorriso.

— Você é famoso em algum lugar?

— Talvez um pouquinho. No mundo latino, as pessoas conhecem as minhas músicas.

Assimilo a informação aos poucos e, em vez de me deixar apreensiva, isso me deixa menos preocupada. Se Javier é um grande astro da música, então não passo de uma distração para ele, assim como ele não passa de uma distração para mim.

— Acho que vou ter de escutar mais de uma música da próxima vez.

Javier pousa um dos dedos ao lado do meu umbigo, traceja um círculo ao redor dele.

— Você vai me ver tocar hoje à noite?

Iço o corpo para cima, empurro Javier para trás e me espalho por cima dele como a cobertura de um bolo, as mãos estendidas em seus braços.

— Talvez eu precise comprar algo melhor para vestir.

Ele se esparrama junto comigo, os olhos brilhando, os lábios levemente curvados em um sorriso.

— Eu gosto do seu vestido vermelho.

Beijo o pescoço dele.

— Vou encontrar outro vestido vermelho. — Aproximo-me para beijá-lo, apreciando os lábios carnudos, o cheiro de sua pele. — Você é mais cheiroso que todos os homens que já conheci.

— Sério?

Enterro o rosto no pescoço dele e inspiro profundamente.

– Tem cheiro de oceano e orvalho e... mais alguma coisa. – Tento descobrir o que é, algo picante, mas não consigo definir. Em seguida, trocamos de posição, ele se espalhando por cima de mim como se eu fosse um bolo, as mãos nos meus cabelos.

– Isso é muito sexy – sussurra ele, e se aproxima do meu pescoço para cheirá-lo. Em seguida, suga a minha pele, uma vez, depois mais outra, e mais outra, e mais outra.

E, de repente, estamos fazendo amor de novo, lentamente, entregando-nos mais uma vez um ao outro... entregando-nos ao prazer.

Um pouco mais tarde, estou enrolada nos lençóis, e Javier está vestindo apenas uma cueca boxer. Estamos bebendo o café que ele fez na prensa francesa e comendo folhados que ele arranjou, além de umas frutinhas verdes que, a princípio, pensei que fossem limões.

– Feijoa – diz ele, e parte uma delas ao meio, revelando a polpa, macia como a de um kiwi, as sementes formando uma cruz medieval. É pulverulenta e tem um sabor doce, semelhante a uma pera.

– Deliciosa.

Ele assente com a cabeça e usa uma colher pequena para retirar a polpa da casca. Usa um dos dedos para acariciar a tatuagem discreta no meu antebraço, as escamas de sereia com a palavra "Irmãzinha" escrita na borda externa. Josie também tem uma.

– Você vai me contar sobre a sua irmã?

Olho na direção do porto e avisto um veleiro, um triângulo branco e nítido deslizando mar adentro.

– É difícil falar sobre ela.

Javier fica em silêncio, me dando espaço para prosseguir ou parar. Depois de fazer amor, contudo, estou leve e aberta. Por ora, minha carapaça foi dissolvida por um tsunami de toques. Respiro fundo.

– Ela era... é... dois anos mais velha que eu. Eu a venerava quando éramos crianças. Meus pais não eram... – Suspiro. – Não eram pais muito bons. Então, antes de Dylan chegar, era Josie quem cuidava de mim.

Ele me dá um aceno de cabeça.

Tomo um gole de café, segurando a xícara entre as mãos.

– Ela era uma criança feliz. Era mesmo. Arteira, mas nunca má. Ela não gostava da escola, mas, se me lembro bem, não se metia em encrenca. E aí...

Encolho os ombros.

– E aí?

– Ela mudou. É difícil lembrar exatamente como foi, mas ela começou a se meter em encrenca. Roubava goles das bebidas dos clientes, principalmente dos homens, e depois, conforme ficamos um pouco mais velhas, ela passou a roubar cervejas do bar e coisas do tipo.

Os dedos dele acariciam meu tornozelo.

– Seus pais não fizeram nada?

– Nem sei se eles chegaram a notar. – Sinto uma ardência na barriga e a esfrego, endireitando as costas. É impressionante quanto isso ainda me estressa. – Eles viviam brigando... Eram brigas muito acaloradas. Gritavam, jogavam coisas e tudo o mais, e simplesmente não prestavam atenção ao que estava acontecendo com Josie.

– E quanto a você? Quem cuidou de você?

– Dylan – respondo com simplicidade.

– O garoto desconhecido. Era como um irmão para você?

– Isso.

– E ele lia para você. *A Fantástica Fábrica de Chocolate*.

Abro um sorriso.

Sim. E muitos outros livros.

– Ele cuidava de você e da sua irmã?

– Cuidava. Ele trabalhava como subchefe de cozinha no restaurante, mas morava com a gente. – Sugo o lábio inferior, pensando em como posso explicar Dylan. – Ele tinha alguns problemas, mas, sinceramente, não sei o que nos teria acontecido se não fosse por ele. Era ele quem nos fazia ir à escola, quem se certificava de arranjar sapatos novos quando os antigos ficavam apertados demais. Assim que eu chegava da escola, ele sempre me ajudava com o dever de casa, mesmo que alguma das namoradas estivesse por lá, o que acontecia praticamente o tempo todo.

Sou invadida pela sensação que me dominava naquelas tardes, sentada com Dylan e Josie, que só fazia o dever de casa porque era obrigada, junto com qualquer garota com quem Dylan estivesse saindo na época. Abro um sorriso.

– Ele era muito bonito. O garoto mais bonito do mundo todo.

Javier sorri.

– Vocês sentiam ciúme?

– É claro! Ele era nosso!

– Ele era muito mais velho que vocês?

– Seis anos mais velho que Josie, oito mais velho que eu.

Pendo a cabeça para o lado, percebendo que ele conseguiu de novo, fez com que eu me abrisse e contasse a minha história, e franzo o cenho, perplexa.

– O que foi?

– Você me seduz até me fazer contar coisas a meu respeito.

– Porque quero saber tudo – responde ele, acariciando a minha canela. – E se você me contar mais sobre sua irmã, talvez eu possa ajudar a encontrá-la.

Por um momento, pergunto-me se ele poderia ser demais. Sentimental demais, intenso demais. Mas realmente me sinto um pouco perdida para tentar resolver esse problema. Contar com a ajuda de outra pessoa talvez possa ser útil.

– Pode ser que ajude mesmo. – Empertigo-me. – Pois bem, vou contar tudo.

Ele apoia a cabeça na mão.

– Vá em frente.

– Então, ela ficou meio problemática... minha irmã. Recusava-se a frequentar a faculdade e passava o tempo todo indo a festas ou surfando. Na última vez que a vi, ela roubou praticamente tudo que eu tinha, incluindo meu computador e todas as minhas roupas, e vendeu.

– Nossa. Que punhalada nas costas.

– Pois é. Eu tinha acabado de concluir a primeira residência, então estava exausta e esgotada, e simplesmente não conseguia acreditar que ela seria capaz de fazer algo assim. – Esfrego mais uma vez a barriga, sentindo uma pontada da dor e raiva que me invadiram quando voltei para o apartamento e descobri o que ela havia feito. – Eu a cortei da minha vida.

– Compreensível.

– Eu sei. – Solto um suspiro. – O problema é que ela supostamente morreu uns seis meses depois, em uma grande explosão de trem na França. Nunca mais falei com ela.

Volto no tempo, para aquele dia em que estava a caminho do meu apartamento quando recebi a ligação da minha mãe. O fantasma da dor daquele momento corre por minhas veias. Naqueles minutos devastadores, eu teria feito qualquer coisa para trazê-la de volta.

Há uma expressão gentil nos olhos de Javier, mas ele não diz nada.

– Passei todos esses anos achando que ela estivesse morta. – Abro as mãos, olhando para as minhas palmas como se a história estivesse escrita ali. – E então eu a vi no jornal que noticiava o incêndio na boate. Ela estava aqui no distrito comercial quando aconteceu.

– Você achava que ela estava morta até vê-la na televisão? Durante todo esse tempo?

– É.

Ele passa um bom tempo me encarando.

– Você deve estar muito brava.

– "Brava" é pouco para descrever o que sinto. – A lava escaldante que se desloca lentamente por minhas entranhas gorgoleja. – Minha mãe ficou louca para eu vir para cá logo... Se não fosse por isso, talvez eu não tivesse vindo.

Os grandes olhos escuros estão fixos no meu rosto.

– Para o meu próprio bem, fico feliz que tenha vindo.

Abro um meio-sorriso.

– Ah, tenho certeza de que você teria encontrado outra pessoa para manter sua cama aquecida.

– Mas não teria sido você.

– Você não precisa tentar me conquistar, Javier. – Para repelir qualquer protesto que ele possa fazer, meneio a cabeça. – Enfim... acho que está na hora de voltar a procurar minha irmã. Minha mãe vai querer saber em que pé estão as coisas.

– O que você fez até agora?

– Pouca coisa. Tentei encontrá-la pelo nome, mas não deu em nada. Acho que aquela mulher no restaurante sabia de alguma coisa, então posso voltar lá. Porém... – Arqueio a sobrancelha. – Estou vendo o mar lá fora e o que realmente quero fazer é surfar.

Ele inclina a cabeça.

– E não vai procurar a sua irmã?

– Surfar me ajuda a pensar melhor, e talvez me dê algumas ideias. – Um desconforto denso invade meus pulmões, e, por um instante, sinto dificuldade para respirar. Endireito os ombros para ver se melhora. – Quer aprender a surfar?

Ele levanta as mãos.

– Não, não. Vou encontrar o Miguel hoje.

– Tudo bem, então. – Como o último pedaço do meu folhado e limpo os dedos. – Vou embora para você poder fazer suas coisas.

Javier segura a minha mão.

– Você vai assistir ao nosso show hoje à noite?

Assinto com a cabeça e levo a mão ao seu rosto, acariciando os cabelos grossos e ondulados.

– Quem mais poderia proteger você de todas as mulheres?

– É verdade. Vou precisar de ajuda. – Ele planta um beijo na palma da minha mão. – Até mais tarde.

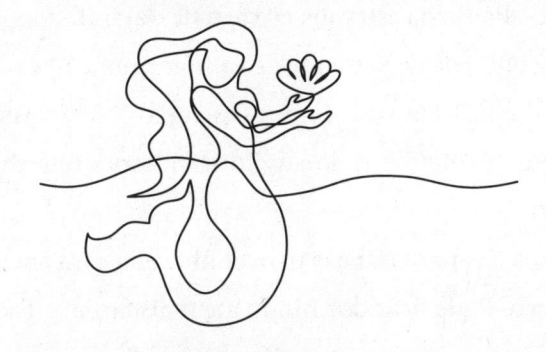

Mari

Quando chego em casa depois de jantar com Nan, Simon já colocou as crianças na cama. Na ponta dos pés, entro no quarto de cada um deles e beijo-lhes a cabeça, e depois me junto a Simon na sala. Ele está esparramado na poltrona, com o menor dos cachorros aninhado no colo, e os outros estão profundamente adormecidos no tapete. Consigo ver que ele está exausto.

– Como foi seu dia? – pergunto, fazendo-lhe carinho no cabelo. Ele se apoia nas minhas mãos e mexe a cabeça, e acaricio ainda mais.

– Foi bom. Sarah ficou em primeiro lugar nos cinquenta metros de nado livre.

– Sério? Isso é maravilhoso. E o Leo?

– Ele perdeu para Trevor. – Seu olhar retorna para o filme pausado. – Acho que o garoto pode ter potencial olímpico.

– O Trevor?

Ele assente com a cabeça, rendendo-se a um bocejo. Abro um sorriso e beijo-lhe a testa.

– Assista ao seu filme. Eu vou tomar banho.

– Como a Nan está?

– Bem. – Penso na estranha enxurrada de confissões que deixei escapar, e uma leve pontada de preocupação atinge minha nuca. E se ela mencionar alguma coisa na frente do Simon? Ou então... Só consigo levar a vida que levo porque mantenho tudo aquilo trancado a sete chaves. – Comemos *tapas*.

– Vamos levar as crianças para conhecer a casa amanhã cedo, né?

– Eu levo. Pode ficar dormindo até mais tarde. – Faço-lhe um carinho na testa, depois nas têmporas. – Você trabalhou duro a semana toda.

– Obrigado – agradece ele, pegando a minha mão e plantando um beijo na palma –, mas quero estar lá quando eles a virem pela primeira vez.

– Você que sabe. Não vá dormir muito tarde.

Enquanto preparo meu banho e tiro a roupa, a chuva cai do lado de fora. Assim que me mudei para Auckland para ficar com Simon, morávamos em uma casa com telhado de zinco em outro bairro e, às vezes, o barulho da chuva se chocando contra ele era ensurdecedor. O de hoje é quase hipnótico.

Três horas mais tarde, porém, ainda não consegui pegar no sono, e enfim saio da cama e desço para preparar um chá. Enquanto deixo a camomila em infusão, abro o computador e começo a fuçar as redes sociais da minha irmã. Ela não usa muito o Facebook, mas às vezes vejo algumas fotos no perfil da minha mãe, que não é privado nem fechado nem qualquer coisa do tipo.

Minha mãe está bonita. Ainda usa o cabelo comprido. O rosto está repleto de rugas, e aposto que ela ainda fuma. Sei que parou de beber, pois vi os milhões de postagens sobre estar sóbria e frequentar o AA.

Mas não importa quanto esteja sóbria ou como pareça bonita, ainda tenho ressentimentos em relação a ela. Criar meus filhos me fez compreender quanto meus próprios pais eram terríveis.

Uma garota sem uma mãe para protegê-la está à mercê do mundo. Como ela pode ter sido tão cega a ponto de não perceber que eu ingeria bebidas alcoólicas aos nove anos de idade? Aos doze? Aos catorze? Como ela pôde não ter visto o abuso que acontecia bem debaixo de seu nariz? Não deixo Sarah caminhar sozinha na praia, muito menos passar a noite lá desacompanhada.

Às vezes eu amoleço, pensando em como ela também levava uma vida difícil à época. Meu pai era um homem duro, nascido na Sicília durante a guerra, e, embora nutrisse um amor ciumento e protetor por minha mãe, ia atrás de outras mulheres por mero capricho. Pensava que nós – minha mãe e as filhas dele – éramos mimadas e cheias de privilégios.

E, por Deus, como os dois bebiam e farreavam!

Na manhã de Natal depois do aniversário de dez anos de Kit, descemos as escadas e, em vez de encontrar os presentes que o "Papai Noel" costumava deixar, demos de cara com um cômodo devastado. A árvore de Natal piscava, uma testemunha muda dos móveis caídos, vidros estilhaçados, e dos destroços espalhados por todo o tapete. Kit ficou parada em silêncio ao meu lado, os olhos arregalados assimilando o caos à frente.

Dylan apareceu atrás de nós.

– Nossa.

Ficamos ali por vários minutos, mergulhados no mais completo silêncio. Meu coração afundou, desprendeu-se de algum lugar no meio do peito e percorreu todas as minhas entranhas até cair no chão. Senti as lágrimas brotando nos meus olhos.

– Por que eles fizeram isso? – sussurrei. – Por que eles tinham que fazer isso justo no Natal?

Kit não emitiu nenhum som.

Dylan encostou no ombro dela, depois no meu.

– Tive uma ideia. Vão se vestir. As duas. Coloquem alguma roupa mais arrumadinha.

Encaramos Dylan firmemente. Nem mesmo ele seria capaz de consertar aquilo.

– Andem logo! – exclamou Dylan, e nos deu um empurrãozinho. – Vistam-se, escovem os dentes e penteiem o cabelo. A gente se encontra lá fora daqui a dez minutos.

Kit e eu trocamos um olhar, e ela deu de ombros.

Fizemos tudo correndo, descemos as escadas às pressas e saímos pela porta da frente. Dylan também tinha mudado de roupa e estava vestindo uma calça jeans bonita e uma camisa de manga comprida com três botões na gola. O cabelo estava limpo e brilhante, preso em um rabo de cavalo impecável. Ele estava parado ao lado do carro da minha mãe, nos esperando, e abriu a porta.

– Kit, você vai no banco da frente na ida. Josie, na volta é você.

Enquanto Kit se acomodava no lugar com que havia sido agraciada, seu sorriso resplandeceu por um instante.

– Para onde estamos indo?

– Vocês vão ver.

Ele fez carinho na minha cabeça ao passar e, consolada por ter perdido o banco da frente, afivelei o cinto.

– Mamãe deixou você pegar o carro dela emprestado? – quis saber Kit.

Ele deu partida no motor e seguiu pela rodovia rumo ao norte.

– O que você acha, Kitten?

Ela meneou a cabeça.

– Exato. Então vamos deixar isso para lá.

Ele nos levou até São Francisco. Primeiro fomos ao píer, que estava vazio, com exceção dos moradores de rua, e depois até o nosso verdadeiro destino: Chinatown. Depois que Dylan estacionou, saímos do carro e começamos a andar. Logo de cara já fiquei fascinada pelas bolas vermelhas penduradas acima de nossa cabeça e pela profusão de placas e fachadas de lojas. Um cheiro diferente enchia o ar, não totalmente agradável, mas estava empolgada por vivenciar um mundo tão diferente. Dylan estava de mãos dadas com Kit, e eu saltitava ao lado dele.

– Como você conhecia este lugar? – perguntei.
– Minha mãe costumava me trazer aqui.
– Você tem mãe?

Ele negou com a cabeça.

– Ela morreu.
– Quantos anos você tinha? – quis saber Kit.
– Oito – respondeu Dylan.

Ergui o rosto para encará-lo, intrigada diante dessa nova informação.

– Você sente saudade dela?

Ele ficou em silêncio por um bom tempo.

– Essa é uma pergunta bastante difícil. De vez em quando, as coisas eram boas, mas não era assim na maioria das vezes. Mas eu gostava de vir para Chinatown. Vínhamos aqui no Natal quase todo ano.

– Sério? – Cogitei a ideia, comparando a ceia de Natal preparada pelo meu pai com o fascínio de um lugar tão exótico. – Você gostava?

Ele abriu um sorriso de soslaio, aquele que fazia os olhos dele brilharem.

– Gostava, gafanhoto.

Caminhamos por algum tempo, espiando por vitrines abarrotadas e abrindo caminho pelo fluxo de gente. Nas vielas, as pessoas conversavam em um idioma que soava como música para meus ouvidos, a cadência subindo e descendo. Uma mulher com calças largas e vermelhas passou por nós e sorriu, curvando a cabeça para Dylan.

Eu estava fascinada.

Dylan nos conduziu a um restaurante situado na esquina de um dos becos. O interior era limpo e iluminado, e um garçom nos indicou uma mesa ao lado da janela, onde nos sentamos e ficamos observando a rua. Dylan falou com o garçom enquanto Kit olhava pela janela e eu tentava catalogar todas as coisas que estavam no meu campo de visão. Caracteres chineses que pareciam casinhas, ou bonecos de neve ou pessoas pequenininhas. As pinturas de casas e campos adornando as paredes. Uma prateleira com bules vermelhos.

Kit simplesmente fitava a janela, nem mesmo balançava os pés, como de costume. Uma sensação de vazio me dominou ao olhar para ela, trazendo à tona a imagem do caos na nossa sala de estar, então virei-me para olhar o fundo do salão, para uma janelinha em que se via a cabeça de duas pessoas na cozinha.

– Vamos comer *dim sum* – disse Dylan. – E um montão de doces de sobremesa.

Kit olhou para ele, mas não fez mais nada além de concordar com a cabeça.

Dylan puxou a cadeira dela para perto e envolveu Kit em seus braços, aninhando a cabeça dela junto ao ombro.

– Vai ficar tudo bem, garotinha.

O ciúme me atingiu como um raio. Por que ela sempre recebia toda a atenção? Encarei-os fixamente, lembrando-me da bagunça na sala de estar, todo aquele vidro estilhaçado, e os meus dedos formigaram como se precisassem quebrar alguma coisa. As pontinhas das minhas orelhas estavam em chamas, e uma raiva desenfreada percorreu minha garganta e chegou aos meus lábios, e eu estava prestes a abrir a boca e gritar quando Kit irrompeu em lágrimas.

– Nossos presentes! – choramingou ela, aos soluços.

Dylan a puxou para mais perto e acariciou seu cabelo enquanto murmurava palavras suaves.

– Eu sei. Sinto muito. Está tudo bem, pode chorar, Kitten.

Deslizei da cadeira e dei a volta na mesa para que também pudesse abraçar minha irmãzinha mais nova. Ela estava chorando tanto que o corpo todo tremia, e me aproximei dela, a barriga apoiada contra suas costelas, o rosto enterrado nos seus cabelos.

– Está tudo bem. Tudo bem. Vou arranjar um presente para você, um ainda melhor – tranquilizei-a.

Ela continuou chorando até o garçom aparecer com o chá, quando Dylan disse:

– Ei, Kitten, veja isso. É chá de crisântemo. É feito de flores.

– Sério? – Ela ergueu a cabeça, enxugando as lágrimas em um gesto quase raivoso. Entreguei-lhe um guardanapo, e ela me abraçou por um instante antes de respirar fundo.

Estava mais tranquila. Mais calma.

Depois que ela me soltou, retornei ao meu lugar. Estava sofrendo e me sentindo perdida sem nenhum motivo aparente, e então Dylan estendeu a mão e deu um apertãozinho no meu braço.

– Você é uma ótima irmã mais velha.

O sofrimento diminuiu um pouco.

– Obrigada.

– Vou lavar o rosto – avisou Kit, afastando os cabelos rebeldes do rosto.

Dylan serviu um pouco de chá na minha xícara minúscula.

– Faz bem para os nervos.

– Não estou chateada.

Ele assentiu.

– Que bom.

Serviu um pouco de chá na própria xícara, em seguida enfiou a mão no bolso do casaco e apanhou um pacotinho, que estendeu na minha frente.

– Feliz Natal.

– O seu está em casa! – exclamei, mas meu coração ficou quentinho.

– Posso abrir?

– Espere a Kit voltar.

Ele pôs um pacote maior no lugar em que ela estava sentada.

Olhei para a caixona e me perguntei se deveria sentir ciúme, mas resolvi deixar para lá. Quando Kit voltou, abrimos nossos presentes. O dela era um cubo mágico, e eu nem teria gostado de ganhar isso mesmo.

O meu era um par de brinquinhos de turquesa, muito delicados, mas eu não tinha furo na orelha. Fiquei segurando os dois, uma expressão confusa no rosto.

– Sua mãe deixou você furar as orelhas durante as férias de fim de ano.

– O quê? É sério?

– Sério. Talvez ela queira levar você, mas, se não fizer isso, eu levo.

– E eu? – quis saber Kit. – Eu também quero furar a orelha.

– Quando você fizer doze anos – respondeu Dylan. – Sua irmã é mais velha, e ela tem certos privilégios que você ainda não tem.

Empertiguei-me na cadeira e segurei os brincos na frente das orelhas.

– E aí? Que tal?

Kit assentiu com a cabeça.

– Lindos.

– Perfeito – declarou Dylan, e eu me deleitei com o tom de água-marinha do seu olhar intenso.

A memória invade meu corpo quando vejo as fotos recentes da minha mãe no Facebook.

Eu precisava dela. Toda menina precisa de uma mãe que a proteja com unhas e dentes. A minha não levantava nem um dedo por mim.

No perfil dela, porém, encontro algumas fotos de Kit. Não tem nenhuma novidade, são as mesmas de antes. Kit no pronto-socorro, usando um uniforme verde-claro. Kit com um gato preto no ombro.

Uma médica surfista. Que parece não ter marido nem família, já que minha mãe provavelmente teria postado fotos deles. Fico triste por Kit ser tão sozinha, e me pergunto quanto disso é minha culpa.

Desisti de carregar a culpa pelas coisas que fiz, pelas perdas que acarretei. A culpa clama para ser esquecida com uma grande garrafa de vodca gelada. O arrependimento exige reparações, e eu queria poder consertar as coisas. Queria que Kit me visse agora, curada e inteira. Será que ela voltaria a me amar? Ou ainda me olharia com aquela expressão resignada que se tornou tão familiar nos nossos últimos dias juntas?

A chuva parou, deixando para trás uma quietude reverberante. É em momentos assim que sinto o ímpeto de beber e fumar, quando os meus demônios saem rastejantes de seus esconderijos para me atormentar com os pecados que cometi no passado. E foram tantos pecados.

Tantos. Sentada no escuro, sentindo que todas as partes do meu coração foram destroçadas, fico encarando o rosto da minha irmã perdida. Sinto tanta saudade dela.

E, perto do fim, tenho certeza de que ela me odiava por todas as decepções que eu lhe trouxe. Roubei dela porque estava com fome. Mantinha-me distante, mesmo sabendo que ela estava totalmente sozinha. Eu também estava, mas tudo que sabia era que precisava aplacar a minha dor. Transava com qualquer um que passasse na minha frente, me drogava até entrar em torpor.

Não tinha alternativa. Não conseguiria contar a ela tudo o que tinha acontecido, falar sobre as coisas que haviam saído do meu controle e sobre as que não tinham.

As coisas que eu mudaria, se tivesse escolha.

Mas não importa o tamanho do seu sofrimento: as coisas não saem do jeito que você quer. E, mesmo se pudesse consertar tudo, mesmo se estivéssemos morando juntas... o que eu faria?

A dor jorra do meu peito e escorre por minhas entranhas. Do lado de fora das janelas, o oceano está agitado, reluzindo com os reflexos da luz na água, ribombando com força.

Fecho o computador. Além de ser uma péssima ideia, chafurdar no passado também pode ser perigoso. Tomei minhas decisões e tenho de viver com elas.

Enquanto me visto na manhã seguinte, Simon me olha e pende a cabeça para o lado.

– Vai usar aquele vestido turquesa que comprei para você umas semanas atrás?

Nem paro para questionar. Ele gosta de escolher as minhas roupas, com a melhor das intenções. É um vestido simples de algodão que realça meu tom de pele. Uma ótima escolha.

Entramos no carro com as crianças e saímos logo cedo. Leo a princípio parece irritado, porque pretendia passar o dia velejando com um amigo, mas Simon põe fim à rebelião infantil com uma única frase:

– Haverá muitos dias para velejar, parceirinho – diz ele –, mas você nunca vai ter outra chance de testemunhar essa grande revelação ao lado da sua família.

Leo bufa e dá um soquinho de brincadeira na barriga do pai. Simon finge que está se dobrando de dor.

Aproveitamos bem a manhã. Primeiro paramos em uma lanchonete no bairro Monte Eden para tomar um café da manhã decente. Sarah está animada e feliz – nada surpreendente, já que é fim de semana, e ela só precisa voltar à escola dali a dois dias. Leo está sentado ao meu lado, falando sem parar sobre seus amigos e natação e esportes e alpinismo, a sua nova obsessão. Anda lendo bastante sobre Sir Edmund Hillary, um herói local e a primeira pessoa a escalar o Monte Everest.

– Quanto tempo você demorou para escalar a Golden Hinde, mãe? – pergunta ele, mastigando um naco de bacon.

Estou absorta nos meus próprios pensamentos, imaginando a escalada do Everest e analisando a necessidade contínua que as pessoas sentem de encarar essa empreitada, e improviso uma resposta. Sinceramente, nem me lembro de qual montanha ele está falando. Só sei que fica na Ilha de Vancouver, onde supostamente passei boa parte da vida.

– Não sei. Acho que um dia.

– A Hinde? Nem pensar – protesta Simon, franzindo o cenho. – Demora no mínimo uns dois dias para escalar aquela lá, não?

Meu coração acelera e retumba nos meus ouvidos. Tenho certeza de que estou vermelha feito um pimentão.

– Ah, é verdade! – exclamo, batendo nas faces com as mãos. – Minha nossa, estou morrendo de vergonha.

Simon bate seu ombro de levinho no meu.

– Não tem problema, meu amor. Ainda não vamos mandar você para o asilo, não é, crianças?

Com muita seriedade, Sarah diz:

– Eu nunca vou mandar você para o asilo, mãe. Nunquinha.

Estendo o braço por cima da mesa e dou um apertãozinho na mão dela.

– Obrigada, filha. Eu também amo você.

– Não vamos mandar o vovô para o asilo, né?

– Ah, não! Claro que não. – Aperto a mão dela de novo. – Seu avô está ótimo.

Nesse momento, porém, olho para Simon e, com o dom das esposas para perceber as coisas, capto um franzir muito sutil de lábios. Apoio a mão na coxa dele, que pousa os dedos sobre os meus.

Quando finalmente chegamos à Casa Safira, esse assunto já virou águas passadas, e me certifico de que façamos uma entrada triunfal.

– Crianças, vocês sabem que sou apaixonada por esta casa desde que vim para cá, né? Ela fica bem no alto, por cima de tudo...

– Como um palácio! – exclama Leo.

– Isso, como um palácio. E aí, quando seu pai descobriu que ela estava à venda, comprou para a gente.

– Quero ver a estufa – avisa Sarah.

– Daqui a pouquinho, filhota. – Abro um sorriso para Simon. – Primeiro, vamos dar uma olhada na parte de dentro e nas varandas e em todas as coisas boas que há na casa. – Abro a porta e exclamo: – Tchã-rãm!

Os dois passam pela porta e param de súbito.

– Uau! – exclama Leo, girando enquanto olha para todos os lados.

Sarah é mais comedida. Entra como uma personagem de um livro de histórias, absorvendo o cenário de seu novo capítulo. Espia a escada, desliza os dedos pela parede e é atraída pela longa fileira de janelas com vista para o mar.

– Mamãe, olhe! Dá para ver o ciclone!

Sarah tem acompanhado um site sobre meteorologia com muito entusiasmo em busca de notícias do ciclone, que está soprando em nossa direção há alguns dias. E ela está certa: se o céu estiver ensolarado, é possível ver a tempestade escura se formando ao longo do horizonte.

– Vamos lá fora para ver melhor – sugiro, abrindo uma das portas francesas.

A vista é profundamente deslumbrante: o tom de azul profundo do oceano, as montanhas azul-marinho ao longe, a grama esmeraldina que se estende entre nós e o mar, o céu azulzinho e aquela linha fina e longínqua de nuvem arroxeada. Há camadas sem fim de azul contra verde e verde contra azul, e são todas arrebatadoras. Parece que a ficha não vai cair nunca.

– Não é lindo? – pergunto, pousando a mão nas costas dela. – Podemos colocar uma mesa aqui. E algumas cadeiras...

Ela se aconchega em mim de forma inesperada.

– Os ciclones não vão alcançar a gente?

– Não sei, filha, mas a casa já está aqui há oitenta anos. Tenho certeza de que houve alguns ciclones bem grandes nesse tempo todo. – Faço carinho nos cabelos cacheados. – Você tem medo de ciclones?

– Não. É raro ter algum muito forte.

– Isso é verdade. Então não precisa se preocupar.

– É que eu não quero me mudar... Gosto da nossa casa. E como vou trazer todos os meus experimentos para cá?

– Tenho certeza de que a gente vai dar um jeito, filha. O seu avô deve ter algumas ideias boas. – Lembro-me do telefone antigo. – Preciso mostrar uma coisa para você, e depois podemos subir e ver os quartos.

– Tá bem.

Ela me segue para dentro da casa, e vamos até o nicho onde fica o telefone antigo.

– Você sabe o que é isso?

– Claro que sei. É um telefone.

Fico um pouco decepcionada, mas ainda não acabou. Tiro o fone do gancho, levo à orelha e depois o estendo para ela.

– Você sabe o que é isto?

– Não. Que barulho é esse?

– É o tom de discagem. Isto é um telefone fixo, o que significa que está conectado à parede por um fio, e é o fio que o conecta a outros telefones. Você tira o fone do gancho para ouvir o tom de discagem e se certificar de que está funcionando, e depois disca os números.

Ilustro discando meu próprio número, e o celular toca na minha mão.

Sarah assente com a cabeça, mas em seguida já se virou e está se aproximando da escadaria.

– Quero ver os quartos.

Leo já está no andar de cima.

– Mãe, você precisa ver isso! O quarto tem seu próprio banheirinho, e tem azulejos por toda parte! Posso ficar com este quarto?

– Você não pode escolher antes que eu tenha a chance de ver também! – protesta Sarah, e passa correndo por ele para entrar no quarto.

Vou atrás deles, mas sem pressa, já que quatro dos seis quartos têm seus próprios banheiros, e todos eles têm azulejos lindíssimos. Leo chega ao quarto que eu sabia que ele ia amar, com uma fileira de janelas como a dos aposentos de um capitão na proa de um navio. Tem vista para a entrada da casa e para a cidade.

As crianças vão de um lado para outro, abrindo gavetas e portas para espiar tudo. A maioria está vazia. Não passei muito tempo nos outros quartos. Aquele em que estou parece bem deteriorado, com um mural desbotado na parte de cima das paredes e cortinas sem graça. Apanho um bloco na bolsa e anoto alguns lembretes para mim mesma, usando uma caneta-tinteiro que peguei ontem e recarreguei com tinta magenta brilhante. Os tons vermelhos e amarelos sempre foram mais a minha cara, ao passo que Kit amava turquesa, violeta e verde. Dylan gostava de caligrafia com pincel no estilo chinês e usava a tinta preta mais escura que conseguia encontrar. Sempre achei que Kit seria a pessoa que preferiria tons mais sóbrios de tinta, como preto e marrom-escuro, mas pelo contrário: ela adorava cores vivas e preferia usar pontas finas para ter mais precisão na escrita. Enquanto faço anotações sobre as cortinas e o papel de parede, fico satisfeita com a elegância que a ponta afiada confere aos meus rabiscos.

– E eu? – pergunta Sarah. – Com qual quarto vou ficar?

– Venha cá.

Guardo a caneta e o bloco na bolsa e a conduzo pelo corredor até um quarto muito semelhante aos outros. As paredes são de um tom de amarelo enfarruscado, desbotado e horrível, e as estantes estão envergadas, mas isso são apenas detalhes. A melhor parte do quarto é aquela que Sarah percebe logo de cara: um trio de janelas redondas com vista para o mar. Ela corre em direção a elas e fica na ponta dos pés para espiar a paisagem. Em cada lado das janelinhas redondas há duas janelas que abrem para fora, e escancaro uma delas para permitir a entrada da natureza.

– Escute – digo, levando a mão ao ouvido.

– Eu gosto do barulho do mar – responde ela, sorrindo. – Ele me ajuda a dormir.

Sinto uma pontada no peito. É algo que sempre dissemos: as mulheres Bianci precisam ouvir o mar enquanto dormem. Por um instante, sou invadida por uma tristeza descomunal: ela nunca vai saber que é uma Bianci.

– Eu sei – declaro, com algum esforço, em um tom otimista. – É por isso que pensei neste quarto.

– Obrigada, mamãe.

Ela abraça a minha cintura.

– Que tal darmos uma olhada na estufa? – sugiro.

Nesse momento, porém, Simon me chama:

– Mari, querida, pode vir aqui embaixo?

Sarah e eu descemos as escadas de mãos dadas. Uma mulher com uma câmera de vídeo apoiada no ombro e outra moça com cabelo penteado e terninho de repórter de tevê estão paradas no átrio. A luzinha vermelha da câmera pisca, e a lente se inclina para cima, para gravar Sarah e eu descendo os degraus.

– O que está acontecendo aqui?

Simon, parecendo extremamente satisfeito consigo mesmo, as apresenta.

– Estas são Hannah Gorton e Yvonne Partridge, da TVNZ. Estão aqui para fazer uma reportagem.

Meu coração congela com tanta intensidade que acho que vai estilhaçar.

– É um prazer conhecer vocês – digo, aproximando-me para trocar um aperto de mãos. Em seguida, viro-me para Simon. – Posso falar com você um instantinho?

– Claro.

Simon me acompanha até a despensa, onde podemos conversar com privacidade.

– O que elas estão fazendo aqui?

– Eu disse a elas que podiam vir.

– E por que você não me contou? Talvez eu quisesse, sei lá, passar uma maquiagem decente.

– Eu sabia que você ficaria com um pé atrás, e a reportagem vai ser boa para a publicidade.

– Por que precisamos de publicidade? – Um terror frenético de entendimento se agita no meu peito. – Eu não quero que nossa vida particular se torne pública!

— São só negócios. Vamos querer vender os outros lotes por um valor bom, e a reportagem vai criar entusiasmo — declara ele com uma firmeza que sei que não vai ceder. Simon é um homem adorável de mil e uma maneiras diferentes, mas, quando decide que quer alguma coisa, é implacável. — E só vai levar meia hora.

— Que outros lotes?

— Eu falei para você... se quisermos lucrar com isto aqui, precisamos transformar os níveis mais baixos do terreno em lotes.

— Não me lembro de você ter me falado sobre isso. — Massageio as têmporas e tento me acalmar. Verdade seja dita: em um subúrbio ávido por terrenos, os lotes de moradias realmente vão valer uma fortuna. — Mas por que temos de exibir nossa vida na televisão?

Ele pousa a mão sobre meu ombro.

— Venha. Vai ficar tudo bem.

Por um momento, sinto os dois lados da minha vida entrando em conflito direto. Sinto um de cada lado do meu coração, batendo um contra o outro. Se eu ceder às vontades de Simon, meu rosto será estampado na internet outra vez, o que aumenta a chance de alguém me reconhecer. Mas é impossível discutir com Simon quando ele decide fazer alguma coisa. É como dar murro em ponta de faca. E, se eu resistir muito, ele vai começar a desconfiar.

Engulo meus anseios e respondo com brusquidão:

— Tá.

Em seguida, empurro a mão dele e volto para o outro cômodo. Faço um esforço para botar um sorriso no rosto e dou a risada que aprendi ao longo dos anos, e então as deixo me filmar no saguão e na cozinha parcialmente horrível. Passado um tempinho, deixo todas as apreensões de lado e me concentro nisto: mostro lhes as escadas suntuosas feitas de madeira kauri e o corrimão de acácia-negra australiana; o banheiro principal todinho revestido de azulejos no estilo *art déco*; e as janelas incríveis com vista para o porto, as ilhas avultando no horizonte.

E, enquanto damos outra volta pela casa, me apaixono cada vez mais e sou invadida pela sensação de que talvez a Casa Safira seja a razão de tudo. As crianças circulam pelos cômodos, e eu não poderia querer mais nada no mundo.

Estou destinada a estar neste lugar. Foi tudo obra do destino.

Olho para Simon, que está do outro lado do cômodo, tão caloroso e alegre, e me pergunto o que aconteceria se ele descobrisse tudo. A péssima reputação que eu tinha quando era adolescente, meu comportamento imprudente, minha...

Minha mentira gigantesca. Admirando meu lindo marido, de camisa e jeans impecáveis, um pé estirado à frente do corpo e o ombro apoiado na parede, me pergunto como seria confessar tudo. Poder ser eu mesma com o homem que amo mais do que pensei que fosse capaz. Carregar um segredo é algo muito solitário.

E então, quando ele abre seu sorriso honesto, escancarado, leal, eu sei qual é a verdade. Não posso confessar. Ele me odiaria. Simon nunca mais falaria comigo. Nunquinha. Por isso, dou a entrevista e, com minha expressão mais alegre estampada no rosto e o meu sotaque não exatamente neozelandês, mas também não muito americano, mostro a Casa Safira para elas.

Mais uma vez, fico fascinada pela história da casa, pelo trágico caso de amor que ficou no passado, pelo fato surpreendente e emocionante de que poderei restaurá-la.

No fim da entrevista, a repórter abre um sorriso e diz:

– Obrigada, Mari. Acho que é só isso mesmo.

– O prazer é todo meu – respondo, mas as palavras arranham minha garganta, como se fossem afiadas.

Quando a reportagem for ao ar, meu rosto estará estampado por toda a TVNZ. Estará na internet.

Qualquer pessoa poderia me ver.

Qualquer pessoa.

É o maior risco que corri desde que cheguei aqui, e eu tenho tudo – *absolutamente tudo* – a perder.

Antes de irmos embora, subo no sótão para procurar alguma reminiscência da vida de Veronica. O lugar está coberto de teias de aranha, e as varro com uma vassoura que trouxe justamente com essa finalidade.

Sarah subiu comigo, e a coloquei para trabalhar abrindo caixas enquanto faço anotações sobre o conteúdo. O sótão está praticamente vazio, com algumas caixas de quinquilharias, e nenhuma delas parece interessante. Algumas estão cheias de roupas, e com certeza vale a pena analisá-las mais detidamente, considerando a época em que foram confeccionadas. Por fim, bem no fundo do cômodo, há duas caixinhas com os diários que Helen mantinha. Escolho um ao acaso. É de 1952. Remexo mais na caixa e encontro um de 1945. Os diários da outra caixinha têm data mais recente, e não estou tão interessada neles.

– Espere um minutinho, filha.

Sento-me no chão e tiro todos os diários da caixa. Não estão organizados cronologicamente: o de 1949 está bem ao lado do de 1955, que parece ser o mais recente.

O mais antigo é de 1939, e isso me frustra.

– Onde será que estão os outros?

– Tem mais caixas por aqui – responde Sarah. – E, olhe! Roupinhas de bebê.

Levanto-me de um salto, o cenho franzido. As roupas estão aninhadas em um berço de madeira, cobertas por um lençol empoeirado. São todas para recém-nascidos ou bebês um pouquinho mais velhos e parecem nunca ter sido usadas. Alguém deve ter sofrido um aborto espontâneo. Sinto um aperto no peito e pego alguns dos suéteres e macacões minúsculos.

Sarah já perdeu o interesse pelas roupas e abriu mais algumas caixas. Estão apinhadas de miudezas, mas nada que possa me dar as respostas de que preciso. Onde estão os outros diários? Preciso dos que foram escritos na década de 1930.

Talvez ela só tenha adquirido o hábito de manter diários depois que se mudou para cá.

Faço um "X" nas duas caixas de diários e em uma terceira caixa de álbuns de recortes para que Simon leve para baixo mais tarde.

Em seguida, me lembro das pilhas de caixas de plástico repletas de diários que estão no quarto de Helen. Talvez tenha alguma coisa lá.

– Venha com a mamãe, Sarah. Eu tive uma ideia.

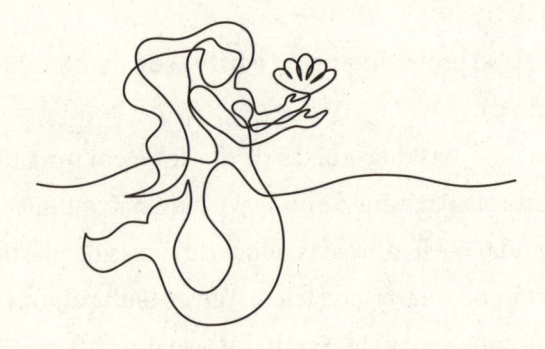

Kit

Quanto eu tinha sete anos, e Josie nove, Dylan nos ensinou a surfar. Lembro-me da primeira aula como se fosse ontem, porque, pela primeira vez na vida, tive Dylan só para mim – algo muito raro. Acordei na barraca, e Josie não estava mais lá. Dylan estava esparramado de costas no chão, as mãos cruzadas sobre o peito, e Cinder roncava ao meu lado. O saco de dormir de Josie, porém, parecia intocado. Saí da barraca para fazer xixi. O céu da manhã estava carregado e nublado, o oceano inquieto logo abaixo, e eu entrei nas ondas marulhantes, deixando a água fria envolver meus tornozelos. Nadávamos quase todos os dias, Josie e eu, e era assim que eu me preparava: ia até o ponto mais fundo que conseguia, depois voltava correndo, entrava de novo e então recuava. Cinder deve ter me escutado, porque saiu da barraca e começou a me acompanhar nas idas e vindas ao mar. Encontrou um pedaço comprido de madeira gasta e o trouxe até mim. Dei risada, peguei e o atirei de volta na areia. Ele era um labrador, mas não gostava muito de nadar; só entrava no mar quando era estritamente necessário. Quando a água batia em seu peito, ele sempre se punha a latir e voltava correndo para a areia.

Foi exatamente o que ele fez naquela manhã. Corri em direção ao mar e depois de volta à praia, e ele ia de um lado para outro perseguindo a madeira, que flutuava ao sabor das ondas. Um tempo depois, Dylan saiu da barraca, piscando para afastar o sono e vestindo short de estampa havaiana, todas as suas cicatrizes à mostra: aquela enrugada e em tons róseos que se espalhava pelo bíceps, a constelação de círculos perfeitos na barriga, e as linhas finas de trinta centímetros aqui e ali. Não eram cicatrizes comuns. Ele contava histórias malucas sobre elas – dizia que tinha lutado contra piratas, dançado sobre brasas e ficado preso em uma chuva de meteoros em pleno espaço sideral.

– Ei, Kit – chamou-me ele com a voz rouca. – Cadê a sua irmã? Ela já desceu?

– Não, acho que não.

Ele franziu a testa e olhou para as escadas que davam para o restaurante. Vestiu uma blusa e sentou-se na areia para acender um baseado meio fumado que tirou do bolso. O odor adocicado se misturou ao oceano e à névoa e produziu um aroma que eu sempre associaria a Dylan.

– Você está com fome?

– Ainda não – menti. Minha barriga estava roncando um pouquinho, mas eu nunca, nunquinha, ia interromper aquele momento em que tinha Dylan só para mim e queria aproveitá-lo ao máximo. – Você vai surfar hoje?

– Vou.

– Não vai ensinar a gente *nunca*?

Ele olhou para mim.

– Você quer mesmo aprender?

– Claro! – Estendi as mãos em direção às ondas. – Já faz um tempão que você diz que podemos surfar.

Ele deu uma tragada e segurou a fumaça na garganta. Os olhos já estavam vermelhos por causa da bebedeira da noite anterior, mas isso só realçava a cor das íris – aquele tom de concha de abalone se destacando em meio ao rosto. Quando ele soltou um fiapinho de fumaça, tentei pegá-lo, e Dylan riu.

– Nunca, nunca se meta com essas coisas, garotinha.

– Não – declarei com firmeza. – Drogas fazem mal. Fumar faz muito, *muito* mal.

– Você está certa.

– Então por que você usa drogas, se sabe que fazem mal?

O cabelo comprido estava preso em um rabo de cavalo, e ele estendeu a mão e tirou o elástico, penteando-o com o nó dos dedos. Apalpei minha trança para dar uma conferida, mas ainda estava bem presa.

– Não sei, Kitten – respondeu-me ele, limpando um pedacinho de maconha dos lábios. – É bem imbecil, mas acho que não gosto de pensar.

– Mas por quê? – Aproximei-me dele. – Eu amo pensar.

Ele abriu um sorriso.

– E você é ótima nisso, por isso gosta. E é justamente por esse motivo que não deve nunca, nunquinha mesmo, usar nenhuma droga: você é inteligente demais. – Deu um tapinha na minha testa. – Você é a mais inteligente de todos nós. Sabe disso, não sabe?

Dei de ombros.

– Sei.

– Ótimo. – Ele apertou a ponta do baseado. – Jura de dedinho? Que você nunca, jamais, vai usar drogas?

Levantei meu dedo mindinho e o enrosquei ao dele.

– Juro.

Eu gostaria que Dylan também se mantivesse longe das drogas, mas conseguia sentir a escuridão dele diminuindo à medida que fumava o baseado. Era como se vivesse atormentado por um monstro cruel que só calava a boca quando ele bebia ou fumava maconha.

– Surfar é melhor – declarou ele, e se levantou. – A água deve estar bem gelada.

– Certeza.

Ele abriu seu melhor sorriso, aquele que enrugava os cantinhos dos olhos, e estendeu a mão.

– Então vamos surfar.

Ele guardava a prancha na praia, uma *longboard* com detalhes em vermelho e amarelo ao longo das bordas. Posicionou-me em frente a ele na prancha e remou cerca de um metro e meio mar adentro. As ondas estavam baixas e vagarosas, e até eu sabia que essas condições eram muito sem graça.

Ficamos sentados na prancha, os pés deslizando pela água. Com sua voz profunda e tranquila, Dylan me explicou como sentir o movimento, a energia das ondas, e fiquei encantada com a ciência por trás daquilo, captando os movimentos e o arrastar da água. Primeiro, praticamos enquanto eu ficava deitada na prancha; depois me ensinou a levantar e ficar na posição certa, o que foi bem fácil. Ele me levantava junto e ria quando eu conseguia me equilibrar.

– Kit, está excelente! Muito bom mesmo!

Mas eu não fiquei surpresa. Sempre fui boa em atividades físicas.

Remar, levantar, sentir. Remar, levantar. Com cuidado, ele me colocou de pé na frente dele, envolvendo minha cintura com uma das mãos para me equilibrar, e pegou uma onda tão pequena que mal era curva, mas assim nós percorremos o longo caminho até a costa, e pude sentir a diferença entre isso e onda nenhuma.

Foi aquele momento, aquele trajeto fácil em uma ondinha mixuruca, que fez de mim uma surfista. Parado atrás de mim, Dylan murmurava palavras encorajadoras:

– Isso, mantenha o equilíbrio, dobre os joelhos...

E eu me sentia gigante com aquela aprovação, sentia-me a princesa do surfe. O céu assomava pesadamente sobre nós, o oceano nos envolvia com seus segredos; meus pés fixos na prancha, a água gélida, os dedos congelados.

A onda minguou na extremidade da enseada.

– Está com fome? – perguntou Dylan.

Eu estava a ponto de apanhar um peixe e enfiá-lo cru goela abaixo, mas não queria parar de surfar.

– Só um pouquinho.

– Está ficando cansada?

– Estou – admiti.

– Parece que Josie trouxe comida para nós.

Ele acenou em direção à enseada, onde vi minha irmã estendendo um cobertor e o prendendo ao chão com uma cesta e os itens que havia trazido da cozinha. Josie acenou de volta e colocou as mãos sobre os quadris.

Remamos em direção a ela, e eu saí do mar. Apanhei um naco de queijo e me pus a comer antes mesmo de voltar à barraca para pegar meu moletom. Adentrei a relativa calidez da nossa barraca, encontrei a peça de roupa e a vesti para me aquecer. Depois, voltei para a areia.

Josie estava com os braços firmemente cruzados sobre o peito e encarava Dylan com firmeza.

– Você ensinou Kit a surfar e não me ensinou?

Ele se acomodou no cobertor, apanhando algumas uvas, pão e queijo da cesta que Josie havia trazido.

– Você não estava aqui. Foi dormir no seu quarto?

Ela encolheu os ombros com brusquidão.

– Não consegui encontrar vocês, estava muito escuro. Aí eu fui para o meu quarto.

– Ei, ei – disse Dylan –, não queríamos magoar você.

Ele se ajoelhou e fez carinho nas costas de Josie, que se esquivou com rispidez.

Dylan recuou e ergueu as mãos.

– Está tudo bem?

– Sim. – Ela deixou o corpo, com seus joelhos e cotovelos angulosos, cair sobre o cobertor. – Só estou brava. Eu também quero aprender a surfar.

Dylan a encarou por um minuto. Sentei-me junto dele, que me envolveu com um dos braços.

– Coma, garotinha.

Mas nem precisou falar duas vezes. Meu estômago parecia um buraco vazio e escancarado, e comi o mais rápido que pude. Josie irradiava uma aura espinhosa, em grande parte direcionada a mim, mas a ignorei. Eu estava sentindo meu sangue flutuar em consonância com as ondas. Fiquei ali apenas observando-as se formar: a princípio pequenas, depois grandes. Pequenas, então grandes. Pequenas, pequenas, pequenas, grandes. Grandes. Muito grandes.

– É bem divertido, Josie – comentei, e algo em meu interior estava quieto. – Você vai gostar.

– Se eu soubesse que íamos aprender, teria vindo. – Parecia que ela estava prestes a chorar. – Ninguém me falou nada.

E então ela começou a chorar. Abraçou o próprio corpo, os joelhos pontudos sobressalentes, os braços magros ao redor da cabeça, a cabeleira comprida a envolvendo como um cobertor.

– Está tudo bem, gafanhoto – tranquilizou-a Dylan, acariciando-lhe a cabeça. – Temos o dia todo. Vamos surfar, está bem?

Josie não levantou a cabeça: permaneceu imóvel, chorando baixinho, enquanto a mão de Dylan afagava seu cabelo.

Décadas mais tarde, estou na praia de Piha, na Nova Zelândia, usando um traje de mergulho de manga curta que aluguei junto com a prancha, e penso em quanto Dylan fumava maconha e ingeria álcool enquanto estava com a gente. Nós o idolatrávamos na época, mas, agora que sou adulta, estou em choque.

Observo as ondas e sinto os fantasmas de Dylan e Josie, fitando o céu e o mar ao meu lado, nós três nos acalmando enquanto o oceano acaricia nosso cabelo com seus dedos aquosos. Começo a cantarolar "A Canção da Sereia": "Avistamos ao longe uma bela donzela, com um pente e um espelho na mão, na mão, na mão... com um pente e um espelho na mão".

Não foi nada fácil chegar a esta praia, mas, a cada dificuldade que se interpunha no meu caminho, mais desesperada eu ficava para surfar. Muitas vezes, é só assim que consigo pensar com clareza.

Ou talvez surfar seja a droga em que sou viciada.

De um jeito ou de outro, no fim das contas, contratei uma motorista para me trazer pelos quarenta quilômetros até a costa oeste da ilha e aluguei a prancha e o traje de mergulho na orla da praia. Assim que cheguei à loja, percebi que falavam a minha língua, mesmo que não fosse *exatamente* igual, por causa do sotaque, então deu tudo certo. O cara que comandava o lugar percebeu que eu sabia o que estava fazendo e, quando fiz as perguntas certas, ele me entregou o equipamento certo. Minha motorista, uma maori rechonchuda, comprou um chapéu para que pudesse ficar sentada na areia, feliz em ficar lá assistindo a mim – graças ao dinheiro que lhe paguei, para que eu não precisasse chamar outro motorista na hora de ir embora.

O vendedor me avisou que há um ciclone ao norte, o que está ajudando a formar ondas melhores do que as que geralmente aparecem por aqui a esta hora do dia, e encaro a linha do horizonte com empolgação. Há várias ondas se formando, algumas com quase dois metros de altura, e a praia não está muito apinhada. Remo mar adentro e me posiciono atrás das ondas, levantando o queixo quando outro surfista me cumprimenta.

Um a um, os surfistas vão encontrando suas ondas, e percebo que não é um grupo muito sério. Há alguns surfistas decentes lá no meio, mas só diria que um deles é especialista: uma mulher robusta de pele escura, com cabelo preto trançado e um traje de mergulho com listras vermelhas. Ela surfa de forma tranquila e relaxada, até que a onda a leve até a orla.

Quando chega a minha vez, as ondas se elevam a quase dois metros de altura e permanecem intatas como se tivessem sido esculpidas enquanto o vento as conduz em direção à costa. Escolho a onda que quero, encontro meu ponto de equilíbrio e surfo. O ar está cálido, a água está gélida, e a vista é completamente diferente da paisagem de Santa Cruz a que estou acostumada.

A onda serpenteia para baixo, e mais para baixo ainda, e deslizo até chegar à costa, percebendo que esvaziei a mente por completo. Exatamente o que eu queria.

Levando Dylan e Josie a tiracolo, volto para a linha atrás das ondas e me ponho a meditar mais um pouco sob o sol e em meio ao mar.

Depois do terremoto, minha mãe, Josie e eu moramos em Salinas. Meu pai estava morto, o restaurante e a casa tinham sido destruídos pelo sismo, e nós três fomos jogadas em um mundo frio e diminuto. Minha mãe trabalhou em outros restaurantes, a única coisa que sabia fazer, e ficava acordada até tarde enchendo a cara, deixando Josie e a mim à nossa própria sorte. Como sempre. Mas foi pior naquela época. A cidade era conhecida por estar cheia de gangues, o que a princípio deixou até mesmo Josie assustada. Verdade seja dita, ainda não sei por que minha mãe decidiu ir morar lá. Quando relembro algumas das decisões que ela tomou na época, percebo que muitas foram insanas, mas Salinas? O que deu nela? Eu perguntaria, mas ela já tem feridas suficientes para que eu acrescente mais uma à conta.

O terremoto havia feito muito estrago, então os aluguéis eram raros e caríssimos. Talvez tenha sido o único lugar que ela conseguiu encontrar. O único trabalho, o único apartamento. Ficava em um bairro decente na parte norte da cidade, mas, em comparação com a preciosidade que era nossa casa na colina, com estilo espanhol e vista para o oceano implacável, parecia uma caixa de papelão. Sombria, com iluminação péssima e um carpete que estava lá desde os anos 1970. Josie e eu tínhamos de dividir um quarto e, embora minha mãe tenha nos deixado ficar com a suíte, eu odiava dividir com a minha irmã. Ela era muito bagunceira, deixava as roupas e os livros espalhados por todo canto. Escondia maconha no quarto inteiro, principalmente no meio das minhas coisas, e isso me deixava pê da vida.

Josie não passava muito tempo por lá, no entanto. Minha mãe trabalhava no turno da noite, e Josie estava sempre fora, saindo com algum garoto qualquer. Não tinha muitas amigas. Ela dizia que não precisava de nenhuma amiga além de mim, mas eu sabia que o verdadeiro motivo era que ela dormia com qualquer cara por mero capricho, sendo ele comprometido ou não, e quem iria querer uma garota dessas por perto?

Eu sentia saudade da minha irmã de verdade, aquela que trocava confidências comigo, com quem eu sempre podia contar, mas não conseguia mais me comunicar com ela. Josie havia se enveredado por uma vida nova, e eu não sabia como segui-la até lá.

Se minha mãe sabia que ela passava tanto tempo fora? Não faço ideia. Naquele primeiro ano, estávamos todas um caco, sofrendo por tudo que havíamos perdido – a vida que conhecíamos, as pessoas que amávamos. De certa forma, foi inteligente por parte da minha mãe ter nos afastado de tudo que era familiar. Recomeçar do zero. Foi isso que ela disse: recomeçar do zero. Primeiro, ela trabalhou como recepcionista em uma churrascaria de luxo, o tipo de estabelecimento que estava em voga naquela época. Bife, batatas, vinho servido em tacinhas minúsculas, luzes oscilantes. Ela era uma ótima recepcionista, sempre usando os vestidos provocantes que haviam sobrevivido ao terremoto. Não tinha conseguido salvar todos, mas encontrou vários em meio aos destroços. O suficiente para chamar atenção, para ganhar a vida.

Ou quase isso. No fim das contas, o salário de recepcionista não era tão alto quanto o de *bartender*. Ela abriu mão do cargo mais prestigioso para ganhar mais dinheiro trabalhando no bar.

A única parte boa era que o apartamento ficava perto do shopping, e nós amávamos ir lá. Tínhamos uma piscina, onde Josie e minha mãe tomavam sol e se bronzeavam, ficando lindas a ponto de parar o trânsito. Não ficava muito longe da praia, mas não tínhamos carro, é claro. Então, a menos que convencêssemos nossa mãe a nos levar, tínhamos de ir de ônibus. Era um trajeto tranquilo, apesar de demorado, e precisávamos ficar atentas para pegar o ônibus de volta a tempo, o que nem sempre tínhamos vontade de fazer.

Quando nos mudamos para lá, eu estava mais sozinha do que jamais havia estado. Na época do Éden, sempre tinha alguém por perto – minha irmã, Dylan, ou então um dos meus pais. Isso sem contar os cozinheiros, as garçonetes, os músicos e os entregadores. Também tinha Cinder e os gatos que viviam em um bando selvagem nos arbustos.

Cinder morreu de velhice alguns meses antes do terremoto. Dylan, Josie e eu organizamos um funeral lacrimoso e sério para ele, e jogamos suas cinzas no oceano. Depois, choramos nos ombros um do outro até as lágrimas estancarem. Ele tinha dezesseis anos, o que equivalia a 112 anos de um humano, conforme dizíamos a nós mesmos, mas isso não diminuía o sofrimento. Eu nunca tinha vivido em um mundo em que Cinder não existisse, e lamentei profundamente a morte dele. Nossos pais tinham prometido que poderíamos arranjar um filhotinho novo, mas ninguém se preocupou em nos levar para procurar um.

O que, no fim das contas, acabou se provando melhor.

Em Salinas, eu ficava sozinha naquele apartamento sem graça. Quando chegava da escola, minha mãe estava pronta para ir para o trabalho, ou até já tinha saído. Antes do terremoto, Josie já era uma garota festeira, mas isso ficou muito mais intenso em Salinas. Fiz um cartão na biblioteca e ia até lá sempre que conseguia carona, mas era difícil convencer minha mãe. Josie e eu passeávamos no shopping de vez em quando, mas não era muito frequente.

Então, eu ficava sozinha. E lia. E assistia a muitas coisas na tevê. Provavelmente vi todos os programas que foram ao ar naquela época. Precisava do barulho. Aprendi a cozinhar enquanto a televisão da sala exibia *Anos Incríveis* e *Um Maluco no Pedaço*, além da minha novela preferida da tarde – *Santa Barbara* –, à qual Josie também assistia antes, mas depois passou a achar que não estava à sua altura. Nem liguei. Minha vida e minha família tinham ido pelos ares, mas as coisas permaneciam iguais na novela, na qual os personagens de Eden e Cruz ainda passavam por altos e baixos. Eu assava coisas. Cozinhava. Pegava livros de receita na biblioteca e aprendia sozinha todas as técnicas que conseguia encontrar, preparando o jantar para nós três todos os dias. Na maioria das vezes, depois que eu comia, as sobras iam direto para o lixo, mas gostava de preparar as refeições mesmo assim.

Cozinhar aliviava mais a minha solidão do que qualquer outra coisa, pelo menos até que consegui juntar dinheiro suficiente para comprar um *modem* e um computador barato, o que só aconteceu um tempo depois.

Passamos quase cinco anos morando lá. Minha mãe tirava um bom salário como *bartender*. Trabalhei como babá para as mães solteiras do edifício até ter idade suficiente para arranjar um emprego de verdade. Josie estava sempre com dinheiro, mas ninguém prestava muita atenção para descobrir de onde ele vinha. Ela, acima de tudo, se esmerou para se tornar a piranha do Condado de Monterey, transando com praticamente qualquer cara que demonstrasse interesse por ela, e todos se interessavam. Principalmente os barras-pesadas, os maiorais do mau caminho.

E se Josie decidisse que queria alguém, não importava se o cara tinha namorada ou se não gostava de mulheres brancas ou qualquer outra coisa: bastava que ela levantasse um dedo, e eles vinham e gozavam, em todos os sentidos, de sua companhia. Ela era um espetáculo, um sonho. Cabelos louros que iam até a bundinha pequena, corpo bronzeado, cintura fina. Não tinha muito peito, mas todo o resto compensava.

Às vezes, ela ficava com o mesmo cara por um tempo, alguns meses ou talvez mais, e depois passava para o próximo. Para ser sincera, acho que é justamente por isso que muitos deles gostavam dela. Era impossível segurar Josie Bianci.

Nunca tive uma vida social muito ativa. Nem precisei de uma, a bem da verdade. E, como uma adolescente demasiado alta e desajeitada, com um cabelo desalinhado indomável, sentia-me inibida demais para tentar me enturmar. Meu plano era dar o fora de Salinas e entrar na faculdade, sair daquele mundo e adentrar um novo, onde eu pudesse ter influência e ser compreendida. Queria ordem, clareza, estudos. Queria conversar sobre coisas importantes e grandiosas, e não fofocar sobre as baboseiras em que todos os meus colegas de sala pareciam interessados. Roupas. Garotos. Televisão.

Sentia saudade do meu pai. Sentia saudade de Dylan, que era o melhor ouvinte do mundo todo. Eu cozinhava muito porque, se não o fizesse, ninguém mais faria. Engordei um pouquinho porque não saía para surfar. Eu estava completamente sozinha.

Quando, enfim, juntei dinheiro suficiente para comprar um computador e um *modem*, a internet me salvou. Fiz amigos em fóruns, encontrei pessoas que partilhavam das minhas ideias no Prodigy, um provedor de serviço *on-line* com fóruns de discussão, e caí por acaso num grupo de aspirantes a estudantes de medicina que cultivaram meu interesse crescente e por fim acabaram me ajudando com o processo de inscrição para a faculdade e com a busca por bolsas de estudos.

Enquanto surfo, relembro aqueles dias, e só retorno à costa quando a motorista faz sinal para mim.

– A tempestade está se aproximando. Temos de ir embora.

Acordo do meu devaneio e olho para a direção que ela aponta: um aglomerado gigantesco e feioso de nuvens se forma no horizonte.

– Não parece nada bom – concordo.

Todos parecem ser da mesma opinião. Quando termino de me trocar e de devolver as coisas, as nuvens já engoliram o sol, e um vento forte sopra ao longo da costa. Ouvimos as notícias sobre o ciclone durante o trajeto até o distrito comercial e pergunto à motorista:

– Devemos nos preocupar?

Ela encolhe os ombros.

– Talvez. Parece que pode ser preocupante desta vez. Você tem comida e água no seu hotel?

– Quase nada. Podemos parar em algum lugar no caminho?

Ela assente com a cabeça e, um tempo depois, estaciona em uma mercearia, que está apinhada de gente.

– Eu também vou – avisa ela, e entramos naquele caos lado a lado.

Quase toda a água já foi vendida, mas me lembro de ter ouvido algo sobre encher banheiras, e a do apartamento é enorme. Pego tudo de que preciso para preparar algumas refeições, e uma estranha sensação de aconchego se apodera de mim.

Mas pode ser perigoso. O quarto em que estou hospedada tem uma parede de vidro de frente para o porto.

Pago a motorista e entro no apartamento assim que começa a chover. É só nesse momento, enquanto tento achar um bom lugar para guardar as compras, que percebo que Josie nunca, nem em um milhão de anos, teria parado de surfar. Deveria ter perguntado por ela na loja de surfe.

Do lado de fora da janela, o vento e a chuva fustigam a varandinha. Cruzo os braços e estremeço um pouco. Primeiro vou tomar um banho e preparar uma xícara de chá, depois posso assar *brownies*, por puro prazer. Queria saber se Javier ainda está na casa do amigo ou se conseguiu voltar para cá. Nem passou pela minha cabeça que deveria ter passado meu telefone para ele.

E não é como se eu não fosse especialista em fazer tudo sozinha. Vai ficar tudo bem.

Mas, quando me dou conta, estou encarando o vidro com apreensão, e me pergunto se não seria melhor fechar as portas do quarto. Será que é uma tempestade de verdade ou só uma chuvinha que vai fazer com que eu me ache uma idiota depois que passar?

Onde será que Josie está agora? Será que tem trauma de terremotos? Será que fica com medo em momentos assim?

Como é que eu vou encontrá-la?

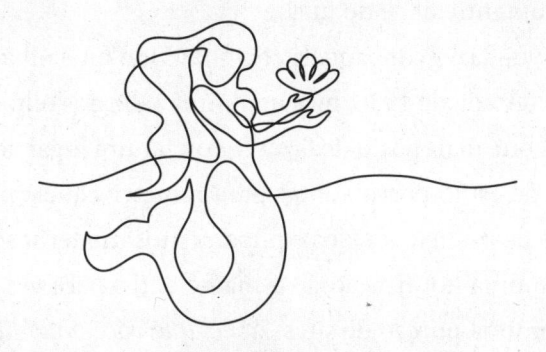

Mari

Depois que chegamos da Casa Safira, começo a andar de um lado para outro, apreensiva com o temporal, mas também por causa da reportagem e de todas as coisas que nunca revelei para ninguém. Para ninguém que ama quem eu sou agora: Mari.

Com a tempestade caindo lá fora, cada um foi para o seu canto. Simon e Leo estão assistindo a algum programa de esportes, e Sarah está absorta em um livro novo sobre – adivinha? – ciclones. Só Paris, a pastora solitária, me acompanha até a cozinha, onde pego o *laptop* e fico procurando referências das décadas de 1920 e 1930 no Pinterest. Há algumas referências sobre Veronica, e encontro George em uma de nadadores olímpicos, mas nenhuma delas traz nada de novo. Por isso, continuo acessando páginas e mais páginas de móveis e estética *art déco*. Encontro algumas referências de móveis bem parecidos com os que há no salão, e várias outras de louças e demais acessórios.

Depois que tirarmos as coisas de lá, teremos de trocar toda fiação. É importante dar uma olhada no encanamento para ver se precisa de alguma melhoria, mas tenho a esperança de que vai dar para manter a maioria dos móveis e objetos da casa. É melhor reformar só os aspectos internos e manter a autenticidade do lugar.

O que vou fazer com aquela cozinha? Dou uma olhada em fotos de cozinhas da década de 1930, mas nenhuma salta aos olhos. Cozinhar é uma das coisas que mais gosto de fazer, e vou ter um lugar adequado para isso. Que tipo de estilo posso adotar para remeter àquele período sem ter de abrir mão da praticidade dos equipamentos modernos?

Recebo uma notificação de e-mail e entro para ver o que é. Gweneth me enviou uma porção de sites. *Achei que você poderia gostar disso aqui*, diz a mensagem dela. *Foi tudo o que consegui encontrar sobre Veronica e George na mídia local, e também tem alguns artigos dos Estados Unidos da época em que os dois se conheceram.*

Abro um sorriso e clico em "Responder". *Está com bloqueio criativo, blogueira?*

Ela responde com um *emoji* envergonhado. *Fazemos o que é preciso.*

Obrigada, qualquer que tenha sido o motivo, respondo.

Também estou precisando me distrair, então abro os sites, começando com o da revista *Hollywood Reporter*, que traz um parágrafo curto e uma foto de George e Veronica abraçados em algum lugar. Veronica está vestindo um casaco de pele, os lábios pintados com um tom escuro, e George parece perdidamente apaixonado.

Passo um bom tempo estudando o rosto dele, pensando em como deve ter se sentido ao ser escolhido por uma estrela de cinema. Perceber que de uma hora para a outra sua vida virou de ponta-cabeça, não apenas pela oportunidade de participar dos Jogos Olímpicos mas também por se apaixonar perdidamente por uma mulher famosa.

Tomo um gole do meu chá morno. E ele era casado, ainda por cima. Não deve ter sido nada fácil. Abro várias reportagens, a maioria de revistas de fofoca, e vejo mais fotos e mais especulações sobre o casal.

O último site traz uma reportagem sobre o assassinato, escrita na manhã seguinte ao ocorrido. É uma manchete espalhafatosa e ousada, estampada com uma foto da mansão e George, com rosto sombrio, sendo levado embora. *Assassinato de estrela de cinema choca toda a cidade*, diz a manchete, e a reportagem traz um tom igualmente histérico. Esfaqueada em seu próprio quarto várias e várias vezes. O amante é o principal suspeito.

O que faz sentido. Até mesmo os detalhes do quarto e as múltiplas facadas sugerem que foi cometido por um amante ciumento. E o senso comum diz que o culpado é sempre o cônjuge.

A tela do computador congela do nada e, por mais que eu clique, nada acontece. A tempestade está ficando mais feroz do lado de fora, e me afasto das portas e vou até a cozinha, onde pego uma sacola de tecido cheia de feijoas, um pouquinho de gengibre e uma tigela de limões. Ao longo dos anos, reuni uma linda coleção de potes de vidro, e nesta noite procuro os Kilner Vintage, com as linhas compridas que refletem a luz. Neles, meu *chutney* vai parecer um tesouro.

A luz incide com delicadeza sobre a bancada da cozinha. Sento-me em uma banqueta, munida de uma tábua de cortar e uma faca japonesa extremamente afiada, e, enquanto fatio cada limão e feijoa com precisão, sinto meus fantasmas se aglomerarem ao redor. Meu pai está apoiado na bancada, fumando, um copo de uísque na mão. Dylan, com calça jeans esfarrapada, está sentado no chão fazendo carinho no cachorro. Há um bebê em algum lugar, mas às vezes eu o vejo, e às vezes não. Talvez ele tenha encontrado a vida quando Sarah nasceu; realmente não sei.

Meu pai remexe o gelo no copo, um homenzarrão robusto com mãos gigantes e hábeis e pelos escuros e grossos nos braços. Passou a vida toda usando um relógio de ouro que o pai lhe dera de presente antes que fosse embora da Sicília, e só o tirava para cozinhar, deixando-o guardado no bolso da camisa. Sempre havia uma faixa mais clara de pele no lugar em que ficava o relógio.

Quando era criança, eu venerava até o chão que ele pisava. Eu varria o restaurante, jogava os restos de comida no lixo, fazia qualquer coisa: tudo para passar um tempo com ele na cozinha. Houve uma época em que ele não achava isso ruim; arranjava um banquinho ou um caixote para que eu alcançasse a bancada, me vestia com um avental que tinha três vezes o meu tamanho e me ensinava a fazer aquilo que amava: cozinhar. Azeitonas e muçarela fresca, que fazíamos à moda antiga; lula servida na própria tinta; e massas frescas simples.

É por causa do meu pai que fatio as coisas com tamanha precisão. Meus *chutneys* e compotas são perfeitos. Sinto saudade dele. Sinto saudade de Kit. Sinto saudade de Dylan. Às vezes, sinto saudade até da minha mãe.

Quando fugi da França com um passaporte roubado, sabia apenas que precisava mudar de vida. Não parei para pensar que isso significaria ter de mentir para sempre, que seria a única pessoa a saber dos meus segredos.

É tão solitário. Sarah nunca vai saber qual é a minha verdadeira história nem conhecerá a própria tia. Nem vai saber onde nasci. Falei para todo mundo que sou da Colúmbia Britânica e que aprendi a surfar em Tofino, filha única de pais que morreram em um terrível acidente de carro.

Um respingo de chuva atinge a janela, e eu me levanto de um salto, fazendo um cortezinho na ponta do polegar. Boto o dedo na boca para estancar o sangue e me viro para apanhar um curativo bem na hora que Simon passa pela porta. O cabelo está todo despenteado, porque ele fica o dia inteiro mexendo nele. Ajeito as mechas com minha mão livre e percebo que ele está com olheiras.

— Você está bem?

Ele pega minha mão, beija meu pulso e a solta. Em seguida, abre a geladeira e pega uma gengibirra.

— Só estou com alguns problemas no trabalho, amor. Não precisa se preocupar.

— Talvez seja melhor me dar um tapinha na cabeça, já que está me tratando feito criança.

Ele abre um meio-sorriso.

– Prefiro dar um tapinha na sua bunda – responde, e é exatamente o que faz. Em seguida, se abaixa e apoia o queixo no meu ombro. – Estamos tendo problemas com alguns dos instrutores de novo, e semana passada um homem infartou e morreu enquanto andava de bicicleta. E, ao que tudo indica, demarcar os lotes no terreno da Casa Safira vai ser um pé no saco.

Escuto atentamente, sentindo a face dele contra meu pescoço, o cabelo resvalando-me a têmpora, e pouso a mão em seu rosto.

– Você está passando por muita coisa.

– E minha esposa tem agido de forma meio estranha ultimamente.

– Estranha?

– Parece preocupada. Sempre pensando em outra coisa. – Ele beija meu ombro. – Estou com medo de que ela tenha arranjado um amante.

– O quê? – Viro-me de supetão. – É isso que você está pensando?

Os ombros de Simon se curvam ligeiramente. Um sinal que indica tanto anuência quanto negação.

– Você tem agido de forma muito estranha.

– Ah, Simon – sussurro e me aproximo dele. Meu polegar ainda está sangrando, mas não posso ir até o armarinho de remédios para pegar um curativo agora que ele acabou de se mostrar tão vulnerável. – Espere aí. – Giro o corpo para a direita e pego um pano de prato, que enrolo firmemente no dedo, para que possa encostar no meu marido. Olho no fundo dos olhos de Simon e, com minha mão livre, acaricio a maçã do rosto angulosa e proeminente, depois tracejo o contorno da boca carnuda e atraente. – Eu nunca, jamais trairia você. Pensei que você soubesse disso.

Os olhos cinzentos encontram os meus.

– Na maior parte do tempo, sei, sim.

– Eu te amo tanto que é quase como se todos os outros homens do mundo fossem de outra espécie. Ratos ou tubarões ou sei lá o quê.

Ele encosta a testa na minha.

– Que bom. Você é a melhor coisa da minha vida.

Fecho os olhos e respiro fundo, sentindo o cheiro da pele de Simon e a sensação de seu corpo grande e forte me envolvendo. A perfeição do *aqui e agora*. Sinto uma onda ainda maior de terror, de medo; uma sensação de desgraça iminente e inevitável.

Quase como se sentisse minha apreensão, ele acaricia meu corpo com suavidade.

– Tem mais alguma coisa acontecendo?

Um turbilhão de lembranças irrompe na minha mente: Dylan extremamente machucado depois do acidente, minha mãe dançando com um astro de cinema no terraço, a foto de Kit com o gato no ombro que vi na internet.

– Apenas os fantasmas do passado – declaro, a resposta mais verdadeira que pude inventar.

E, como Simon acha que meus pais morreram em um acidente de carro e que escapei da realidade por causa do sofrimento, ele não contesta. Mais uma mentira para a conta. E já é uma conta alta demais.

– Vamos fazer pipoca e escolher um filme para assistir com as crianças? – sugiro.

– E a compota que você estava fazendo?

– Eu sei onde arranjar mais feijoas.

Mesmo depois de assistir a um filme aninhada com toda a família e de fazer amor tenro e vagaroso com Simon antes de dormir, sinto os fantasmas ao meu redor. Deitada de lado na cama enquanto todo mundo ainda dorme, escuto a tempestade lá fora e deixo todas as lembranças irromperem sobre mim, todas as coisas das quais fugi, todas as coisas que me perseguem apesar do tempo que passou ou da distância que interpus entre nós.

No verão dos meus nove anos, eu tinha um admirador. Billy era o ator principal de um programa familiar na tevê. Ele ia ao Éden com frequência, sempre acompanhado de uma garota diferente. Minha mãe tinha uma quedinha por ele e adorava tirá-lo para dançar, mas logo descobri que ele gostava mais de mim. Vivia me dando presentes: pirulitos e balinhas açucaradas, um lindo par de meias... Às vezes, levava coisas para Kit e para mim, como as duas pipas em formato de peixe que trouxera do Japão, e livros de colorir e caixonas de giz de cera. Dylan odiava o cara, mas meus pais viviam brincando, dizendo que só estava com inveja porque Billy era mais bonito, e ele se recolheu para um mau humor silencioso depois disso.

Mas estava sempre de olho. Sempre me vigiando, e Kit e Billy também.

Até que um dia não estava mais lá para fazer isso. Não sei quanto tempo Dylan ficou no México.

Tempo o suficiente.

Billy era muito astuto. Certa noite, pediu um daiquiri de morango e tomou um pouco, depois me ofereceu o resto. Todo mundo estava dançando ao som de uma banda de *hard rock*, e a atmosfera era pesada, intensa, ensandecida. Minha mãe estava meio fora de si, rindo escandalosamente, e ela estava brava com o meu pai.

Tomei o daiquiri e comecei a dançar. Não me lembro onde Kit estava. A bem da verdade, não consigo me lembrar muito sobre aquela noite, mesmo quando me esforço. Por muitos anos, achei que tinha inventado algumas partes na minha cabeça.

Para onde fomos? Algum lugar fora do restaurante. Um canto escuro. E nesse momento ele deixou de ser bonzinho. Lembro-me de ter ficado morrendo de medo quando ele botou o pênis para fora da calça e depois tapou minha boca e disse: "Se você contar para alguém, eu mato seu cachorro".

Então fiz o que ele mandou. Permiti que fizesse tudo o que queria, coisas sobre as quais eu evitaria pensar. Enquanto os minutos passavam, às vezes eu conseguia ouvir minha mãe rindo não muito longe dali, ou o som de uma conversa corriqueira. A música tocava incessantemente, cobrindo os sons que ele emitia. Os meus foram abafados. Nunca contei a ninguém. Passei o verão inteiro sem conseguir respirar.

E, quando acabou, já era tarde demais para contar a alguém, até mesmo para Dylan. Acho que ele deve ter se tocado, mas a essa altura eu já me sentia suja, no nível mais elevado que uma pessoa pode ficar. Estava com tanta vergonha e me sentia tão imunda que não conseguia nem pensar no assunto, muito menos contar para alguém. Nem mesmo para Kit.

Quando relembro isso agora, sinto vontade de voltar no tempo e ajudar aquela criança. Quero sacudir meus pais omissos, acabar com a raça daquele cara.

E quero que aquela garotinha confesse tudo para a irmã, que conte a Kit que foi vítima de algo terrível. Kit teria matado Billy. Teria mesmo. Ele ainda aparece na televisão vez ou outra, e seria de imaginar que teria uma aparência acabada, nojenta, mas não é o caso. Era um lindo e jovem ator na época e cresceu e se tornou um homem objetivamente bonito. Às vezes me pergunto quantas outras garotas ele...

Se eu tivesse continuado sendo Josie, se tivesse permanecido nos Estados Unidos, teria denunciado Billy. Teria participado do movimento #MeToo.

Ou não.

Nunca fui particularmente corajosa. Nem boa. Nem esperta.

Nem misericordiosa.

Billy jaz em um nó gélido em meu peito, mas o tecido que o envolve é dominado por um ódio ardente por minha mãe. Achei que fosse superar isso, mas, à medida que Sarah cresce, vejo com clareza como minha mãe nos deixou desprotegidas e vulneráveis. Sempre penso: *Como ela permitiu que isso acontecesse comigo?* O que ela achava que aconteceria com duas meninas deixadas sozinhas a vagar pelo mar de adultos que sempre enchia o terraço do Éden? Adultos que, na melhor das hipóteses, estavam bêbados, ou então drogados ou loucos de pó. Meu pai também tem culpa nisso, mas passava a maior parte do tempo na cozinha. Minha mãe estava sempre do lado de fora, agindo como anfitriã.

O *que* ela achou que aconteceria?

Pouco antes do amanhecer, a chuva dá uma trégua, transformando-se em uma garoa leve e relaxante. Simon ronca baixinho, a manzorra apoiada no meu quadril, mantendo-me presa à cama. No fim do corredor, meus filhos estão aninhados em segurança em suas camas. Esta é a família que eu queria desesperadamente quando era criança, e a criei para mim. Também me transformei: passei de uma bêbada errante e perdida em uma mulher determinada e bem-sucedida.

Eu escapei. Escapei da mulher que me tornei depois de Billy. Eu me recuperei, dei a volta por cima, me tornei uma mulher de quem me orgulho.

E faria tudo isso de novo. Quantas vezes fosse necessário.

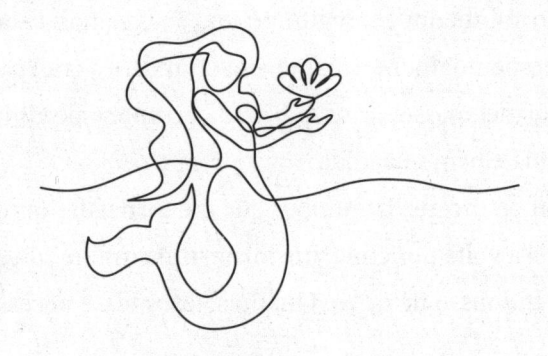

Kit

Enquanto a tempestade cai do lado de fora, me viro com os utensílios que tem na cozinha e faço *brownies*. O ato de misturar a massa, preparar os *brownies* específicos que tanto amo, com base em uma receita antiga que peguei no site da Hershey, alivia a tensão e a ansiedade que pesam sobre mim. Sinto-me desamparada tão longe de tudo e todos que conheço, como se a tempestade pudesse me arrastar para longe, como a Dorothy de *O Mágico de Oz*.

Ah, Josie, penso. *Onde é que você se meteu?* Sinto-me mal por ter saído para surfar em vez de ter procurado por ela, por ter evitado isso. Parece que estou dividida ao meio: quero encontrá-la, mas isso também significa lidar com várias coisas que mantive enterradas por todos esses anos.

Será que quero mesmo encontrá-la? Talvez seja melhor não arrancar a casquinha dessa ferida.

Mas tenho de admitir que a minha vida é bem vazia. Talvez encontrar Josie me ajude a fazer as pazes com o passado, me dê uma oportunidade para...

Para o quê?

Sei lá. Mudar as coisas.

Os *brownies* ficam prontos e os tiro do forno, baixando a cabeça para sentir o cheiro adocicado de chocolate quando os coloco para esfriar sobre a bancada. Lá fora a tempestade está minguando para um turbilhão contido, e dentro da minha cabeça os pensamentos também rodopiam como um torvelinho.

Quando escuto uma batida à porta, atravesso a sala praticamente voando. Javier está parado do lado de fora, segurando uma garrafa de vinho e uma embalagem de comida.

– Eu estava preocupado com você – diz ele. – Posso entrar?

– Sim, por favor.

Pego as coisas que ele estava segurando e em seguida o abraço, apoiando-me naquele corpo forte. Percebo que ele foi pego de surpresa e está assustado, e me pergunto se deveria me afastar, mas tenho me sentido tão perdida e sofrida e... jovem. E o abraço dele é como um bote salva-vidas.

Depois de um instante de hesitação, ele me abraça de volta.

– Você está com medo?

– Não – respondo. – Não da tempestade, pelo menos. – Ergo a cabeça. – Não queria ficar sozinha no meio dela.

– Nem eu – sussurra ele. Depois, me beija e me conduz em direção à cama perto da janela.

Enroscados um no outro, fazemos amor enquanto a tempestade cai com força, o ar cheirando a chocolate e ozônio.

É diferente dessa vez. Faço as coisas demoradamente: delicio-me com ele, sinto o cheiro da pele, observo-o com mais cuidado. A barriga de Javier é ligeiramente macia e muito sensível, e me demoro ali, beijando e explorando. As coxas são robustas, cobertas com os pelos que tentei ignorar quando ele estava um pouco mais vestido.

E ele também não se apressa; usa as mãos para tocar o que seus olhos veem: meus seios, as laterais do abdome e meu pescoço, que ele beija ininterruptamente até que começo a me contorcer e rir. Em seguida, clama meus lábios para si e desliza os dedos por entre minhas pernas, e tenho um orgasmo quase instantâneo.

Depois, ficamos estirados sobre a cama, totalmente descobertos. É uma sensação luxuriante e íntima, e uma onda de aviso se rompe sobre mim.

Há um limite implícito nessa relação: moramos em continentes diferentes e nos encontramos em um terceiro. É proteção o suficiente para que me sinta segura em ser eu mesma.

Um tempinho depois, saímos da cama para preparar nossos pratos e servir vinho nas taças que encontrei em um armário em cima da pia. Está um pouco frio, então levamos tudo para a cama e nos enrolamos na coberta e nos apoiamos nos travesseiros. A tempestade cai com fúria do lado de fora, enquanto ali dentro, bem abrigados, fazemos nossa refeição.

– Onde você arranjou *tapas*? – pergunto, colocando uma pimenta assada na boca.

– La Olla, aonde levei você.

– Você estava lá?

– É onde ensaiamos. Quando o ciclone chegou, o restaurante nos deu comida e nos mandou para casa. – Ele tira uma azeitona do prato. – Miguel queria que eu fosse para a casa dele.

Dou risada e esfrego o meu pé no dele por debaixo das cobertas.

– E o que você disse para ele?

Javier dá de ombros.

– A verdade. Que eu estava preocupado em deixar você sozinha aqui. – Pega um rolinho de presunto com os dedos compridos. – Falei para ele que você ia me ver cantar. E que prometeu que não fugiria dessa vez.

– Seu romance de férias.

– É isso que você é? – Ele inclina a cabeça para o lado, me encarando com aqueles olhos incrivelmente escuros.

Nessa iluminação, consigo ver as cicatrizes de acne antigas nas faces e a rede de linhas que o tempo teceu nos cantos dos olhos. Por um momento, sinto que fui tomada, caindo na atmosfera fria e perfumada que nos envolve, que nos une.

No instante seguinte, porém, me empertigo e afasto essa sensação.

– Você vai ficar quanto tempo na Nova Zelândia?

– Não sei. – Javier põe o prato de lado e segura minha mão livre, abrindo os dedos que estão ligeiramente cerrados. Ele os alisa e acaricia o centro da palma devagarinho antes de pressioná-la contra a sua. De alguma forma, é mil vezes mais íntimo que tudo que acabamos de fazer. Sinto um nó na garganta. – Eu acho, *mi sirenita*, que o que nós temos é mais do que um casinho qualquer.

Mantenho o olhar fixo em nossas mãos entrelaçadas, até que ele toca um ponto sensível abaixo do meu queixo. Não me afasto, e não me afasto do desejo, da sensação de possibilidades. Por um minuto, talvez dois, ou enquanto essa tempestade continuar. Vendo meu consentimento, ele abre um leve sorriso.

– Conte-me algo que você amava quando era criança.

– Minha irmã – respondo sem pestanejar. – Tínhamos um mundinho só nosso, meu e dela... era mágico e repleto de coisas lindas.

– Humm – diz Javier, acariciando minha mão com suavidade. – Mágico como?

– Mountain Dew era uma poção mágica de verdade. Já ouviu falar de Mountain Dew, o refrigerante?

Ele assente com a cabeça.

– Havia fadas na cozinha e sereias que mudavam as coisas de lugar para tirar os adultos do sério.

– Parece feliz – declara ele.

– Essa parte era mesmo – concordo.

– E sua irmã, como ela era?

Respiro fundo.

– Linda... não simplesmente bonita. Linda de verdade, com uma espécie de brilho radiante e incrível que a rodeava o tempo todo. Todo mundo a amava, mas ninguém no mundo a amava tanto quanto eu.

Ele para de acariciar minha mão e a leva até a boca para beijar meus dedos.

– Você deve sentir muita saudade dela.

Concordo com a cabeça e recolho minha mão, fingindo que quero comer mais um pouco.

– Sua vez. O que você amava quando era criança?

– Livros – responde ele, com uma risada. – Eu amava ler mais que qualquer coisa no mundo. Meu pai ficava bravo comigo: "Javier, você precisa correr por aí! Tem de sair para brincar com os outros meninos. Vá brincar lá fora". – Ele encolhe os ombros. – Eu só queria ficar esparramado na grama fantasiando com outros mundos, outros lugares.

– Que tipo de coisa você lia?

– Qualquer coisa que aparecesse na minha frente. – Assobia e gesticula com a mão, fazendo círculos pelo ar. – Aventura, mistérios e histórias de fantasmas. Qualquer coisa.

– Você ainda ama ler, não ama?

– Você não?

– Eu gosto de ler. Mas gosto de livros que me prendem do mesmo jeito que a televisão ou o cinema.

– Como o quê?

Franzo a testa e, em seguida, pego meu celular para ver os livros em um aplicativo. Dou uma olhada na lista e respondo:

– Bem, nos últimos meses, li dois romances históricos, um livro de mistério de uma escritora de que gosto porque sei que a história não vai ficar pesada demais, e a autobiografia de uma cozinheira.

– Romance? Está querendo encontrar um amor, *gatita*?

– Não – declaro com firmeza. – A paixão acabou com a vida da minha família. Estou decidida a evitá-la.

– O amor nem sempre é destrutivo – diz ele baixinho, deslizando um dedo pela minha canela. – Às vezes o amor tem o poder de criar.

Sou pega de surpresa por algo no tom de sua voz, uma promessa que mal consigo ver, tremeluzindo debilmente no horizonte. Isso me assusta o suficiente para propor um desafio:

– Diga-me uma única vez em que o amor não destruiu algo que ele mesmo criou. – Ele é divorciado, e claramente não está se relacionando com ninguém. – Na sua vida – acrescento.

Ele assente com a cabeça e se estica à minha frente na cama, perto o suficiente para encostar no meu joelho. Eu poderia tocar seus ombros, sua cabeça, mas não faço nada disso. Mantenho os braços cruzados, segurando o vinho com uma das mãos.

– Quando eu tinha dezessete anos, apareceu uma menina no nosso bairro. Ela tinha o cabelo mais brilhante que eu já vira, e tornozelos bonitos, mas eu não conseguia reunir coragem para falar com ela. Um dia, porém, nos encontramos na biblioteca, em frente à mesma prateleira. Ela estava procurando o mesmo livro que eu.

Sinto-me tentada a afastar uma mecha de cabelo da testa dele, mas me retraio.

– Que livro?

– *O Iluminado*, do Stephen King – responde Javier, e sorri para mim. – Você achou que seria *Dom Quixote*, né?

Abro um sorriso.

– Talvez.

– Passamos um tempão lendo e conversando sobre livros. E não demorou para que lêssemos um ao outro, sabe... nós dois éramos virgens.

Sinto um lampejo invadir meu peito, trazendo a lembrança de mim mesma aos dezessete anos, a primeira vez que fiz amor... foi com um garoto com quem trabalhei na Orange Julius. James. Como eu o amava!

Javier continua:

– Com ela, descobri como o sexo pode ser fácil.

Algo na minha expressão deve ter me traído, porque ele pergunta:

– Com quem você aprendeu isso?

– Que coincidência. Eu estava pensando nele antes de você chegar. Um cara da minha escola.

– Viu só? O amor veio até você.

– Mas partiu meu coração.

– Claro. – Ele dá de ombros. – Aconteceu a mesma coisa comigo. Mas ninguém morre por isso. A gente só... começa outra vez.

Ele coloca a mão na minha coxa. Tomo um gole de vinho, ciente da promessa sinuosa entre nós. Parece perigoso e intenso.

– Quantas vezes?

– Quantas vezes a vida permitir.

Uma dor lancinante apunhala meu coração.

– Eu não me apaixono.

Os lábios dele se curvam, quase como se estivesse sorrindo, e os dedos roçam meu joelho.

– Você está se apaixonando um pouquinho por mim.

Sorrio.

– Não estou, não.

– Entendi. – A mão envolve minha panturrilha, depois desce até o calcanhar e, por último, acaricia o peito do pé. Por um momento fugaz, me pergunto se ele acha meus tornozelos bonitos. – Quantas vezes você já se apaixonou, Kit?

– Só uma.

– Quantos anos você tinha?

Solto um muxoxo exasperado.

– De novo isso... Eu tinha dezessete.

– Dezessete – repete ele. – Dezessete é uma idade séria, generosa.

Sou invadida por uma lembrança de James... eu e ele fazendo amor várias e várias vezes, rindo e comendo naquele apartamento vazio. Aquelas coxas compridas, a língua percorrendo todo o meu corpo.

– Sim – sussurro.

Javier toca os botões de sua camisa, que estou usando para cobrir meu corpo. Ele desabotoa o primeiro, e eu não protesto.

– Como ele se chamava?

– James.

Ele desabotoa mais dois e enfia a mão pelo tecido, acariciando o espaço entre meus seios.

– Você ficou muito machucada?

Faço que sim com a cabeça, mas esqueço tudo quando ele abre mais dois botões e puxa a camisa para o lado, deixando meus seios à mostra. De súbito, todo o meu corpo está à flor da pele, cada pedacinho ávido por ele.

– Talvez seja hora de deixá-lo ir, depois de todos esses anos, não?

Estou hipnotizada por seu olhar semicerrado, e ele desliza a mão sobre meus ombros, depois desce por entre os seios, o toque suave dos dedos enquanto acaricia as curvas, as pontas, minha barriga, e então refaz o trajeto até lá em cima.

– Talvez – sussurro, e sua boca trilha o mesmo caminho que as mãos, e eu me entrego.

Quando a tempestade está no auge, vestimos roupas de banho e descemos as escadas até a piscina coberta. Está bem tarde, então a piscina está vazia, um esplendor azul à nossa espera. Nadamos feito golfinhos, mergulhando e espirrando água, e depois começamos a dar voltas na piscina, de uma extremidade a outra. Tiro o maiô para sentir a água envolver meu corpo, e Javier sorri e faz o mesmo. Se alguém aparecer, ouviremos de longe.

Então, nadamos nus em meio à noite, que se estende embaçada do outro lado das janelas respingadas de chuva. O vento uiva e sibila, mas do lado de dentro está quente e seguro.

Quando cansamos de nadar, nos enrolamos nas toalhas e vamos para a sauna seca.

– Estou no paraíso – comento.

O calor dilata meus poros, relaxa meu corpo e ondula flutuante entre meus seios, joelhos e nariz.

– Eu ia amar ter uma piscina dessas, onde pudesse nadar quando bem entendesse.

– Humm. Na minha casa em Madri tenho uma sauna *e* uma ducha a vapor.

– Que chique.

Abro um dos olhos. Javier está apoiado na parede, os braços soltos ao lado do corpo, as mãos apoiadas nas coxas. Tem um corpo forte, de formato bonito, um tantinho mais rechonchudo na cintura, o que acho estranhamente atraente. Isso me dá vontade de agarrá-lo de novo. Em vez disso, porém, fecho os olhos e digo:

– Você deve ser rico.

– Não sou pobre – concorda ele. – Mas você também... afinal, é médica.

– Ganho bem. Mas as casas na Califórnia são um absurdo de caras. Fora isso, as coisas são boas. – Respiro o ar cálido e tusso um pouco. – Comprei um apartamento na praia para a minha mãe e tenho uma casinha. Consigo chegar à praia em sete minutos de caminhada.

– Parece ótimo.

– A sua casa é velha? – pergunto. – Na minha cabeça, Madri é toda medieval.

– É antiga, mas o interior é moderno. A cozinha, os banheiros, as janelas. Gosto de bastante iluminação.

– A minha é velha. Com arquitetura em estilo missionário.

– Espanhol – diz ele com aprovação, e eu sorrio.

– Isso. A casa em que morei na infância também era em estilo espanhol, toda ladrilhada em *art déco*.

– Ah – responde ele. – Eu gosto de *art déco*.

As palavras soam líricas na voz dele, a língua torna as sílabas mais suaves. Um arrepio percorre minha coluna, e torno a abrir os olhos. Javier está olhando para mim. Sinto meus ombros, minhas coxas.

– Talvez – começa ele – esteja na hora de voltarmos para o seu quarto, o que acha?

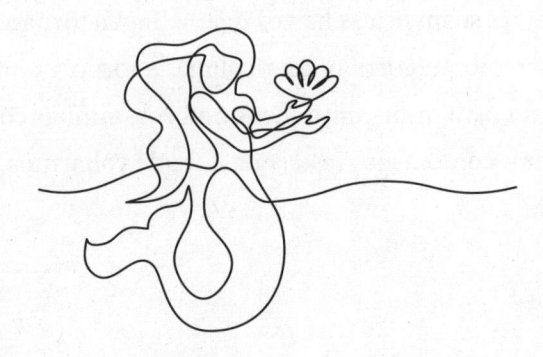

Mari

Dia seguinte. O clima está quente e úmido. Estou de mau humor por ter dormido pouco. O ar no interior da Casa Safira é carregado mesmo depois de eu ter aberto todas as janelas, e me deixo um lembrete para descobrir quanto custaria mandar instalar um ar-condicionado. Odeio a ideia de trancar o oceano para o lado de fora, mas, com o aquecimento global, quem sabe como serão os próximos trinta ou quarenta anos?

Estou cuidando da despensa hoje, anotando o estilo e as variações de todos os pratos nas prateleiras. Sempre faço um inventário antes de permitir que qualquer outra pessoa entre na casa. É um trabalho tedioso em certos aspectos, mas me permite sentir a casa em si, conhecê-la intimamente antes de começar o trabalho pesado de derrubar paredes e mudar tudo de lugar. Parece estranho, mas sinto que devo isso à casa, que devo honrá-la pelo que foi, por tudo que significou para quem veio antes de mim.

Não é exatamente difícil entender o motivo por trás disso. Nossa bela e antiga casa em estilo espanhol foi devastada pelo terremoto; não apenas a estrutura física do restaurante e da casa, mas tudo o que estava dentro deles também. Minha mãe, Kit e eu vasculhamos a praia por semanas depois da catástrofe, tentando encontrar pertences que pudessem ser resgatados, mas não achamos muita coisa. Algumas roupas, alguns utensílios danificados da cozinha. O mar e o clima terminaram o que o terremoto começou.

Ainda tenho três das coisas que recuperamos em meio aos destroços: a primeira é um anel feito com uma colher de chá da baixela que meu pai havia escolhido para o Éden. Talheres pesados e simples projetados para resistir a máquinas lava-louças potentes. Tem um entalhezinho do Monte Etna na ponta, que eu achava um absurdo de lindo quando era criança. Minha mãe mandou fazer o anel como presente do meu aniversário de doze anos.

A segunda é uma palheta lascada que pertenceu a Dylan e uma camiseta que também era dele. Hoje em dia a blusa está fina e delicada como uma pétala de flor, e a guardo embrulhada em uma gaveta. Usei-a por anos a fio, e sempre que a vestia me lembrava da noite em que nós três fizemos uma fogueira enorme na praia.

Kit e eu devíamos estar no fim do ensino fundamental, talvez com doze e dez anos, porque o cabelo de Dylan estava muito comprido na época. Ele deveria estar com uns dezessete ou dezoito anos. Tinha começado a deixar o cabelo crescer quando chegou ao Éden, e ficava mais comprido a cada ano, até que ele era capaz de prendê-lo em uma trança que caía até o meio das costas. A bandeira que usava para mostrar ao mundo que era esquisito, dizia ele, uma referência a uma música *folk* que eu não conhecia. Meu pai o importunava para cortar, mas Dylan sempre se recusou.

Então, também deixei meu cabelo crescer. Já era bem comprido quando Dylan veio morar com a gente, ia até o meio das costas. Na época do terremoto, porém, quando eu tinha quinze anos, era conhecida por meus longos cabelos louros, que chegavam quase à altura das coxas. Quase nunca deixávamos solto; tanto o meu quanto o de Dylan ficavam embaraçados e cheios de nós com muita facilidade. O meu era mais grosso que o dele, mas o de Dylan exibia tons mais variados: louro prateado, cor de trigo, um pouco de vermelho, um quê de ouro cintilante. O meu era um simples louro desbotado, com reflexos de sol, mas trazia consigo certo poder.

Muito poder. Os meninos gostavam, e até mesmo algumas das meninas que frequentavam a praia ficavam um tanto maravilhadas com o comprimento.

Na noite de verão em que acendemos a fogueira, soltei o cabelo e comecei a escová-lo. Kit tirou a escova da minha mão e pôs-se a penteá-lo no meu lugar, o que deve estar na lista das dez melhores sensações do mundo. Ela adorava pentear meu cabelo e trançá-lo, e era gentil e prática ao mesmo tempo.

– Você quer deixar solto?

– Quero.

Era gostosa a sensação do cabelo nas costas, que estavam à mostra por causa do biquíni. Todos tínhamos nadado naquele dia abafado, e a areia em que sentávamos ainda estava quente. Dylan tinha tirado a camiseta e a colocado sobre um montinho de areia. Ele quase nunca deixava alguém vê-lo desse jeito, até surfava de blusa, mas confiava em nós; sabia que não íamos ficar encarando suas cicatrizes. Cinder estava deitado ao lado dele, as patas enlameadas e os olhos cintilantes.

Dylan alimentou o fogo até que a lenha estivesse estalando e as chamas brilhando em laranja, e em seguida pegou o saco de coisas que havia trazido da cozinha de casa, enfileirando-as direitinho na frente do tronco comprido e grosso que estávamos usando de assento.

– Temos barras de chocolate, *marshmallows* e biscoitos – disse ele. – Também tem comida de verdade para devorarmos primeiro. *Arancini*, presunto e pêssegos.

Além disso, tirou Mountain Dews da sacola, nosso refrigerante preferido, e Kit soltou um gritinho.

– Faz tempo que a mamãe não me deixa tomar!

Belisquei a coxa dela, que estava grossa e sólida.

– Ela não quer que você fique gorda.

Ela deu um tapão na minha mão.

– Eu não sou gorda. Sou atlética.

– Isso aí – concordou Dylan, estendendo a mão para que ela batesse. – Você é perfeita do jeito que é.

Kit bateu com força na palma da mão de Dylan, jogou a cabeça para trás e se acomodou ao lado dele. Ela ainda era uma garotinha com joelhos esfolados e unhas sujas, uma criança em todos os aspectos, ao passo que eu havia aprendido muito sobre como chamar a atenção, algo que amava fazer, então me mantinha limpa e me vestia com esse propósito. Ninguém prestava muita atenção em Kit, com seu cabelo rebelde e o corpo quadrado.

Mas eu sentia ciúme da forma como ela se apoiava nele. Como se davam bem um com o outro. Kit trazia consigo uma sensação de quietude, e isso respingava em Dylan de um jeito que eu jamais conseguiria repetir. Era quase possível ver a aura vermelha que o envolvia se transformar em um azul suave assim que Kit se aproximava, como se fosse a portadora de um feitiço capaz de acalmá-lo.

O cabelo de Dylan estava preso em uma trança.

– Quer que eu desfaça a trança e penteie seu cabelo? – propus.

– Claro.

Peguei a escova com avidez e me arrastei pela areia para me ajoelhar atrás dele. Kit fez careta para mim: era ela quem sempre escovava nossos cabelos.

Eu a ignorei. Tirei o elástico que prendia a trança e soltei as mechas com os dedos. Estavam macias e ligeiramente úmidas em alguns pontos. Era gostoso passar a escova pelos fios, observando-os se ondular sob as cerdas até ficarem lisos. O cabelo pendia até metade das costas de Dylan, onde se via uma cicatriz particularmente marcada. Toquei-a com a ponta dos dedos.

– De onde veio esta aqui?

– A que fica bem no meio? – Ele se endireitou, abraçando os próprios joelhos. O cabelo resvalava pela escápula e caía em mechas até os cotovelos. – Ganhei esta cicatriz em um duelo de espada com o Long John Silver.

Tracei a forma abaulada e rósea de ponta a ponta, percebendo de repente que algo sério tinha acontecido com ele.

– Quero a história real.

Ele se virou e olhou no fundo dos meus olhos, e ali avistei uma dor que nunca tinha visto antes. Era como uma janela escancarada para um inferno que eu nunca quis visitar.

– Isso é o mais real possível, gafanhoto.

Senti uma pontada no peito, como se alguém tivesse atravessado o meu coração com uma espada, e pousei a mão no rosto de Dylan.

– Eu queria poder matar todos eles.

– Não adiantaria de nada – murmurou ele, mas pressionou minha mão contra o rosto, e, pela primeira vez, pensei que talvez houvesse mais alguém no planeta que soubesse o mesmo que eu: um rosto sorridente nem sempre vem acompanhado de boas intenções. Alguém o machucou, da mesma forma como aconteceu comigo.

Eu também sabia que, se não mudasse de assunto, ele logo iria desabar. Por isso agarrei um chumaço de seu cabelo, prendi a uma mecha do meu e disse:

– Somos gêmeos.

Todos caímos na gargalhada antes que o nó se desfizesse.

Mas algo havia mudado. Ele me jogou a camiseta.

– Vista ou vai passar frio.

Enquanto eu colocava a camiseta, sentindo o aroma de Dylan impregnar na minha pele, ouvi Kit murmurar baixinho:

– E eu? Também vou passar frio!

Nesse momento, Dylan pegou o violão e, enquanto comíamos pêssegos e *s'mores*, começou a tocar as músicas *folk* que tinha nos ensinado. Cantamos junto, Kit mais feliz que afinada, mas eu me achava uma ótima cantora e tentei harmonizar com o grave da voz principal de Dylan. Quando falava, ele tinha uma voz rouca e grave, agradável; ao cantar, porém, sua voz era límpida e profunda, tão pujante que quase se podia sorvê-la do ar, como se fosse mel. Cantamos várias músicas típicas de acampamento, depois nos rendemos às baladas.

Eu amava as baladas melancólicas, tristes e brutais que Dylan havia nos ensinado e que ele adorava tocar e cantar. Naquela noite, havia um quê de magia no ar, como se as faíscas que se desprendiam da fogueira estivessem se transformando em fadas que dançavam ao nosso redor. Kit sentia o mesmo que eu e aproximou-se o suficiente para colar o braço ao meu enquanto cantávamos "Mary Hamilton" e uma balada da Guerra Civil que era a preferida da minha irmã: "The Cruel War". Também cantamos uma das minhas favoritas, "Tam Lin", que eu achava que poderia ter sido escrita sob medida para Dylan. Enquanto nos aquecíamos, a voz dele se juntou ao fogo e à minha voz e de Kit, e nós três cantamos como se estivéssemos em um palco.

As estrelas emanavam um brilho intenso e as ondas rolavam sem parar, e, se pudéssemos ficar ali para sempre, tudo ficaria bem.

– Você deveria ser cantor, Dylan. Não tem ninguém melhor que você – elogiou Kit.

Ele riu.

– Obrigado, Kitten, mas gosto de ficar aqui só com vocês.

Enquanto a fogueira ardia, estendemos um cobertor na areia, pegamos os travesseiros na barraca e nos deitamos sob a imensidão do céu. A luz que vinha do Éden se derramava colina abaixo, assim como a música e o vozerio do restaurante. Eu já estava morrendo de sono quando Kit e eu fomos nos deitar ao lado de Dylan, que estendeu um braço para cada lado, para que pudéssemos nos aconchegar junto dele. Nós duas nos cobrimos com o saco de dormir e nos deitamos uma de cada lado de Dylan, com a cabeça repousada em seu ombro.

Era o nosso ritual havia anos. Naquela época, já fazia uns cinco ou seis anos que ele morava com a gente, e sua vida estava completamente entrelaçada à nossa. Não era raro que os três caíssem no sono ao relento só para depois acordar e voltar cambaleantes para a barraca, um de cada vez.

As Perseidas estavam atravessando a galáxia naquela noite. Por um tempo, Kit ficou apontando para uma e depois para outra, tagarelando sobre a distância que as estrelas viajavam e quantas delas havia e mais um punhado de curiosidades, até que, de uma hora para outra, simplesmente caiu no sono.

Dylan e eu ficamos deitados fitando o céu. Foi perfeito. Ele mudou de posição para que Kit ficasse mais confortável no travesseiro, mas, quando voltou a se deitar, deu um tapinha no ombro, onde eu gostava de apoiar a cabeça, e me aconcheguei com alegria. Ele acendeu um baseado, e a fumaça espiralava contra o céu noturno.

Teria sido impossível ser mais feliz do que eu estava naquele momento, com Dylan e minha irmã ao lado, as estrelas no céu e nenhum problema em vista. Dylan cheirava a sal e suor e tinha um toque intenso de algo que pertencia apenas a ele.

Sua voz grave e profunda ecoou pela noite.

– Eu conto a você sobre a cicatriz do Long John Silver se você me contar uma coisa.

Tentei fingir que não sabia o que ele ia me perguntar, mas meu corpo ficou todo retesado.

– O quê?

– Aconteceu alguma coisa com você alguns verões atrás?

– Não – respondi com um tom de voz que dava a entender que era uma pergunta estúpida. – Por que você acha isso?

– Humm... – Ele deu mais uma tragada e soltou a fumaça. Estendi o braço para tocá-la enquanto subia espiralando rumo às estrelas, separando o céu em dois, da mesma forma como acontecera com a minha vida: antes e depois. – Talvez eu estivesse errado.

Tentei deixar para lá, mas a pergunta trouxe à tona a sensação ruim no estômago, o gosto das mãos dele na minha boca, a forma como ele me machucou. Apesar disso, menti:

– Estava mesmo.

– Tudo bem – disse Dylan com suavidade, e apontou para um trio de estrelas cadentes.

Fiquei olhando para cima.

– Eu respondi, agora é a sua vez de me contar.

– Foi uma fivela de cinto.

Minha respiração ficou entrecortada, e não consegui disfarçar.

– Nossa.

Ele fez carinho na minha cabeça, e gostei da sensação.

– Já faz muito tempo, gafanhoto.

Comecei a me sentir mal, já que ele me havia dito a verdade, e eu tinha mentido. Tentei pensar em um jeito de contar sem que soasse desprezível, mas não consegui encontrar nenhum. *Um homem fez umas coisas comigo. Um cara me fez tirar a roupa. Um cara disse que mataria Cinder se eu não fizesse o que ele queria.*

– Você sabe que pode me contar qualquer coisa, né?

Contraí os ombros e me afastei dele, sentando-me para poder encarar o oceano. A luz incidia na superfície do mar no horizonte longínquo.

– Acho que sim.

– Você acha? – Ele também se sentou, os braços pendendo sobre as pernas. – Eu juro que você pode me contar qualquer coisa. Mesmo.

Mordi o lábio e olhei para Dylan. Seu cabelo estava começando a ficar embaraçado, alguns nozinhos se formando aqui e ali.

– Você tem de jurar, jurar mesmo, que não vai contar para ninguém nem me obrigar a contar para qualquer outra pessoa.

Ele levou a mão ao peito, pousando-a sobre o coração.

– Eu juro.

Mesmo assim, porém, eu não sabia qual era a melhor forma de dizer. Uma rajada de vento passou por nós e me fez estremecer, mas não consegui emitir nem um som sequer. Enquanto lutava para encontrar as palavras certas, Dylan perguntou:

– Foi um dos clientes?

Assenti com a cabeça, entrelaçando os dedos, sentindo uma onda de pânico inundar meu peito.

– Ele... tocou você?

Assenti com a cabeça de novo, mas havia algo estranho nos meus pulmões, e de repente senti que não conseguia respirar. Tentei puxar o ar, mas não consegui, e me virei para Dylan com um olhar desesperado, a respiração presa no peito como se minha garganta estivesse partida ao meio.

– Ei, calma. – Ele chegou mais perto, deu uma tragada no baseado e fez um gesto para que eu me aproximasse. – Puxe o ar quando eu soltar.

Inclinei o corpo para a frente quando ele soprou a fumaça, e o cheiro acre pinicou a minha garganta.

– Isso – disse ele, soprando o resto para longe do meu rosto. – Segure o máximo que puder.

Minha respiração começou a normalizar de imediato. Era como os restinhos de bebida que eu tomava escondido dos copos quando não havia ninguém olhando, ou quando estava os levando para lavar ou quando alguém achava divertido me ver tomar um golinho de martíni.

Soltei a fumaça.

– Está melhor?

– Estou. Vamos fazer de novo.

Dylan hesitou, mas lancei-lhe meu olhar penetrante, e ele deu uma longa tragada, sorrindo enquanto fazia isso. Fiquei esperando-o soprar a fumaça na minha direção e, talvez porque eu já estivesse ficando chapada, pareceu demorar uma eternidade. Fitei sua boca franzida e percebi que era rosada e carnuda, e alguns tufos de barba estavam nascendo em seu queixo.

A fumaça se desprendeu dos lábios dele, e eu a traguei com força, mais e mais, e então caí de lado, prendendo a respiração o máximo que podia. E foi só quando não conseguia mais segurar que soltei o ar pesadamente.

– Essa é a minha garota – sussurrou ele, em tom de aprovação.

Virei-me para ficar deitada de costas, as mãos apoiadas nas costelas, as estrelas cintilantes parecendo vinte vezes maiores. Dylan se deitou perto de mim e por um bom tempo ficamos ali, lado a lado, admirando o céu e sentindo o vento soprar entre nós.

– Cara, você me deixou chapada.

– Você estava tendo um ataque de pânico – respondeu ele com suavidade. – Então foi praticamente uso medicinal.

Soltei uma risadinha.

– É sério! – Ele também começou a rir, mas de repente parou. – Agora você sabe um segredo meu, então pode confiar em mim.

Virei a cabeça e dei de cara com os olhos dele, pálidos e brilhantes como o luar, que nem pareciam de verdade.

– Você tem olhos de sereia.

– Eu adoraria ser um tritão. Seria bem legal.

Ele voltou a contemplar o céu e, com a ponta do dedo, tracei o contorno de seu perfil no ar.

– Mas talvez possa ser um pouco solitário.

– É verdade. – Depois de um longo silêncio, ele acrescentou: – Você não vai me contar, né?

Toquei cada uma das três cicatrizes em seu antebraço, todas causadas por queimaduras.

– Alguém queimou você com um cigarro?

– Charuto – respondeu ele. – E se você não tiver de dizer e eu apenas adivinhar?

– Por que quer tanto saber? Foi horrível, mas já passou. Eu estou bem.

– Não está não. – Ele afastou uma mecha de cabelo da minha testa. – Você está sempre triste e vive fazendo coisas que não são muito apropriadas para a sua idade.

– Nem entendi o que você quis dizer com isso.

– Eu sei. Mas, se eu disser que seria bom conversar com alguém, você precisa acreditar em mim.

– Conversar com alguém? Tipo um psicólogo? – respondi.

Ergui o olhar, horrorizada.

– Você pode simplesmente me contar.

Mas eu não podia. Sabia que ele contaria para alguém. Ninguém além de mim conseguiria guardar um segredo tão pesado.

Estou na grande despensa da Casa Safira quando essa lembrança me dilacera. De repente, sinto tanta saudade de Dylan que a ferida parece recente. Afundo no piso frio de linóleo, abraço os joelhos e deixo as lágrimas caírem.

Penso nisso, em como eu mal havia entrado na puberdade e já estava tendo crises de ansiedade e tendo de fumar maconha para contê-las, e mais uma vez me pergunto como as coisas podem ter chegado a esse ponto. Por que Dylan não contou aos meus pais, mesmo sabendo que eu ficaria furiosa?

Mas eu também o amava tanto. Muito mesmo. Ele teria dito que tinha de honrar a promessa que fizera a mim. À sua própria maneira tortuosa, ele estava tentando me proteger.

Ah, Dylan. Tão perdido, tão equivocado, tão desorientado, mas as três mulheres Bianci tentaram salvá-lo. Nenhuma de nós conseguiu.

Na verdade, fiz exatamente o oposto. Foi por minha causa que Dylan morreu.

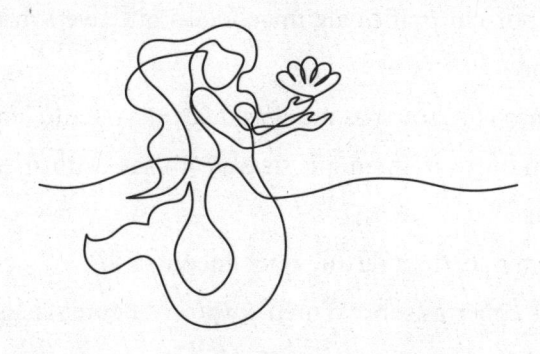

Kit

Por volta das dez horas do dia seguinte, o ciclone já tinha ido embora, deixando para trás uma manhã úmida e reluzente. Javier não fica comigo por muito tempo.

– Tenho uma entrevista – avisa ele, curvando-se sobre a cama, onde ainda estou esparramada, para me beijar. – Você está livre hoje à noite?

A luz do sol ilumina seu cabelo, e pela primeira vez percebo que não é preto, e sim um tom bem fechado de castanho. Passo os dedos pelas mechas e digo a mim mesma que deveria negar, mas não consigo encontrar a força de vontade para fazer isso.

E, além de tudo, uma das principais características de um grande romance de férias é se jogar de cabeça.

– Preciso conferir minha agenda – brinco com um leve sorriso –, mas acho que estarei por aqui.

– Excelente. Fiquei sabendo que tem um restaurante israelense muito bom aqui por perto. O que acha de irmos lá?

– Acho ótimo.

Ele se empertiga e enfia a camisa para dentro da calça.

— O que você vai fazer hoje? Surfar mais um pouco?

— Vou pôr em prática algumas ideias que tive sobre como encontrar minha irmã.

Enquanto ele abotoa as mangas da camisa, tento lembrar se já transei com algum outro homem que usava camisas Oxford que tivesse mangas engomadas.

— Você tem certeza de que quer encontrá-la?

Puxo as cobertas sobre o meu corpo com ainda mais força.

— Não. Mas agora tenho de ir até o fim.

— Procurei por ela ontem.

Franzo o cenho.

— Quê?

Ele inclina a cabeça para o lado.

— O Miguel já mora aqui há bastante tempo. Ele teve ideias excelentes!

Sento-me na cama.

— Você contou ao Miguel sobre ela?

— Não muito. Só falei que você estava procurando uma pessoa.

— Isso é um assunto meu, Javier. Só contei a você porque nós estávamos... — Tenho dificuldade para completar a frase e solto um grunhido exasperado. — Isso foi muito invasivo da sua parte.

Ele nem se abala.

— A boa notícia é que Miguel acha que a reconhece de algum lugar.

— Não estou nem aí. Isso é assunto meu, não seu.

Parece que Javier nem me escutou, porque simplesmente pega meu celular na mesinha de cabeceira e o estende na minha direção.

— Anote meu telefone e me mande o seu por mensagem.

Fuzilo-o com os olhos.

— Quem você pensa que é?

Por fim, ele pende a cabeça para o lado.

– Você está brava, *gatita*? Eu só queria ajudar.

Passo um bom tempo o encarando, me sentindo invadida, chateada e confusa e, ainda sim, extremamente atraída por ele.

– Não sou o tipo de mulher que gosta de ser guiada por homens.

– Eu não tive a intenção de...

– Por favor, não se meta nas minhas coisas.

Ele afunda na cama ao meu lado e prende uma mecha de cabelo atrás da minha orelha.

– Não fique brava.

– Mas eu estou brava.

Dou um tapa na mão dele, e Javier acha graça. Tenta apanhá-la, mas não consegue.

– Desculpe.

– Eu não estou brincando. Você entendeu?

– Entendi. Juro. – Ele levanta a mão, a palma voltada para mim. – Não vou mais tentar ajudar.

Decido ceder. Pego meu celular e digito os números que Javier me dita, em seguida ligo para que ele anote o meu. O telefone toca na mesa da cozinha.

– Pronto.

Ele abre um sorriso, uma expressão tranquila e grata no rosto.

– Esta noite, então.

Viro de lado para vê-lo ir embora. Meu corpo está relaxado depois de transar, uma sensação de preguiça deliciosa alojada na coluna. Quando Javier para na porta, levanto a mão para acenar, e ele me manda um beijo.

Ridículo. E fofo. Sei que é melhor não me envolver com um galanteador, e que não devo baixar a guarda, mas ainda assim... a relação é limitada pelas circunstâncias. Estou segura o bastante.

Rolo na cama para contemplar o porto. A água cintila em um tom azul profundo e opalescente. Não há veleiros nesta manhã, mas uma barcaça de aparência robusta zarpa rumo ao alto-mar. Os escritórios dos prédios ao meu redor estão ganhando vida, e vejo uma mulher vestida com saia lápis azul-escura sair de sua sala e andar pelo corredor até chegar a um escritório um pouco mais adiante. Fico imaginando como seria viver a vida dela, ser alguém que trabalha atrás de uma mesa de escritório, usando roupas elegantes... em Auckland.

Tão diferente da vida que levo. Não estou com saudade do pronto-socorro, mas só faz alguns dias que vim para cá. Não tive muito tempo para pensar no que mais poderia fazer, por qual ramo da medicina poderia me enveredar em seguida. Se é que vou me enveredar por outro caminho. Talvez só esteja usando esses dias para recarregar minhas baterias.

Se não fosse por Hobo, eu seria voluntária na Cruz Vermelha ou em Médicos Sem Fronteiras. Talvez no Corpo da Paz.

Mas não posso deixar Hobo sozinho.

Por falar nele, preciso ligar para minha mãe. Saio das cobertas e entro no chuveiro, depois me visto e faço um café. Enquanto não fica pronto, mando mensagem para minha mãe, para ver se ela está livre para uma chamada de vídeo.

Ela liga para o meu *tablet* quase imediatamente.

– Oi, filha! – cumprimenta-me ela, e vira a câmera para mostrar um rostinho preto espiando por baixo da cama. – Olhe, Hobo. É a sua mamãe!

– Oi, bebê! – exclamo.

Ele solta um miado lastimável e estridente.

– Ah, não. Não sei se é uma boa ideia ele escutar minha voz.

– Pisque para ele – ordena Suzanne. – Significa "eu te amo" na linguagem dos gatos.

– Eu sei disso, mas como é que você sabia?

– Fiz umas pesquisas.

– Sério? – Sinto uma pontada no peito ao perceber que ela está levando isso muito a sério. A dedicação que despende nessa tarefa abre caminho por minhas defesas, deixando claro quanto minha mãe mudou. Ela leva o *tablet* para mais perto da cama, e Hobo fica parado, soltando aquele miadinho deplorável.

– Oi, Hobo – digo e pisco lentamente. – Você está a salvo e eu te amo, tá?

Ele encara a tela com suspeita, depois recua para baixo da cama, escondendo-se atrás da colcha. O rosto de Suzanne reaparece na câmera.

– Ele está bem, querida, só um pouquinho assustado.

Hobo é o único ser que já dependeu de mim na vida, e o estou deixando na mão.

– Ele está se alimentando direito?

– Não tanto quanto eu gostaria. Acho que ele sai do esconderijo quando não estou aqui, porque está usando a caixinha de areia, mas não dá as caras se eu estiver no mesmo cômodo. Coloco a comida dele ao lado da cama, porém ele só come quando estou fora, então encho a tigela de manhã e depois saio para caminhar.

Pobre Hobo.

– Ah, meu Deus, estou me sentindo péssima!

– Não se sinta – diz minha mãe com firmeza. – Estou cuidando bem dele. Ele está saudável e seguro.

– Você promete que ele está comendo?

– Prometo, Kit.

Ela levanta a mão, com seus dedos longos, em um gesto de juramento. Engulo em seco, mas com um sentimento estranho de gratidão e doçura.

– Obrigada, mãe.

Ela acena com a mão.

– Agora, me conte o que está acontecendo por aí. Alguma pista?

– Não, mas tive algumas ideias.

– Que bom. Devo dizer, filha, que essa viagem está fazendo bem a você. Suas bochechas estão coradas.

Eu me esforço para evitar que mais cores se infiltrem no meu rosto, e abro um sorriso sem cerimônia.

– Fui surfar ontem e fiquei pensando por que não viajei mais, sabe? Por que não fiz isso?

– Você deveria viajar mais! Posso arranjar quartos em qualquer um dos hotéis NorHall espalhados pelo mundo.

Ela trabalha como *concierge* em um hotel em Santa Cruz.

– Talvez você também deva viajar por aí.

Seus ombros magros se contraem.

– Acho que me sinto mais segura seguindo a rotina. – Entre os dedos, ela gira a ficha de sobriedade que conquistou mais recentemente nos Alcoólicos Anônimos.

– Mãe, você está sóbria há muito tempo. Mas, sabe, aposto que hoje em dia tem até pacotes de viagens focados em sobriedade.

– Sim, vamos ver – responde ela, mas sei que já rejeitou a ideia. – Está gostando daí?

– É incrível. – Levo o *tablet* até a janela. – Um ciclone passou bem perto daqui ontem à noite, e tudo está bem parado agora, mas olhe só essa vista!

– Parece o tipo de lugar que a sua irmã ia amar, você não acha?

Algo nesse comentário me deixa irritada, e viro a câmera de volta para o meu rosto.

– É, pode ser.

– Quais são os seus planos para hoje?

– Vou ligar para lojas de surfe – respondo. – Não sei por que não pensei nisso antes. Até parece que ela iria parar de surfar.

Se ela ainda fosse ela mesma, concordo com você. Mas e se ela teve amnésia ou algo do tipo?

Franzo a testa.

– Existe uma possibilidade, mas não é muito provável.

– A gente vê isso nos filmes e nos livros o tempo todo. E por que ela nos faria passar por anos de sofrimento assim?

– Porque ela era egoísta? Porque era alcoólatra e viciada?

A milhares de quilômetros de distância, na minha casinha, minha mãe se senta à mesa e me lança um olhar calmo e firme através da tela. É assim que Josie vai ficar daqui a vinte e cinco anos, o cabelo louro grisalho, as maçãs do rosto proeminentes, os lábios carnudos que diminuíram ligeiramente com o passar do tempo.

– Ou talvez – sugere – ela estivesse perdida. Desolada.

– Coitadinha da Josie – digo com rispidez. – Sabe, eu estava me lembrando de como ela vivia bebendo quando tinha uns onze ou doze anos, sempre roubando golinhos dos copos alheios, ficando embriagada. Por que você não a impediu?

Suzanne teve a decência de desviar o olhar. A voz profunda sai um pouco rouca quando ela responde:

– Sinceramente, Kitten, eu nem me dei conta. Naquela época, eu mesma passava a maior parte do tempo bêbada.

A franqueza dela faz um furo no meu balão de moralismo.

– Eu sei. Desculpe. É que fico refletindo sobre tudo isso, me perguntando por que ela ficou daquele jeito ainda tão nova. – Com um sentimento visceral de perda, lembro como me senti quando Josie se afastou de mim, como se ela realmente tivesse se tornado uma sereia e passasse a maior parte do tempo sob as ondas. Foi ali que minha imensa solidão começou, e, mesmo anos depois, a lembrança é tão dolorosa que sou obrigada a reprimi-la. – Ela estava tão perdida.

– Estava – concorda minha mãe. É o tipo de ouvinte que ela é agora, escutando sem tecer comentários adicionais, mas me irrita um pouquinho mesmo assim. – Era um ambiente péssimo.

– Sem dúvida – disparo. – Mas também tivemos Dylan. Ele cuidou muito bem de nós.

– Verdade – responde ela, em tom espirituoso. – E ele próprio não passava de uma criança. E também era viciado. – De repente, uma tristeza terrível inunda seus olhos. – Ele sempre foi um menino perdido, o nosso Dylan. Nunca o ajudei em nada.

– O que aconteceu com ele, mãe? Antes de ele aparecer na nossa vida.

– Eu não sei. Era óbvio que tinha passado muito tempo sendo vítima de maus-tratos físicos. Mas eu não sabia de nada além disso. Ele nunca me contou. – Ela agita os dedos na borda da colcha, onde uma patinha peluda aparece. – Eu deveria ter... – Ela balança a cabeça e olha para mim.

Sinto um aperto no peito.

– Pois é.

– Não podemos mudar o passado.

Respiro fundo e alongo os ombros.

– Você tem razão. Vou começar a ligar para as lojas de surfe e depois talvez eu saia para conhecer alguns pontos turísticos. Tem um passeio de ônibus que vai para o norte e parece ser bem legal.

– Que bom. Divirta-se.

– Dê um beijo no meu gato quando puder, tá? E talvez você possa comprar mais atum puro para ver se ele come melhor.

– Ele vai ficar bem, Kit. Prometo.

– Obrigada, mãe.

– Amo você, filha.

Assinto com a cabeça e aceno antes de desligar. Sinto raiva de mim mesma por não retribuir seu afeto. Ela tem se comportado tão bem há tanto tempo, mas ainda sinto dificuldade para me aproximar dela. O que isso diz a meu respeito?

Às dez da manhã, começo a telefonar para as lojas de surfe, e a terceira me rende alguns frutos.

– Oi, meu nome é Kit Bianci e estou tentando encontrar uma amiga que se mudou para cá há alguns anos.

– Pois não, querida.

– Ela é muito bonita, loira, surfa muito bem e tem um traço marcante de que você deve se lembrar: uma cicatriz grande e definida na sobrancelha.

– Ah, claro. É a Mari Edwards. Ela vem sempre aqui. Acho que não vai mais frequentar minha loja agora que comprou a Casa Safira, mas ela sempre foi muita areia para o nosso caminhãozinho mesmo...

Leva dois longos segundos para que a ficha caia por completo, e depois me embaralho toda tentando anotar o nome.

– Mary se escreve como? M-A-R-Y?

– Não, o dela é com "i". M-A-R-I.

– Você por acaso não tem o número dela por aí, né?

– Não tenho, mas você não vai ter dificuldade para encontrá-la. É casada com Simon Edwards, aquele cara que está no comando dos Clubes Phoenix.

– Clubes? Tipo boates?

– Ah, não, não. Mari é abstêmia, e Simon é conhecido por ser o homem mais em forma de Auckland. São clubes esportivos, academias. Sempre passa propaganda de lá na tevê.

– Nossa, muito obrigada. Ajudou muito mesmo.

– Não foi nada.

Desligo e digito o nome no Google.

Mari Edwards.

Há milhares de resultados. Na maioria, ela só é mencionada como esposa de Simon Edwards, mas há uma porção de fotos.

Minha irmã. Quase sempre fotografada ao lado de um homem alto e incrivelmente bonito. As raras fotos da família inteira mostram um menino e uma menina, todos com uma aparência saudável e atlética. Em uma das fotos, estão todos vestindo trajes de mergulho, as pranchas de surfe ao lado.

Uma onda de frio e calor reverbera pelo meu corpo, percorrendo minha pele, deixando meu coração acelerado.

Ela recriou a fantasia de Tofino.

Quando tínhamos dez ou onze anos e as coisas estavam muito ruins entre nossos pais, Josie e eu inventamos uma família que morava na Colúmbia Britânica. Tínhamos assistido a um programa de tevê sobre Tofino, um distrito na costa oeste da Ilha de Vancouver conhecido por ter ondas gigantescas em janeiro, e nós três – contando com Dylan – ficamos fascinados com a ideia de ir para lá. No nosso faz de conta, a mãe era professora e também dava aulas de natação, e o pai trabalhava em um escritório. Todo verão, eles tiravam férias e saíam para viajar de carro, desciam a costa enquanto cantavam e paravam para comer em lanchonetes. Eles tinham um *trailer* Airstream, e todos adoravam surfar, então sempre surfavam juntos, para onde quer que fossem.

Essa era a nossa família de verdade, dizíamos. Só estávamos morando no Éden porque nossos pais eram espiões e precisavam terminar uma última missão. Eles voltariam para nos buscar assim que terminassem.

Josie – Mari – e a família dela se parecem com aquela que inventamos.

Uma onda de fúria percorre meu corpo. Como é que minha irmã fracassada, a drogada e alcoólatra que roubou tudo que eu tinha em uma época em que eu mal tinha dinheiro para comer, se deu tão bem no fim das contas? Ao passo que eu estou...

O quê?

Sozinha. Estou sozinha. Não tenho família. Nem filhos. Nem marido.

Levanto-me de um salto e fico andando sem rumo, dou voltas no cômodo motivada pela fúria. Sinto vontade de arremessar alguma coisa longe, quebrar algo, gritar. Ela nos deixou acreditar que estava *morta*, mas está bem. Mais do que bem.

A lava borbulha com ardor nas minhas entranhas, ameaçando entrar em erupção.

Controle-se.

Abro a porta de vidro corrediça que dá para a sacada e saio, agarrando a grande com os punhos cerrados. Respiro fundo, sentindo o gosto do mar e da cidade, de vegetação úmida e de fumaça. Fecho os olhos e solto o ar.

A raiva cede um pouco, deixando uma necessidade premente de chorar, mas lido com isso e deixo dissipar-se. Abro os olhos e me concentro na vista, divisando o brilho das janelas dos carros que atravessam a Ponte do Porto e reparando na barcaça que passa por baixo dela. Os pedestres andam de um lado para outro nas ruas lá embaixo, figuras humanas em miniatura.

Por acaso eu teria gostado de encontrá-la em maus lençóis? Desejo o mal dela? Por que estou com *raiva* pelo fato de ela ter uma família linda?

Não faço ideia, mas estou.

Afasto as lágrimas e volto para o computador, depois abro a foto de novo. Ela tem filhos. Minha sobrinha e meu sobrinho. Netos da minha mãe. Ela parece saudável. Feliz.

Agitada, volto aos resultados da pesquisa e vejo um vídeo do noticiário local, filmado no dia anterior. Com o coração na boca, clico nele.

E lá está Josie, dando uma entrevista no átrio de uma casa lindíssima. Lágrimas brotam nos meus olhos e escorrem pelo rosto sem que eu consiga evitar. Aumento o som, e lá está a voz que eu não ouvia havia anos, um pouquinho rouca, agora com um leve sotaque, não muito neozelandês, mas não mais inteiramente americano. O som me incinera, mas assisto a cada segundo do vídeo, hipnotizada por minha irmã, enquanto ela conduz a repórter pela casa, mostrando a madeira e a vista e o quarto onde uma estrela de cinema da década de 1930 foi assassinada.

Ela ainda é linda. O cabelo está muito mais curto do que já vi, na altura dos ombros, e balança com aquela elegância advinda da perfeição bem--cuidada. Em movimento, é possível ver os sinais da idade em seu rosto. Todos aqueles anos debaixo do sol forte, com o vento e as ondas, e toda a bebedeira, conferiram à sua pele uma aparência envelhecida, e uma rede de pés de galinha se espalha ao redor dos olhos.

Um homem surge no vídeo, o mesmo que aparece nas fotos, e envolve os ombros dela com um dos braços. Ele é extremamente bonito, com cabelos castanhos grossos e o tipo de bronzeado reservado apenas a quem pratica esportes ao ar livre. O olhar de adoração que ele lança a ela faz meu estômago se contorcer.

Fecho o vídeo bruscamente.

Em comparação, minha vida de repente parece muito vazia. Vazia, sem graça e solitária.

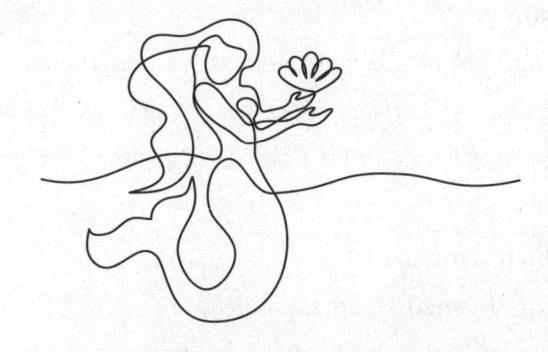

Mari

Levo uma caixa cheinha de xícaras e pires Coalport para Gweneth, que vai surtar quando vir as louças. Primeiro, mando-lhe uma mensagem para ter certeza de que não está muito ocupada com algum projeto e depois paro na casa dela antes de voltar para a minha.

Quando ela abre a porta para me receber, vejo que está usando um macacão maravilhoso, inspirado na década de 1930, feito de linho listrado em preto e branco, e os pés estão descalços. O cabelo está preso em um coque bagunçado, e não há um único resquício de maquiagem no rosto.

– Você estava escalando o Machu Picchu ou algo do tipo? – pergunta ela, segurando a porta para que eu entre. – Você parece exausta.

– Obrigada, amiga. Você também está ótima. – Ponho a caixa em cima da mesa e dou um beijo no rosto de Gweneth. – Não dormi muito esta noite.

– Foi uma baita tempestade – concorda ela. – Laura dormiu comigo.

Ela mora em uma linda casa, em estilo vitoriano restaurado, as paredes cobertas por antiguidades e obras de arte típicas da época. Hoje o ventilador de teto está ligado no máximo, mas continua abafado.

– Ainda é contra o ar-condicionado? Estou pensando em instalar uns na Casa Safira.

– Não faça isso! – Ela agita as mãos de um lado para outro, como dois limpadores de para-brisa. – Você vai estragar a arquitetura do lugar.

– Tenho certeza de que é possível fazer isso sem prejudicar a estética da casa.

Ela solta um muxoxo.

– Ar-condicionado é uma maldição.

– Ou uma das maiores bênçãos da humanidade.

– Venha comigo até a cozinha. Vou preparar uma limonada para nós.

O cômodo é iluminado e adorável, e sento-me à mesa com vista para o porto enquanto Gwen põe gelo nos copos. Sei que a limonada será feita na hora, quase azeda demais, mas absolutamente perfeita. É uma das especialidades da minha amiga. Ela se aproxima com dois copos altos e coloca um na minha frente.

– Então, como está a casa? Desculpe por não ter aparecido no fim de semana, mas imaginei que você ia querer passar um tempinho com a sua família.

– Está indo bem. Trouxe algumas porcelanas para você dar uma olhada. Achei que você ia gostar.

– Eu a vi na tevê. Você se saiu bem.

Sinto meu estômago revirar.

– Já foi ao ar? Mas acabou de ser filmado!

– Bem, não é como se eles tivessem de editar muita coisa antes de transmitir. É uma ótima história, e você a contou muito bem.

Assinto com a cabeça e tomo um grande gole da limonada, que, sim, quase chega a doer de tão azeda.

– Talvez alguém apareça com algum tipo de pista sobre o assassinato.

– Duvido muito.

– Sei lá. Talvez estivessem com medo de machucar alguém ou de se machucar. Ou algo do tipo.

Ela dá de ombros.

– É, pode ser.

– Pois é. Aliás, encontrei alguns dos diários da irmã.

– Ooh, posso ler?

– Ainda não.

– Desenterrei algumas das minhas anotações antigas e me lembrei de que houve algum bafafá em relação ao marceneiro que fez a marchetaria. Uma fofoca de que ele e Veronica tiveram um caso.

– É um trabalho absurdamente bom – digo, tirando da bolsa o caderninho que sempre carrego, além de uma caneta-tinteiro.

– Uau, essa é nova?

Abro um sorriso e ergo a caneta.

– Gostou?

Quase digo: *Minha irmã e eu éramos malucas por canetas-tinteiro*, mas consigo fechar a boca bem a tempo.

– O que foi? – pergunta Gweneth. – Parece que você engoliu uma mosca.

– Acabei de lembrar que esqueci de pegar uma coisa no mercado.

Desenrosco a tampa da caneta e abro o caderno em uma página em branco.

– Tudo bem – começo. – Vou dar uma olhada.

– Você está bem?

– Só cansada. – Massageio minhas têmporas doloridas. – Talvez seja melhor ir para casa e tirar um cochilo antes que minha família chegue.

A casa está maravilhosamente fresca e vazia quando chego. Os cães e eu galgamos a escada até o meu quarto, onde fecho as cortinas e me estico na cama, a mente fervilhando com as especulações levantadas por Gweneth. Paris se deita bem ao meu lado, e estendo a mão para fazer carinho nela, afagando os pelos debaixo do queixo, o que a faz latir baixinho.

Pego o *laptop* e abro o arquivo que estou reunindo sobre o assassinato e a história da casa. Em uma das pastas estão as fotos que peguei na internet: Veronica usando o tórrido vestido que alavancou sua carreira, George com as medalhas, parecendo forte e poderoso e muito gato, como um jovem Jason Momoa.

Não salvei nenhuma foto de Helen, e depois de procurar na internet, só encontro três. Uma ao lado da irmã e George logo depois que a casa ficou pronta; outra quando ainda era novinha, posando em algum lugar no meio do mato, o cabelo esvoaçando ao redor; e a última alguns anos antes de sua morte, em algum tipo de evento beneficente. A essa altura, ela era elegante e imponente, o cabelo alvo preso em um coque francês, a pele em tons quentes realçada por um vestido azul-marinho.

Não era uma beldade como a irmã, mas bem bonita. Na foto em que George aparece, com um dos braços ao redor de Helen e o outro envolvendo Veronica, ele sorri alegremente com as mulheres aconchegadas ali. De forma inesperada, isso me faz pensar em Dylan, Kit e eu, e depressa tenho de mandar a lembrança para longe.

Helen, George e Veronica eram maoris. Desfrutar desse nível de riqueza e fama é algo raro para qualquer pessoa, mas talvez fosse ainda mais notável para maoris naquela época.

Hum. Decido que preciso pesquisar mais sobre o romance entre os dois. O que a mídia dizia sobre o assunto? Qual era o tom que adotavam para falar sobre George e Veronica?

Além disso, tem a questão das irmãs. Sei muito bem que essa pode ser uma relação muito carregada de tensão. Talvez Helen tivesse uma queda por George ou ele por ela? (Se for o caso, muito feio da parte de George. Além de trair a esposa, também traía a amante.) Mas, de acordo com a minha experiência, uma vez traidor, sempre traidor. Homens que traem nunca param de fazer isso.

Igual ao meu pai.

Eu tinha oito anos quando descobri que uma das garçonetes estava transando com o meu pai. Eu estava brincando na praia, mas cortei o dedão do pé em uma pedra e corri até o Éden para pegar um curativo. Meu pai estava no bar beijando Yolanda, a garçonete do fim de semana. Eles tomaram um susto quando entrei no cômodo, e eu apenas os encarei fixamente.

– Cortei o dedo do pé.

Meu pai fez Yolanda enfaixar meu dedão, e percebi que ela não queria. Seu batom estava todo borrado, parecendo uma palhaça, e parecia que estava prestes a chorar.

– Não conte para a sua mãe, tá? – pediu ela. – Eu preciso muito desse emprego.

– Então pare de fazer isso – respondi.

– Não vou mais fazer nada. Prometo.

Passei pela cozinha enquanto voltava. Meu pai era a única pessoa por lá, e eu disse:

– Vou contar para a mamãe.

– Ah é? – disse ele, e uma expressão maldosa tomou conta de seu rosto. – Não é da sua conta, garotinha. Você não sabe de nada.

Normalmente, bastava que ele nos encarasse daquele jeito para que saíssemos correndo, mas fuzilei-o com um olhar, furiosa quando as lágrimas brotaram nos meus olhos e transbordaram sem meu consentimento.

– Você é um idiota – gritei o mais forte que consegui e saí correndo depressa, antes que ele pudesse me alcançar e me bater por tê-lo desrespeitado.

Antes disso, eu venerava meu pai. Faria qualquer coisa para passar mais tempo com ele. Depois, quase sempre conseguia descobrir quem era a garota com quem ele estava envolvido no momento, e sempre havia uma. Ela teria seios fartos, cabelos compridos e dentes grandes, e seria uns dez anos mais nova que minha mãe, embora minha mãe também fosse mais nova que meu pai. Infernizei a vida dessas garotas de milhões de jeitos diferentes. Botava sal em seus refrigerantes *diet*, deixava canetas estouradas em lugares estratégicos para estragar suas roupas, roubava coisas das bolsas que elas guardavam nos armários dos fundos. Nunca peguei dinheiro... ou pelo menos não muito. Geralmente afanava coisas como batons ou absorventes internos ou, certa vez, pílulas anticoncepcionais. Eu derramava coisas para que elas tivessem de limpar. Fazia qualquer traquinagem que passasse pela minha cabeça.

Se meu pai tinha ciência de tudo isso? Não faço ideia. Ele criticava tudo que dizia respeito a mim, mesmo quando eu tinha só onze ou doze anos. Minhas roupas, meu cabelo e minhas notas. Quanto mais velha eu ficava, mais críticas recebia, até que, quando fiz treze anos, já havia uma guerra declarada entre nós. Fiz um monte de coisas para infernizá-lo, assim como fiz com as amantes dele, que eram simplesmente usadas e depois descartadas, como se não passassem de sapatos que tinham ficado gastos demais.

Não sei se Kit sabia de alguma coisa. Era muito provável que não. Quando ela tinha dez anos, estava completamente absorta nos estudos sobre a vida marinha, o clima e o surfe. Nossa, como ela amava surfar! E, para minha tristeza, era melhor que eu. É claro que as pessoas preferiam assistir a mim, com meus braços magros, cabelo comprido e biquínis minúsculos – me chamavam de gatinha surfista –, mas Kit era uma surfista objetivamente melhor. Ela conseguia ler as ondas e o vento como se fossem um livro. Todo mundo a incentivava a entrar em campeonatos de surfe, mas ela nunca quis. Surfar, como dizia, era algo que fazia apenas por si mesma.

O mesmo valia para Dylan. Fazia aquilo só para ele. Às vezes, os dois guardavam as pranchas no jipe surrado que ele dirigia e subiam ou desciam a costa em busca de ondas lendárias.

Nunca participei dessas viagens. Naquela época, tinha meus próprios interesses, coisas que não tinham nada a ver com Kit e Dylan. Ficava em casa para ter o quarto só para mim, para ler, escrever no meu diário e imaginar o dia em que finalmente poderia me livrar do Éden e dos meus pais e construir a minha própria vida.

Eu não fazia ideia de que isso aconteceria tão cedo.

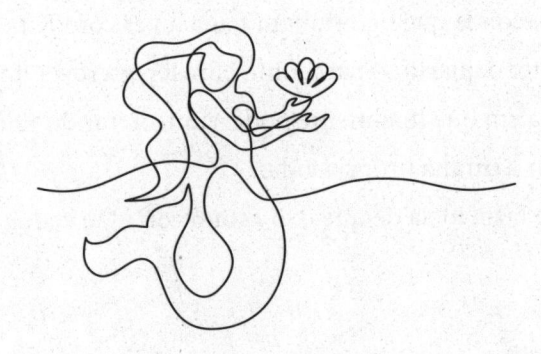

Kit

Depois de encontrar as fotos de Mari/Josie, passo uma hora afundando-me em um buraco cada vez maior, sentindo-me abalada enquanto vejo as fotos da minha irmã ascendendo à notoriedade como a esposa de Simon Edwards. Ele é da elite local, um marinheiro e iatista que comanda uma rede de academias e centros de natação. É um homem forte, grandalhão, com um sorriso cativante, e amo a forma como ele olha para a minha irmã. Em todas as fotos, está de mãos dadas com ela ou com o braço ao seu redor, ou ao redor de um dos filhos. O menino é a cara do pai, mas a filha…

Parece comigo. Quase idêntica a mim. Sardenta e robusta, com cabelos grossos e escuros, não loiros como os da mãe.

Estremecida e inundada de diferentes emoções, procuro o endereço deles. Devonport, o distrito que consigo ver da minha sacada, as luzes que piscam para mim durante a noite. Quando eu estava fitando o horizonte à procura de Josie, ela poderia estar parada em frente à sua janela, olhando em direção ao meu hotel, do outro lado da faixa de água.

Pensar nisso me deixa toda arrepiada.

Preciso encontrá-la. Repleta de uma adrenalina vacilante e avassaladora, coloco o mesmo vestido vermelho que estou usando há dois dias e percebo que cheira a sol e água do mar, e a parte da saia está toda amassada. As únicas roupas limpas que tenho são uma calça jeans e uma camiseta com os dizeres: "O lugar da mulher é na medicina". Lanço um olhar desesperado para as peças de roupa e percebo que minhas mãos estão tremendo.

Calma, respire fundo.

Terei de usar isso mesmo. Tomo um banho e deixo meu cabelo secar tão bagunçado quanto queira, passo um pouco de batom e guardo a embalagem na bolsa, pego um chapéu e vou até a doca da balsa. Estou preparada para esperar, já que demorou um pouquinho da última vez, mas o traslado para Devon é mais frequente, de modo que, quando chego à área de embarque, a balsa já está lá.

Não vou para o andar de cima desta vez, e me sento na área coberta para assistir ao centro da cidade ficar para trás. Há alguns empresários lendo jornais, o que me deixa perplexa. É uma coisa tão corriqueira para fazer em um passeio com uma vista de tirar o fôlego. Um bando de adolescentes tagarela muito alto ali por perto. Turistas de todos os continentes lotam os assentos.

Mas apenas uma coisa ocupa minha mente: *Josie.*

Estou agitada demais para fazer qualquer coisa. O mapa aberto no meu celular indica que o endereço que encontrei fica a apenas alguns quarteirões da orla da praia, mas estou fervilhando com o tipo de sentimento que não trará nada de bom se eu a confrontar.

Para tentar me controlar, subo a rua principal do vilarejo em direção a uma trilha que desemboca em um vulcão, tentando instilar oxigênio o suficiente nos meus pulmões para parar de hiperventilar. Começo a suar pelo esforço da caminhada, e o ar está denso e úmido por causa da tempestade do dia anterior. Um quarteirão depois, já estou me sentindo abafada demais dentro da calça jeans, e sou obrigada a descansar debaixo de uma sombra por alguns minutos, dando passagem para as pessoas atrás de mim. Achei que não teria problema com a calça jeans, mas sinto que vou desmaiar de tanto calor.

Bem à minha frente, vejo uma butique com várias roupas penduradas na fachada. A maioria são camisetas turísticas estampadas com referências à Nova Zelândia, mas, para meu grande alívio, também vejo uma porção de saias envelope de algodão. Sem pensar duas vezes, pego uma das mais compridas e a seguro em frente ao corpo. Vai servir, e vai até o joelho. Tiro do cabide e vejo se vai servir ao redor da cintura. Quando percebo que sim, pego mais três modelos estampados e os levo para dentro da loja.

– Vou levar estas daqui, por favor – digo, colocando-as sobre o balcão.
– E... acho que preciso de umas camisetas.

A mulher atrás do balcão é uma britânica minúscula, com ombros da largura de uma libélula, mas se porta com seriedade.

– Vire de costas – pede ela, e mede uma camiseta contra meus ombros. – Dê uma olhada nas roupas que estão naquela arara ali.

– Tudo bem.

Admiro as saias de cores variadas: turquesa, vermelho com amarelo, amarelo com azul e uma verde com listras azuis que é maravilhosa. Confiro as camisetas, encontro algumas aceitáveis e adiciono à pilha de roupas.

– É bom você pegar umas *jandálias* também – diz a vendedora.

– *Jandálias*?

Ela aponta para uma parede repleta de chinelos.

– Ah, sim. – Aponto para os calçados. – Tipo... sandálias?

– Sandálias japonesas.

– Ah, entendi. – Escolho um par, experimento e vejo que serve direitinho. – Perfeito.

Ela passa a compra, e eu pago com o cartão.

– Você pode trocar de roupa lá atrás se quiser. Mas, se eu fosse você, continuaria com a camiseta da medicina. Todo mundo usa as da Nova Zelândia.

Abro um sorriso.
- Obrigada.
- Então você é médica?
- Sou. Do pronto-socorro.
- Não foi você que salvou aquele garoto?

Fico tão surpresa que, por um momento, nem sei o que dizer.
- Humm... Aquele que pulou da balaustrada?
- Esse mesmo. Está todo mundo falando de você, sabe? Foi um gesto muito heroico ter pulado para salvá-lo.

Guardo o cartão na bolsa.
- Foi por causa dos dez anos trabalhando como salva-vidas, e não como médica de pronto-socorro - declaro. - Espero que ele esteja bem.
- Não seria sua culpa se não estivesse. Maluco.

Sigo em direção ao provador. Tirar a calça jeans é uma das melhores sensações do dia, e amarro a saia com prazer. As sandálias são macias e fresquinhas, e as tiras são forradas com veludo sintético.

Aquela conversa despretensiosa me acalmou. Respiro fundo e solto o ar. Pareço outra pessoa no espelho: o cabelo rebelde cascateando pelas costas, as faces coradas pelo sol e graças a muito sexo bom, e as pernas de fora.

Ajeito os ombros, aceno para a mulher e saio para a rua, carregando a sacola de roupas em uma das mãos e com a minha bolsa pendurada na transversal. Estou mais forte agora. Pronta para encontrar Josie/Mari.

Atravesso a rua e dou a volta em uma figueira-da-austrália, cujos galhos compridos se espalham para todos os lados. O tronco é cheio de reentrâncias, dando a impressão de que a árvore poderia ser povoada por fadas. Lembro-me de mim e minha irmã agachadas na praia, fazendo moveizinhos para as fadas que viviam na enseada e roubavam doce e trocavam açúcar por sal.

Sinto uma pontada no coração ao pensar nisso.

Mas estou aqui por um único motivo. Com o foco que me acompanhou durante os doze anos dedicados aos estudos, reprimo minhas emoções e dou uma olhada no celular em busca de informações. De acordo com a estimativa do Google Maps, a casa da minha irmã fica a nove minutos de caminhada de onde estou, bem em frente à orla.

As casas devem ser da mesma época das residências vitorianas em São Francisco, e mais uma vez me lembro daquela cidade. Pedestres transitam pelas calçadas, aposentados em forma com camisas polo em tons pastel e calças brancas e também mães acompanhadas dos filhos e...

Paro de repente, certa de que é só fruto da minha imaginação. Uma mulher caminha na minha direção com os passos inconfundíveis e determinados da minha irmã. Ela sempre andou devagar demais para o meu gosto, e isso me deixava maluca.

Ela está usando um vestidinho azul simples e nenhum chapéu, mesmo nesta terrível terra em que o índice de câncer de pele é altíssimo, e os pés estão calçados com *jandálias* iguais às minhas. Um turbilhão de lembranças invade minha mente: dormir na praia em nossa barraquinha, aquele verão estranho quando Josie ficou esquisita de repente, o terremoto, a notícia de que ela tinha morrido.

Ela está sozinha, perdida em pensamentos, e acho que teria passado reto por mim, cantarolando baixinho, mas estendo a mão e toco seu braço.

– Josie.

Ela se vira, grita e cobre a boca com as mãos, e, por um longo momento, simplesmente ficamos olhando uma para a outra. Em seguida, Josie me abraça com força e começa a chorar.

– Ai, meu Deus – sussurra ela, a mão pressionando meu ouvido.

É só quando sinto o movimento de suas costelas que percebo que estou retribuindo o abraço com a mesma força, as lágrimas escorrendo pelo meu rosto. Ela soluça de tanto chorar, o corpo tremendo dos ombros aos quadris. Fecho os olhos e a abraço ainda mais, sentindo o cheiro de seu cabelo, da pele... aquele aroma tão típico de Josie. Não sei quanto tempo ficamos assim, mas não consigo soltar, e sinto que ela me aperta como uma prensa.

Ela está viva. Está viva. Viva.

– Ai, meu Deus, Josie.

– Senti tanta saudade de você – sussurra ela com ferocidade. – Como se fosse um rim. Como se fosse minha própria alma.

Por fim, me desvencilho do abraço.

– Por que você...

Josie olha por cima do ombro e agarra minha mão.

– Ei, ouça. Me chame de Mari. Minha família está logo ali. Eles pararam para comprar alguma coisa, e eu saí na frente. – Ela aperta minha mão com mais força. – Eles não sabem de nada. Me dê uma chance de explicar para você...

– Mãe!

A garotinha corre pela calçada em nossa direção.

Maravilhada, digo:

– Ela é a minha cara.

– É mesmo. Entre na onda.

E, como realmente não sei mais o que posso fazer, viro junto com minha irmã, que diz:

– Sarah! Eu quero apresentar alguém a você!

A menina não sorri para mim, apenas vira o rosto e olha para cima, esperando Josie/Mari continuar:

– Esta é minha amiga Kit, de quando eu era criança. Éramos muito, muito amigas.

– Praticamente irmãs – declaro e estendo a mão, que deveria estar tremendo para acompanhar o zumbido nos meus ouvidos.

– Oi – diz Sarah, e não faço ideia de por que razão fico surpresa por ela ter um sotaque neozelandês. – É um prazer conhecer você. – Seu olhar recai sobre minha camiseta. – Você é médica?

– Sim. – Levo a mão à frase estampada. – Sou, sim. Médica de emergência. Acho que chamam de outro jeito por aqui.

– Eu sou uma cientista. Faço um montão de experimentos.

Meu coração derrete, e me agacho para ficar na altura dela.

– Sério? De que tipo?

– Climático – responde ela, levantando o polegar para enumerar –, que consiste basicamente em um barômetro e registros de nuvens. E também uns experimentos com plantas e umas paradas com cristais.

– Isso é incrível. Eu também vivia fazendo experimentos quando tinha a sua idade. Achei que ia ser bióloga marinha, mas acabei virando médica.

Ela pende a cabeça para o lado.

– E você gosta?

– Gosto. – Faço uma pausa e engulo em seco. Ela é a minha cara, tão parecida comigo. Como Josie pôde tê-la escondido de mim por todo esse tempo? Como ela foi cruel a ponto de me privar de acompanhar a infância da minha sobrinha? Uma onda de fúria e dor começa a se formar ao longe, e preciso reunir cada gotinha de autocontrole para impedir que minhas emoções venham à tona. – Na maior parte do tempo, gosto, sim.

Os outros dois estão se aproximando, e me empertigo quando minha irmã diz:

– Kit, este é meu marido, Simon.

Consigo ouvir o desespero em sua voz, o medo de que eu vá estragar tudo e, por um instante, essa é exatamente a minha vontade. Colocar tudo no ventilador, deixar as consequências se espalharem pelo ar.

Mas minha sobrinha, tão parecida comigo quando criança, me impede.

– Papai, ela é médica!

Ele é ainda mais bonito pessoalmente, com uma expressão bondosa e cortês no rosto que não transparece nas fotos, e tem um carisma tão grande quanto o parque em que estamos. Trocamos um aperto de mão. Nosso olhar se encontra, e uma expressão surpresa domina seu rosto por um instante fugaz.

– Oi, Simon.

– Simon, esta é Kit Bianci – diz Mari. – Ela era minha melhor amiga. – Para dar ênfase às palavras, ela inclina o corpo sobre o meu, apoiando as mãos no meu braço e o rosto no ombro. – Acabamos de trombar uma com a outra. Não é incrível?

Lanço um breve olhar perplexo na direção dela.

– É mesmo? – pergunta ele. Seu aperto de mão é forte e quente. – Prazer em conhecê-la. – Vira-se de costas e faz o filho dar um passo à frente. – Este é o Leo.

Leo. O nome do nosso pai. Faço um esforço para não olhar para Josie. Mari. Seja lá qual for o nome dela.

– Oi, Leo. É um prazer conhecer você.

Ele é tão educado quanto o pai.

– É um prazer conhecer você, também.

– Igualzinho a Tofino – digo para Mari.

Ela agarra a minha mão.

– Nós duas tivemos a sorte de crescer lá.

– Humm...

– Estávamos indo jantar agora mesmo – comenta Simon. – Você deveria ir com a gente.

Por um instante, cogito aceitar. Penso em como seria sentar-me ao lado de minha sobrinha e ouvi-la contar sobre seus experimentos. Penso no que minha mãe vai sentir quando souber que essas crianças existem e que ela nada sabia sobre elas. Olho para o rosto de Josie, tão familiar e tão desconhecido ao mesmo tempo, e percebo que não posso passar a noite toda sentada fingindo ser outra pessoa.

Não estou pronta. Ainda não.

– Sinto muito – respondo. – Já tenho compromisso.

– Ah, não! Sério? – pergunta Mari. – Você não pode simplesmente ir embora! Temos de botar o papo em dia, contar tudo o que nos aconteceu nesses anos.

Estendo meu celular para ela, e minhas mãos estão trêmulas de raiva. Ela percebe e segura uma com força. Os olhos fitam meu rosto atentamente, e vejo o brilho tênue das lágrimas. Por um segundo muito demorado, sou inundada de gratidão, de amor, de vontade de tocar seu rosto, seus cabelos e os braços, para me assegurar de que ela não é uma versão robótica de si mesma, e sim Josie, a minha Josie. Bem aqui. Viva.

– Anote seu número – peço. – Podemos nos encontrar assim que você estiver livre.

– Amanhã bem cedinho – responde Mari.

Ela digita o número e liga, e seu celular toca no bolso. Como se quisesse me mostrar a prova, ela pega o aparelho, que ainda está tocando. Seus olhos encontram os meus e os fitam fixamente. Mais segura do que me lembrava, e algo naquele olhar aplaca um pouco a minha fúria.

– É bom ver você tão feliz assim – comento, e me curvo para abraçá-la. E, baixinho, para que só ela consiga ouvir, acrescento: – Mas estou *muito* brava com você.

Ela me abraça com força.

– Eu sei – sussurra. – Eu amo você, Kit.

Afasto-me dela e digo:

– Ligue para mim.

Sarah chega mais perto.

– Espero que você apareça para ver meus experimentos.

– Pode deixar – respondo. – Prometo que vou.

Então, me obrigo a continuar andando, deixando-os para trás e seguindo em direção à casa onde moram. Decido ir até lá para não me encontrar com eles na rua e vejo a casa, que é linda e tem uma sacada de frente para o oceano no andar superior.

Nenhuma de nós consegue dormir se não ouvir o barulho do mar.

Na balsa para o distrito comercial, mergulho novamente em um estado mental agitado, que rodopia com um turbilhão de lembranças, momentos e emoções. Fico oscilando entre a fúria extrema, o sentimentalismo derretido e algo que parece... esperança. E isso me deixa ainda mais furiosa, o que me leva à estaca zero.

Meu celular vibra no bolso, e eu o pego.

Já terminei, diz a mensagem de Javier. *Posso passar para te pegar às sete?*

Sim, esse horário está ótimo. Hesito e depois acrescento: *Foi um dia e tanto.*

Estou ansioso para ouvir você.

O rosto dele surge na tela, e sei que ele vai me ouvir. Com calma e atenção. Consigo imaginá-lo dando uma mordida na comida, o cabelo reluzindo sob as lâmpadas do restaurante, depois se concentrando em mim enquanto tagarelo sem parar. Porque é exatamente isso que vou fazer. Se eu começar a falar, vai sair tudo de uma vez, as partes boas e as ruins, as feias e as bonitas.

Será que quero que ele me conheça tão bem assim?

Não. Não permito que ninguém saiba tanto sobre mim.

Mas, ao mesmo tempo, não tenho mais nenhuma defesa armada. Todos os meus truques e artifícios foram gastos enquanto tentava encontrar a minha irmã.

Não imaginava que ficaria tão abalada ao conhecer minha sobrinha. Ao ver um rosto que se parece tanto com o meu, com um coração que também se assemelha ao meu. *Faço um montão de experimentos.* Quero saber cada detalhezinho sobre ela.

E Josie nomeou o filho em homenagem ao nosso pai. Uma escolha um tanto estranha, considerando o tempo que os dois passaram em pé de guerra. Quando éramos pequenas, eles eram bem próximos, mas depois disso só me lembro de como viviam brigando. Brigas constantes, furiosas, violentas.

Uma vez meu pai perdeu a paciência com Josie e lhe deu um safanão com tanta força que o lábio dela sangrou. Ele se arrependeu na hora, mas ela ficou lá o encarando como uma deusa guerreira, o cabelo solto, como uma longa capa ao redor do corpo bronzeado, os olhos cintilando com as lágrimas que ela se recusou a deixar cair, o lábio cortado e vertendo sangue. Fiquei com vontade de chorar pelos dois, mas apenas me encolhi no canto, sem sair em defesa de nenhum deles.

– Josie, vá para o seu quarto até que saiba falar direito com seu pai – vociferou minha mãe.

Dylan não estava lá. Talvez estivesse trabalhando. Ou andando de moto. Ou em algum lugar com uma de suas muitas namoradas.

Só me lembro de que, quando ele descobriu o que aconteceu, confrontou meu pai, e os dois brigaram. Uma briga de verdade, com socos e tudo, que deixou as três mulheres Bianci desesperadas, tentando separar os dois. Dylan tinha a juventude e a velocidade a seu favor, e tentou simplesmente se esquivar dos punhos musculosos do meu pai, que, por sua vez, contava com uma fúria cega, além do corpanzil, do poder e da perfídia que vêm com a idade. Ele fraturou o osso malar de Dylan, algo que só descobrimos depois, e o expulsou de casa.

Minha mãe pegou meu pai pelo braço e o arrastou para fora da sala, levando-o até a cozinha, mas Dylan já tinha apanhado as chaves e saído pela porta da frente. Josie e eu corremos atrás dele, chamando aos berros.

– Dylan! Ele não estava falando sério. Volte aqui! Para onde você vai?

Josie tentou pular na garupa da moto, envolvendo a cintura de Dylan com os braços, e eu a odiei por um segundo. Era tudo culpa dela. Ela sempre causava problemas por onde passava, e dessa vez me faria perder eles dois.

Naquele instante, porém, vi como eles eram parecidos, como ambos estavam perdidos. O rosto de Dylan estava marcado pelo hematoma. O lábio de Josie continuava inchado. Os dois eram lindos, como criaturas marinhas, uma profusão de membros longos e cabelos louros e olhos brilhantes.

Dylan vociferou uma ordem:

– Cai fora.

Josie começou a protestar:

– Por favor, ele me odeia...

– Desça já da moto.

Dylan não olhou para ela. Os braços dele estavam retesados de raiva. Josie escorregou do banco e, assim que os pés dela tocaram o chão, Dylan se foi.

Passou dias fora.

Quando voltou, estava tão estropiado que o osso em frangalhos na face era o menor de seus problemas.

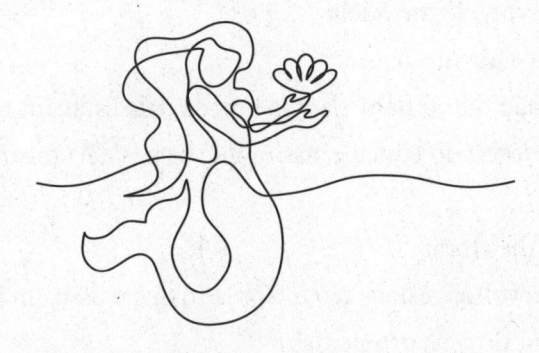

Mari

Quando eu tinha catorze anos, afanei algumas garrafas de vodca e tequila do armário da despensa e as dividi com os garotos na praia. Não na nossa enseada, nosso lugarzinho seguro e isolado, e sim na praia de verdade, à qual cheguei depois de pegar carona na rodovia.

Aprendi a tomar golinhos pequenos em vez de virar tudo de uma vez. Aprendi a beber devagar para não acabar botando os bofes para fora atrás de uma pedra ou apagar sem querer e transar com alguém. Nunca fui até o fim, mas ficaria com praticamente qualquer pessoa depois do primeiro golinho de vodca.

Aprendi muita coisa.

Uma delas era que havia uma fresta na parede entre o quarto de Dylan e o que eu compartilhava, cada vez mais relutante, com Kit. A casa estava deslizando penhasco abaixo muito antes do terremoto, e em todos os cantos havia paredes rachadas e pisos irregulares nos quais corríamos o risco de tropeçar. Fico atordoada ao pensar nisso agora, lembrar-me de todas essas coisas que indicavam que a casa ia cair no oceano a qualquer minuto, mas meus pais omissos não faziam nada. E se tivesse acontecido enquanto estávamos todos dormindo?

Descobri uma fresta que se estendia pela porta do nosso armário e chegava à parede que dava para o quarto de Dylan. Ficava acima do nosso campo de visão, então era necessário ficar na ponta da cama de Kit para enxergar direito, e também era preciso fechar um dos olhos, mas era possível divisar perfeitamente a cama de Dylan.

Uma cama na qual ele transava muito.

Na primeira vez que o espionei, me senti culpada, mas também fiquei aos risinhos. Conseguia ver a bunda nua da garota, com uma tatuagem de borboleta. Ela cobriu o corpo de Dylan na primeira vez, mas em outra ocasião pude vê-lo deitado na cama, totalmente nu, enquanto ela o tocava, e senti tanto fascínio quanto repulsa. Tecnicamente, eram algumas das mesmas coisas que Billy tinha me obrigado a fazer, mas por algum motivo era diferente com Dylan.

Kit causaria a maior cena se descobrisse, então eu só fazia isso quando ela não estava por perto. Todo mundo dizia que ele era como um irmão para nós, e sei que é assim que Kit o via, mas nunca me senti assim em relação a Dylan. Nunca mesmo.

Tínhamos uma conexão especial. Todo mundo comentava. As pessoas achavam que éramos irmãos de verdade, já que ambos éramos loiros, tínhamos pernas muito longas e sabíamos surfar como se fôssemos a encarnação dos havaianos primordiais. Passávamos muito tempo debaixo do sol e a nossa pele tinha o mesmo tom de cedro envernizado, e, se Dylan era o garoto mais bonito da praia, eu estava me tornando a garota mais bonita de lá. O rei e a rainha do oceano.

Compartilhávamos um grande segredo: a maconha. Desde aquela primeira vez, quando serviu para me acalmar de uma crise, adorei a sensação. A erva tranquilizava a garota despedaçada e raivosa que habitava meu corpo, sempre aos berros. Me deixava mais suave, assim como fazia com

Dylan. Ficávamos deitados na praia na enseada muito depois que todos já estivessem na cama, depois de o restaurante fechar. E fumávamos. Muitas vezes, nem chegávamos a conversar, simplesmente ficávamos esparramados admirando as estrelas.

Mas às vezes conversávamos. Certa noite, perguntei como era a vida dele antes de vir morar conosco, e ele soltou um suspiro profundo e carregado de tristeza.

– Você não quer saber sobre isso.

Virei a cabeça, e o gesto desencadeou ondas suaves de felicidade pelo meu corpo, proporcionadas pelas cervejas que eu tinha roubado e pela maconha que ele havia trazido. Eu estava tão chapada que tinha certeza de que não conseguiria ficar de pé nem se tentasse.

– Talvez eu queira saber. Talvez você precise contar para alguém.

– Preciso? – perguntou ele, e sua voz rouca reverberou pela noite, de modo duvidoso.

– Foi isso que você me disse.

– É isso mesmo. – Ele encostou um dos dedos na minha mão, e em seus olhos cintilavam as estrelas que haviam caído do céu. – Você vai me contar?

– Você primeiro.

– Não dessa vez.

Tornei a fitar o céu.

– Você sabe o que aconteceu. Um homem me obrigou a fazer certas coisas que eu não queria.

– Que tipo de coisa?

Neguei com a cabeça, sentindo minha pele estremecer. Senti todos os pontos do meu corpo que ele machucou, e um nó se formou na minha garganta, impedindo-me de falar.

– Você sabe que nem sempre vai ser daquele jeito, não sabe?

Minha mente foi invadida pela visão dos seios da namorada dele balançado, e eu dei risada.

– Sei. Eu fico espionando você.

– Quê?

Dylan se sentou.

Eu tinha a leve suspeita de que não ficaria muito feliz comigo mesma mais tarde, quando me lembrasse de que tinha revelado esse segredo.

– Consigo ver você por uma frestinha na parede.

– Enquanto eu estou transando? – Ele não parecia bravo, só confuso. – Você me assiste fazendo sexo? Há quanto tempo?

– Ah, já faz um tempão. Desde que você estava com a Rita.

– Hum. – Ele tornou a se deitar. – Você sabe que não deveria fazer isso.

– Claro que sei. – Fechei os olhos e, ao pensar naquela cena, nos ombros dele, no beijo, senti uma onda de calor no meio das pernas. – Mas me dá uma sensação gostosa.

Dylan pegou a garrafa de vodca e tomou um grande gole.

– E também não deveríamos estar fazendo isso aqui. – Ele caiu de costas na areia. – Meu Deus, eu sou todo errado.

Dei risada.

– Eu também!

– Só tem catorze anos – comentou ele com tristeza na voz.

– Arrã.

– Você não deveria saber nenhuma dessas coisas.

– Mas eu sei – respondi, e senti que estava saindo do meu corpo. Na minha imaginação, tomei o lugar da namorada dele, e era eu quem o estava beijando e tocando, e ele retribuía. – E não é sua culpa. É do Billy.

– Billy Zondervan?

– Quem mais poderia ser?

– Aquele filho da puta. Deveríamos contar para os seus pais, Josie. Ele precisa ir para a cadeia.

Empertiguei-me na hora.

– Não! De jeito nenhum.

– Por quê? Por que você não quer punir aquele cara?

– Eles não vão punir Billy – declarei com ferocidade. – Tudo vai recair sobre mim, e aí todo mundo vai ficar sabendo e... – Eu conseguia imaginar o jeito como as pessoas iam me olhar na escola, e, em meu estado de embriaguez, comecei a chorar. – Você prometeu!

– Ah, princesa. – Ele me abraçou, e pensei que também estivesse chorando. – Eu sinto muito. Eu deveria ter protegido você.

Enterrei meu rosto em seu ombro, sentindo-me aliviada e em paz. Eu estava muito, muito cansada.

– Não era obrigação sua.

– Era – declarou ele. – Era, sim.

Ficamos deitados na praia, e ele me abraçou. E, enquanto contemplávamos as estrelas, permaneci aninhada em seus braços.

Depois de ter dado de cara com Kit na orla de Devonport, o que me deixou em choque, dedico toda a minha atenção às histórias que meu marido e meus filhos estão contando. Só assim para conseguir sobreviver ao jantar. Se eu me permitir sentir ao menos um pouquinho que seja, vou perder o controle, e definitivamente não posso deixar isso acontecer. Por isso, desempenho perfeitamente o papel de Mamãe e de Mari durante todo o jantar.

Mas todo esse fingimento me dá uma baita dor de cabeça. Quando volto para casa e coloco as crianças na cama, vou até a cozinha para preparar uma xícara de chá.

– Quer um pouquinho de chá de camomila? – pergunto para Simon.

– Não, obrigado – responde-me ele, digitando algo no *laptop* que estava em seu colo.

Toby, o cachorrinho que parece um esfregão, está empoleirado no braço da poltrona, e a tevê ligada exibe o jornal da noite. Por um instante, vejo todos os desastres que estão acontecendo ao redor do mundo, e meu problema parece ridículo e minúsculo, inteiramente minha culpa.

Mas não há sentido em comparar as coisas, como meu terapeuta costumava dizer. A dor que sinto é só minha.

Enquanto encho a chaleira, Paris entra na cozinha e me conduz até a porta dos fundos. Ponho o chá na xícara e ligo a chaleira, e depois levo Paris para fora. A noite está linda: fresca e clara, as estrelas brilhando lá no alto como pisca-piscas.

A sensação do abraço de Kit me envolve mais uma vez. Fecho os olhos para senti-la de novo. Tão alta e forte, tão incrivelmente em forma que sei que ainda vive surfando. Ainda tinha o mesmo cheiro de sempre, aquele aroma que a representa tão bem, grama e mar e céu. Esse cheiro encheu meu coração de dor, uma dor física, como se alguma coisa o estivesse esmagando com força.

O que foi que eu fiz?

Como se pudesse ler meus pensamentos, Paris se aproxima e apoia a cabeça nas minhas pernas, soltando um suspiro.

– Você sente saudade da Helen, não sente, bebê? – murmuro baixinho, afagando uma de suas orelhas. – Sinto muito por isso. Eu resolveria isso por você se pudesse, mas acho que não tem o que fazer. Você vai precisar sentir essa tristeza por um tempinho.

Ela inclina a cabeça para trás e lambe meus dedos.

Simon aparece e fica parado atrás de mim, as mãos apoiadas nos meus ombros.

– A noite está linda.

– Perfeita.

Ficamos ali, todas as coisas não ditas se agitando entre nós, até que, assim como fez no outro dia, ele pergunta:

– Você quer conversar?

– Sobre o quê?

– O que quer que esteja incomodando você.

– Só estou surpresa, nada mais. Apenas me lembrando dos velhos tempos.

Ele chega mais perto, cruza os braços sobre meu peito.

– Você sabe que pode me contar qualquer coisa, não sabe?

Fecho os olhos e me aconchego a ele. Queria tanto que isso fosse verdade. O corpo de Simon é quente e forte, e eu reconheceria seu cheiro mesmo em um campo de futebol apinhado de homens.

– Obrigada, meu amor – respondo, incapaz de mentir que não há nada para contar.

– Convide-a para jantar amanhã.

– Sim, boa ideia.

– Acho que Sarah gostou dela logo de cara.

– Ela viu a camiseta. Kit é médica.

– Ah, é? Você acha que foi ela quem salvou aquele garoto em Rangitoto?

– Do que você está falando?

– Uma mulher, uma turista que é médica, pulou do cais de Rangitoto quando um garoto machucou a cabeça. Saiu em todos os jornais.

– Talvez tenha sido – comento, encontrando um motivo para sorrir. – Ela passou anos trabalhando como salva-vidas.

Uma *salva-vidas*, penso, embora não pudesse salvar nenhum de nós.

– Ela surfa?

– Surfava antigamente. Éramos bem competitivas.

– Qual das duas era melhor?

Sorrio sozinha.

– Eu me recuso a responder a essa pergunta.

Simon dá uma risada baixa e profunda, e o som retumba nas minhas costelas. Ele beija minha cabeça.

– Imaginei que seria o caso. Ela está muito em forma e tem uma aparência bem imponente.

Eu me afasto para o lado para encará-lo, provocando-o de brincadeira.

– Você achou a Kit gostosa?

– Talvez – responde ele, e beija meu pescoço. – Mas não tão gostosa quanto você, meu único amor.

– Sei.

Afasto as mãos dele, rindo, mas ele me puxa de volta e me beija. E, no instante seguinte, estamos continuando aquele beijo do lado de dentro, onde a chaleira já ferveu e parou. Se Kit vier jantar amanhã, esta pode ser minha última noite ao lado de Simon, que tanto amo. Para garantir que não vou esquecer, beijo cada centímetro dele, guardando o gosto de cada pedacinho na memória: o ponto em que sua mandíbula encontra o pescoço, a curva de seu cotovelo, o umbigo, os joelhos.

À medida que vamos nos fundindo, de forma tão doce, tão perfeita, como se nossos corpos fossem esculpidos no mesmo pedaço de madeira, começo a orar.

Oh, por favor, imploro ao universo. *Dê-me mais uma chance de consertar as coisas com todo mundo. Só mais umazinha.*

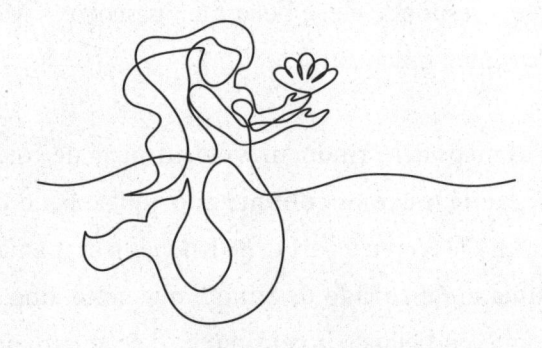

Kit

Quando saio de Devonport e volto para o apartamento, já está muito tarde para ligar para minha mãe. Além disso, estou tão esgotada por ter passado o dia com os sentimentos à flor da pele que a única coisa que quero fazer é dormir um pouco. Jogo as chaves na mesa, largo a sacola de roupas novas no chão, tiro o sutiã pela manga da camiseta e caio de cara na cama. Adormeço em questão de segundos, esquecendo-me de tudo.

Dormir é meu superpoder. Pus isso à prova diversas vezes quando era criança, e quando me sentia sozinha em Salinas, e centenas de vezes durante a faculdade de medicina e depois disso também.

E não me deixa na mão agora. Mergulho nas profundezas vazias do sono. Sem sonhos, sem sentir nada. Por algum motivo desconhecido, acordo quase exatamente uma hora depois. São seis e meia. Não tenho muito tempo para tomar banho, mas não há o que fazer. Corro para dentro do chuveiro, deixo a água lavar a umidade e o suor do dia, e corro de volta para fora. Meu cabelo está fora de controle por causa da umidade, tão cheio que quase caio na gargalhada ao olhar no espelho. Deixo meu corpo secar naturalmente e domo os cachos descontrolados e o *frizz* com produtos e água até que se comportem como o cabelo de uma pessoa normal.

Mas é tudo que consigo fazer. De repente, percebo que estou faminta e mordisco um *brownie* enquanto visto a última calcinha limpa que tenho, uma das saias envelope que comprei e uma camiseta azul-marinho com estampa acobreada de samambaia. Por fim, vasculho a bolsa em busca de um batom.

Javier está com a aparência europeia de sempre quando abro a porta para recebê-lo. Ele está de barba feita, com um perfume picante que me faz ter vontade de me enroscar em seu pescoço. De repente, estou com os nervos à flor da pele.

— Desculpe, estou um pouco malvestida, mas é que estava tão quente hoje à tarde e tive de parar em uma lojinha de suvenir para comprar uma roupa. Pode entrar.

Ele coloca sobre a bancada a garrafa de vinho que trouxe, em seguida se vira e segura minha mão. Segura apenas ela, passando a ponta dos dedos sobre minha pele.

— Você está bem?

— Hum, estou. — Saio de perto dele e começo a procurar meus sapatos, mas não os encontro em lugar algum, então paro no meio do cômodo com as mãos apoiadas na cintura. — Eu comprei umas *jandálias*, mas não sei onde estão.

Ele se abaixa.

— Estas aqui?

— Isso. Obrigada — agradeço, calçando-as. — Vamos?

— Espere. — Ele pousa a mão na parte inferior das minhas costas, de certa forma me incentivando a olhar para ele. — O que aconteceu?

— Eu estou morrendo de fome, Javier. Se não comer, vou virar um monstro já, já. Um monstro de verdade, com chifres e tudo.

— Humm... — Ele afasta uma mecha de cabelo do meu rosto. — Conte o que aconteceu.

Estou tão perto da porta que consigo sentir a brisa entrando pela frestinha ao lado do rodapé, e quero fugir daqueles olhos escuros e gentis, de seu gesto doce, de seu ouvido atento. Meneio a cabeça e digo:
– Eu estou bem...
E então, para meu desespero, as lágrimas começam a saltar de meus olhos, escorrendo sem parar, totalmente contra a minha vontade. Sinto que tenho seis anos de idade, mas não consigo dizer nada, fico apenas olhando para ele.
Ele tira um lenço do bolso e, sem dizer uma palavra, coloca-o na minha mão e me conduz até o sofá. Eu me sento e, quando Javier se acomoda ao meu lado, aconchego-me ao espacinho que ele deixou reservado para mim em seu ombro e desabo. É uma onda de sentimentos muda e que não parece ter fim, e não há nada que eu possa fazer para evitar. Simplesmente escoa para fora de mim, um choro que não é por nada em particular, mas, ao mesmo tempo, por tudo e por todas as coisas.
Javier me abraça, uma mão alisa meu cabelo, desliza pelas costas, e a outra segura meu joelho, me mantendo ancorada ao sofá. Minha mente é invadida por lembranças: Dylan, com uns dezessete anos, correndo na praia com Cinder, que pulou nele e lambeu-lhe o rosto sorridente. Corri atrás dele e lambi Cinder e Dylan, e Cinder me lambeu, e depois todos corremos em direção às ondas... Meu pai me ensinando a fatiar tomates com precisão, *sempre com uma faca muito, muito afiada, entendeu, filha?...* Meus pais dançando de rosto colado, tão apaixonados, tão lindos... Josie me trazendo um bolo de sereia gigantesco que ela e Dylan fizeram para mim, com oito velinhas acesas e mais *glitter* comestível do que seríamos capazes de comer.
E ainda mais lembranças. Aconchegada a Dylan, Josie e Cinder em uma noite de ventania na praia, o cheiro exalando de seus corpos como o perfume da felicidade. Sentada bem quietinha enquanto minha mãe me maquiava para o *Halloween*. Depois no colo do meu pai, que afagava meu cabelo e dizia a alguém que eu era igualzinha à mãe dele.

E Josie. Josie, ainda criança, na praia com um biquíni minúsculo, sempre caindo de seu corpinho esguio e bronzeado. Josie rodopiando pela pista de dança do Éden, os longos cabelos esvoaçando ao redor. Josie aparecendo na minha soleira, faminta e indisposta, quando abri a porta e a deixei entrar.

As lágrimas finalmente parecem ter se esgotado, mas talvez seja algo momentâneo.

– Vou lavar o rosto.

Ele me estende um lenço limpo, e reconheço as listras esverdeadas dos panos de prato. Estou morrendo de vergonha, mas pego e me ponho a enxugar as lágrimas.

– Desculpe por tudo isso.

Os lábios de Javier se curvam para baixo, e ele nega com a cabeça.

– Não peça desculpas. – Mais uma vez, aquela mão gentil afaga meu cabelo, afasta uma mecha úmida da minha testa. – Você quer me contar?

Inspiro longa e profundamente.

– Encontrei a minha irmã, mas o problema é o seguinte: não comi nada o dia todo. – Não posso falar com minha mãe enquanto não decidir o que vou dizer. Javier tem sido um bom ouvinte. É sempre mais fácil desabafar com um estranho, ou, nesse caso, com um parceiro temporário. – Vamos ao restaurante, e aí eu conto tudo.

– Tudo bem. – Ele dá um apertãozinho gentil na minha mão. – Acho que vamos precisar de muito vinho.

Abafo uma risada e enxugo o nariz assim que me levanto.

– Ô, se vamos. – A camisa dele está úmida em um dos ombros. – Quer trocar de roupa?

Ele pousa a mão sobre a mancha.

– Nem pensar. Estas lágrimas são preciosas.

Sinto um nó na garganta. Eu gosto dele. Esse é o problema. Gosto do seu jeito descontraído, de como se sente bem na própria pele.

– Por acaso você tem algum defeitozinho que seja?

Ele ri e abre as mãos em um gesto de "fazer o quê?". Abro um sorriso.

– Obrigada, Javier.

Ele pisca para mim.

– *No hay de qué*.

Vamos a um restaurante chamado Ima. Está começando a encher de gente, e nossa mesa fica na parte de trás, em um dos cantos do salão, assim conseguimos nos sentar em um ângulo reto. O cheiro é tão bom que fico com água na boca. Javier pede vinho e pão, e a garçonete traz uma cestinha de pães com azeite e uma garrafa de pinot noir.

Javier está absorto no cardápio, fazendo perguntas à garçonete enquanto ela nos serve água, e percebo que ele está familiarizado com o tipo de culinária do restaurante, ao contrário de mim. Ele pede frango assado e uma porção de legumes como prato principal, e algo chamado *brik* de entrada.

– É uma delícia, prometo – declara ele, entregando os cardápios. – Uma massa recheada de ovos, conserva de limão e atum. Tão gostoso.

– Meu pai amava conserva de limão – comento. – Não é uma iguaria típica da Sicília, mas ele morou um tempinho em Marrocos quando era jovem e amava esse prato. Usava muito nas comidas que preparava.

– Você se lembra de algum desses pratos?

Beberico meu vinho. Depois de vários goles generosos, estou sentindo a magia agir na minha nuca, descendo pela espinha. O ar voltou a entrar nos meus pulmões.

– Ele fazia um frango assado com azeitonas e conserva de limão que era de outro mundo. Era um dos meus pratos preferidos quando eu era criança.

– A maioria das crianças gosta de comidas mais simples.

– Meu pai era contra preparar refeições diferentes para as crianças e para os adultos. Aprendemos a gostar de várias coisas desde muito cedo.

É a vez dele de fazer uma pausa.

– E tinha alguma coisa de que você não gostava?

– Acho que não. Josie era mais enjoada do que eu. Ela não gostava de vários tipos de peixe. Ela e meu pai viviam brigando por causa disso. – Estou

de volta ao Éden mais uma vez, uma criança tentando segurar as pontas de uma família intensa e dramática. – Ela se chama Mari, agora. Com "i".
– Repito: – Mari com "i".
– Você falou com ela?
Dou um aceno de cabeça um tanto rígido e tomo outro gole de vinho, percebendo de repente que talvez o álcool não seja um bom amigo no estado em que me encontro.
– Mas não foi só isso. Eu a encontrei. Eu a vi. – A cena volta à minha mente, visceral e mais poderosa do que eu esperava. – Foi bem rápido. É mãe, esposa, empresária. Acabou de comprar uma mansão que pertenceu a uma estrela de cinema bastante famosa da década de 1930.
Javier assente com a cabeça.
– Descobri o bairro em que ela mora e encontrei-a por acaso na orla de Devonport.
– Não por acaso – diz ele, e empurra o prato de pão para mim.
– Verdade, você tem razão. – A lembrança do nosso encontro volta a invadir a minha mente. – Ela está tão bem! Eu esperava outra coisa... não sei exatamente o quê. – Mergulho o pão no pratinho de azeite. – Eu estava na faculdade de medicina na última vez em que a vi. Ela simplesmente apareceu um dia e estava... um desastre total. Parecia que não tomava banho havia um tempo, o cabelo estava todo oleoso, e ela tinha a aparência de alguém que morava na rua, o que acho que realmente era o caso. Não estava bêbada, mas parecia desesperada, e partiu meu coração vê-la naquele estado, então eu a acolhi. – Arranco um naco de pão e dou uma mordida, lembrando-me do que aconteceu. – Ela passou algumas semanas no meu apartamento. Dormia no sofá e preparava comida para mim, algo que me deixou tão grata que nem sei dizer. E então, um dia, cheguei em casa e não tinha mais nada. Nada mesmo. Ainda não consigo acreditar que ela fez aquilo. – Minha voz sai rouca. – Ela roubou tudo.
– Ela era viciada?

Confirmo com um gesto de cabeça.

– Tenho certeza de que já era alcoólatra aos treze anos de idade, e tinha começado a beber bem antes disso. – Um lampejo de horror atravessa o rosto de Javier, e eu aceno a mão. – Desculpe. É uma história tão triste e terrível. Nem sei por que estou despejando tudo isso em você.

– Você não está "despejando" nada. – Javier envolve minha mão com a dele. O gesto ajuda a atenuar meus nervos irrequietos. – Estou aqui para te escutar.

E, para ser sincera, estou cansada demais para fingir.

– Quando eu era criança, ela era tudo para mim. Era meu mundo. Minha melhor amiga, minha irmã, minha...

Paro de falar.

– Sua?...

– Minha alma gêmea – concluo, e uma torrente de lágrimas brota em meus olhos. Tenho de engolir em seco para impedi-las de sair. – A gente se conhecia desde sempre.

– Em espanhol dizemos *alma gemela*.

As palavras fazem meu coração arder como se estivesse em carne viva.

– *Alma gemela* – repito.

– Isso mesmo.

– O problema é que minha alma gêmea me abandonou... várias e várias vezes. – Meneio a cabeça. – Eu me sentia tão sozinha depois do terremoto que parecia estar doente. Como se a solidão fosse algo capaz de me matar.

– Ah, *mi sirenita*. – Ele segura minha mão, beija o pulso e então diz baixinho: – Mas as pessoas morrem mesmo disso.

É um alívio desabafar sobre o assunto, sentir o calor do corpo de Javier junto ao meu, a solidez robusta daquela mão.

– Eu só não sei em que devo pensar.

– Talvez – diz ele suavemente – seja hora de parar de pensar e começar a sentir.

Mas só de pensar em apenas "sentir" já me dá tontura, porque todo o meu interior está fervilhando de lava escaldante, ameaçando entrar em ebulição. Se eu permitir que esses sentimentos escapem, vão jorrar como brasas e atear fogo em todos nós.

Para mantê-los sob controle, respiro fundo e me empertigo na cadeira, abrindo um sorrisinho triste.

– Desde que nos conhecemos, a única coisa que fiz foi falar sobre mim.

Por um instante, ele apenas me encara fixamente.

– Sua jornada é poderosa. Você não precisa se desculpar pelo espaço que ela ocupa. – Ele pousa a outra mão sobre os dedos que já está segurando. – Que *você* ocupa. Você também é importante, não apenas a sua irmã.

Engulo em seco e desvio o olhar. Felizmente, bem nessa hora a garçonete aparece trazendo nossa entrada, aliviando a tensão do clima. É um envelopinho de massa fina e crocante recheado de atum e ovo cozido, cuja gema amarela escorre pelo prato assim que corto um pedaço. Tem gosto de mar e calor e conforto.

– Nossa, isso é incrível.

Javier sorri e fecha os olhos.

– É muito gostoso mesmo. Achei que você ia gostar.

Espeto o garfo na gema do ovo e em uma pasta vermelha bem apimentada e os provo separados da massa. Minha língua se deleita com a combinação de picância e gordura.

– O que é essa coisa vermelha?

– *Harissa*.

– É uma delícia.

– É tão gostoso comer com você – comenta ele. – Acho que eu ia gostar do seu pai, se foi ele quem transmitiu essa paixão por comida a você.

Assinto com a cabeça.

– Foi. E acho que ele também teria gostado de você.

– Ele se foi?

– Sim. Ele morreu no terremoto.

Javier permanece em silêncio, e percebo que estou respirando fundo, me preparando.

– O restaurante e a casa ficavam em uma encosta acima da enseada. Quando o terremoto chegou, estávamos a apenas alguns quilômetros do epicentro. Tanto a casa quanto o restaurante despencaram de lá de cima. Meu pai estava na cozinha, e acho que era o cômodo em que ele teria preferido morrer mesmo.

Ele pragueja baixinho.

– Você estava lá?

– Eu estava na casa, mas, quando o terremoto começou, saí correndo pela porta da frente. Sempre dizem que o melhor a fazer é sair do local, então corri para a estrada. O abalo me lançou ao chão, e fiquei deitada de bruços com as mãos cobrindo a cabeça, esperando tudo acabar.

– *Pobrecita*. – Ele acaricia minhas costas. – Você deve ter ficado morrendo de medo.

– Mais ou menos. Estava com medo, mas também sabia – rio sem muito humor –, por ser uma *nerd*, que o tremor não costuma durar mais que trinta segundos. Então, simplesmente me concentrei na experiência. Sabe, fiquei pensando em como era incrível a terra estar se rebelando contra si mesma.

Ele abre um sorriso.

– Eu percebi que era um dos grandes, e comecei a tentar estimar quanto seria na escala Richter... definitivamente magnitude sete. Talvez até oito, o que seria muito raro.

– E suas estimativas chegaram perto?

– Chegaram. – A garçonete está vindo com a nossa comida, e eu inclino o corpo para trás, para que ela possa colocar os pratos na mesa. – Na verdade, durou apenas quinze segundos, oficialmente, com magnitude 6,9 e setecentos e quarenta e cinco tremores secundários.

Um aroma acolhedor se desprende dos pratos: um suculento frango assado acompanhado por uma porção farta de legumes, cenouras polvilhadas de queijo feta, salada de tomate, espinafre e arroz com lentilha. Cheira a tudo que há de caseiro e aconchegante no mundo, e mal noto a garçonete recolhendo os pratos vazios, enchendo nossos copos e tornando a desaparecer.

– Pode deixar comigo – peço, apanhando a faca para cortar e servir o frango.

Sirvo alguns pedaços para Javier, outros para mim. Pegamos um pouco de legumes e depois, como se fôssemos marionetes movidas pela mesma corda, em silêncio, pousamos as mãos no colo. Não é uma oração, mas definitivamente um momento de demonstrar que estamos gratos.

– É lindo – digo com um suspiro.

– É mesmo – concorda Javier.

Imagino meu pai sentado do outro lado da mesa; pega um punhado de frango no prato, experimenta e acena com a cabeça, feliz.

Começamos a comer.

– Quando eu era criança, gostava de desastres – conta ele. – Pompeia, a Peste Negra, a Inquisição.

– Temas bem alegres. – Saboreio um pedaço de cenoura. – Você se lembra dos detalhes?

– Ah, com certeza. Em 79 d.C., o Vesúvio entrou em erupção com uma intensidade cem mil vezes maior que a explosão em Nagasaki...

– Cem mil? – repito com ceticismo.

Ele levanta a mão, como se para jurar que estava dizendo a verdade.

– É sério. Ele atirou pedras e cinzas a trinta quilômetros de distância e matou duas mil pessoas.

– Você já esteve lá?

– Hum... É um lugar estranho e assustador. – Javier faz uma pausa e fita os tomates. – Estão uma delícia, você experimentou?

– Já. Você provou o arroz?

Javier assente com a cabeça, remexendo a comida com o garfo, admirando cada pedacinho.

– Miguel me falou que este lugar era ótimo, mas eu não esperava que fosse... tão perfeito.

Uma onda de esgotamento emocional percorre meu corpo. Quero deixar de lado todo o peso de ter encontrado a minha irmã, todo o peso do passado, e olhar para o futuro. De repente, fico com vontade de poder sair para jantar com Javier muitas vezes, ao longo de muitos anos. Quase posso enxergar uma versão fantasmagórica de nós dois, sentados neste mesmo lugar, daqui a dez ou vinte anos. O cabelo dele já estará grisalho a essa altura, mas os cílios longos ainda estarão emoldurando os lindos olhos escuros, e ele ainda tratará a comida com reverência.

Sossegue aí, Bianci, digo a mim mesma, e depressa mudo de assunto.

– O Miguel é irmão da sua ex-esposa?

– Praticamente meu irmão agora. Já faz tanto tempo.

– Vocês tocam juntos sempre?

– Não. – Ele pende a cabeça para o lado. – Nós não... frequentamos os mesmos círculos.

É minha vez de sorrir.

– Você está sendo modesto, não está?

Ele encolhe um dos ombros.

– Talvez...

Sirvo mais um pouco de cenoura no meu prato e digo:

– Conte-me mais sobre a sua ex. Vocês foram casados por muito tempo?

– Não, não. Éramos jovens quando nos conhecemos, e nos dávamos muito bem na cama, entende?

O ciúme, esverdeado e borbulhante, desliza por minha coluna. Que estranho. Ciúme geralmente não é um sentimento que costuma me invadir com frequência.

– Tenho certeza de que todas as mulheres se dão bem com você na cama – comento, tentando dizer algo leve, mas, assim que as palavras saem da minha boca, percebo que foi exatamente o oposto.

Os olhos dele cintilam.

– Vou encarar isso como o elogio que você gentilmente ofereceu – responde ele em voz baixa –, mas não é verdade. Precisa haver química entre os parceiros, caso contrário... – Ele solta um muxoxo e estende as mãos.

Aceno com a cabeça e finjo não sentir minhas faces queimando.

– Nós nos casamos, e foi bom por um tempo. Ela gostava de viajar comigo, gostava das multidões e da fama, sabe?

Como outro pedaço do frango suculento e perfeitamente temperado.

– Humm...

– No fim, acho que ela só queria uma vida normal. Filhos e um cachorro e passeios na praça para encontrar os amigos nas noites de verão.

– Uma vida boa.

– Para alguns.

– Mas não para você.

– Não naquela época. Isso aconteceu há muitos anos.

– E agora?

– Agora? Se eu quero aquela vida?

Encolho os ombros.

– Aquela vida, aquela mulher.

Os olhos de Javier se estreitam ligeiramente.

– A mulher, não. Talvez a vida, às vezes... – Ele pega uma fatia de pão. – Você não me parece uma mulher ciumenta.

– E não sou – respondo, e depois confesso: – Normalmente.

– Meu casamento aconteceu há muitos anos. É como falar de uma história que li em algum livro em um passado remoto.

Meu celular vibra sobre a mesa e eu o olho, alarmada.

– Minha mãe é a única pessoa que me manda mensagens, e lá agora é madrugada.

– Sim, eu entendo.

Pego o telefone.

Temos de decidir aonde vamos nos encontrar amanhã.

A lava começa a fervilhar na minha barriga, e imediatamente penso em Pompeia.

– Esqueci que passei o número para a minha irmã – declaro, virando o celular de cabeça para baixo.

– Pode responder, não me importo.

Nego com a cabeça e cubro o telefone com a palma da mão, como se para manter Josie fora da minha vida. Ela me fez esperar por tempo demais.

– Ela pode esperar.

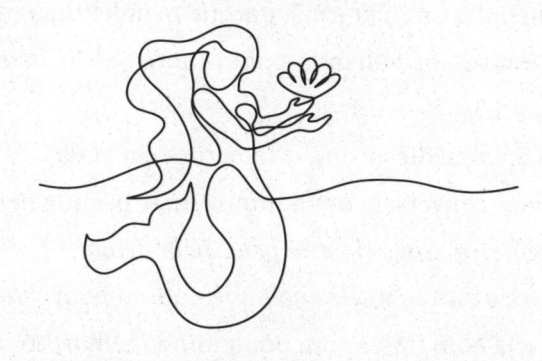

Kit

Na balsa para o bairro de Half Moon Bay na manhã seguinte, estou tão calma quanto um cirurgião. O que, a bem da verdade, é quase sinônimo de sangue-frio. Conheci alguns que não chegavam a tanto, mas você precisa ser pelo menos um pouquinho robô para conseguir levar essa vida. Virei um poço de nervos durante o estágio de cirurgia. Prefiro mil vezes o pronto-socorro.

Enfim. Estou tomando café, e a balsa está quase vazia. Pelo menos agora: quando ela atracou no distrito comercial, tanta gente desembarcou que nem sei como elas tinham cabido aqui dentro.

Esta não é voltada para turistas, então me sento junto à janela e contemplo a vastidão das ilhas vulcânicas e imagino como seria assistir a uma delas entrar em erupção com uma intensidade cem mil vezes maior que a da bomba de Nagasaki. Vendo a água azul e serena e as ilhas ainda mais azuis, chega a ser difícil sequer imaginar.

Atendendo ao meu pedido, Javier não passou a noite comigo, e dormi tão profundamente que acordei com o rosto todo marcado. Mas preciso admitir que senti falta da companhia dele nesta manhã. Ele não mandou mensagem. Quase mandei uma, mas depois mudei de ideia. Javier sabe que vou encontrar minha irmã, porque mandei uma mensagem para ela enquanto estávamos voltando para o hotel, e ela sugeriu um ponto de encontro.

E estou igualmente ansiosa e temerosa em vê-la.

Ainda não conversei com a minha mãe, porque nem sei o que dizer. *Sim, ela está viva. Sim, ela está bem. Bem demais! E você tem dois netos, um de nove e o outro de sete anos, que nunca teve a chance de conhecer.*

Talvez seja bom frasear um pouquinho melhor, como Javier sugeriu.

Por isso estou adiando um pouco mais, até depois do encontro de hoje.

Passados alguns minutos em meio aos movimentos agradáveis da balsa, percebo que a água está exercendo sua magia costumeira sobre mim. Observo um rapaz de caiaque tentando se desviar da esteira de um barco a motor para, em seguida, rodopiar feliz por esse mesmo rastro de espuma. Sorrio diante da cena. Estou me apaixonando por este lugar. Tem tanta água, tanto céu. Amo os centrinhos dos vilarejos, que parecem pertencer a outra época, com suas passarelas cobertas e as lojas variadas, e amo a forma como a paisagem parece se espalhar por todos os lados.

A balsa me leva para uma baía que eu nunca vira antes, escondida entre as colinas. A marina abriga dezenas de veleiros e iates de tamanhos variados, e a encosta acima é atulhada de casas. Desembarco, e lá está Josie, o cabelo afastado do rosto, os óculos escuros cobrindo os olhos. Está segurando um chapéu e acena com ele para mim.

Levanto a mão e sinto tanto admiração quanto raiva de mim mesma por estar tão calma. Não reflete como me sinto, que é nervosa e trêmula e à beira das lágrimas, e nem sei dizer quanto eu odiaria chorar agora.

Quando chego mais perto, vejo que o rosto dela está coberto de lágrimas, o que me deixa com raiva, e, quando me aproximo ainda mais, ela estende os braços na minha direção. Levanto a mão para impedi-la e, em tom cortante, digo:

– Não. Ontem fui pega de surpresa, mas por todo esse tempo você sabia como eu me sentia e me deixou sofrer achando que minha irmã estava morta. Como você pôde fazer uma coisa dessas, Josie?

– Mari – diz ela, e ouço sua voz murchar. – Eu me chamo Mari agora.

– Eu não... – Sinto vontade de *bater* nela.

Ela deve ter lido isso na minha expressão, porque trata de emendar:

– Olhe só, podemos fazer tudo isso. – Ela empurra os óculos em direção à cabeça, e vejo que está cheia de olheiras. – Você pode gritar comigo, e vou responder a qualquer uma de suas perguntas com a maior honestidade possível. Mas será que podemos fazer isso... em um lugar melhor?

Os olhos dela estão escuros como botões, iguaizinhos aos do meu pai. Eu me perco na profundeza deles.

Isso mexe comigo.

– Tudo bem – respondo. – Você parece estar bem, Jo... Mari. Muito bem, mesmo.

– Obrigada. Faz quinze anos que estou sóbria.

– Desde que você *morreu*?

Seus olhos encontram os meus, e ela ergue o queixo. Não está nem um pouco envergonhada em relação a isso.

– Isso mesmo.

– A mamãe também.

Ela titubeia um pouco.

– Ah, é?

– É, sim.

Ela olha para mim, me olha de verdade, para meu cabelo, meu rosto, meu corpo.

– Você está tão linda, Kit.

– Obrigada.

– Eu vivo procurando você no Google. Fico fuçando você pelo Facebook da mamãe.

– Sério?

Nesse momento, me ocorre que ela tinha como fazer isso, ao contrário de mim. Enquanto eu estava de luto por ela, procurando seu rosto em multidões, ela acompanhava a minha vida na internet. Desvio o olhar e meneio a cabeça.

Ela toca a parte interna do meu braço esquerdo, onde fica a minha tatuagem. Em seguida, diz bem baixinho:

– Você é médica. E tem um gato muito fofo.

Cedo um pouco.

– O nome dele é Hobo.

Ela abre um sorriso, e, bem ali, naquele gesto despreocupado, vejo a irmã que perdi: Josie, que lia para mim e me ajudava a bolar vários planos... e quase desabo.

– Ei – chama ela baixinho, segurando meu braço. – Você está bem?

– Na verdade, não. Está sendo bem difícil.

– Eu sei. É mesmo. É difícil para mim, e eu sempre soube. – Com delicadeza, ela me gira em direção ao estacionamento. – Trouxe alguns petiscos. Pensei em levar você a um lugar de que gosto, para que a gente possa conversar. Talvez seja estranho ir a um restaurante ou algo do tipo.

Lembro-me de que me debulhei em lágrimas no ombro de Javier.

– Essa é uma ótima ideia.

Ela me guia até o carro, um SUV preto relativamente pequeno, mas bem luxuoso. No banco de trás tem algumas coisas que claramente pertencem às crianças. Abro a porta do lado direito e estou prestes a entrar quando vejo o volante. Dou a volta no carro e entro pelo lado esquerdo. No banco do carona.

– Não repare na bagunça – pede ela. – Desculpe, é que comecei um novo projeto e... nunca consigo dar conta de tudo.

– Convenhamos que você nunca foi muito organizada.

Ela irrompe em uma gargalhada rápida e animada.

– Isso é verdade. Eu deixava você maluquinha.

– Deixava, mesmo.

– De onde foi que isso veio? Não é como se a mamãe ligasse muito para organização. – Ela dá partida no motor, que começa a zumbir baixinho. Um carro híbrido, o que a faz ganhar alguns pontos comigo. – Vamos para um lugar um pouquinho afastado, mas não tão longe assim. Quer água?

– Claro.

Ela me entrega uma garrafa de metal, e a água está muito gelada.

– Sarah proibiu qualquer coisa de plástico um tempo atrás. – Percebo um quê de sotaque neozelandês nas palavras dela, as sílabas ligeiramente mais curtas. – Nada de plástico entra em nossa casa.

Permaneço em silêncio enquanto o carro começa a andar, minhas emoções estão controladas e contidas.

O trajeto é bem acidentado. Subimos por um caminho íngreme, damos a volta e descemos outra ladeira, e depois tornamos a subir até o centro de um vilarejo tão pitoresco quanto os outros que visitei.

– Aqui é Howick – ela me diz.

As ruas se estendem até a beira da água, e há casas enfileiradas por todo canto.

– Lindo. Tudo aqui é lindo.

– É mesmo. Eu amo este lugar. Sinto que posso respirar aqui.

– Não conseguimos dormir se não escutarmos o barulho do mar.

Posso ouvi-la arfar, e seu olhar recai sobre mim por um instante, depois volta a se fixar na estrada à frente.

– Verdade.

Tento imitar o sotaque dela.

– Ve-eer-dade – falo de forma arrastada. – Você não parece mais que é uma americana.

– Eu peguei o sotaque? – pergunta ela, exagerando a pronúncia das palavras.

– Pegou, mas só um pouquinho. Talvez pareça uma australiana falando, mas eu realmente não tenho como saber.

– Você viajou muito, Kit?

– Não – respondo, e pela primeira vez me permito ser eu mesma. – Não viajei. Mas, desde que cheguei aqui, não paro de me perguntar por que não fiz isso.

– Acho que você deve trabalhar demais.

– É... mas, bem, tenho um montão de férias acumuladas. – Olho pela janela e admiro o mar cintilando do outro lado de uma colina. – Sério, olhe para este lugar. Por que nunca vi isso antes?

– Então, se não viaja, o que você faz?

– Surfo. – Faço uma pausa, tentando pensar em qualquer outra coisa. – Surfo, trabalho e fico com o Hobo.

Parece deprimente, então fico duplamente irritada quando ela pergunta:

– Então não é casada?

– Não. – Um calor chamejante borbulha nas minhas entranhas, e a lava se liquefaz quando penso na minha casa vazia e em minha sobrinha, me contando que fazia vários experimentos. – Você é casada há quanto tempo?

As mãos magras e bronzeadas estão com os nós dos dedos brancos por segurar com força o volante. A aliança que usa é discreta, mas a pedra é linda, em um tom bem claro de verde.

– Onze anos. Estamos juntos há treze. Eu estava surfando em Raglan quando o conheci.

– Espere. Raglan... quer dizer Raglan... *Raglan*?

Era um dos lugares sobre os quais Dylan, Josie e eu vivíamos falando.

– O próprio – responde ela, sorrindo. – É lindo, e não fica muito longe. Podemos ir até lá de carro qualquer dia e surfar um pouco, se você quiser.

– Quem sabe...

Toda essa conversa é surreal, mas também corriqueira. O que você diz para alguém que não vê há vários anos? Por onde começar? O surfe é uma das línguas que usamos para nos comunicar.

Ela aproveita a deixa e pergunta:

– Você surfou desde que chegou aqui?

– Eu fui para Piha. E foi isso que me deu a ideia de ligar para as lojas de surfe, e foi assim que descobri onde você estava.

– Muito esperta.

O silêncio paira entre nós, quebrado apenas pelo som baixinho do rádio.

– Como você sabia que devia me procurar em Auckland? – quis saber ela.

– Eu vi você no noticiário, no dia em que a boate pegou fogo e aqueles jovens morreram.

Ela suspira.

– Foi o que imaginei. – Uma pausa. – É, foi uma noite horrível. Eu estava jantando com uma amiga no Britomart quando aconteceu.

– No restaurante italiano?

Ela olha para mim.

– Isso. Como você sabia?

– Eu estive lá. Disseram que você era cliente, mas não sabiam seu nome.

– Boas meninas.

Sinto meu rosto arder de raiva diante desse esforço descarado de sustentar sua longa mentira.

– A mamãe também viu você no noticiário. Foi ela quem quis que eu viesse atrás de você.

– Humm... – Seu tom é inescrutável.

– Ela está diferente agora, Josie.

– Mari.

– Claro. Porque, se algo não serve mais, você pode simplesmente deixá-lo para trás.

Ela vira o rosto para me olhar.

– Não foi isso que aconteceu.

Olho pela janela, me perguntando por que me dei ao trabalho de vir até aqui. Talvez tivesse ficado mais feliz sem saber que ela estava viva. As lágrimas ameaçam irromper mais uma vez, e eu não sou de chorar. Começo a contar mentalmente, de trás para a frente, a partir de cem.

Saímos da via principal e começamos a subir a colina, passando por baixo da copa densa de vegetação local. A estrada, sulcada e irregular, é ladeada por samambaias arbóreas, com folhagens extravagantes e alguns arbustos floridos. Ela desemboca na casa que vi naquele programa de tevê neozelandês.

– Eu vi essa casa no noticiário. Por que você me trouxe até aqui?

Ela desliga o carro e olha para mim.

– Porque preciso que você veja a vida que construí aqui.

Com teimosia, me recuso a sair do lugar.

– Você vai me contar a verdade sobre o que aconteceu? Ou só mais um bando de mentiras?

– Eu juro, por tudo que há de mais sagrado para mim, que nunca mais vou mentir para você.

Abro a porta e salto para fora do carro. Não sei ao certo se de fato quero saber toda a verdade. A perspectiva me enche de uma sensação de ansiedade vazia. Olho para o céu, de um tom vívido de azul, e de repente sinto uma série de coisas que conheço pela metade espreitando na escuridão cinzenta que circunda minha mente. Um arrepio percorre meus braços, e uma brisa suave sopra em nossa direção enquanto nos aproximamos da casa. Esfrego os braços, tentando me acalmar.

– Que lugar é este?

– Casa Safira. Foi construída para Veronica Parker, uma atriz neozelandesa muito famosa nos anos 1930. Ela foi assassinada aqui.

– Ah, sim, nem um pouco assustador.

Minha irmã, cujo nome parece estranho na minha língua, interrompe o passo antes de chegarmos à porta e aponta para o caminho por onde viemos. Ao longe, entre uma vasta extensão da cidade, está o oceano.

– À noite, a costa toda fica iluminada.

– Ótimo. Então você tem uma bela mansão, uma família perfeita e nenhum problema.

– Eu mereço cada gotinha disso. Mas podemos ver a casa primeiro? Por favor?

Respiro fundo. Assinto com a cabeça.

Ela se vira para destrancar a porta da frente, e eu a sigo para dentro da casa, que é igualzinha ao que vi na tevê, só que ainda mais incrível ao vivo e em cores. O átrio é redondo e conduz a vários cômodos e a uma escada para o andar de cima, e tudo – absolutamente tudo – é em estilo *art déco*.

– Uau.

– Eu sei. Venha cá.

Eu a sigo por um cômodo comprido com vista para o mar esverdeado que se estende até a linha do horizonte. Há um gramado amplo entre a casa e o que provavelmente é uma falésia, e saio pelas portas de vidro, atraída pela faixa de grama. Uma brisa muito suave sopra por minha pele, despenteia meu cabelo. Estendo a mão em sua direção e olho para a fachada dos fundos da casa, onde as varandas se alinham no andar superior.

– Puta merda – digo. – É maravilhosa.

– Eu tenho comprado casas para revender desde 2004. Comecei fazer isso em Hamilton. Quando conheci Simon, ele morava em Auckland e me convenceu a me mudar para cá com ele. O mercado imobiliário é insano por aqui, tão ruim ou até pior do que em Bay Area, e eu me saí muito bem.

– Você comprou esta aqui para revender?

– Não exatamente. – Ela enfia as mãos nos bolsos de trás da calça. Está magra como sempre, os peitos ainda são pequenos, e o corte de cabelo lhe cai bem. – Sou apaixonada pela casa e pela história dela desde que me mudei para esta cidade. Por um tempo, moramos em um lugar que tinha vista para cá, e eu conseguia vê-la da janela da sala, encarapitada aqui na colina. Quando o sol nasce, lança raios rosados por toda a parte, e ela fica parecendo uma... – Ela faz uma pausa. – Uma casa de sereia.

Cruzo os braços.

– A família de Simon vive em Auckland há gerações. Chegaram aqui com alguns dos primeiros colonos, então ele conhece todo mundo e sabe tudo o que está acontecendo, e a família dele tem "se aventurado"... – ela faz aspas ao dizer essa última parte – ...no mercado imobiliário no último século. Quando a dona desta casa morreu, Simon tratou de comprá-la.

– Porque você é apaixonada por ela.

Ela simplesmente se vira para mim e responde:

– Isso.

Só consigo encará-la por um instante, e em seguida torno a olhar para a casa.

– Eu vi algumas fotos da sua família quando descobri seu nome. Ele claramente tem adoração por você.

– Nós levamos uma vida muito boa, Kit. Muito melhor do que eu mereço. Mas é real e verdadeira. Construímos um mundo juntos. Temos filhos, e agora vou reformar esta casa para nós.

Olho em direção ao mar, e à direita uma linha alta de samambaias arbóreas se eleva entrecortada rumo ao céu.

– Mas tudo isso foi construído com base em uma mentira, certo?

Ela baixa a cabeça e assente.

– Não sei por que você acha que me trazer aqui mudaria o que estou sentindo! – As emoções cuidadosamente represadas se agitam dentro de mim, bem no fundo das minhas entranhas, na base do meu crânio. – Você se deu muito bem. Que ótimo! Por acaso isso muda o fato de que você fingiu sua própria morte? Você nos fez acreditar que estava morta!

– Eu sei, eu...

– Não, você não sabe, *Josie*. Fizemos até um funeral para você!

– Ah, tenho certeza de que estava lotado de gente! Você contratou uns sem-teto para dar as caras por lá e chorar ou algo assim? Porque, depois da minha suposta morte, as únicas pessoas que sobraram foram você e a mamãe. Você me odiava, e eu odiava a nossa mãe, então... quem exatamente estava lá para ficar de luto por mim, Kit?

– Eu nunca odiei você! Você se odiava. – Eu me recuso a permitir que as lágrimas caiam, mas elas pesam na minha garganta. – E, acredite em mim, eu fiquei de luto por você!

– Ah, é? – retruca ela com ceticismo. – De verdade? Mesmo depois de eu ter roubado tudo o que tinha no seu apartamento?

– Eu fiquei furiosa, mas não senti ódio de você.

– Tentei ligar para você, mas nunca fui atendida.

Isso me assombrava mais do que eu gostaria de admitir.

– Eu precisava de um tempo, Josie, mas isso não significava que eu odiava você.

E, pela primeira vez, vejo a Josie perdida que eu conhecia no passado.

– Eu sinto muito por ter feito isso.

Meneio a cabeça.

– Eu sofri muito com a sua morte. Eu não queria – admito. – Mas sofri. Nós duas sofremos. Depois que você morreu, passei meses e meses vasculhando a internet em busca de qualquer confirmação de que você pudesse ter sobrevivido. Passei anos achando que tinha visto você no meio de uma multidão e...

Ela fecha os olhos e vejo que, mais uma vez, as lágrimas se acumularam na base dos cílios.

– Eu sinto muito.

– Isso não resolve muita coisa.

Ela dá um passo na minha direção.

– Será que você não entende, Kit, que eu tinha de matar quem eu era? Eu tinha de começar de novo.

Estamos de frente uma para a outra, as duas com os braços cruzados. Sou bem mais alta que ela, agora. Penso em todas as coisas que acho que sei a seu respeito, sobre o que aconteceu com ela, essa mulher pequenina que antigamente assomava sobre minha vida como um dragão gigantesco.

– Como você fez isso?

– Vamos entrar. Vou um fazer chá.

Ela me mostra parte da casa enquanto a chaleira ferve, e depois levamos nossas xícaras para o saguão, onde ela abre todas as portas para permitir a entrada da brisa do mar. Ficamos de frente uma para a outra no sofá, e ela se senta de pernas cruzadas. A luz se derrama sobre o cômodo de modo a incidir sobre a cicatriz dela, um zigue-zague irregular e muito marcado que atravessa a sobrancelha.

– O médico que deu os pontos na sua cicatriz fez um trabalho péssimo – comento. – Eu teria feito um trabalho melhor no primeiro ano de faculdade.

– Acho que foi porque demorei muito para ser atendida. – Ela encosta na velha ferida. – Todo mundo estava em um estado ainda pior.

– Triagem – declaro.

– Isso. Você é médica de pronto-socorro. – Ela sorri. – Aliás, foi você quem salvou a vida de um garoto em Rangitoto?

Pisco.

– Quê? Como você sabe disso?

– Simon me perguntou. Saiu em todos os jornais. Reportagem de interesse humano e tudo o mais.

– Fui eu, mas não foi nada de mais. – Ela abre a boca para me interromper, mas ergo a mão para impedi-la. – Lembra como as crianças viviam pulando das falésias? E como todo ano alguém tinha a cabeça partida ao meio? Era eu quem ficava parada nas rochas por onde eles passavam e ficava esperando para ver se alguém se estropiava depois de pular. – Dou de ombros. – Acho que pulei na água antes mesmo de ele cair.

Ela dá risada.

– Amei. Ainda uma heroína.

– É, que seja. – Estou me sentindo um pouco tonta, então tomo um longo gole de chá. – Conte tudo para mim, a história toda.

Ela respira fundo.

– Eu estava na França com algumas pessoas. Estávamos viajando para todos os cantos, surfando aqui e ali. Muita droga rolando. – Ela baixa o olhar para a xícara, e posso ver o peso que carrega nos ombros. – Eu estava... descompensada. – Encolhe um dos ombros, fixa o olhar ao meu. – Você viu o meu estado. Quando roubei todas as suas coisas. Eu sinto tanto por isso.

– Isso fica para depois.

Ela assente com a cabeça.

– O plano era ir para Paris e depois para Nice. Eu não tinha muita coisa naquela época. Uma mochila e minha prancha. A maioria de nós não tinha nada além disso. Pegamos o trem em Le Havre. Saí pelo vagão para procurar um banheiro, mas o primeiro que encontrei estava cheio, e continuei andando até o próximo. Eu estava chapada, é claro, e, quando saí do banheiro, virei para o lado errado e fui parar no último vagão do trem, sem nem me dar conta.

Sinto uma pontada no estômago ao ouvir o relato.

– A bomba explodiu quando eu estava lá atrás. O trem descarrilou, e fui lançada para fora do vagão. – Ela franze a testa ao se lembrar do passado, o olhar fixo em um ponto acima do meu ombro esquerdo. – Sinceramente, não sei o que aconteceu depois disso. Só me lembro de acordar e perceber que eu estava... bem.

Ela para de falar e me lança um olhar alarmado.

– Que foi?

– Acabei de perceber que nunca contei essa história a ninguém. Ninguém mesmo.

E, porque a amei no passado, estendo a mão e toco seu joelho.

– Pode contar.

Ela fecha os olhos.

– Foi horrível. Tinha muita gente morta. Gritos por toda parte. Havia fumaça e sirenes e... ruídos. Cheiros. Eu só queria achar meus amigos, achar minha mochila... era tudo em que eu conseguia pensar. Minha mochila.

Ela faz uma pausa e contempla o oceano. Tamborila os dedos na superfície da xícara. Permaneço em silêncio, deixando que ela conte a história.

– Quanto mais eu me aproximava de onde eles deveriam estar, pior ficava. Assim, não eram apenas pessoas mortas, mas... partes espalhadas. Vi um braço decepado e vomitei, mas simplesmente não conseguia parar. Nem sei por quê. Não sei o que estava se passando na minha cabeça. Eu só estava focada em encontrar minha mochila.

Assinto com a cabeça.

– Você estava em estado de choque.

– Pode ser. – Ela respira fundo. – Minha amiga Amy tinha uma mochila infantil ridícula. Era cor-de-rosa e cheia de florzinhas, e ela achava irônico. Mas era só idiota mesmo. Eu achei a mochila dela, peguei e continuei procurando a minha. Mas... – Ela para de falar. O silêncio perdura por trinta segundos, um minuto. Não o quebro, e por fim ela diz: – Eu encontrei Amy. O rosto e o peito estavam intatos, mas o restante do corpo tinha sido esmagado. Estava morta. Vi mais cadáveres e uma prancha de surfe, e aí simplesmente... simplesmente peguei a mochila dela e comecei a andar. E segui andando. Percorri todo o trajeto até Paris a pé. Demorou horas.

Ouço o chilrear robotizado de um pássaro do lado de fora. O mar se agita contra as rochas ao longe. O interior da casa está silencioso.

Josie ergue o olhar.

– Ela tinha um passaporte da Nova Zelândia e trezentos dólares. Encontrei lugar em um cargueiro e vim embora. Vim para cá.

Sinto uma pontada repentina no coração.

– Meu Deus, Josie. Como é que você chegou a esse ponto?

Ela solta uma risada curta e triste.

– Um dia de cada vez.

Pendo a cabeça para o lado.

– Por que você não falou com a gente? Você vivia viajando.

– Quando eu estava no cargueiro, passei pelo período de desintoxicação das drogas. Foi horrível. Fiquei muito mal por semanas, e, quando finalmente passou, tive tempo para pensar. O trajeto de barco da França para a Nova Zelândia é um pouco demorado. – Ela franze os lábios. – Tive de começar do zero.

Fecho os olhos.

– Você me abandonou.

Ela sabe que não estou me referindo à sua suposta morte.

– Eu sei. Eu sinto tanto por isso.

– Simon não sabe de nada?

– Não. – Seus lábios estão ligeiramente pálidos. – Ele me odiaria. – Então, ela muda de assunto de repente: – Você tem de conhecer as crianças, Kit. Você vai amar Sarah. Ela é igualzinha a você.

Minha calma se dissipa.

– Do que é que você está falando? Vamos mesmo deixar tudo para trás e recomeçar como se nada tivesse acontecido, como se você não tivesse partido nosso coração em milhões de pedacinhos?

– Eu preferiria que sim – declara Mari, e suas palavras saem calmas. Claras.

Cogito se posso simplesmente deixar tudo para trás. Tirar esse fardo das costas, deixar a ferida cicatrizar e parar de punir todo mundo, inclusive a mim mesma.

– Venha jantar hoje à noite, conhecer a minha família. Ver quem sou agora – pede Mari.

– Eu não quero compactuar com essa mentira. – Mas, para ser honesta, estou morrendo de vontade de passar mais tempo com meus sobrinhos. Também me sinto estranhamente apreensiva, e logo penso em Javier. Apesar de estar acostumada a fazer tudo sozinha, sinto que preciso de uma pessoa ao meu lado. – Posso levar alguém?

– Seu namorado?

– Não exatamente.

– Claro que pode. Venha às sete. – Ela engole em seco. – Minha vida está em suas mãos, Kit. Eu não posso fazer nada para impedi-la de contar tudo, se você decidir fazer isso. Mas, por favor, não faça.

Fico de pé.

– Estaremos lá às sete. Você pode me levar embora agora.

Ela concorda com a cabeça, e vejo que está chorando de novo. Fico com raiva.

– Pare com isso! Você não tem o direito de chorar. Não foi você quem foi abandonada, quem foi enganada. Se alguém deveria estar chorando, sou eu.

– Você não pode me dizer como devo me sentir – contrapõe ela, erguendo o queixo.

– Você tem razão. – Minha voz está cansada quando digo: – Só me leve embora logo.

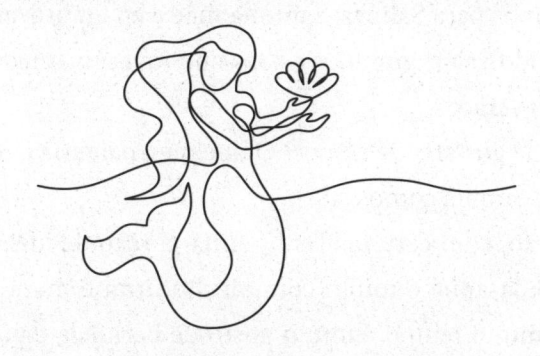

Mari

    Deixo Kit na balsa. Eu me ofereci para levá-la ao distrito comercial, mas ela não queria mais saber de mim. No caminho de volta, fico presa em um engarrafamento na ponte.

    Sem ter o que fazer, abro a janela e aumento um pouquinho o volume do rádio. Lorde, a ídolo local, canta a música "Royals", sobre um bando de jovens trabalhadores que imaginam como seria se fossem ricos. No estado de espírito em que me encontro, a canção suscita muitos anseios e lembranças. Eu me pergunto se Kit sabe de algumas coisas. Billy. Dylan. Meus vícios, que se intensificaram depois da maconha que dividi com Dylan e se tornaram ainda mais graves quando fomos morar em Salinas. Será que ela sabe que eu vendia maconha para alimentar meus vícios? Álcool, maconha, alguns comprimidos, embora eu nunca tenha sido muito viciada nestes últimos.

    O tráfego avança um pouco, e percebo que são quase três da tarde e convidei Kit e seu acompanhante para um jantar que ainda nem comecei a preparar. Tenho os ingredientes para preparar algo em casa? Por um instante, cogito pedir comida fora, mas realmente quero cozinhar para ela. Cozinhar algo da nossa infância, algo delicioso e bem reconfortante, para mostrar que também virei esta página. Era ela quem cozinhava quando nos mudamos para Salinas, e minha mãe e eu ignorávamos ou não dávamos o devido valor: guisados e sopas no inverno, saladas frescas e pizzas caseiras no verão.

O que ela gostaria de comer? O que meu pai teria cozinhado para uma reunião de família como esta?

Macarrão, com certeza. Tenho uma porção de ideias: ravióli é muito demorado; lasanha é muito comum. Bucatini é maravilhoso, mas também leva muito tempo. Sinto o gosto de berinjela e pimentão vermelho na boca, com um pouquinho de parmesão. Isso. *Vermicelli alla siracusana* com conserva de limão, que era a iguaria preferida do meu pai e algo que tenho sempre à mão. E salada de couve-flor. E bolo. Bolo de chocolate. Dá tempo de fazer tudo isso, mesmo que ainda demore uma hora ou mais para chegar em casa. Aperto um botão no volante e instruo meu celular a ligar para Simon. Ele não atende, mas deixo um recado para avisá-lo de que Kit e um amigo vão jantar com a gente, e que ele precisa comprar vinho, já que quase nunca tem em casa.

Kit. Na minha casa. Com os meus filhos. Meu marido. A vida delicada e sólida que construí aqui.

Sinto meu estômago revirar. É a coisa mais assustadora que já fiz na vida, e uma parte de mim se pergunta por que estou agindo dessa forma, que é a mais perigosa. Tanta coisa pode dar errado. Alguém pode dar um fora. Kit pode resolver contar tudo.

Mas tenho a impressão de que é o *único* jeito, como se eu tivesse de atravessar uma ponte minúscula e caindo aos pedaços para chegar à próxima fase da minha vida, ou permanecer na beira do precipício, prestes a cair.

Ocorre-me que não preciso esperar ser descoberta. Poderia simplesmente contar a Simon.

Mas então imagino seu rosto se transformando em pedra, e vejo que não vou conseguir. Simplesmente não vou. O tráfego não avança. Minha mente decide voltar ao passado.

E, sem ter o que fazer, eu a acompanho.

Quando meu pai e Dylan saíram no soco na cozinha de casa, passamos dias e dias sem ter notícias de Dylan. Não havia celulares na época, então não podíamos ligar para ele. Só nos restava esperar que ele voltasse.

E ele sempre voltava.

Kit estava furiosa comigo por eu ter discutido com meu pai, por supostamente ter causado a briga entre ele e Dylan, mas não foi minha culpa, e eu não estava disposta a arcar com ela. Meu pai e eu nem estávamos conversando direito, nem ele e minha mãe, somente quando estavam brigando, berrando a plenos pulmões, atirando coisas por todos os lados.

Tudo estava caindo aos pedaços.

Descobrimos o paradeiro de Dylan quando recebemos uma ligação do hospital em Santa Barbara. Ele havia sofrido um acidente horrível de moto alguns dias depois de ir embora, e os ferimentos eram tão graves que o tinham induzido ao coma.

– Quão grave? – minha mãe perguntou ao telefone. A mão que segurava o cigarro Virginia Slims fininho estremeceu, e parecia que meu coração ia sair pela boca. Kit, que estava ao meu lado, ficou imóvel como uma pedra.

Nós três fomos até o hospital para visitá-lo. Ele estava consciente de novo, mas ainda sob influência de muitos medicamentos, o rosto inchado, preto e vermelho, a boca rasgada e cheia de pontos, o braço direito quebrado, a clavícula fraturada, o crânio partido. Mas a pior parte era a perna direita, que fora totalmente estraçalhada, quebrada em quatro lugares diferentes e remendada de forma precária. Ele teria de passar seis meses sem andar.

Enquanto eu ficava sentada em um canto, os médicos mostraram as radiografias para a minha mãe. Kit tinha saído para buscar alguma coisa para comer, e não sei por que o médico não deixou para dar as notícias quando eu não estivesse no cômodo. Talvez tenha pensado que eu não estava ouvindo, já que estava mergulhada no livro *O Pequeno Príncipe*, lendo para Dylan, que estava dormindo.

– Ele é seu filho?

– Não – respondeu minha mãe, sem acrescentar a mentira usual de que ele era seu sobrinho. – Ele trabalha para nós, ajuda a tomar conta das meninas.

– Faz quanto tempo que ele está com vocês?

Minha mãe estava desconfortável. Eu sabia que ele havia mentido quando disse que tinha dezesseis anos, quando na verdade tinha apenas treze. Ela repetiu a mentira e ainda aumentou um pouco.

– Três anos. Ele tinha dezessete anos.

Fazia seis anos, e ela sabia muito bem disso.

– Bem, tem alguns novos machucados, na perna, no braço, na clavícula. O osso malar quebrado já está quase curado.

Fiquei olhando enquanto o médico apontava para as radiografias, destacando as manchas brancas nos ossos cinzentos.

Minha mãe assentiu com a cabeça.

Em seguida, o médico passou para a outra perna, onde havia uma linha cinza irregular atravessando o tornozelo, uma no pulso e várias nas costelas. Lesões antigas, disse ele.

– Não sei se ele recebeu alguma assistência médica para tratar esses ferimentos.

Minha mãe cobriu a boca com a mão.

– Meu Deus! Quem faria uma coisa dessas?

– Você ficaria surpresa – respondeu o médico.

Fiquei ao lado da cama de Dylan e cobri o seu pulso quebrado com uma das mãos, depois me curvei para repousar a cabeça bem ali. Pensei em todas as cicatrizes, nos charutos e na fivela de cinto, e senti vontade de matar alguém.

Bem devagarinho.

Foi um sentimento brutal e intenso.

Quando Kit descobriu, ela chorou sem parar, mas eu não derramei uma lágrima sequer.

Depois que teve alta, Dylan ainda passou por uma longa recuperação, com três enfermeiras ávidas para ajudar, trazer livros e jogar baralho e outras coisas com ele. A princípio, Dylan estava triste e retraído, enfurnado no quarto e se recusando a descer, mesmo quando descobrimos que ele poderia fazer isso sentado, arrastando-se um degrau por vez. Ele não falava com a gente, apenas fitava a janela com indiferença.

Mas ele não era páreo para as mulheres Bianci. Minha mãe arejava o quarto todas as manhãs, abria as janelas para permitir a entrada da brisa fresca do oceano, trocava os lençóis e os curativos, forçava-o a tomar um banho de esponja, que ela mesma dava até que Dylan estivesse bem o suficiente para fazer isso sozinho.

Kit lhe trazia conchas e penas e discorria sobre como estavam as ondas e contava as façanhas das pessoas que estavam surfando.

Eu lia para ele, às vezes por horas a fio. Fui à biblioteca da escola só para pegar livros de aventura e a um sebo em Santa Cruz para comprar alguns volumes que pareciam ter histórias boas para mantê-lo entretido. Ele não queria saber de nada com violência, então muitos livros de aventura e de terror ficaram de fora, mas dei um jeito. Encontrei alguns livros no quarto da minha mãe, todos volumes pesados de contos históricos, não como os de Johanna Lindsey de que eu tanto gostava, mas muito envolventes. *Verde Escuridão*, de Anya Seton, obras de Taylor Caldwell, histórias sobre o passado. Ele gostava de livros assim.

Meu pai estava arrependido. Ele sabia que tinha errado tanto na briga comigo quanto com Dylan, mas sua única concessão foi deixar Dylan voltar para casa, com a promessa de que ele poderia trabalhar quando se curasse.

Parada no engarrafamento na Ponte do Porto, sem sair do lugar, me pergunto por que eu lia para Dylan em vez de deixá-lo ler sozinho. Tenho a impressão de que houve algum motivo, mas não lembro qual foi. Li para ele durante toda a primavera e o início do verão, quando ele começou a se curar.

Pelo menos fisicamente. Quanto à parte mental, ele não estava nada bem. Não falava muito. Tomava muitos remédios – naquela época, não se falava em overdose por opioides, e os médicos receitavam Vicodin e Percocet a torto e a direito.

Foi um verão bem quente. Não tínhamos ar-condicionado, e tentei convencê-lo a pelo menos descer as escadas para que pudéssemos nos sentar no deque com vista para o oceano e tomar um pouco de sol.

– Você está parecendo um fantasma, de tão branco – provoquei.

Ele simplesmente deu de ombros.

Passei aquele verão surfando e curtindo com meus amigos na praia que ficava um pouco afastada da nossa enseada. Estava com catorze anos, quase quinze, e era muito, muito atraente. E eu sabia disso. Meu cabelo estava na altura do quadril, e, quando desfazia a trança, os cachos louros contrastando com minha pele bronzeada deixavam os garotos malucos. Eles também ficavam malucos por eu ser melhor que a maioria deles no surfe. Não tanto quanto Kit: mesmo sendo dois anos mais nova que eu, ela surfava muito melhor. Era muito alta e robusta para ser considerada bonita, mas isso parecia aumentar o respeito que os garotos sentiam por ela como surfista.

Eu não ligava de ela ser melhor no surfe. Não mesmo. Eu era soberana em todos os outros aspectos. Se eu quisesse algum garoto, o teria na palma de minha mão, mesmo que ele fosse mais velho, com lá seus dezoito anos. À noite, na praia, fumando maconha e aprendendo a cheirar cocaína com os bandalhos que havia por lá, aprendi muitos truques para agradar aos homens. Punheta, boquete. Deixava que tirassem minha blusa, mas ninguém encostava em mim da cintura para baixo. Eu gostava muito de beijar, de sentir aquela pressão e do poder que isso me dava.

Nunca ia até o fim, o que de certo modo me fazia pensar que estava tudo bem. Eu era jovem. Morava na praia. Surfava e festejava e dava uns amassos. O que mais poderia fazer?

Kit seguiu por outro caminho. As lesões de Dylan, recentes e antigas, desviaram toda a sua atenção ao corpo humano, à medicina, e ela se inscreveu em um acampamento em Los Angeles para aspirantes a médicos e, naturalmente, foi aceita. Isso acabou diminuindo minhas farras, já que meus pais também passariam duas semanas fora em alguma conferência para donos de restaurante, que seria realizada no Havaí. Decidiram aproveitar a viagem como uma segunda lua de mel. Pelas minhas contas, estava mais para a quinta lua de mel, ou talvez a vigésima. Eles viviam brigando feio e depois faziam as pazes.

Dessa vez, fiquei encarregada de cuidar de Dylan. Em princípio, fiquei muito irritada com isso. Ele estava tão chato que chegava a ser ridículo. Mesmo quando eu lia as partes mais picantes dos livros, ele não olhava para mim nem dizia nada, apenas fitava a janela.

Mas ele fazia muito por nós, Kit e eu, e não poderia deixá-lo deitado sozinho no andar de cima por duas semanas. Nos primeiros dias, tornei a tentar convencê-lo a sair da cama, a ir para o andar de baixo, mas ele só andava de muletas lá em cima. Não tinha descido as escadas desde que voltara para casa.

Eu levava as refeições para ele e depois descia com os pratos. Levava roupas limpas. Remédios. Ajudava-o a entrar no banho.

Depois de três ou quatro dias, já era quase noite e eu estava cansada daquilo tudo.

– Vamos, Dylan. Levante-se e vamos sair de casa.

– Pode ir – respondeu ele. – Eu vou ficar bem.

Revirei os olhos.

– Isso é ridículo. Qual é o seu problema?

Os olhos, de um tom prateado de azul, cintilavam no crepúsculo.

– Você não entenderia, gafanhoto.

– Ah, claro, porque você é a única pessoa que já passou por coisas horríveis?

Ele virou a cabeça com brusquidão.

– Não! – Estendeu o braço para segurar minha mão, e eu deixei. – É que eu estou tão, tão cansado.

– De quê?

Dylan fechou os olhos, e os cílios projetaram sombras compridas sobre as maçãs do rosto salientes. A boca, que ficara tão machucada, já tinha sarado, e o anoitecer tingiu seus lábios de cor-de-rosa. Ele parecia uma fada que tinha vindo parar no mundo errado. Senti um aperto no peito ao pensar que ele poderia acabar se matando em um desses acidentes. Movida por um impulso selvagem, me aproximei e dei um beijo naquela boca linda.

Foi elétrico. Meus lábios zumbiram, e um choque percorreu todos os nervos do meu corpo. Por um longo momento, não sei se um minuto ou dois, ele retribuiu o beijo, quase como se agisse no automático ou estivesse chapado de tanto remédio, ou talvez as duas coisas. Para mim, não fazia diferença saber o motivo. Meu corpo ardia com tanta intensidade que achei que fosse desmaiar enquanto nos beijávamos, quando os lábios dele se entreabriram e nossas línguas se encontraram.

Ele me empurrou.

– Josie. Pare. Já chega.

Afastei-me dele, ciente de que meu rosto estava vermelho como um pimentão. Joguei o cabelo por cima do ombro e disse:

– Só queria fazer você se mexer um pouquinho. – Soltei a mão dele.

Peguei os analgésicos dele de cima da cômoda e disse:

– Estarei lá embaixo.

Demorou dois dias, mas ele finalmente gritou de frustração e desceu as escadas de bunda. O cabelo estava solto, e ele vestia apenas uma cueca samba-canção, a perna ainda ruim demais para vestir qualquer outro tipo de roupa.

– Me dê os malditos comprimidos.

Abri um sorriso, me aproximei e os coloquei nas mãos dele.

– Quer tomar uma água? Comer alguma coisa?

Ele enfim começou a melhorar depois disso. Desceu para jogar baralho comigo, e algumas vezes seus amigos apareciam com rum e maconha das boas, as flores tão cristalizadas com THC que pareciam incrustadas de diamantes. Alguns tapas no *bong* bastavam para me derrubar.

E talvez ele não tivesse percebido que eu havia crescido, mas seus amigos certamente perceberam. Quando estávamos todos enchendo a cara de rum e fumando tanto que eu nem conseguia formar uma frase direito, um deles me beijou no corredor. Eu o empurrei e neguei com a cabeça. Ele já estava na casa dos vinte anos, o peitoral coberto de pelos. Eu tinha certeza de que ele não ia deixar eu me safar com apenas um boquete.

Quando o cara estava botando a mão na minha bunda, Dylan apareceu e perdeu a cabeça.

– Que porra é essa, cara? – Ele afastou a mão do amigo com um tapa. – Ela é uma criança.

O cara soltou uma risadinha embriagada e se afastou com as mãos erguidas.

– Tudo bem, tudo bem. Mas, cara, ela não é mais criança. Já deu uma olhadinha nela recentemente?

No meu estado de completa embriaguez, meus ouvidos começaram a zumbir e, de repente, quis que Dylan me enxergasse daquele jeito. Que me enxergasse como uma *garota*.

E, quando ergui o olhar, vi que ele *de fato* estava olhando para mim. Estávamos sozinhos, completamente bêbados e chapados. Ele estava sem camisa e vestia apenas um short jeans de cintura baixa. Apoiado em uma das muletas, ficou olhando fixamente para mim. Eu senti seu olhar. Nos meus ombros. No meu cabelo. Na minha barriga à mostra. Eu estava mais bronzeada do que nunca, do mesmo tom que uma noz-pecã, e meu cabelo estava solto, caindo sobre os ombros e os braços, e os meus peitos sem sutiã. Por um segundo, pensei em como seria fácil tirar a blusa e exibir meu corpo para ele, cujo rosto estava tomado pela expressão que me parecia a mesma que eu já tinha visto em outros caras.

– Você é tão linda, gafanhoto, mas ainda não passa de uma criança. Você precisa tomar cuidado com esse tipo de cara.

Ele se virou e sumiu pelo corredor, deixando-me com a constatação cristalina de que o único cara que eu queria era Dylan. Sempre tinha sido assim. Sempre seria assim.

E, no fundo, no fundo, eu sabia que ele nutria o mesmo sentimento em relação a mim.

Meus pais voltariam de viagem dali a cinco dias, então eu não tinha muito tempo. Pensei em milhares de maneiras de seduzir Dylan, e de fato coloquei algumas em prática: não amarrei meu biquíni direito de propósito e, quando o ajudei a se deitar, a lateral dos meus peitos ficou de fora. Ele nem pareceu notar. Usei uma blusa fininha sem sutiã por baixo, e, quando me olhei no espelho, poderia jurar que dava para ver meus mamilos, destacados bem no meio do triângulo de pele branca que nunca tomava sol. Fiquei assim o dia todo, e ele nem percebeu.

Li um dos livros de Johanna Lindsey para ele, mas, quando chegamos à parte mais picante, ele cobriu os ouvidos com as mãos, riu e me fez parar de ler.

Certa noite, ouviam-se o cricrilar dos grilos e a melodia do oceano na praia. As estrelas reluziam como diamantes no céu.

– Vamos para a enseada – sugeri. – Você consegue se virar com a muleta, não consegue?

Ele pendeu a cabeça para o lado, entregando-me o *bong*.

– Talvez. Que tal se você pegar um pouco de tequila no depósito?

– Sim! – Dei uma tragada no *bong*, estendi para ele e disse: – Já volto.

Peguei uma garrafa de tequila, alguns limões e minha arma secreta: um pacotinho minúsculo de papel celofane cheio de cocaína que encontrei na mesinha de cabeceira da minha mãe. Coloquei tudo na minha mochila, junto com um cobertor em que poderíamos nos sentar e quatro refrigerantes para que não ficássemos desidratados.

– Vamos.

Dylan abriu seu sorriso costumeiro, e fiquei radiante de vê-lo voltando a ser o que era.

– Nossa, cara. É tão bom ter você de volta.

Ele deu risada e, com certa dificuldade, descemos os degraus de madeira que levavam até a enseada. Fui na frente, para o caso de ele tropeçar. Quando chegamos à areia, soltei um grito de alegria.

Ele envolveu meus ombros com um dos braços e ecoou meus gritos.

Espalhamos os tesouros à nossa frente: a tequila, os limões e o sal; o *bong* e um saquinho de maconha, e por fim peguei o pacotinho de cocaína e arqueei a sobrancelha.

– Você está de sacanagem, né? – perguntou ele.

– Não. É isso mesmo. A cocaína da minha mãe.

– Ela vai matar você quando der por falta disso.

Revirei os olhos.

– Ela nunca vai saber que fui eu. – Entreguei o pacote a ele com um gesto cerimonioso. – Faça as honras.

– Você já fez isso antes?

– Algumas vezes, mas bem pouquinho – menti.

Ele alinhou as carreirinhas, e nós as cheiramos. Depois de dez segundos, entrei na melhor onda que já tive. Levantei-me de um salto e comecei a dançar em meio à brisa do mar, os braços estendidos acima da cabeça.

– Nossa! – exclamei, sem fôlego. – Nossa.

Ele sorriu e ficou me assistindo rodopiar. Todas as minhas inibições tinham ido embora. Voltei a ser uma garotinha, dançando para todos os clientes no bar, o cabelo esvoaçando ao meu redor, a cabeça repleta de canções. A música do terraço chegou até nós, e eu me fundi a ela. Estava usando uma blusa soltinha, com mangas leves, e conseguia sentir a brisa envolvendo meu torso. Isso me deixou excitada. Entregue a uma onda de calor e prazer, caí de joelhos, tirei a camisa e beijei Dylan, tudo em uma tacada só.

Ele cambaleou para trás, empurrado pela força do meu corpo, e suas mãos se apoiaram nas minhas costas nuas, nos meus braços. Por um tempo que me pareceu muito longo, ele retribuiu o beijo, nossos corpos pressionados um contra o outro. Eu conseguia sentir sua ereção, o que me deixou mais ousada. Sentei-me, pressionei a virilha contra a dele e levei suas mãos em direção aos meus peitos.

Ele começou a resistir, a protestar, mas insisti.

– Mostre para mim como deve ser, Dylan. Só desta vez. Não precisamos contar para ninguém nunca.

– Josie...

Envolvi seu rosto entre as mãos.

– Por favor – sussurrei bem perto dos seus lábios. – O que nós temos é especial. É verdadeiro. Por favor. – E o beijei de novo.

E ali na escuridão da praia, drogado de cocaína, ele cedeu.

Antes daquela noite, quando eu fantasiava com aquilo, transávamos como se estivéssemos em um filme: com foco suave e uma trilha sonora romântica tocando ao fundo. Na vida real, era melhor e pior ao mesmo tempo. Tocá-lo e beijá-lo foi um milhão de vezes mais intenso do que eu esperava. Era como se tivéssemos nos fundido um ao outro, e deslizei para baixo de sua pele arruinada e coberta de cicatrizes e me instilei no sangue que ainda corria em suas veias. Ele se fundiu ao meu sangue, à minha alma, e me tornei outra coisa, outra pessoa. Dylan me mostrou, de forma lenta e delicada, como deveria ser a sensação de ser tocada do jeito certo por alguém que me amasse. Descobri o que era um orgasmo, e as partes do meu corpo foram lançadas às estrelas, trazendo consigo sua luz quando tornaram a se acomodar na minha carne. Descobri também a melhor forma de lhe agradar, e com isso eu tinha uma certa prática.

Mas a parte do sexo em si foi dolorosa. Muito. Fingi que não doía, mas não foi fácil, e ele se demorou tentando encontrar o melhor encaixe. Enfim conseguiu, e fingi que estava gostando, mas não estava. Nem um pouco. Quando terminou, eu estava cheia de sangue, mas escondi tudo de Dylan.

Adormecemos na praia, bêbados e chapados, mas também saciados, aninhados um ao outro feito dois cachorrinhos.

Uma noite. Aquela noite.

O fim de tudo.

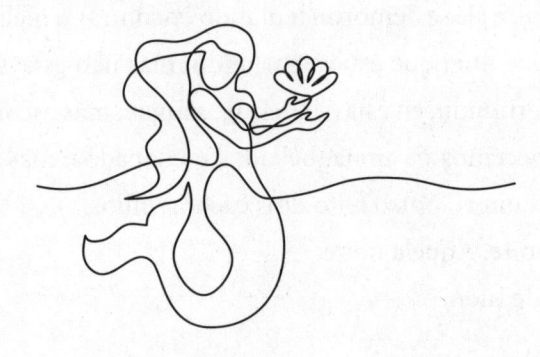

Kit

    Quando desço da balsa depois do encontro com Mari, paro para tomar um sorvete e me sento em um banco para observar as pessoas passando. Tenho um fraco por sorvete, a doçura cremosa, o geladinho, a satisfação profunda. Quando era criança, tomava o máximo de sorvete que meus pais deixavam: tigelas gigantes, casquinhas com três sabores diferentes. Hoje escolhi fava de baunilha e um sabor queridinho por aqui: *hokeypokey* com pedacinhos crocantes de caramelo de mel, e é tão bom que vejo que deveria ter pedido as duas bolas daquele sabor.

    Com a idade adulta, porém, vem a disciplina, então dedico toda a minha atenção ao sorvete, ciente de que estou usando a comida para aplacar a dor no meu peito, mas não dando a mínima para tal constatação. A cremosidade e o açúcar acalmam meus nervos, e o fluxo de gente passando por ali me lembra de que meus problemas, por maiores que possam parecer no momento, são como gotas de orvalho no oceano.

    Mas, nossa, como me sinto sem rumo.

    Depois que Josie "morreu", minha mãe começou a levar a sério a questão de ficar sóbria. Passou pelo período de desintoxicação em um programa residencial de um mês, depois se dedicou ao AA, indo às reuniões todos os dias, às vezes duas ou três vezes. Seguiu os passos, arranjou um padrinho no programa e se transformou na mãe que tanto desejei quando tinha cinco, nove e dezesseis anos: presente e sempre disposta a ouvir.

Acima de tudo, ela me colocou em primeiro lugar.

Fiquei assustada no começo. Não sabia como lidar com essa mudança. Como conversar com ela naquele momento, quando tudo o que lhe importava era a sobriedade e a filha. Para ser sincera, eu não tinha tempo para isso. Minha bolsa estava chegando ao fim, e eu precisava escrever muitos artigos, sem contar as responsabilidades do trabalho – e mesmo com *isso* ela lidou bem. Disse que estava disponível se eu precisasse dela. Foi paciente e me ligava uma vez por semana, ou então uma vez a cada duas semanas, e, embora eu quase sempre deixasse cair na caixa postal, ela deixava recados alegres, contava uma anedota sobre algo que tinha acontecido no trabalho ou durante uma de suas longas caminhadas diárias. Pela primeira vez em toda a minha vida, ela não estava envolvida com homem algum e não estava atrás de um; e, sem o esforço constante em conciliar homens e bebidas, ela tinha muito mais tempo livre. Mergulhou de cabeça em cuidar de plantas, algo que eu achava hilário. Isso parecia muito cômico vindo justo dela, que, dentre todos que eu conhecia, era quem menos tinha capacidade de cuidar de algo. Quando vi suas orquídeas, contudo, parei de achar graça.

Depois de um tempo, comecei a atender a suas ligações. Voltei a morar em Santa Cruz e assumi um cargo em um pronto-socorro de lá. Passados alguns anos, comprei minha casa. Mais alguns anos depois, percebi que a sobriedade da minha mãe era séria e que eu podia confiar nessa nova versão dela. E, embora eu nunca tenha conseguido deixar tudo para trás, o que é normal entre filhos de alcoólatras depois de tantos anos de negligência, comprei-lhe um apartamento na praia, para que ela pudesse ouvir o mar à noite.

Dou uma lambida no sorvete e penso que deveria ligar para ela. Já está de noite por lá. Posso ter alguma notícia sobre o Hobo.

Mas o que vou dizer a respeito de Josie?

Enquanto subo o trajeto íngreme até meu apartamento, me ocorre o pensamento de que provavelmente posso me preparar para voltar para casa. Encontrei minha irmã. Vou encontrar as crianças nesta noite, talvez tirar mais um ou dois dias para surfar. Sair mais uma ou duas vezes com Javier. Eu ainda não o ouvi cantar de novo.

Sinto uma pontada no peito, mas a ignoro. Nós nos divertimos bastante. É claro que vou sentir saudade dele. Podemos manter contato por e-mail e, dentro de algumas semanas, a premência de agora estará esquecida.

Você está se apaixonando um pouquinho por mim, ele disse.

Paro para analisar. Será que estou?

Talvez. Ou talvez só esteja mexida por causa de tudo que está acontecendo. A busca, o lugar, o fato de que estamos fazendo um sexo muito, muito gostoso. Mais do que gostoso. Extraordinário. Pensar nisso me deixa com vontade dele. Quero seu corpo forte e nu neste instante.

Mas não é amor. Não é um sentimento em que posso confiar.

Os suntuosos corredores de mármore do arranha-céu estão vazios a esta hora do dia, bem no meio da tarde, quando todos os moradores estão trabalhando e os turistas estão passeando.

De repente, percebo que não quero subir até o meu quarto e ficar encarando o oceano. Em vez disso, dou meia-volta e atravesso a rua em direção a um parque no topo de uma colina íngreme, um trajeto que serpenteia em longos zigue-zagues rumo à parte mais elevada.

Paro na entrada do parque e passo a alça da bolsa por sobre o ombro; em seguida, subo a primeira parte da colina. A paisagem é verdejante e densa, a grama espessa rajada de raios de sol e sombras. A exuberância da vegetação me faz perceber como o clima tem estado seco na Califórnia.

Conforme subo pela trilha asfaltada, são as árvores que chamam toda a minha atenção. Velhas e gigantescas figueiras-da-austrália, com sua envergadura descomunal, os galhos compridos estirados sobre a paisagem em uma disposição quase humana. Desacelero o passo para encostar em uma delas, resvalo a mão sobre a casca e sigo deslizando os dedos pelo tronco, que é tão largo quanto um carro e cheio de cantinhos e fendas. Passo por cima das raízes e entro em uma cavidade entalhada na casca, e é tão grande que daria para morar lá dentro. Tenho certeza de que é algo que as pessoas faziam antigamente.

Como se as árvores tivessem lançado um feitiço sobre mim, percebo que meu turbilhão de sentimentos está se dissipando, voando para longe. Perambulo por entre as árvores, admirando as formas criadas pelas raízes e pelos galhos: aqui está uma fada toda esticada, dormindo na grama, o cabelo espalhado ao seu redor; ali está uma criancinha, espiando por entre as folhagens.

Ao meu redor, vejo alunos da universidade local, caminhando em duplas ou subindo sozinhos a colina íngreme, mochilas nas costas. Um grupo de rapazes amarrou uma fita fina entre dois troncos de árvore e estão tentando se equilibrar sobre ela. Os mais habilidosos chegam a fazer algumas manobras. Um deles nota meu fascínio e me convida a me juntar a eles. Abro um sorriso e nego com a cabeça antes de me afastar.

Por fim, paro para descansar no tronco curvado de uma árvore, que foi desgastado pela ação de outras pessoas que se sentaram nele ao longo dos anos. Eu me aninho perfeitamente ali no meio, e quando me inclino para trás e estico as pernas, sinto toda a tristeza, a raiva e o desânimo evaporarem. É quase como se a árvore enviasse vibrações sutis ao meu corpo, cuidando de mim e me devolvendo o equilíbrio. Respiro fundo, olho para as folhagens acima, que balançam ao sabor de uma brisa suave que depois vem tocar meu rosto.

É como estar no mar esperando por uma onda. Às vezes, nem estou ligando para a onda. Mas há tanta calmaria lá no meio da água, no cerne daquela entidade ancestral, sendo parte dele e ao mesmo tempo não.

É assim que me sinto agora. Como se fizesse parte da árvore, do parque, da cidade que conquistou minha cabeça em tão pouco tempo. Tenho o espaço de que preciso para me perguntar: *O que eu quero?*

O que estou esperando da minha irmã? O que achei que encontraria? Já nem sei. Não sei o que eu esperava.

Apanho um graveto no chão e o giro de um lado para outro, enquanto uma série de lembranças invade minha mente. Josie me trazendo canja de galinha quando fiquei gripada, ao meu lado lendo um livro de histórias de sereias para mim. Josie dançando sem parar no terraço com vista para o mar, enquanto os adultos assistiam e aprovavam... Josie entrando em ação, furiosa como um gato-selvagem, quando um garoto da nossa escola tentou me levar para um canto e passar a mão em mim. Ela o esbofeteou com tanta força que o garoto passou semanas com um roxo na face, e a própria Josie recebeu uma suspensão. Ele nunca mais me incomodou.

E mais lembranças: Dylan lendo para nós quando éramos pequenas, trançando meu cabelo e esperando no ponto de ônibus com a gente... e Dylan naquele último verão, o vício levando a melhor sobre ele, transformando-o em um espantalho. Penso em suas cicatrizes, tantas delas, e na forma como ele inventava histórias para cada uma.

Por fim, penso no estado da casa e do restaurante depois do terremoto, pendendo pela encosta do penhasco como uma caixa de brinquedos tombada, e minha mãe gritando, berrando, inconsolável.

Fecho os olhos e me recosto na árvore. O que eu quero é voltar no tempo e consertar todos eles. Josie, Dylan, minha mãe.

Não quero arruinar a vida de Mari. Irei ao jantar hoje à noite, vou curtir as crianças e depois a deixarei em paz. Não sei como será com a minha mãe, que vai querer desesperadamente a chance de ser avó. Consigo sentir bem lá no fundo quanto ela vai querer isso, e não serei *eu* quem farei dela avó. Minha mãe. Ela também sofreu. Por que eu nunca lhe disse que estou orgulhosa dela, que sei como foi difícil mudar de vida? Ela é... extraordinária, sério. Por que ainda estou me mantendo afastada da única pessoa que me mostrou que estará ao meu lado, não importa o que aconteça?

    A constatação varre meu corpo como uma onda suave. Minha mãe está ao meu lado. Posso contar com ela.

    A onda seguinte traz a constatação de que não preciso esclarecer todos os meus sentimentos de imediato. Haverá tempo para isso. Serei gentil com Mari e sua família e guardarei o segredo. Além disso, vou contar a verdade para a minha mãe, e informarei isso a Mari/Josie. As duas podem assumir a partir daí.

    Aliviada e embalada por uma árvore maternal, adormeço no meio do parque de uma cidade repleta de habitantes. Estou em paz.

    Quando chego em casa, lavo e seco o vestido vermelho que não tenho tirado do corpo. Combinado com as *jandálias* que comprei em Devonport, é um visual aceitável. Cogito trançar o cabelo, mas me lembro de Sarah e sua juba selvagem e decido deixar quase todo solto. Faço apenas algumas trancinhas na parte da frente, para evitar que caia em meu rosto durante o trajeto de balsa.

    Mandei uma mensagem para Javier um tempo atrás, para perguntar se ele queria ir comigo, ao que concordou solenemente: *Seria uma honra.* Quando abre a porta para mim, está com o celular apoiado no ouvido e acena para eu entrar, sussurrando um "Desculpe" e levantando um dos dedos. *Só um minuto.*

    Ele está conversando em espanhol, obviamente, mas nunca o ouvi assim antes. Isso traz à tona o fato de que só o conheço há alguns dias. Pelo tom da conversa, parece que ele está tentando resolver um problema, alternando entre falar e ouvir, encerrando as frases com perguntas e usando uma voz autoritária.

    – *Sí, sí* – diz ele, e balança a cabeça para a frente e para trás enquanto me olha, a mão indicando que a outra pessoa não para de falar. Depois, mais espanhol: – *Gracias, adiós.* – Ele desliga o celular e se aproxima de mim com os braços estendidos. – Desculpe. Era meu empresário. Você está linda!

– Obrigada. É o vestido.

Ele abre um sorriso, alisa as mangas da camisa e as abotoa.

– Toda vez que eu a vir com esse vestido, também a verei tirando-o, atirando-o em mim e entrando na água.

Javier faz gestos para acompanhar cada parte da frase, e a encerra com um assobio e as mãos apontadas para uma raia imaginária. Seu cabelo está despenteado, e, sem pensar, ergo a mão para afastá-lo da testa. Meus dedos roçam a calidez de sua pele e resvalam na pontinha da orelha.

– Como você está? – quer saber ele.

Pondero por um instante.

– Estou bem.

– Você conversou com a sua irmã?

Aliso a parte da frente de sua camisa, pressiono ainda mais o bolso passado e engomado.

– Conversei.

Ele pende a cabeça para o lado.

– A raiva passou?

– Ah, não, ainda estou com raiva. – Respiro fundo. – Mas... não tem por quê. São águas passadas.

– Humm...

– Que foi? Você não acredita em mim?

Ele apoia as mãos nos meus ombros.

– Talvez não seja fácil fazer a raiva ir embora tão rápido assim.

Aponto para trás, em direção ao parque.

– Caí no sono aninhada por uma árvore de fadas. Ela provavelmente tirou a raiva de mim.

Javier sorri e beija meu nariz.

– Quem sabe... Venha, vamos encontrar sua irmã, que deu uma de Lázaro e voltou para o mundo dos vivos.

E, em seguida, ele segura minha mão.

Em meio à noite serena da Nova Zelândia, enquanto seguimos pela orla de Devonport a caminho da casa da minha irmã, Javier continua segurando a minha mão.

– Você ligou para a sua mãe?

– Ainda não. Ela devia estar no trabalho hoje à tarde.

– Deve ser difícil decidir o que você vai dizer a ela.

Olho para ele.

– É, pode ser. – Interrompo os passos. – É aqui.

As luzes estão acesas no interior da casa, conferindo-lhe a aparência de um bolo com confeitos de biscoito de gengibre. Minha cabeça rodopia ao pensar no longo caminho que ela trilhou para chegar até aqui, neste lindo lugarzinho com seus filhos. Uma dezena de lembranças de Josie cruza minha mente: ela ainda criança, coberta de joias de sereia; já pré-adolescente, destemida e sempre pronta para me defender, para se defender das brigas entre nossos pais; sua adolescência promíscua; seus anos como surfista drogada.

Será que você não entende, Kit, que eu tinha de matar quem eu era?, ela me perguntou.

Talvez realmente tenha sido a única alternativa. Mas estou muito esgotada emocionalmente para pensar nisso agora.

Um cachorro desponta na janela e late em alerta. A garotinha aparece na porta telada. Sarah.

– Aquela é a minha sobrinha.

Puxo Javier pela mão. Estou ansiosa por essa parte. Aceno enquanto subimos os degraus, e ela abre a porta. Um *golden retriever* se aproxima abanando o rabo, metade do corpo balançando com o movimento. Outro cachorro, uma pastora de aparência séria, se mantém afastado.

– Oi, Sarah. Lembra-se de mim? Sou a Kit.

– Não é educado chamar você pelo primeiro nome. Devo chamar de senhorita?

– Ah, certo. Foi mal. Sou a doutora Bianci.

Os olhos dela se iluminam.

– Doutora Bianci! – Estende uma das mãos para me cumprimentar, e é um aperto bastante forte para uma menina de sete anos. – Você é o senhor Bianci?

Javier se aproxima com solenidade.

– *Señor* Velez, às suas ordens.

Ela solta uma risadinha.

– Podem entrar.

Nós a seguimos até um cômodo com janelas dispostas de ambos os lados, cobertas por venezianas internas que imagino que estejam ali por causa das tempestades. As paredes são de um tom de amarelo ensolarado, e as tapeçarias têm estampas sofisticadas em cores primárias. O conjunto da obra é leve, acolhedor e alegre, tão parecido com a Josie criança que meu coração quase para de bater.

Sarah nos apresenta aos cães: Ty, um *golden retriever*; um cachorrinho felpudo chamado Toby; e Paris, a pastora preta de aparência solene. Assim que ela termina as apresentações, Simon adentra o cômodo às pressas, secando as mãos.

– Desculpem! Oi de novo! – Ele me dá um aperto de mão e depois beija minha face. – É Kit para todo mundo ou prefere que eu a chame de outra forma?

– Pai, ela é médica. Você tem de chamá-la de doutora Bianci.

Nossos olhares se encontram, e aprecio a forma como o dele se ilumina diante da fala da filha.

– Você se importa se eu a chamar de Kit?

– Kit está ótimo.

Os dois homens trocam apertos de mão e, em seguida, somos levados a um jardim de inverno com vista para um gramado espetacular com uma estufa, onde há uma mesa com seis lugares. Velas bruxuleiam bem no meio dela, e aqui as cores são mais suaves, azuis e verdes nos jogos americanos e nas almofadas que revestem as cadeiras.

– Que lugar lindo.

Minha irmã enfim aparece, usando um vestido azul simples e um cardigã branco de tecido bem fininho, o cabelo coberto por um lenço do mesmo tom de azul da toalha da mesa. O acessório realça as maçãs do rosto e a curva do pescoço, mas ela não tenta esconder a cicatriz. As faces estão coradas quando ela se aproxima para me cumprimentar, e algo na forma como me abraça apertado me irrita mais uma vez.

– Estou tão feliz por você estar aqui – declara, e me solta para cumprimentar Javier.

Faz uma pequena pausa, e ele lhe dá um aperto de mão, beija o rosto dela.

– Javier Velez – diz ele. – Prazer em conhecê-la.

– Ai, meu Deus! – Ela fica um pouco agitada e segura a mão dele entre as suas. – Que honra ter você aqui. – Vira-se para Simon e sorri. – Ele é um cantor espanhol bem famoso.

– É mesmo?

Lanço um olhar intrigado para Javier. Ele encolhe os ombros, inclina a cabeça, como se reconhecer a própria fama fosse uma quebra de decoro.

– Talvez um pouquinho famoso em certos lugares.

Simon ri.

– Entendo.

Mari olha para mim e meneia a cabeça ligeiramente.

– Você deveria ter me contado que seu amigo é um músico famoso, Kit.

– Ah. – Olho para Javier, sentindo que estou em desvantagem. – Eu me esqueci.

Os três dão risada, mas Javier leva minha mão aos lábios e dá um beijo demorado. Eu não deveria gostar disso, de um gesto tão típico de um namorado, mas me traz conforto nesse momento.

– E eu gosto muito disso em você, *mi sirenita*.

O menino aparece de repente, Leo, e ele é a cara do pai, e igualmente confortável na própria pele. Estivera jogando videogame, mas não fez birra por ter de parar.

Sigo até a cozinha com Mari, e os aromas me envolvem com uma lembrança familiar.

– Ah, meu Deus. O que você cozinhou?

Ela sorri para mim com orgulho, e fico impressionada com o zelo com que ela me mostra a comida.

– *Vermicelli alla siracusana.*

– Com conserva de limão. – Inclino-me para sentir os aromas misturados, e são tão inebriantes que chego a ficar tonta. – Maravilhoso. Igualzinho ao que... meu pai fazia.

Ela toca meu braço, aquele que abriga a tatuagem.

– Escondi a minha hoje à noite – diz ela baixinho –, mas eles vão notar. Irmãzinha.

Deslizo os dedos pela tatuagem, as escamas de sereia verdes e azuis, os dizeres "Irmãzinha" em uma caligrafia rebuscada que parece ter sido escrita com uma caneta-tinteiro.

– Coisa de amigas... – comento e dou de ombros.

Ela assente.

– Claro. Mas obviamente você é quem deveria ser a *irmãzona*.

– Rá. Essa é a graça, né?

– Pois é. – Mais uma vez aquele sotaque, que a torna uma pessoa diferente. Ela toca meu braço. – Foi a primeira vez que tentei ficar sóbria para valer. Depois que nos encontramos e comemos naquela lanchonete. No dia em que fizemos as tatuagens.

– Sério? Eu não sabia disso. Por quê?

Ela meneia a cabeça, olha para o céu púrpura através da janela.

– Você estava tão focada na sua carreira. Era inspirador. Você não permitia que... – Ela respira fundo, solta o ar. – Não permitia que tudo que aconteceu ficasse no seu caminho.

Penso em como fiquei triste esta tarde por nunca ter dito para a minha mãe quanto estou orgulhosa dela.

– Mas você conseguiu – declaro. – Estou orgulhosa de você.

Ela engole em seco e vira de frente para o fogão.

– Obrigada.

Sarah entra na cozinha.

– Você quer ver meus experimentos?

– Claro. Dá tempo de fazer isso antes do jantar?

– Só alguns minutos, filha – avisa Mari. – Não demorem.

– Show! – Sarah pega minha mão e me leva até a porta dos fundos. – Você quer ver?

Estou tão feliz por estar segurando aquela mãozinha.

– Eu vivia fazendo experimentos.

– E tenho algumas experiências com plantas em andamento – comenta ela, apontando para a estufa. – Meu vovô me ajuda a montar. Plantamos três sementes diferentes para ver qual delas vai crescer melhor e também estamos cultivando caroços de abacate em três ambientes diferentes. E aipo.

Fico surpresa com suas descrições sofisticadas e com a forma como articula bem as frases.

– E você já descobriu alguma coisa?

– Tivemos de jogar o quarto caroço de abacate fora porque ele morreu. Eles não gostam de água salgada.

Concordo com a cabeça e a deixo me guiar para o canto onde estão dispostos seu barômetro e suas anotações, registradas com precisão em uma caligrafia infantil. Passamos pela área de cristais e rochas e pela miniestufa que abriga o caroço de abacate número três. A chuva começa a cair no telhado de vidro acima de nós, e ouço Mari chamar:

– Venham já para cá, vocês duas, antes que fiquem encharcadas.

Nós rimos e então corremos em direção à casa, molhando as pernas no caminho. Quando chegamos à porta, Sarah avisa:

– Você vai ter que tirar o sapato, senão minha mãe vai ficar brava.

Abaixo para desafivelar a sandália, e Sarah põe a mão no meu cabelo.

– Nosso cabelo é igual.

Abro um sorriso para ela.

– É mesmo. Você gosta dele?

– Não – responde ela com tristeza. – Uma menina da escola fica tirando onda com a minha cara.

– Ela só está com inveja do seu cérebro incrível.

– O vovô falou exatamente a mesma coisa!

– Ela está falando do pai do Simon – esclarece Mari, abrindo a porta para nós. – Você quer um par de meias?

– Não, obrigada.

Ela pousa a mão no meu braço novamente, como se eu fosse filha dela. O gesto me desarma.

– Eu estou tão feliz por você estar aqui, Kit. Você não tem ideia de quanta saudade senti.

– Acho que tenho, sim – respondo e me desvencilho de seu toque.

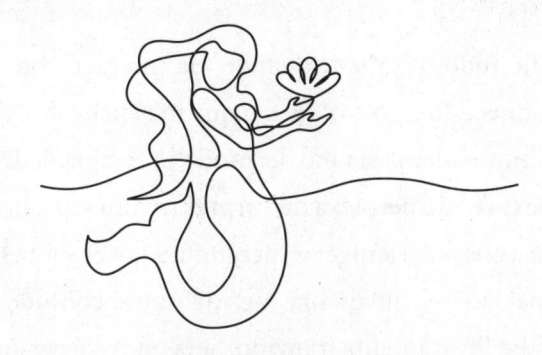

Mari

    Durante o jantar, enfim solto o ar que estava prendendo. Kit é tão carinhosa com Sarah e ri de todas as piadas que Leo faz para tentar impressioná-la. Ela é deslumbrante, algo que eu não esperava, mas que não deveria ter me pegado de surpresa. Tem os ombros magros e o porte avantajado da minha mãe, a risada e o sorriso largo do meu pai. Todas essas coisas, somadas a essa nova confiança que ela não tinha antigamente, são uma combinação e tanto. Meu marido e meu filho disputam a atenção dela, ao passo que Sarah, extasiada ao seu lado, simplesmente a venera.
    Assim como Javier. Ele olha para Kit como se ela fosse o próprio sol, como se pudesse fazer flores desabrocharem e pássaros cantarem a seu comando. Está evidente que ele tenta esconder, bancar o descolado, mas está caidinho por ela.
    Kit, por outro lado, é mais difícil de ler. Ao longo dos anos, ela criou uma concha ao redor de si mesma, sofisticada mas gentil, que não deixa muito de sua essência transparecer. Vez ou outra tenho um vislumbre da verdadeira Kit, quando ela se aproxima de Sarah para ouvi-la melhor;

quando Javier lhe toca o braço ou o ombro ou serve um pouco mais de água para ela.

Acima de tudo, vejo isso quando ela interage com Simon. Como se quisesse conhecê-lo e gostar dele, o que me enche de esperança.

Mas é Simon quem está me deixando preocupada. De vez em quando, exibe uma expressão perplexa ou surpresa. Com seu jeito gentil e adorável, ele mantém a conversa amigável; pergunta a Javier sobre suas músicas, a Kit sobre sua paixão pela medicina. Vez ou outra, contudo, ele me lança um olhar, o cenho ligeiramente franzido. Será que está vendo a tatuagem dela?

Leo repara nisso.

– Olhe! Você e minha mãe têm a mesma tatuagem!

Kit ergue o braço.

– Mas tem uma diferença entre elas. Sabe qual é?

Ele olha fixamente para a tatuagem, crispando as sobrancelhas.

– Ah! A da minha mãe diz *irmãzona*. – Ele franze o cenho. – Mas você é maior que ela.

Kit se vira para mim.

– Mas nem sempre foi assim, pode acreditar. Ela cresceu primeiro, depois foi a minha vez.

– Acho que você vai ficar bem alto. Você pratica algum esporte? – pergunta Javier a Leo, e tenho a impressão de que fez isso para distraí-lo das tatuagens.

– Sim. – Ele se empertiga na cadeira e volta a comer o macarrão. – Pratico vários. Lacrosse é o meu preferido, mas meu pai gosta que a gente faça natação, porque ele tem os clubes e tal.

– Ei, ei. Você falando desse jeito pega mal para mim – protesta Simon, mas ele ri. – Você é livre para largar a natação quando quiser, filho. – Pega um pedaço de pão de alho na travessa. – Mas aí com certeza o Trevor vai assumir a liderança nesta temporada.

Leo faz uma careta.

– Eu nunca vou ganhar dele. Você sabe disso.

– Se você acreditar, pode fazer o que quiser – declara Kit, com a voz calma.

– Você não tem noção de como aquele garoto nada bem. Todo mundo fala que um dia ele vai para as Olimpíadas.

– Talvez vá mesmo – concorda Simon. – Acho que você pode muito bem desistir de nadar.

Leo fuzila o pai com os olhos, e Simon ri e acrescenta:

– Foi o que pensei.

Tudo corre às mil maravilhas. Leo e Sarah tiram a mesa enquanto faço café. Os outros adultos se acomodam na sala, que é bem mais confortável, e Simon põe algumas músicas para tocar, um pouco de jazz e pop de meados do século XX que deixam o clima mais agradável. Esses são nossos hábitos, a coreografia que criamos. Quando Simon entra na cozinha, tudo parece absolutamente normal, até que ele me pergunta baixinho:

– Por que as coisas estão parecendo tão forçadas nesta noite?

– Você acha? – Lanço-lhe um olhar inocente. – Eu nem percebi.

– Você parece tão apreensiva. Ela deve saber muitos segredos a seu respeito. Deve saber onde você enterrou os corpos e coisas do tipo.

– Não seja bobo. – Faço um gesto para mandá-lo embora. – Volte para a sala e entretenha nossos convidados.

Seus dedos acariciam minhas costas, e no momento seguinte ele já se foi. Risos irrompem no cômodo ao lado. Leo pergunta se pode jogar Minecraft, e eu deixo. Sarah ainda não terminou de orbitar ao redor de sua nova estrela, seu novo ídolo, e me ajuda a levar uma travessa de *petit four* para a sala.

– Não venha me dizer que também foi você quem fez isto aqui – diz Kit para mim.

– Nem pensar. Simon os comprou na padaria antes de vir para casa. – Sirvo café nas xícaras e as distribuo. – É descafeinado – acrescento.

Sarah se senta ao lado de Kit, que diz em um tom um tanto bem-humorado:
– Sua mãe era uma péssima cozinheira quando éramos mais novas.
– Sério?
Kit me encara e pousa a xícara sobre a mesa.
– Sério. Não sabia nem fritar um bacon.
– Por que vocês não faziam no micro-ondas?
– Nós não tínhamos micro-ondas – responde Kit, e logo em seguida percebe que deu um fora. – Nenhuma de nós tinha.
– Não tinham? – repete Sarah, franzindo o nariz.
E, nesse instante, com o rosto da minha irmã e da minha filha se espelhando, as duas com os mesmos cachos castanhos, o mesmo formato de olho, as mesmas sardas no mesmo nariz, me dou conta de que é impossível guardar esse segredo. Sarah é uma miniatura de Kit, até mesmo nas aptidões e na cor dos olhos.
– Olhe, nós temos os mesmos dedos do pé! – exclama Sarah, e Kit olha para o pé da minha filha, bem ao lado do seu.
Uma perninha curta, uma comprida, o segundo e o terceiro dedo idênticos, um traço genético tão específico, a base membranosa unida exatamente da mesma maneira. Kit olha para mim e toca o cabelo da sobrinha.
– Temos mesmo. Que curioso!
Meu coração acelera, e o suor goteja no meu couro cabeludo. Olho para Simon, que me dá um aceno perplexo de cabeça. Ele estende as mãos. *O que está acontecendo?*
Mas é com Sarah que ele fala:
– Filha, já está na hora de ir para o seu quarto.
Ela solta um muxoxo e acho que vai protestar, mas apenas se vira para Kit e diz:
– Está na hora de os adultos conversarem. Eu tenho de ir. Você vai voltar?
– Farei o possível.

Sarah lhe dá um abraço apertado, e vejo como isso faz minha irmã desabar; Kit fecha os olhos e retribui o abraço com força.

– Foi tão bom conhecer você.

– Tchau – despede-se Sarah em voz baixa, e em seguida sobe as escadas.

Depois que ela vai embora, um grande silêncio invade o cômodo, entremeando-se à música. Kit olha para Javier, e ele pega a mão dela em um gesto protetor antes de se aproximar.

Por fim, Simon diz:

– Ela não poderia ser mais a sua cara.

Kit baixa a cabeça e olha para mim.

E aqui está, o momento que eu deveria saber que estava chegando. Já faz semanas que sinto isso assomar sobre mim, esse choque entre minha antiga vida e a nova. Respiro fundo, fixo meu olhar ao de Simon e digo:

– Nós somos irmãs.

Ele fica desnorteado.

– Por que você simplesmente não me contou?

Respiro fundo mais uma vez, incapaz de conter as lágrimas que irrompem nos meus olhos.

– Você falou que eu poderia contar qualquer coisa, mas... – Ergo o olhar. – Esta é uma história muito longa.

Kit fica de pé, as mãos pendendo na altura da saia.

– É melhor irmos embora. Isso é entre vocês dois.

Simon faz um sinal para ela se sentar.

– Por favor, não vá embora agora. Eu gostaria de ouvir a história.

Ela hesita. Olha para mim, depois para as escadas, e por fim dá um breve aceno de cabeça para Simon, mas se acomoda na beira do sofá, pronta para sair correndo a qualquer momento.

Um medo arrepiante gela minha pele.

– Seria melhor se nós dois conversássemos sozinhos primeiro, Simon. Sério.

Ele nega com a cabeça.

Eu já o perdi. Posso ver pela posição de seus ombros e pela forma solta e aparentemente tranquila como cruza as mãos. Ele odeia mentiras. Não tolera mentiras vindas de funcionários nem de amigos, e sei disso quase desde que o conheço.

Mas foi algo que só descobri depois que já tinha me apaixonado por ele.

Mais cedo ou mais tarde, você terá de encarar as coisas. Terá de encarar a sua própria vida. Aqui está o meu juízo final.

– Tudo bem. A versão resumida é a seguinte: meu nome verdadeiro é Josie Bianci. Cresci nas cercanias de Santa Cruz. Meus pais tinham um restaurante. Kit é minha irmã mais nova. Dylan era nosso...

Olho para Kit.

– Era nossa terceira parte – conclui ela. – Não era exatamente um irmão. Nem um parente. Mas era nossa... – Ela olha para Javier. – Alma gêmea. *Alma gemela.*

– Não estou entendendo. – Simon pisca, como se estivesse tentando enxergar alguma coisa através da neblina. – Por que mentir sobre uma coisa tão banal?

– Porque – respondo com a voz cansada – até alguns dias atrás, Kit e minha mãe achavam que eu estivesse morta. – Engulo em seco, fixo meu olhar ao dele. – Todo mundo achava. Eu escapei de um ataque terrorista em Paris e deixei que todos achassem que eu tinha morrido.

Ele fica pálido, a pele ao redor dos olhos perde a cor.

– Meu Deus! Foi assim que você ganhou essa cicatriz?

– Não, foi no terremoto.

– Isso é verdade, então. – Ele desliza o dedo sobre a própria sobrancelha, um gesto que indica que está tentando manter o controle. Sinto um aperto no peito. Normalmente, seria eu quem tentaria reconfortá-lo. – Meu Deus.

Kit se levanta do sofá.

– Eu realmente preciso ir.

Javier também fica de pé, a mão apoiada nas costas dela.

– Simon, adorei conhecê-lo – diz Kit. Em seguida, se vira para mim, e vejo que seus olhos estão marejados. – Você sabe onde me encontrar.

Toda a dor, a esperança e o terror que eu vinha mantendo sob controle nas profundezas do meu ser resolvem vir à tona, e eu me levanto e me atiro nos braços dela. E, pela primeira vez, sinto que ela me abraça sem reservas, retribuindo o meu amor. Se eu deixar cair uma lágrima sequer, estarei perdida, então apenas estremeço da cabeça aos pés. Kit me abraça com força longamente; em seguida, se afasta e envolve meu rosto com as mãos.

– Me liga amanhã, tá?

– Não se preocupe. Eu ainda vou estar sóbria.

– Não estou nem um pouco preocupada. – Ela é tão alta que consegue beijar minha testa, e eu percebo, em um momento de extrema lucidez, quanto tempo com ela eu perdi, de quantas coisas a privei. Isso também vale para mim. – Posso dizer boa noite para Sarah?

– Claro – respondo, antes que Simon tenha chance de intervir, e vou até o pé da escada para chamar minha filha.

Sarah desce tão rápido que fico com medo de que tenha ouvido tudo, mas, mesmo que tenha sido o caso, precisamos ter uma boa conversa antes que todos os segredos sejam revelados. Ela para no terceiro degrau para poder ficar na mesma altura de Kit e diz, com um grande sorriso no rosto:

– Estou muito feliz por ter conhecido você. Vai me mandar mensagens depois que tiver ido embora?

Kit solta um sonzinho agudo e estrangulado.

– Vou fazer algo melhor ainda. – Enfia a mão na bolsa. – Esta é uma das minhas canetas preferidas. É uma caneta-tinteiro, e agora está carregada com a minha tinta favorita, que se chama Oceano Encantado. Vou enviar um frasco para você, e aí sua mãe pode mostrar como faz para trocar a carga.

– Ah, ela é tão linda! – Sarah segura a caneta com as duas mãos, e nunca a vi tão encantada e maravilhada assim. – Muito obrigada.

– Qual é a sua cor preferida?

– Verde – declara, de forma decidida.

– Vou mandar algumas tintas verdes para você também, e aí pode decidir de qual você gosta mais.

Sarah concorda com a cabeça.

– Posso te dar um abraço? – pergunta Kit.

– Sim, por favor – responde minha garotinha educada.

E elas se abraçam.

– Por favor, volte – pede Sarah bem baixinho.

Isso me dilacera, ver quanto minha filha queria uma aliada, uma pessoa em quem se espelhar. Uma pessoa *parecida* com ela.

Será que Kit tinha passado pela mesma coisa?

Kit e Javier pousam a mão sobre meu ombro antes de ir embora. Dou um beijo na cabeça de Sarah e mando-a voltar para o quarto.

Respiro fundo e me dirijo para a sala, onde terei de encarar Simon.

Meu marido está sentado no sofá com as mãos cruzadas na frente do corpo. Estou tremendo quando me sento na cadeira em frente, e não ao lado dele, como normalmente faria.

Ele permanece em silêncio por um bom tempo. A música continua tocando baixinho: Frank Sinatra, algo que me faz pensar no meu pai, um comentário que antes eu teria abafado.

– Meu pai amava Frank Sinatra.

– Seu pai de verdade ou o que você inventou? Aquele que morreu em um acidente em meio às chamas ou...

– Você tem todo o direito de ficar bravo – declaro –, mas não tem o direito de ser cruel. Levanto o queixo – Meu pai de verdade morreu no terremoto de Loma Prieta. Não teve chama nenhuma, mas foi brutal.

Ele apoia a cabeça nas mãos, um gesto tão carregado de angústia que estendo a mão para tocá-lo antes de me conter.

– Há bons motivos para isso tudo – digo baixinho. – Não espero que você entenda logo de cara ou que me perdoe de imediato, mas, por consideração ao lar e ao casamento maravilhoso que construímos juntos, peço que ao menos ouça a verdade antes de fazer qualquer julgamento.

– Você mentiu para mim, Mari. – Ele levanta a cabeça, e vejo que seus olhos estão vermelhos e cintilantes por causa das lágrimas não derramadas. – Ou melhor: Josie, não é?

– Eu ainda sou Mari. Ainda sou a mulher que você amava hoje à tarde.

– Mas será que é mesmo? – Ele solta um grunhido baixo. – Você mentiu para mim logo no começo e depois continuou mentindo por quase treze anos. Você pretendia me dizer a verdade em algum momento?

Nego com a cabeça devagar.

– Não. Tive bons motivos para matar a mulher que fui um dia, Simon. Você não teria gostado nem um pouco dela. – Preciso reunir todo o meu esforço para evitar que minha voz falhe. – Eu a odiava. Me odiava. A oportunidade apareceu, e eu tratei de aproveitá-la. Ou eu a matava, ou morria.

– Você era mesmo viciada? Ou isso também é uma mentira?

– Ah, não. Essa parte é a mais pura verdade. Foi isso que me deixou em um estado tão deplorável. Minha mãe também era viciada, mas Kit me disse que agora ela também está sóbria. – Olho para as minhas mãos, as alianças cintilando no meu dedo anelar. – Ela largou o vício quando achou que eu tinha morrido. Então, acho que nós duas ficamos sóbrias por causa disso.

Ele não diz nada. Meu coração está doendo por tê-lo magoado tanto, mas não sei mais o que dizer.

– A questão é que somos a soma de nossas experiências – diz ele. – Você não pode ser Mari sem ser Josie. – Ele olha para mim. – Você não pode ser mãe de Sarah sem ser irmã de Kit.

– Mas foi exatamente o que eu fiz.

– Você inventou tudo! – grita ele. – Nada daquilo era verdade. Tofino, seus pais mortos. Um monte de mentiras. Como posso saber quem você é de verdade?

Baixo a cabeça e passo o dedão do pé sobre uma parte do tapete onde uma flor amarela serpenteia por uma parede azul.

— Eu sei que você está muito bravo para ouvir agora, mas gostaria que me desse a chance de lhe contar a minha história.

A mandíbula retesada revela a tensão, o esforço para se controlar.

— Não sei. — Seu tom é cortante quando fixa os olhos aos meus, e sei como todas as pessoas que já se viram em maus lençóis com ele devem ter se sentido. Fui expulsa do paraíso e jogada no deserto. Banida.

E, no entanto, também vejo a tristeza em seus olhos e sei quanto ele preza por autocontrole. Ficará muito furioso por demonstrar que parti seu coração.

Tomo uma decisão.

— Eu vou ficar na casa de Nan ou em um hotel ou algo assim.

— Quê?

— Para você ter um tempo para... — Eu me esforço para encontrar as palavras certas. — Considerar tudo.

A mandíbula dele enrijece.

— Eu estou tão decepcionado com você, Mari.

Uma onda de raiva se sobrepõe ao meu terror.

— A vida não é sempre cor-de-rosa, Simon. E a sua vida tem sido tão fácil. — Resisto contra o impulso de chorar, de ficar à mercê dele. — Você recebeu tudo de mãos beijadas desde que nasceu. É bonito e rico, e seus pais cuidaram muito bem de você. Kit e eu... — Minha voz fica embargada. — Nós só tínhamos uma à outra antes de Dylan aparecer. — Não consigo conter as lágrimas que escorrem pelo meu rosto, mas não vou fraquejar. Não agora. Não depois de tudo que tive de enfrentar para chegar até aqui, para permanecer aqui. — Não tivemos uma infância muito boa.

— E, ainda assim, lá está Kit, que parece ter se saído muito bem.

Justo. Mas também injusto.

– Sim – concordo, conseguindo recobrar a calma por um instante. – Dylan e eu... nós a protegemos. O máximo que pudemos. Nem sempre foi o bastante.

Talvez ele ouça o desespero, a perda, algum indício de como minha vida foi difícil na infância.

– Vou ouvir a sua história, mas não consigo fazer isso neste momento.

Ele está à beira das lágrimas. Vejo como está se esforçando para manter o controle. Ele odiaria se eu o visse desabar.

– Darei um pouco de espaço a você. Só espere alguns minutos enquanto arrumo a mala.

Uma das coisas mais difíceis que já fiz em toda a minha vida – ou devo dizer minhas vidas? – é ir ao quarto que dividi com meu marido por mais de uma década para arrumar a mala, sabendo que existe a chance de eu nunca mais voltar. Pelo bem dos meus filhos. Nem consigo pensar nisso... ainda não.

Entro no quarto de cada um deles. Sarah já se botou para dormir, como costuma fazer, e está profundamente adormecida, a caneta-tinteiro em uma das mãos. Dou-lhe um beijinho suave na testa para não a acordar, apago o abajur e saio na ponta dos pés.

Leo ainda está jogando Minecraft. Ele me olha com uma expressão culpada.

– Eu achei que não teria problema, já que vocês estavam conversando com...

Arqueio as sobrancelhas.

Ele desliga o jogo.

– Já estou indo dormir.

– Espere. Preciso falar com você um instante.

Sento-me na beirada da cama e dou um tapinha no edredom xadrez.

– Tudo bem – responde ele e se senta ao meu lado. Os braços magros estão bronzeados por toda a natação que praticou neste verão.

– Vou levar Kit para surfar em Raglan amanhã cedo, então vocês vão ficar por conta própria por alguns dias. Cuide da sua irmã.

Ele assente com a cabeça. Contrai os lábios.

– Ouvi você e o papai brigando. Ela é sua irmã, né?

– É. Eu contarei tudo sobre isso quando voltar. Você consegue esperar até lá?

– Consigo. – Ele enrola a camisa nas mãos e aperta com força. – O papai parece estar muito bravo. Vocês vão se divorciar?

Meneio a cabeça e beijo seu cabelo.

– Ele está bravo, mas temos só que esclarecer algumas coisas, tudo bem? Às vezes os adultos também têm de lidar com alguns conflitos.

– Tudo bem.

– Eu amo você, Leo Leão – digo. – Comporte-se.

– Divirta-se surfando.

– É o que vou fazer.

Isso o faz rir, e saio do quarto e desço as escadas do fundo para a cozinha. Os cachorros estão dormindo no chão, e fico com vontade de levar um deles comigo, mas não seria justo com os outros. Então, simplesmente vou até a garagem, jogo minha bolsa no carro e me sento no banco do motorista.

E só há um lugar para onde ir.

Kit

A sensação das mãos da minha sobrinha nos meus ombros permanece vívida na minha mente, enquanto Javier e eu seguimos até a balsa. É uma noite amena, com as estrelas brilhando acima do mar e as luzes fulgurantes de Auckland se diluindo à medida que a paisagem dá lugar às casas. Consigo ver as colinas ondulantes sobre as quais a cidade foi construída, cada uma com sua própria constelação de luzes.

– Este lugar é lindo – sussurro.

– É mesmo – concorda Javier.

Um casulo silencioso abafa minhas emoções, meus pensamentos, minhas palavras. Não tenho nada a dizer quando embarcamos na balsa e tomamos nossos lugares, contemplando a água escura ficar para trás. Javier não me pressiona. Não segura minha mão, algo com que eu não conseguiria lidar neste momento. Ele apenas fica sentado ao meu lado, em silêncio.

Quando atracamos, pergunto:

– Você vai cantar hoje à noite?

– Poderia cantar.

Assinto com a cabeça.

– Eu ia gostar.

– Tudo bem. – Por um instante, seus olhos estudam meu rosto, mas, em vez de perguntar se estou bem, ele apenas afasta uma mecha de cabelo da minha têmpora. – Ela é uma criança adorável. Isso me fez desejar ter conhecido você durante a infância.

Penso em mim mesma na praia, cavando a areia com os pés enquanto Dylan acendia uma fogueira para nós, e a lava gorgoleja nas minhas entranhas. Trato logo de afastar a lembrança. Não vou conseguir aguentar nem mais uma gotinha de sentimentos que seja.

– Os experimentos dela são maravilhosos. – Levo a mão ao coração. – Eu era idêntica a ela. Um pouco estranha. Muito apaixonada pelas coisas de que gostava. Por causa disso, me sinto protetora em relação a Sarah.

Estou angustiada porque, em minha busca pela verdade, posso ter causado a ruína de minha irmã. Depois de tanto tempo, tanto esforço, parece injusto. O fato de ela ter fingido a própria morte continua horrível, mas...

Sei lá.

Meu celular vibra dentro da bolsa, e eu o pego com urgência, preocupada com o que pode ter acontecido depois que fomos embora. É uma mensagem de Mari.

Esteja pronta para ir surfar amanhã às seis. Vamos passar o dia todo fora.

– Desculpe – digo para Javier. – É da minha irmã.

Não tenho equipamento, preciso alugar, respondo.

Eu posso arranjar qualquer coisa para você. Que prancha você usa hoje em dia?

Shortboard, *pode ser qualquer uma.*

Vejo você às seis, em frente ao Metropolitan.

Beleza. Faço uma pausa e acrescento: *Você está bem?*

Não. Mas você não tem culpa de nada. Te vejo amanhã cedo.

Olho para Javier.

– Vamos surfar amanhã de manhã.

– Que bom.

Quando a balsa enfim para, ele segura minha mão e me ajuda a levantar. Seu aperto é reconfortante. Parece que vai me impedir de ser carregada para longe pelos meus próprios pensamentos ou de mergulhar no poder fervilhante das minhas emoções emaranhadas, onde posso ser reduzida a cinzas.

Cinzas... Cinder. Sorrio, lembrando-me do meu velho cachorro.

– Tive um cachorro chamado Cinder quando eu era criança – conto para ele. – Era um labrador preto e passava o dia inteirinho com a gente. Você já teve algum animal de estimação?

– Já. Vários. Cães, gatos, répteis. Tive uma cobra uma vez, mas só por um tempinho. Depois escapou, e nunca mais a vi.

– Que tipo de cobra?

– Uma bem comum. Ela provavelmente passou o resto de seus dias vivendo no jardim.

Subimos o caminho íngreme até o restaurante espanhol onde Miguel toca, e percebo que memorizei algumas das rotas: da balsa até o apartamento, do apartamento até o mercado. Eu queria explorar mais, ver o que se estende além do parque repleto de árvores mágicas. Cruzar a ponte, descobrir o que são aquelas luzes ao norte... mas acho que o meu tempo está se esgotando.

– Acho que preciso voltar para a minha vida real.

– Mas já?

Encolho um dos ombros.

– Minha mãe está ficando na minha casa, cuidando das coisas. Saí do trabalho sem muito aviso prévio. E fiz o que vim fazer.

Ele assente com a cabeça. A mão ainda segura a minha. Geralmente, acho melado e claustrofóbico ficar de mãos dadas com alguém, mas a dele se encaixa na minha melhor que a maioria. Quase me desvencilho ao pensar nisso, mas não faz diferença. Logo, logo vou embora mesmo.

Antes de entrarmos no restaurante, ele para e vira de frente para mim.

– Se você ficar mais alguns dias, podemos sair para explorar um pouco juntos. Você poderia tirar umas férias de verdade, aproveitar para conhecer a sua família.

A luz que vem da porta cascateia pelo nariz de Javier, desce até as curvas dos lábios, ilumina seu pescoço.

– Talvez...

– Pense nisso.

– Tudo bem.

Quando entramos, Miguel nos avista e vem na nossa direção. Está usando uma camisa turquesa desta vez, e a cor realça ao máximo seu cabelo escuro e o tom quente de sua pele.

– *Hola, hermano!* – Eles dão aquele abraço típico de homem, com direito a tapinhas nas costas, e depois se afastam. – Você deve ser a Kit – diz ele, estendendo a mão para mim.

Retribuo o aperto de mão.

– Estou feliz em conhecer você – declaro. Os olhos de uma garotinha assombram minha mente, fazendo meu coração doer. – Javier falou muito sobre você.

Ele segura minha mão entre as dele.

– E também me falou muito sobre você, mas nenhuma descrição de sua beleza chega perto da realidade.

Dou risada do elogio exagerado. Javier solta um muxoxo bem-humorado.

– Você vai cantar? – pergunta Miguel. – Sentimos sua falta... mas não queremos que sua acompanhante saia correndo, é claro. Ele foi tão horrível que você nem conseguiu ficar para ouvir, Kit?

– Não dê trela para ele – diz Javier, a mão apoiada nas minhas costas. – Ele adora bancar o espertão.

– Tive um compromisso urgente naquele dia – respondo. – Fui tão mal--educada. Mas mal posso esperar para ouvi-lo cantar desta vez.

Javier passa o braço em volta dos meus ombros e beija minha têmpora.

– Será um prazer fazer uma serenata para você.

– Ah, então vai ser uma serenata, é?

Ele semicerra os olhos.

– O amor vai estar presente em cada palavra – murmura ele, junto de meu pescoço. – E todas as palavras serão para você.

Mais um exagero, mas nosso pequeno idílio está quase chegando ao fim, então deixo Javier atravessar as minhas barreiras e se estabelecer no meu sangue, me aquecendo. Chego mais perto dele e o deixo beijar minha testa, e é só quando estou sentada a uma mesinha perto do palco que percebo os olhares que estamos recebendo: inveja, curiosidade e desejo.

– Está todo mundo olhando – sussurro.

– Porque eles querem saber quem é a linda mulher ao lado do *señor* Velez – comenta Miguel, dando uma piscadela e um sorriso travesso.

Em seguida, eles sobem ao palco, e a plateia vai à loucura, assobiando e batendo palmas quando Javier pega o violão. Ele ergue uma das mãos e se acomoda na cadeira diante do microfone. Os dois homens começam a tocar, o som dos violões se entrelaçando, elevando-se e depois caindo, e acho que deve ser flamenco. Uma mulher esbelta de meia-idade se senta ao meu lado, o perfume picante se destaca no cômodo que recende a cerveja. Ela se aproxima e estende a mão.

– Você deve ser a Kit. Eu sou Sylvia, esposa do Miguel.

Franzo o cenho para ela.

– Você sabe meu nome?

Ela sorri.

– Nós somos a família de Javier... e ele fala bastante.

– Ah. – Isso me deixa desconfortável, mas pego a mão dela e assinto com a cabeça.

Uma garçonete chega trazendo cerveja e *shots* de bebida.

– É isso? – pergunta ela, curvando-se sobre a mesa. – Cerveja e tequila?

Sou pega de surpresa, mas me aproximo o suficiente para responder:

– Isso mesmo, obrigada.

– Algo mais?

– Não, obrigada.

A garçonete coloca uma taça de vinho e um copo de água diante de Sylvia.

– Ela está encarregada de atender os músicos e seus acompanhantes – esclarece Sylvia. – E Javier é... bem, Javier.

Javier. Olho para o palco. Para as pessoas se inclinando em direção a ele com tanta avidez.

A música muda, e eles se entregam a outra peça instrumental. Esta parece familiar. É eletrizante, cheia de batidas fortes nos violões e transições rápidas. Não sou entendida em música e nunca fui, mas assistir a eles é fascinante.

É fascinante ver Javier em seu hábitat. Ele e o violão são um conjunto de carne e madeira, cordas e notas, tudo se entrelaçando para criar algo encantador. Seus dedos voam sobre as cordas, para cima e para baixo, dedilhando, batendo, dedilhando um pouco mais. O cabelo lhe cai sobre a testa, o pé bate no chão, e ele olha para Miguel para manter a sincronia, e os dois mergulham na próxima parte, e então... Sinto algo no meu âmago. Algo selvagem e profundo, em sintonia com o dedilhar das mãos de Javier, ávido e pulsante. Ele adquire um tom rico de amarelo, do matiz dos raios de sol, e começa a se espalhar pelo meu corpo. Cada pedacinho de mim irrompe em pontos de luz que pulsam na mesma batida das cordas de Javier. A sensação me deixa tonta, me faz sentir viva.

– Uau – digo em voz alta.

Sylvia ri ao meu lado.

– Exatamente. Toda vez.

A música atinge um *crescendo* e, em seguida, acaba. Javier tira o cabelo da testa e põe-se a arregaçar as mangas. Olha para mim e arqueia uma das sobrancelhas. Levo as mãos ao coração, e ele sorri.

E então, como da última vez, ele puxa o microfone para mais perto, ajusta o violão e inclina o corpo. Sua voz é profunda e cheia de camadas, como se acariciasse as palavras uma a uma, as notas se mesclando, entrando umas nas outras e delas saindo. Não entendo o que ele diz, mas amo a maneira como canta, de forma sincera, intensa. Não olha para mim nenhuma vez, mas sinto sua atenção, dedilhando cada um daqueles pontos que deixou pelo meu corpo, antes amarelos, agora alaranjados.

Ao meu lado, Sylvia se inclina sobre a mesa.

– Você sabe falar espanhol? – pergunta.

Nego com a cabeça.

Então, ela interpreta a letra:

Eu escuto o seu nome no sussurro das ondas
Sinto os seus lábios nas carícias do sol
Sinto seu toque nos dedos do vento
Em todo lugar, em tudo que há, vejo você
Eu não vou te esquecer, meu amor.

Fecho os olhos porque quase não consigo aguentar. O rosto de Javier, suas mãos no violão. Mas, mesmo quando a imagem se esvai, a voz dele se entretece em mim, e o vejo se curvar quando nos beijamos pela primeira vez, e suas mãos deslizando pelo meu corpo, e o jeito como ele ri das minhas piadas.

A música acaba, e ele pega uma garrafa de água para tomar um gole. A plateia irrompe em aplausos e assobios. Javier acena com a mão, olha para mim, assente com a cabeça.

É incrível como toda vez que ele canta acontece a mesma coisa. Lindas canções de amor, canções sobre perda, e todas as músicas atingem meu coração, perfuram minha alma. Eu me deixo levar, deixo que ele me conduza a um mundo que é mais tolerável do que aquele em que fiz a vida de minha irmã ruir ao seu redor, aquele em que posso muito bem ter deixado duas crianças sem uma família que, antes de eu chegar, era perfeitamente inteira.

Quando Javier encerra o show, me enrosco em seu pescoço e pergunto:

– Não temos muito tempo. Você prefere ficar aqui ou voltar para o meu quarto?

Ele escolhe meu quarto.

À meia-noite, estou deitada de bruços na cama. Javier está ao meu lado, tracejando a concavidade da minha coluna com a ponta dos dedos – para cima, para baixo, para cima, para baixo. É reconfortante de um jeito quase hipnótico.

– Conte-me sobre o seu coração partido – pede ele. – Esse coração partido que a fez passar o resto da vida longe do amor.

– Ah, não é nada tão dramático assim. Não tive muito tempo para me apaixonar.

– O amor não precisa de tempo para acontecer.

Viro a cabeça para encará-lo. Minha armadura se foi, e nesse momento nem sei onde ela está.

– O nome dele era James. Eu o conheci depois do terremoto, quando estava me sentindo muito sozinha. – Tracejo o contorno de seus ombros, deslizo um dedo pelo seu bíceps. – Ele tinha namorada, e começamos a trabalhar juntos na Orange Julius. – Faço uma pausa, as lembranças voltando. – Fiquei maluca por ele. Mal conseguia respirar quando ele estava por perto.

– Estou com um pouquinho de ciúme.

Abro um sorriso.

– Ele terminou com a namorada e, durante um verão inteiro, não nos desgrudamos. Ensinamos tudo um ao outro, para ser sincera. Nunca tinha ninguém na minha casa, então a gente ficava por lá e explorava um ao outro. – O ritmo das carícias de Javier nas minhas costas se altera, e ele passa a deslizar a mão aberta para cima e para baixo. – Eu estava tão apaixonada.

Ele preenchia cada parte de mim. E, na verdade, foi a primeira vez que me senti feliz em muito tempo.

– E?

– A ex-namorada dele começou a me ameaçar. Minha irmã ficou sabendo e brigou com a garota. Josie quebrou o nariz dela.

– Oh! – Há um tom de divertimento em sua voz.

– Não foi engraçado. Ela era uma das garotas mais bonitas que já vi e...

Ele ri e se aproxima para beijar meu ombro.

– James ficou furioso com a minha irmã, e os dois também saíram no soco, e foi isso. Nós terminamos. Ele pediu as contas na Orange Julius e, quando as aulas começaram, já tinha voltado com a ex-namorada e nunca mais falou comigo.

– Ele era um baita de um espírito de porco.

– Não, acho que "porquinho" era o seu apelido, não? – provoco e viro para encará-lo.

Ele ri e envolve minha cintura com as mãos.

– Mas eu nunca fui tão cruel assim.

– Não – respondo baixinho. De súbito, sinto um desejo urgente de poder ficar neste quarto para sempre. Dou um tapinha no torso dele. – Eu gosto da sua barriga.

Ele dá risada.

– No inverno, ela cresce. Acho que você não ia gostar muito.

– Acho que ainda ia gostar, sim.

Ele solta um suspiro triste, dá um tapinha nela.

– Aquele menininho rechonchudo está sempre pronto para assumir. Talvez eu seja um velho gordo no futuro.

Pouso a mão naquela barriga, uma camada macia revestindo o músculo abaixo.

– Ainda ia gostar.

– Se você quiser, pode ver como ela fica no inverno.

Desvio o olhar.

Ele leva a mão ao meu queixo e se abaixa para que nossos rostos fiquem mais próximos. Consigo ver cada um de seus cílios e as manchas douradas em suas íris escuras.

– Então, alguém partiu seu coração, e você não consegue permitir que mais ninguém entre.

– Não foi só isso. Foi tudo: o terremoto e meu pai e Dylan. Todas essas coisas.

– Eu sei. – Ele chega mais perto e me dá um beijo suave, depois se afasta. – Eu preciso que você me ouça por um minuto sem dizer nada.

Algo estremece no meu peito.

– Você acha que só estou flertando quando digo que você é a mulher mais linda que já vi, mas não estou. Não é exagero. Não é algo que falo só para te levar para a minha cama... embora eu perceba que pode ter sido uma boa tática.

– Não se esqueça de que esta é a minha cama, *señor*.

– Ah, dá na mesma. – Ele toca nos meus lábios. – Quando vi você pela primeira vez, eu a reconheci... Como se, durante todo esse tempo, eu estivesse esperando você aparecer. E, bem, lá estava.

Sinto uma pontada no coração.

– Nós moramos em continentes diferentes.

– Eu sei. – Ele se aproxima para me beijar, um beijo mais demorado desta vez, e eu retribuo. – Mas acho que você também sente alguma coisa por mim.

Respiro e, pela primeira vez na vida, respondo com honestidade.

– Sim, eu sinto. Na verdade, eu poderia até estar me apaixonando um pouquinho.

– Poderia?

– Eu vou embora daqui a alguns dias.

– Hum. É verdade. – Ele beija meu pescoço e sinto outra parte do meu corpo estremecer. – A menos que eu consiga convencer você a ficar por mais tempo.

Enterro as mãos nos cabelos dele e o puxo para mais perto de mim.

– Acho que você pode tentar.

De repente, percebo que estou memorizando tudo a respeito de Javier. As omoplatas e a pontinha da orelha, a voz sussurrando em espanhol no meu ouvido, a sensação de suas coxas entre as minhas, o gosto dele na minha boca.

Para que eu possa me lembrar dele no futuro.

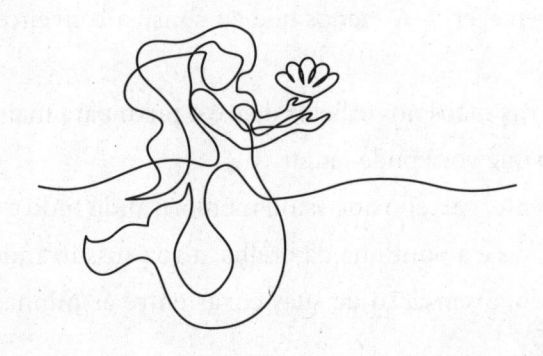

Mari

Vou de carro até a Casa Safira, que me atrai como uma sereia. Ainda não tinha ido até lá durante a noite, e a vista é impressionante, ainda mais fantástica do que eu imaginava. No alto da falésia, olhando para a extensão cintilante da cidade ao longe, penso no dia em que Simon me trouxe aqui pela primeira vez.

Meu marido, que na época ainda tinha adoração por mim e me comprou uma casa espetacular. Quando penso nisso, um rasgo se abre no meu coração.

Entro nos cômodos escuros e vazios. Acendo as luzes por onde passo, tentando conferir um pouco de calor ao ambiente, mas tudo está tão vazio. Nunca fico sozinha à noite. Estou sempre acompanhada da minha família.

É assim que as coisas vão ser daqui para a frente? Essa perspectiva é angustiante. Eu não fazia ideia de como precisava de uma família, de como queria uma... nem de como seria boa nisso.

Vou até a cozinha e coloco a chaleira para ferver, depois me apoio na bancada enquanto espero. A iluminação aqui é esverdeada e desagradável, e uma das coisas que pretendo fazer é instalar luzes mais quentes. Será que a Helen não ligava? Penso nela aqui com Paris e Toby, sozinha nesta casa gigante por décadas e décadas a fio. Por que ela continuou aqui? Por que não vendeu a casa e comprou um chalé mais atrativo em algum lugar? Teria dinheiro de sobra para fazer isso. Isso nunca tinha me ocorrido antes, e agora me pergunto por que eu ainda não tinha pensado nisso. Será que ela estava escondendo alguma coisa? Pagando penitência?

Pego minha xícara de chá e passo pelo salão antes de sair pelas portas francesas e me acomodar no deque. O som e o cheiro do mar aliviam a tensão que se instalou nos meus ombros.

Que desastre. Eu realmente acreditei que conseguiria esconder meu segredo para sempre?

Acreditei. Quer dizer, por que não acreditaria?

E, no entanto, agora que tudo foi revelado, sinto-me aliviada. A minha vida inteira virou de cabeça para baixo, mas finalmente posso contar a minha verdadeira história. As pessoas que amo podem me conhecer – dos dois lados da linha. As pessoas que conheciam Josie, e com isso acho que me refiro a Kit, e as pessoas que amam Mari. Tomo um gole de chá, observando a meia-lua se arrastar pela superfície da água, e tento imaginar como Nan vai reagir. Gweneth.

Minha mãe.

Carreguei o ódio por minha mãe como uma tocha ardente por tanto tempo que agora é difícil até mesmo enxergá-la como algo além da mulher de palha em que a tornei. Com a lua e o mar envolvendo-me na mesma luz da infância, lembro-me de outro lado da minha mãe, o que acolheu Dylan com tanta ternura, o que deu um lar àquele menino perdido. É espantoso perceber que, quando tudo isso aconteceu, ela era mais jovem do que sou agora. Nasci quando ela tinha apenas vinte e um anos, então ela nem tinha chegado aos trinta quando Dylan entrou em nossa vida. A esposa troféu jovem e sexy de um homem muito mais velho.

Recostada na parede, fico imaginando como deve ter sido. Meu pai era mais de dez anos mais velho que minha mãe e, no início, era completamente obcecado por ela.

Quando ele começou a arranjar amantes? Quando ela descobriu? Isso me entristece.

De repente, me vem a lembrança de quando eu tinha apenas quatro ou cinco anos. Minha mãe e eu estávamos sentadas no grande terraço do restaurante e contemplávamos o oceano. Ela cantou para mim uma balada sobre uma sereia que avisa os marinheiros sobre um naufrágio. Sinto um nó dolorido no peito quando a cena se desenrola: o quebrar das ondas, a lua serena, sua voz e seus braços me envolvendo.

Mamãe.

No dia do terremoto, estávamos no centro de Santa Cruz. Minha mãe comprou um sorvete para mim, não porque eu gostava, mas porque ela queria um. Eu estava atordoada e triste, meu útero dolorido depois do procedimento intenso pelo qual acabara de passar, e ela estava calada, o que não era de seu feitio.

– Você está bem? – perguntou-me por fim.

Neguei com a cabeça, lutando contra as lágrimas.

– Eu estou tão triste.

Ela se aproximou e segurou a minha mão.

– Eu sei, filha. Também estou. Um dia, quando a hora certa chegar, você vai ter seus bebês, e eu serei uma avó muito coruja.

A dor que latejava no meu peito se espalhou pelo resto do corpo, pulsando com tanta força na minha garganta que quase não consegui aguentar a pressão.

– Mas este aqui...

– Eu sei, querida. Mas você não tem nem quinze anos ainda...

E foi aí que o terremoto começou. Era diferente de tudo que já tínhamos visto antes. Mas dava para ouvir esse chegando, rugindo sob o solo, vindo na nossa direção. A primeira onda atingiu o prédio com um estrondo, derrubando talheres, copos e os bolinhos que estavam no balcão. Quase naquele mesmo segundo, a vidraça ao nosso lado se estilhaçou, e minha mãe agarrou-me pelo braço e me levantou da cadeira com um puxão e começou a me arrastar em direção à porta. Antes de chegarmos lá, o teto começou a cair, a desabar ao nosso redor, e um grande pedaço despencou na minha cabeça, lançando-me ao chão. O aperto se soltou com violência, e eu gritei por ela, sentindo que estava prestes a desmaiar, como se meu coração fosse parar de bater.

Ela se abaixou e passou meu braço em volta de seu pescoço.

– Aguente firme!

Ela me pôs de pé, e cambaleamos para o lado de fora, mas mesmo ali o barulho era ensurdecedor, e pessoas gritavam e coisas quebravam, se espatifavam, bramindo ao nosso redor.

O sangue escorreu sobre os meus olhos, e, com uma das mãos, pressionei o ponto que latejava na minha cabeça. Era um corte grande, e logo o sangue também começou a escorrer pelo braço. Minha mãe me segurava com força enquanto o mundo se rasgava em dois ao nosso redor. Era caótico, barulhento, e eu estava me esforçando muito para não desmaiar. Parecia que aquilo não tinha fim, mas depois descobrimos que só durou quinze segundos.

Quando o caos enfim cessou, minha mãe afrouxou o aperto enquanto fitava os arredores.

– Meu Deus... – disse, e também tive que me virar para ver.

Poeira e escombros enchiam o ar, tornando-o escuro, e parecia até que uma bomba tinha sido detonada, pois as fachadas dos prédios estavam todas desmoronadas, pilhas de tijolos espalhados sobre a calçada. Um dos edifícios parecia ter colapsado de fora para dentro. Havia gente chorando, e alguém soltou uma lamúria. Vi um homem tão coberto de poeira que parecia ter dado de cara com um saco de farinha. Alarmes disparavam por todo canto. Eu sentia o cheiro de gás.

A dor na minha cabeça estava lancinante, ruidosa, e o sangue gotejava do meu cotovelo até o chão. Uma mulher se aproximou correndo e tirou o próprio suéter.

– Sente-se ou vai desmaiar – ordenou-me, e pressionou o blusão na minha cabeça. – Você é a mãe? Também precisa se sentar.

– Ai, meu Deus! – exclamou minha mãe, e de repente estava em prantos, tremendo tanto que, quando encostou em mim, lembrei-me do tremor na terra e me esquivei. Ela afundou ao meu lado. – Você precisa ir para o hospital.

– A gente precisa ligar para a Kit! – gritei. Se tinha sido tão ruim ali onde eu estava, o que teria acontecido no Éden? O pânico comprimiu meus pulmões com tanta força que eu mal conseguia respirar, então agarrei o pulso da minha mãe e repeti: – Kit!

– Já vou ligar, já vou. – Ela se levantou, fitou os arredores e depois fixou o olhar em mim. – Você está sangrando demais, não quero deixá-la sozinha.

A mulher levantou o suéter.

– É, você vai precisar tomar um monte de pontos. Consegue andar?

Tentei ficar de pé, mas outra onda de barulho e tremores nos atingiu, lançando-me ao chão. Alguém começou a gritar de novo, um lamento por vez. Minha mãe estava com as mãos e os joelhos apoiados no solo.

– O hospital fica muito longe daqui. Precisamos chamar uma ambulância – disse.

– Todas as ambulâncias em um raio de duzentos quilômetros vão estar ocupadas.

– Então vamos esperar aqui. Logo, logo eles vão chegar.

A mulher tinha a aparência de alguém que estava acostumada a tomar iniciativa e fazer acontecer. Ela hesitou, fitou os arredores, depois se sentou ao meu lado.

– Você tem razão.

Um ruído irrompeu na minha cabeça.

– Kit e papai! A gente tem de ligar para eles!

– Sim. Verdade. Preciso ligar para casa – concordou minha mãe. – Vou ver se encontro um telefone.

Assenti com a cabeça, mas estava me sentindo tonta e nauseada, então apenas me recostei no canteiro de flores. Eu estava coberta de sangue, e meu estômago se contorcia em ondas rítmicas, uma reprodução do terremoto ou talvez do mar.

Minha mãe voltou com uma aparência péssima.

– Ninguém atendeu.

E não havia nada a fazer a não ser esperar. Esperar enquanto as pessoas cambaleavam de um lado para outro, enquanto outros tentavam dirigir carros que não podiam ir a lugar nenhum, pois as ruas estavam onduladas e estraçalhadas depois do sismo. Esperar enquanto criancinhas berravam a plenos pulmões. Enquanto o cheiro de fumaça enchia o ar e tornava a escuridão ainda mais densa, e sirenes finalmente começaram a soar ao longe, trazendo policiais e paramédicos que avaliavam os ferimentos das pessoas, que estavam espalhadas aqui e ali como se elas próprias fossem parte dos escombros.

Ficamos apoiadas uma na outra, e me perguntei como faríamos para chegar em casa. Horas se passaram antes que alguém chegasse para limpar e dar pontos no meu corte, do qual o sangue ainda vertia. A essa altura, minha mente já estava toda desconexa por causa da dor e do medo, e mesmo hoje não me lembro de como cheguei ao Éden. Um estranho nos levou em seu jipe, o nosso bom samaritano.

Não havia luzes acesas enquanto subíamos a encosta, apenas escuridão e vazio onde os edifícios um dia haviam estado. Depois de um longo dia traumático, não conseguia nem entender o que via.

Até que, enfim, entendi. Meu coração se partiu em mil pedaços, e depois mais mil e mais ainda. Saltei do carro e gritei:

– Kit!

Ela correu em direção aos faróis do carro, o rosto era uma confusão de lágrimas e sujeira. Eu a abracei com tanta força que minha cabeça doeu.

– Cadê o seu pai? – perguntou minha mãe.

Kit negou com a cabeça. Um gesto incisivo.

Na praia da enseada estavam os escombros da nossa casa e do restaurante, um amontoado de madeira que parecia tão incoerente quanto o estado a que minha mãe sucumbiu alguns segundos depois. Gritou e depois tornou a gritar, caindo de joelhos contra o chão de pedra.

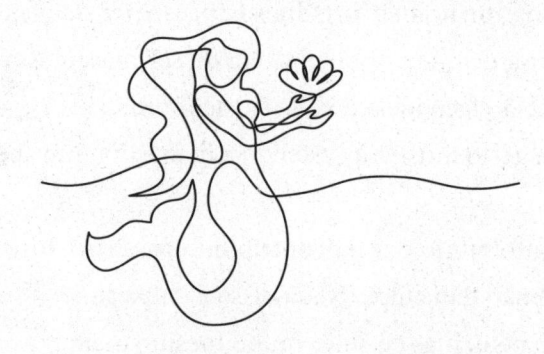

Kit

Mari chega para me buscar às seis em ponto. Parece estar exausta.

– Oi. Trouxe café para você.

– Nossa, tem um cheiro tão bom!

– Eu não sabia se você gostava de misturar com alguma coisa, mas pedi para colocarem leite, e tem açúcar ali se quiser. – Ela aponta para um dos porta-copos, onde há uma pilha enorme de sachês de açúcar.

Dou risada.

– Você sabe que não tenho mais oito anos, né?

– Uma vez viciada, sempre viciada.

– A suja falando da mal lavada. – Percebo tarde demais que isso pode soar um tanto maldoso. – Eu estava me referindo ao vício em *açúcar*.

Ela olha para mim, o carro seguindo rumo a um tráfego tranquilo.

– Eu entendi. E eu sou pior que você mesmo. Experimente o meu.

Tomo um gole e vejo que está certa: o café dela parece um *milkshake*.

– Doce demais para mim.

Seguimos em silêncio até que, enfim, reúno coragem e pergunto:

– O que aconteceu depois que eu e o Javier fomos embora?

Ela meneia a cabeça. Toma um gole de café.

– Simon é um homem orgulhoso e parece ter sido feito à moda antiga... Aquela coisa de que os homens têm de ser másculos, viris e fortes. – Ela suspira. – Não faço ideia do que vai acontecer.

Em um gesto inusitado, estendo a mão e dou um apertãozinho em seu braço.

– Eu sinto muito por ter contribuído para isso, Josie.

– Você não tem culpa. Nada disso é culpa sua.

– Tudo bem, mas eu sinto muito mesmo assim.

Ela assente, muda o carro de faixa.

– Eu ia levar você para Raglan, mas a previsão de ondas em Piha está excelente, e não fica tão longe.

– Muito doido como agora sempre dá para saber as condições das ondas, né?

– Demais! É só dar uma olhadinha nos jornais e pronto. É tiro e queda.

Dou risada.

– Quê? Não entendi.

– *É tiro e queda.* – Ela dá risada. – A gente diz muito isso por aqui.

– Eu entendo por que você ama este lugar. É maravilhoso.

– É mesmo. Não vou sair daqui nunca mais.

O trânsito está intenso enquanto ela atravessa a cidade nesta manhã nublada. O rádio está sintonizado em uma estação pop local, tocando as "quarenta mais pedidas".

– Quando você começou a gostar de pop? – pergunto.

Ela sempre gostou das bandas de *heavy metal* das décadas de 1980 e 1990, e de Guns N' Roses, Pearl Jam, Nirvana e do pobre Kurt Cobain.

Ela encolhe os ombros, tranquila na própria pele de um jeito que nunca vi antes.

– *Heavy metal* é pesado demais para a minha cabeça – responde com simplicidade. – Eu começo a sumir, e aí tomo decisões erradas.

Assinto com a cabeça.

– E você? O que gosta de ouvir?

– As mesmas coisas de sempre, acho. Músicas fáceis de escutar.

Ela abre um sorrisinho debochado.

– Tipo flamenco?

A palavra me faz pensar em Javier tocando na noite anterior, o corpo e o violão se fundindo em uma coisa só, iluminando cada um dos centros nervosos do meu corpo.

– Eu não sabia que gostava de flamenco, mas agora gosto, sim.

– Faz quanto tempo que você está namorando Javier?

Solto uma risada leve.

– "Namorando" é um pouco exagerado. Acabei de conhecê-lo.

– Quê?

– É, ele se sentou perto de mim na noite em que cheguei aqui. Estávamos em um restaurante italiano, em uma viela perto do prédio em que estou hospedada, e acabamos conversando.

Ela permanece em silêncio por um minuto.

– Não parece ser um relacionamento recente.

– Mais uma vez, chamar o que está acontecendo de "relacionamento" é exagero demais.

– A maneira como ele te olha é como se você tivesse criado o céu e a Terra sozinha.

Fico chocada.

– Do que você está falando?

– Está brincando? Você nunca reparou?

– Não. – Tomo um golinho de café. – A gente se divertiu muito, mas é só um romance de férias. Ele mora em Madri.

– Então você não está tão interessada assim?

Encolho os ombros.

– Eu não sou muito de me envolver.

– Isso não responde à minha pergunta.

Sinto uma pontada de irritação e retruco:

– Na verdade, isso não é da sua conta.

– Você tem razão. Desculpe.

Isso traz a realidade à tona. Não podemos simplesmente retomar nossa relação de irmãs como se nada tivesse acontecido. Sinto a concha se fechar ao meu redor, me protegendo de tudo que Josie sabe sobre mim, de sua percepção sobre coisas que me esforço para nunca revelar.

Exceto quando estou com Javier. Franzo o cenho.

Saímos da rodovia e adentramos uma estradinha menor. No semáforo, ela se vira para me olhar.

– Você já teve algum relacionamento sério, Kit?

Ela sabe sobre James, e talvez ache que esse não conta.

Dou um gole no café e fito a janela.

– São dramáticos demais para mim.

– Nem sempre. – O sinal abre, e ela pisa no acelerador. – Nem todo relacionamento é igual ao dos nossos pais.

– Eu sei.

Mantenho meu tom leve, despreocupado, mas vejo um homem na calçada andando com a mesma graça leve que se desprende de todos os movimentos de Javier, e sei que, em algum recôndito profundo do meu ser, há um desejo ululante. *É isso*, diz o desejo. *Ele*.

Então, sem o menor rancor, acrescento:

– Não tente me consertar, ok? Estou bem. Eu amo meu trabalho. Tenho um gato. Tenho amigos e vivo surfando. Arranjo algum cara sempre que estou a fim.

– Tudo bem.

Ela dá de ombros, mas percebo que quer dizer mais alguma coisa. Solto um suspiro.

– Vá em frente. Diga o que quer dizer.

– Quando eu estava observando você e Javier ontem à noite, pensei em como vocês teriam filhos lindos juntos.

E de repente consigo vê-los também. Garotinhas robustas e menininhos rechonchudos, todos usando óculos e fazendo coleções de pedras e de selos postais. Uma torrente de lágrimas irrompe na parte de trás dos meus olhos. Preciso desviar o olhar. Pisco com força.

– Pare com isso, Josie – digo baixinho. – Você tem tudo o que quer, mas eu não preciso querer as mesmas coisas que você.

– Mari – corrige ela, e assente com a cabeça. – Você está certa. Desculpe. Força do hábito.

– Saiba que me virei muito bem sem você, irmã.

– Tenho certeza de que sim.

– Uau! – exclamo, enquanto levamos nossas pranchas para a praia. – Olhe só aquelas ondas. – Elas deslizam na direção da areia em cristas firmes e vigorosas. Tem alguns surfistas na linha das ondas, mas não tantos quanto haveria no mar de Santa Cruz. – Cadê todo mundo?

– Fica bem lotado nas estações turísticas – responde ela, vestindo o traje de banho, uma peça sofisticada com detalhes em turquesa. – Mas fora de temporada é bem tranquilo. – Ela aponta para o outro lado da estrada, onde há chalés espalhados por toda a colina. – Chamamos essas casinhas de *baches*, moradas de férias. É impressionante quantas pessoas têm seu próprio retiro por aqui.

Está vestindo uma camiseta por cima do biquíni, e vejo sua barriga, antes chapada e bronzeada, repleta de estrias grossas. Não é surpreendente, tendo em vista que ela é minúscula.

– Horrível, né? – pergunta ela, e as acaricia com delicadeza. – Mas, toda vez que olho para elas, me lembro dos meus bebês.

Nosso olhar se encontra, e eu começo a rir.

– Cara, você falou isso mesmo?

Ela dá de ombros.

– É verdade, ué.

– Isso é ótimo. – Fecho o zíper do meu traje de mergulho e faço uma trança no cabelo. O cheiro do mar e do vento se entranham na minha pele, e tudo o que quero é ir logo para a água. – Está pronta?

Entramos na água fria, e remamos até a linha das ondas.

– Pode ir primeiro – diz ela.

– Prefiro ficar aqui um instantinho, assistir à arrebentação.

– Tudo bem.

Nós nos afastamos um pouco da linha e ficamos sentadas nas pranchas, assistindo às ondas deslizarem em direção à costa. As nuvens acima de nós parecem carregadas.

– Será que vai ter uma tempestade?

– Não sei.

– Talvez seja melhor surfarmos logo.

Ela assente, e nós duas remamos para perto da linha e aguardamos a nossa vez. O cara na minha frente é um pouco exibido, mas é habilidoso. As ondas têm mais de dois metros de altura. Pego a minha primeira, e é estimulante estar ali... o céu, a luz e a prancha. A água me sustenta de forma sublime e me guia por um passeio longo e elegante que vai quase até a costa, antes que eu saia e volte para a linha. Paro para procurar minha irmã, e lá está ela, bem atrás de mim. Ela se porta de forma mais graciosa que antes, e mais calma também. Surfa como se não tivesse para onde ir, como se não tivesse mais nada para fazer além disso.

Ela percebe que estou olhando e faz um sinal de *hang loose* antes de soltar um gritinho.

Devolvo o gesto e remo em direção à próxima onda.

Uma hora mais tarde, nós duas estamos ficando cansadas, mas, em vez de irmos embora, sentamos em nossas pranchas, pairando sobre o oceano ondulante. Com os olhos fixos no horizonte, declaro:

– A gente precisa ligar para a mamãe.

O cabelo dela está jogado para trás, bagunçado.

– Eu sei. – Vira os olhos escuros na minha direção. – Além disso, preciso contar algumas coisas para você.

– Precisa mesmo? A gente precisa mesmo trazer tudo à tona?

Um dos lados da boca dela se curva para cima.

– Mas não é como se tudo já não estivesse vindo à tona, né?

Não tenho como negar, então assinto com a cabeça.

– Você se lembra daquele ator que vivia indo ao Éden? Billy Zondervan?

– Claro. Ele sempre levava doces e pipas e presentes para nós. Um cara legal.

– É, então... – A água faz a prancha oscilar para cima e para baixo. – Bem, aquele "cara legal" me estuprou quando eu tinha nove anos. Várias vezes.

– Quê? – Remo para mais perto dela e sinto a médica do pronto-socorro dar as caras, tentando me proteger. Oferecendo o distanciamento clínico. Furiosa, empurro a oferta para longe e tento parecer comigo mesma. – Aquele filho da puta! Como?... Quer dizer, a gente estava sempre por perto.

Ela meneia a cabeça.

– Eu tenho certeza de que não fui a primeira criança que ele molestou. Ele tinha aperfeiçoado o método. Presentes, golinhos escondidos de sua bebida e ameaças. Ele me disse que ia matar Cinder se eu contasse para alguém.

– Quando foi isso?

– Naquele verão em que aprendemos a surfar. – Ela fita o horizonte. – A primeira vez aconteceu na noite antes de eu chegar à praia e ver que Dylan estava ensinando você a surfar.

Parece que recebi um soco horrível no meio do estômago. Lembro-me dela chorando sem parar quando viu que estávamos surfando sem ela.

– Meu Deus, Josie – sussurro e remo para mais perto, pousando a mão na perna dela. – Por que você não nos contou?

Ela balança a cabeça, e vejo as lágrimas escorrendo por seu rosto. Percebo que elas também escorrem pelo meu.

– Eu fiquei com tanta vergonha.

Estendo a mão e envolvo o pulso dela com força.

– Eu queria poder matar aquele babaca. Cortar um pedacinho por vez.

Ela enxuga as lágrimas do rosto com as duas mãos.

– Ah, com certeza. Eu também.

– Quanto tempo durou?

– O verão inteiro. Aí ele queria fazer algo parecido com você, e eu disse a ele que, se encostasse um dedo na minha irmã, um dedinho que fosse, eu iria para o meio do terraço em uma noite lotada e contaria para todo mundo o que ele tinha feito comigo.

Sinto um buraco vazio nas minhas entranhas.

– Eu... eu não me lembro disso. Não me lembro dele sendo nojento assim.

– Não, ele era bem esperto. Você se lembra daquelas bonequinhas que ele trouxe da Europa? Aquelas que vinham com uma bonequinha dentro da outra, e assim por diante?

– Ah, sim. Eu me lembro disso. Elas eram todas pintadas, lindas.

– Pois é. Esse foi o lance inicial.

– Ele parou de frequentar o Éden, né?

– Parou, graças a Deus.

– Você nunca contou para ninguém?

– Por muito tempo, não. Depois contei para o Dylan.

– E por que raios ele não denunciou o Billy?

O rosto dela adquire uma expressão estranha, como se só agora estivesse lhe ocorrendo que ele deveria ter feito isso.

Ela olha para mim.

– Eu o fiz prometer que não contaria para ninguém. – Franze a testa. – Quer dizer, ele passou um bom tempo tentando descobrir o que havia de errado comigo, e eu não queria contar. Eu não tenho nem palavras para expressar quanto eu achava que era culpa minha.

Meu coração parece estar repleto de cacos de vidro.

– Você tinha nove anos – sussurro.

– Dylan deveria ter contado para alguém – declara ela calmamente. – Por que não percebi isso antes?

Meneei a cabeça.

– Porque nós o amávamos como se ele tivesse criado a lua.

– E todas as estrelas.

Pendo a cabeça para baixo.

– Por que ninguém protegeu você?

– Acredite em mim, eu já me fiz essa mesma pergunta mil vezes. Mas, para ser sincera, foi só quando tive Leo e Sarah que percebi como nossos pais eram péssimos. Vivíamos dormindo na praia, sozinhas, quando tínhamos quatro e seis anos de idade, antes de o Dylan aparecer.

– Sim, eu me lembro.

– É inacreditável. Uma criança de quatro anos dormindo sozinha com a irmã na praia.

Abro um ligeiro sorriso.

– Bem, a gente tinha o Cinder.

Ela também sorri.

– Verdade, tínhamos o Cinder. O melhor cachorro do mundo.

– O melhor cachorro do mundo.

Ela estende a mão, e eu a acerto com a minha.

– Então Billy nunca fez nada com você?

– Não. Juro que não. Ninguém fez. – Uma gaivota está planando pelas correntes de vento ao longe, e me lembro da enseada, nossa pequena praia. – Mas o Dylan era ainda mais perturbado que os nossos pais. Lembra-se daquela vez em que ele mergulhou do penhasco?

Ela estremece.

– Foi um milagre ele ter saído vivo.

– Sabe, acho que essa é grande questão. Foi a mesma coisa com o acidente de moto. – Ela parece tão triste quando falo sobre isso que me sinto mal. – Desculpe, Jo... Mari. Não é uma lembrança boa.

– Pois é.

– O começo do fim – comento com um suspiro. – Tenho certeza de que aquilo foi uma das tentativas de suicídio dele.

Ela se vira para mim com os olhos arregalados.

– Ah, pelo amor de Deus. Eu sou muito imbecil. É claro que foi. É por isso que ele estava tão irritado quando o levamos de volta para casa.

Franzo a testa.

– É sério que você não tinha percebido isso antes?

– Sério. – Ela meneia a cabeça, joga um pouco de água na ponta da prancha. – Eu sinto tanta saudade dele. – Volta o olhar para o horizonte. – Muita mesmo.

– Eu também. – Na minha mente, consigo vê-lo na prancha *longboard*, os braços bem abertos. – Ele realmente parecia uma criatura saída de um conto de fadas, amaldiçoado e abençoado na mesma proporção. – Lembro-me de tantas coisas. As suas mãos gentis trançando meu cabelo. O jeito tranquilo como dobrava as roupas lavadas. A forma como sempre esperava com a gente no ponto de ônibus. – Eu não seria quem sou se não fosse por ele.

– Eu sei. E você fazia tão bem a ele.

– Nós duas.

– Não. – Ela nega com a cabeça. – Você dava paz a ele. Acho que foi a única pessoa que conseguiu fazer isso.

– Espero que tenha conseguido mesmo.

– Deveríamos voltar para a praia. Acho que a tempestade está chegando.

Quando saímos da água sob aquele céu tempestuoso, minhas pernas estão tão fracas e estou tão faminta que acho que conseguiria comer um boi inteiro sozinha. Tiro o traje de mergulho e pergunto:

– Você trouxe comida?

Ela me lança um olhar incrédulo.

– Claro. – Ela ri e pergunta: – Você ainda come a Terra e todas as luas da galáxia depois de surfar?

Dou risada. Era algo que Dylan dizia.

– Como. Mas olhe só... – Abro bem os braços. – Não engordei.

– Você tem um corpaço. Olhe a sua barriga trincadinha... Parece estar sempre na academia! – ela comenta.

– É tudo por causa do surfe.

– Pensei em comermos aqui na praia, mas está ventando muito.

Andamos apressadas até o carro dela e guardamos as pranchas e os trajes de mergulho no porta-malas. Não trouxe nenhum casaco e me arrependo disso agora. Ao ver que estou toda arrepiada, ela pega um agasalho no banco de trás e entrega para mim. Deve ser de Simon. É maravilhoso estar, enfim, aquecida.

Nós nos sentamos a sota-vento do carro e comemos empadões recheados de carne e batata e tomamos uma limonada para acompanhar. Há alguns pedaços de bolo para a sobremesa.

– Eu amo o tanto que eles adoram bolo por aqui – confessa ela. – E são bolos deliciosos.

– Nossa, este aqui está bom demais – comento, concentrada na minha fatia, uma mistura de chocolate e maracujá que derrete na boca. – Eu acho que conseguiria comer mais algumas luas da galáxia.

– Estou com inveja da sua altura.

Dou risada.

– Isso é uma reviravolta. – Limpo as mãos e acrescento: – A gente deveria ligar para a mamãe.

Por um instante, acho que ela vai recusar, mas por fim cede.

– Tudo bem. Vamos ligar de dentro do carro. Está ventando muito aqui fora.

Sinto uma onda de nervosismo enquanto procuro o telefone dentro da bolsa. Dou uma olhada no relógio para conferir que horas são por lá e vejo que está no comecinho da tarde. Perfeito. Respiro fundo e envio uma mensagem. *Você está ocupada?*

Não demora nem cinco segundos para ela responder: *Não!*

E então o toque de chamada começa a soar no meu celular. Olho para Mari, e ela assente com a cabeça. Aperto o botão.

E lá está minha mãe, sentada no chão com Hobo no colo. Está vestindo calça jeans e camiseta, o cabelo preso naquele coque bagunçado que ela tanto tem gostado de usar ultimamente.

– Olhe só quem passou a me amar! – exclama ela.

Josie, porque ela é Josie nesse momento, começa a chorar ao ouvir a voz de nossa mãe.

– Que maravilha, mãe. Obrigada mesmo por estar fazendo isso. Olhe só, eu tenho algumas novidades.

– Tem? – Ela deve ter captado algo no meu tom de voz, pois se empertiga. – O que é?

– Eu a encontrei.

Neste momento, viro a câmera lentamente para o outro lado, e lá está minha irmã, viva, tão ela mesma que nem tem como confundir.

– Oi, mãe – diz ela.

Minha mãe emite um ruído estridente, algo que se situa entre um uivo e uma risada.

– Josie! Ai, meu Deus.

Josie também está chorando, e as lágrimas escorrem por seu rosto. Ela estende a mão e encosta na tela.

– Eu sinto muito, mãe.

Por um bom tempo, elas apenas choram e olham uma para a outra, murmurando coisas: "Você está com uma aparência ótima", "Nem consigo acreditar em como você envelheceu pouco", "Não consigo parar de olhar para você".

Por fim, Josie se empertiga e, pela segunda vez nesta manhã, enxuga as lágrimas do rosto.

– Você está ótima, mãe!

– Obrigada. Você também está. Você largou a bebida.

Mari assente com a cabeça.

– Larguei tudo.

– Eu também.

Reviro os olhos.

– Ok, será que a reunião dos Alcoólicos Anônimos não pode ficar para uma outra hora?

As duas riem.

– Tenho tanta coisa para contar para você – declara Mari.

– E pode ter certeza de que quero ouvir cada detalhe. Ei, Kit! – Ela grita essa última parte como se eu estivesse no cômodo ao lado.

Viro a câmera para enquadrar meu rosto.

– Estou aqui, mãe.

Ela parece abalada e feliz, e enxuga as lágrimas do rosto.

– Obrigada. Também mal posso esperar para ouvir sobre a sua viagem. Você está bem?

Fico em silêncio por um instante, mergulhada em meus pensamentos, em tudo o que aconteceu, na busca por Josie e em Javier e na terrível informação de que disponho agora, sobre como a negligência da minha mãe permitiu que minha irmã fosse estuprada aos nove anos de idade.

– Estou – respondo, mas está evidente que não tenho certeza disso. – Ou vou ficar, pelo menos.

– Tudo bem.

– Passe para cá, para eu poder falar com ela de novo – pede Mari, e eu lhe entrego o telefone. – Mãe, tem duas coisas que preciso contar hoje, e depois temos de ir embora, porque há uma tempestade se aproximando. Eu sou casada e tenho dois filhos, então você é avó.

Minha mãe solta um som abafado, e consigo imaginá-la cobrindo a boca com a mão.

– Eles se chamam Leo e Sarah, e Sarah é uma miniatura da Kit, tem até aquela pelezinha entre os dedos dos pés igual à dela. Você vai amá-la, e precisa vir conhecê-la.

– Eu vou, querida. Prometo.

– As coisas estão meio malucas agora, embora eu esteja torcendo para que logo elas se ajeitem... Mas, independentemente do que acontecer, eu quero ver você. E, mãe, obrigada pelo dia do terremoto. Eu nunca agradeci.

Agora consigo ouvir um soluço estrangulado vindo da minha mãe, e sou invadida por uma ansiedade estranha.

– De nada, filha.

– Temos de ir, mãe – aviso, quando Mari me devolve o celular. – Dê muitos beijos no meu gatinho. Eu aviso quando comprar a passagem de volta. Não vai demorar.

– Não tenha tanta pressa, querida. Estou feliz, e você viu como o Hobo está bem.

Desligo o celular e o mantenho entre os dedos, ciente de um tremor leve e débil correndo por minhas veias. Josie apoia a cabeça na janela do carro, as lágrimas escorrendo pelo rosto, o olhar fixo no horizonte longínquo.

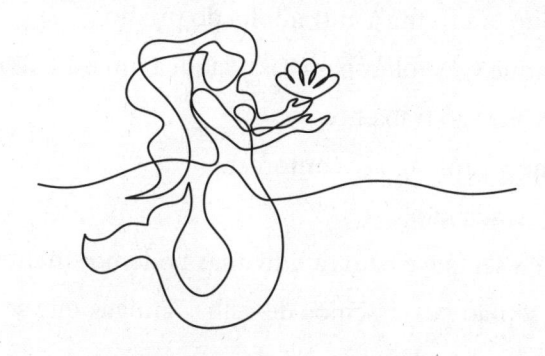

Mari

Kit e eu permanecemos em silêncio durante todo o trajeto até o apartamento. Parece que meu coração foi esmigalhado em dez mil pedacinhos, e eu ainda não contei a ela sobre a última coisa. Meus pensamentos estão se voltando para Simon, e depois retornam para a expressão no rosto da minha mãe ao me ver, e a forma como Kit ficou séria quando confessei o que Billy Zondervan fez comigo.

– Você deveria denunciá-lo – declara ela, quando estamos quase chegando ao prédio. – É bem provável que ele ainda esteja fazendo isso.

Assinto com a cabeça.

– Eu obviamente não conseguiria fazer isso antes, mas agora estou cogitando mesmo. Só fico preocupada de que isso possa fazer as pessoas sentirem pena de mim. Talvez faça meus filhos me enxergarem com outros olhos.

– Antes de tudo: não. Ninguém vai sentir pena de você por denunciar um pedófilo. E, em segundo lugar, talvez eles não precisem saber. – Instintivamente nego com a cabeça. – Tudo bem, certo. Entendi essa parte. Só você sabe com o que eles são capazes de lidar.

– Obrigada.

Estaciono em frente à entradinha do prédio.

– Acho que vou voltar para casa daqui a um ou dois dias – declara Kit. – Preciso voltar ao trabalho.

Sinto meu estômago se contorcer.

– Não! Ainda não!

– Sim, eu sei que é bem rápido, mas podemos manter contato.

Como se não passássemos de velhas amigas que se encontraram por acaso. Mas preciso dar espaço a ela.

– Obrigada por ter vindo. Obrigada por ter falado comigo. Obrigada por tudo isso, Kit. Sério.

Ela relaxa e se inclina para me dar um abraço. Sinto o cheiro dos cabelos dela, a firmeza dos seus músculos.

– Nós vamos manter contato.

– Javier está apaixonado por você, Kit. Eu acho que você deveria dar uma chance a esse relacionamento.

– Humm – diz ela, e se recosta de volta ao assento. – Espero que as coisas se ajeitem com Simon.

– Pois é... – Deslizo o polegar pela costura no couro do volante. – Então vai ficar por isso mesmo? Nada mais?

– Não sei. O que é esperado que a gente faça? Eu ligo para você quando chegar em casa.

– Tudo bem. Sarah vai adorar escrever para você.

– E eu vou adorar escrever para ela.

Respiro fundo. Cogito manter essa última informação só para mim. As gotas de chuva começam a cair com força sobre o para-brisa.

– Kit, tem mais uma coisa que eu preciso contar. Para tudo ficar às claras.

Posso perceber a cautela preenchendo todo o seu corpo.

– Talvez seja melhor não falar nada – declara.

– Não podemos seguir em frente com mais segredos.

Ela baixa a cabeça. Futuca as unhas.

– Vá em frente.

– Quando mamãe e eu fomos para Santa Cruz no dia do terremoto, eu fui fazer um aborto.

Kit arqueia as sobrancelhas.

– Sinto muito por isso – declara –, mas não é exatamente uma grande surpresa.

– Bem, na verdade, eu realmente beijava vários garotos naquela época, mas não transava com ninguém. Eu tinha medo. Mas aí acabou acontecendo. – Sinto uma ardência tão forte no peito que é como se fosse derreter meus ossos. – Quando você estava naquele acampamento médico e os nossos pais estavam no Havaí, fiz o Dylan tomar um porre e depois transei com ele.

O corpo de Kit fica tão imóvel que, de repente, parece que ela se transformou em uma fotografia de si mesma. Toda a cor abandona seu rosto.

– O aborto... Era dele. E ele tinha morrido, então o que eu podia fazer?

Por um bom tempo, ela permanece imóvel. A chuva fustiga o teto do carro, enturva a minha visão do mundo.

– Por que você não me contou, Josie? – pergunta ela baixinho.

– Eu não queria que você me odiasse. Que me culpasse pela morte dele.

Ela suspira, fecha os olhos.

– Então foi por isso que ele se afogou – diz, e não é uma pergunta.

Todos os meus ossos se derretem, e eu não consigo olhar para ela.

– Ele estava tão zangado e envergonhado. Eu não deveria ter feito aquilo. Nem sei por que fiz. Ele estava tão atormentado. – Não consigo conter as lágrimas que irrompem nos meus olhos. – Ele nunca mais falou comigo depois disso.

– Acho que você mereceu – diz ela, e em seguida abre a porta e salta para fora do carro. Depois, vira para me encarar, a chuva escorrendo pela

cabeça, encharcando os cabelos, pesando sobre os cílios. Eu a amo como se ela fosse uma parte de mim. Como se fosse meus olhos, meu coração.
– Ninguém nunca protegeu você da forma como deveriam. Mas *eu* teria feito isso. – Ela está em prantos. – Eu teria protegido você.
E então bate a porta do carro com força.

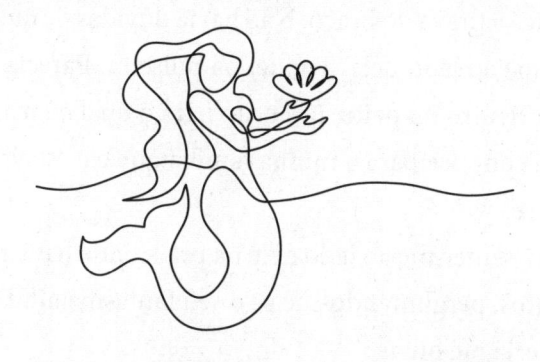

Kit

Duas semanas antes do terremoto, quando eu tinha treze anos, encontrei o corpo de Dylan.

Era uma manhã fria e nublada, com um nevoeiro tão denso que quase não conseguia enxergar um palmo à frente do rosto enquanto descia os degraus da enseada, e eu tinha levado Pop-Tarts e uma caixa de leite para tomar o café da manhã longe da luta interminável que irrompera em casa. Minha mãe gritou com meu pai. Meu pai gritou com Josie. Ela gritou de volta. E assim por diante, sem parar. Minha irmã tinha feito alguma coisa séria dessa vez, mas eu não sabia o que era, e, para ser sincera, nem ligava mais. As pessoas a chamavam de várias coisas na escola, insultos realmente pesados, e, depois de quatro anos assistindo ao comportamento dela afundar cada vez mais, eu estava cansada de tentar entender o que tinha acontecido. As atitudes dela me enchiam de vergonha.

Dylan estava deitado de bruços na areia úmida, quase no ponto onde costumávamos armar a barraca muitos anos antes. Ele estava com a mesma camisa e a mesma calça jeans do dia anterior, mas não usava sapatos. O cabelo estava solto e emaranhado. O pulso esquerdo trazia a pulseira de couro com contas de prata que eu tinha feito para ele na quarta série, e Dylan nunca a tirava do braço. Não havia dúvidas de que ele estava morto.

Sentei-me ao lado dele. Toquei na pulseira. Parecia que meu coração ia explodir dentro do peito, um grito para o qual eu não podia dar vazão. Assim que contasse para a minha família que ele estava ali, eu o perderia para sempre.

Por isso, sentei-me ao lado dele na praia onde havíamos passado tanto tempo juntos, perguntando-me se o seu fantasma ainda estava por perto. Se ele poderia me ouvir.

– Eu queria muito que você não tivesse feito isso – declarei e dei uma mordida no Pop-Tart. – Mas acho que você simplesmente não aguentava mais. Acho que eu sempre soube que, mais cedo ou mais tarde, isso iria acontecer. – As lágrimas irromperam em meus olhos, e as deixei escorrer pelo rosto. – Eu só quero que você saiba que minha vida foi muito melhor por sua causa. Muito melhor, mesmo.

Algumas das minhas lágrimas escorreram pelo pescoço. Dei outra mordida e mastiguei, sem pressa.

– Primeiro de tudo: você me ajudou a ir para a escola todos os dias e sabe quanto eu gostava disso.

A neblina se agitava em torvelinhos, e, entre as brumas, pensei ter visto Cinder sentado ao lado de alguém.

– Em segundo lugar, você me ensinou a surfar, e sabe que amo isso tanto quanto você. – Pensativa, dei outra mordida e tomei um gole de leite. – Eu achei que o surfe poderia salvar você. Sério, mesmo... Sei lá, talvez se as pessoas não tivessem sido tão cruéis com você quando você era pequeno. E em terceiro lugar...

Minha voz falhou. As mãos de Dylan estavam estendidas ao lado do corpo, e pensei naquelas mãos segurando os livros que ele lia para nós. Pensei nelas segurando facas e fatiando abobrinhas. Pensei nelas em meus cabelos, trançando-os todos os dias para que eu não parecesse uma doida.

– Eu estou tão triste. Estou mais triste do que jamais estive em toda a minha vida, e não quero me levantar e contar a eles que você está morto, porque aí vai ser real, e eu nunca, nunca mais vou ver você de novo.

Curvei o corpo para a frente e tentei respirar fundo para aplacar a dor pura e lancinante que me atravessava, tão violenta quanto uma correnteza me levando para o fundo do mar. Eu não sabia como conseguiria viver com uma dor dessas, o que me fez pensar em todas as coisas pelas quais ele havia passado, e me empertiguei. Engoli em seco.

A névoa estava começando a se dissipar. Comi o resto dos biscoitos, depois estendi a mão e me pus a desamarrar a pulseira de couro em seu braço. Era velha, e demorei muito tempo para desfazer o nó. Fiquei incomodada ao sentir como a pele dele estava fria, mas sabia que coisas mortas não conseguiam sentir nada. Ele não ia ligar.

Quando consegui tirar a pulseira, guardei-a no bolso. Perto da caverna onde encontrei o tesouro dos piratas naquela manhã, tantos anos antes, vi os dois: Dylan e Cinder.

Levantei a mão e acenei.

Eles despareceram.

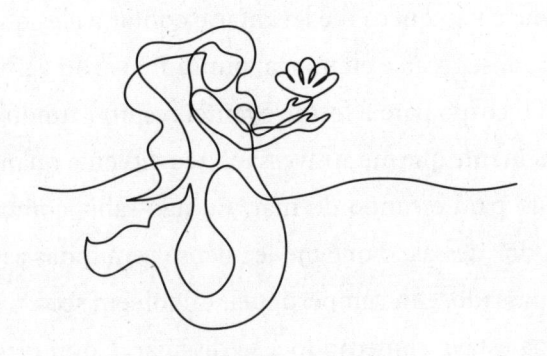

Mari

Estou no quarto de Helen esta noite, vasculhando as pilhas de revistas que ela guarda, procurando por pistas ou talvez um diário escondido. Qualquer coisa. Ainda está chovendo, e, para evitar que os ruídos fantasmagóricos me perturbem, botei música para tocar no celular. O som está bem baixinho, mas, para ser sincera, é melhor que nada.

Esse trabalho tedioso me faz bem. Preciso ocupar meu cérebro apenas o suficiente para não ficar me preocupando com tudo o tempo todo, mas em algum lugar as informações ainda estão sendo processadas. Correm de um lado para outro, buscando conexões. Isso fica aqui, isso vai para lá, no fim, tudo vai fazer sentido. Minha mãe. Simon.

Kit.

Céus, a expressão de ódio no rosto dela quando foi embora! Talvez eu não devesse ter confessado tudo. Talvez ela não precisasse saber disso agora. Mas, para ser sincera, se vamos voltar para a vida uma da outra, não pode mais haver mentiras. Já vivi com mentiras suficientes para um milênio.

Por causa da música no celular, só ouço Simon chegar quando ele já está na porta. Ao vê-lo, meu coração para por um instante. Eu o amo como se tivesse sido feito sob medida só para mim. Seus olhos estão obscuros, os ombros ligeiramente curvados como os de Atlas, carregando o mundo nas costas.

– Você está podendo conversar agora?

Não consigo inferir nada por seu tom de voz, mas levanto-me de um salto.

– Claro. Quer descer e tomar uma xícara de chá?

– Sim.

Ele não entra no quarto para me beijar e se certifica de não encostar em mim enquanto descemos as escadas.

– As crianças estão bem?

– Estão. Elas acham que você foi passar uns dias com a sua amiga. Você surfou?

– Sim. Na Praia de Piha. Foi ótimo.

A conversa parece tão tensa quanto os laços de um espartilho. Eu trato de ir pegar a chaleira e as xícaras, enquanto Simon se senta pesadamente à mesinha.

– Este cômodo é bem estranho, né?

– Pois é. Por que Helen deixou desse jeito? Ela tinha dinheiro para fazer o que quisesse. Por que este cômodo verde e sombrio? – Ele meneia a cabeça, e enxergo o cansaço estampado no gesto. – Você está bem?

– Não, Mari, não estou. Eu estou destruído.

Baixo a cabeça.

– Eu sinto muito. Eu sei que é idiota, mas eu realmente nunca achei que isso viria à tona.

– Meu Deus.

– Você está pronto para ouvir a história? – Tudo o que mais desejo neste momento é que as coisas corram melhor com ele do que correram com Kit.

– Acho que estou.

Então eu conto a ele. Tudinho, começando com o Éden, e com Kit e Dylan na praia. Conto a ele sobre a negligência dos meus pais e sobre ter sido abusada sexualmente. Conto como eu era rebelde e como me tornei uma alcoólatra muito cedo. Conto sobre o aborto, e Dylan, e o relacionamento estranho que tivemos, em parte amantes, mas também irmãos, e mentor e pupila... uma relação inteira e completamente perturbada.

E mesmo assim...

– Nós duas o amávamos tanto... eu e Kit. Ele simplesmente entrou na nossa vida de repente e depois saiu dela do mesmo modo.

– Por que você não me contou? Em algum momento, em algum lugar?

Não consigo encará-lo.

– Eu não sei. Eu acho que... Pensei que, se você soubesse de tudo isso, não me amaria mais.

Ele meneia a cabeça.

– Por quê? Que parte de mim te levou a crer que eu a amaria menos se você tivesse me contado?

Estou me esforçando muito para não chorar.

– Não tinha nada a ver com você, Simon. Era tudo porque eu sentia vergonha de mim. Dylan se matou por minha causa. Eu roubei tudo que minha irmã tinha. Fingi minha própria morte. – Faço uma pausa, apertando as coxas com força. – A pessoa que deixei para trás não era alguém de quem eu me orgulhava.

– Ah, Mari. Você deve achar que sou tão superficial. – O corpo ainda parece curvado. Ele toma um gole de chá, depois empurra a xícara para longe. – Eu sinto muito por tudo isso ter acontecido com você, Mari. De verdade. Ninguém deveria ter de viver desse jeito.

Recosto-me na cadeira, esperando que ele continue.

– Mas eu não posso perdoar você por ter mentido para mim durante todos esses anos. Você teve tantas oportunidades de me contar a verdade e não aproveitou nenhuma delas.

Meu coração afunda no peito.

– Vou pedir ao meu advogado que prepare um acordo. Vamos dividir a custódia das crianças e descobrir a melhor forma de fazer isso. Eu ficarei com a casa em Devonport, e você pode ficar com esta aqui.

Por um tempo muito longo, fico apenas olhando para ele.

– Você só pode estar brincando comigo, Simon.

– Eu garanto que não estou.

– Mais idiota ainda, então. – Fico de pé, dou a volta na mesa e o faço se empertigar na cadeira. Depois disso, eu deslizo para o colo dele, frente a frente, e o envolvo com os braços. – O que temos é *tão* bom.

– Era bom. – Ele parece mal-humorado e triste, mas não está me afastando, e isso é um ótimo sinal.

Minhas mãos estão pousadas em seus ombros, e as movo em direção ao seu rosto.

– Eu paguei por tudo que fiz e mais um pouco, Simon. Quando a vida me deu uma chance, descobri uma forma de dar a volta por cima. E olhe para nós, Simon! Que tipo de idiota se apega tanto à bússola moral a ponto de jogar pelo ralo a esposa e a família que construíram juntos?

– Eu não vou jogar você pelo ralo.

– Hum, bem, é exatamente o que você está fazendo. Se continuar tão irredutível assim, todos nós vamos sofrer. Todos: você, eu, as crianças. Seria muita imbecilidade.

Simon afasta minhas mãos do rosto dele.

– A confiança é a base de tudo, Mari. Se tudo que você me disse até hoje foi uma mentira, como posso acreditar em qualquer coisa que você disser daqui para a frente?

Suspiro profundamente. O medo começa a fincar suas garras afiadas no meu coração. Mas eu me tornei uma pessoa capaz de lutar por aquilo que há de bom na minha vida. Uma mulher que não foge das coisas.

– Eu não menti sobre absolutamente nada em nossa vida desde que nos conhecemos, apenas sobre o passado.

Ele começa a negar com a cabeça de novo, me tirando de seu colo.

— Não. — Seguro com mais força, usando as mãos e as pernas. — Nós não vamos arruinar a nossa família por causa disso. Não vamos. — Minhas mãos estão apoiadas no cabelo acima das orelhas dele, os punhos cerrados. — Isso não é um romance vitoriano deprimente, em que a mulher que faz escolhas erradas tem de enfrentar uma morte terrível. Eu não sou Veronica Parker, que pagou pelo pecado de ter a vida que ela queria ter. Isso somos eu e você. Nós nos apaixonamos no instante em que nos conhecemos, e nossa relação tem sido boa desde então.

As lágrimas tornaram a brotar nos olhos dele.

— Eu estou tão bravo com você.

— Eu sei. E tem todo o direito de estar. Fique muito bravo. Mas podemos lidar com isso.

Ele apenas me puxa para perto, e sei que está chorando, se esforçando para manter a fachada de virilidade.

— Você pode voltar para casa, mas isso ainda não acabou.

— Sem problemas. Por mim tudo bem.

— Eu não sei como lidar com isso — declara ele, com aspereza.

— Eu também não. — Encaro a realidade de tudo o que aconteceu. — Pode ser que, no fim das contas, você não consiga me perdoar.

— Receio que isso possa ser verdade.

Fecho os olhos.

— Eu te amo muito, Simon. Eu te amo mais do que já amei qualquer outra pessoa, com exceção dos nossos filhos, que são fruto do nosso amor. Você é o sol da minha vida, a coisa mais normal que já me aconteceu.

Ele fecha os olhos, e as lágrimas escapam por entre as pálpebras.

— É que eu te amo tanto — sussurra. — E tudo sempre foi tão perfeito.

— Se esta for a pior coisa que vai acontecer à nossa família, podemos nos considerar muito sortudos.

Ele suspira, as mãos apoiadas na minha cintura.

– Você é o meu calcanhar de aquiles.

Limpo uma das lágrimas com o polegar e me aproximo para beijar-lhe as pálpebras.

– Não. Eu sou seu raio de sol pela manhã e seu luar à noite.

Ele solta um riso estrangulado, e em seguida seus braços estão me envolvendo com tanta força que é minha vez de soltar um som abafado de gratidão.

– Eu preciso de você – declara ele.

– Eu sei. E eu preciso de você. – Aproximo-me de seu pescoço e sussurro: – Eu sei que é um caos completo, mas vamos resolver isso com o tempo.

Por longos minutos, ficamos sentados ali, juntos e exaustos.

– Eu fiz uma chamada de vídeo com a minha mãe – falo baixinho. – Eu disse a ela para vir nos visitar.

– E ela vem?

– Eu espero que sim – respondo, e percebo que é verdade.

Agora só falta Kit me perdoar, e tudo vai ficar bem.

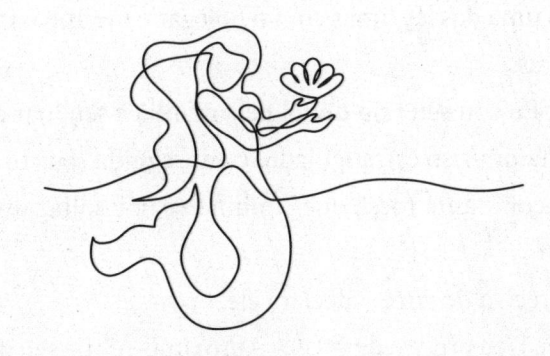

Kit

Entro no elevador e subo direto para o andar de Javier. Meu cabelo está molhado por causa da chuva, e cada centímetro do meu corpo treme. Não consigo nem recobrar o fôlego. Não consigo parar de pensar que, se eu conseguir encontrar Javier, conversar com ele, algumas coisas vão fazer sentido. Dylan e Josie.

Josie.

Javier não está em casa. Pego o celular para ligar para ele, mas em seguida o guardo de volta na bolsa, sentindo-me sem ar, como se fosse me desfazer em pedaços, me dissolver no universo. Parada no corredor, trêmula, não consigo pensar no que fazer. Não sei qual deve ser meu próximo passo.

Eu não posso fazer isso. Não consigo lidar com isso. Não consigo respirar nem pensar nem mesmo me concentrar em um único pensamento. Josie e Billy. Dylan e Josie. Minha pobre irmã, forçada a carregar tudo isso sozinha por tanto tempo. E por fim forjando a própria morte para não ter mais de lidar com aquilo.

Dylan.

Lembranças dele invadem minha mente. Tão lindo, tão perdido, tão atormentado.

Como ele pôde ter transado com Josie? Como pôde ter mantido em segredo desse jeito o abuso que ela sofreu? Sabendo que ela precisava conversar com alguém. Buscar ajuda profissional. Ele a viu se afundar cada vez mais, bebendo, se drogando, e não apenas não a impediu como a incentivou. Como foi que não percebi tudo isso?

Subjugada, dou meia-volta e sigo até o elevador.

Casa. Eu só quero ir para casa. Deitar-me na minha própria cama. Sentar-me na minha varanda.

Quero isso tão desesperadamente que, de uma hora para outra, não consigo pensar em mais nada. Volto para o meu apartamento e começo a jogar tudo na mala de qualquer jeito, sem dobrar nada. Sutiãs, calcinhas usadas e camisetas novas. Parece que passei por uma jornada muito longa e desafiadora, como se eu tivesse dado a volta no mundo e participado de um milhão de festivais e agora estivesse indo embora como uma pessoa mudada.

Nesta tarde, a vista das janelas se revela melancólica e suave; a água está turbulenta, com um tom cinzento por causa da chuva, e a visão me enche de dor. Não explorei o lugar tanto quanto gostaria. Queria descobrir mais coisas, mas agora é impossível ficar aqui. Tenho de voltar para casa, para o meu refúgio, para o mundo que eu construí.

Abro o *laptop* e compro uma passagem de avião para esta noite. Custou uma fortuna, mas não me importo. Fui além e reservei uma na primeira classe. O voo sai às quinze para a meia-noite, e chegarei em casa pela manhã. Já arrumei as malas. Talvez deva simplesmente ir para o aeroporto.

Ouço uma batida à porta e, por um momento, cogito não atender. A única pessoa que vem aqui é Javier.

Mas seria extremamente cruel ir embora sem avisar. Tomo um tempo para me recompor, e então abro a porta. Ele está vestindo jeans macios e a camiseta azulada de manga comprida que lhe cai tão bem no corpo. Os pés estão descalços, o que desperta aquela parte física de mim que ainda o quer.

– Oi – digo, tentando parecer bem natural. – Acabei de passar pelo seu apartamento.

– Eu estava praticando violão – responde ele, e seus olhos brilham. – Precisa de alguma coisa?

– Pode entrar.

Ele vê a mala na cama.

– O que é isso?

– Minha irmã... Dylan... Tem uma... – Meneio a cabeça. – Eu simplesmente não consigo lidar com isso. Preciso ir para casa.

– Você está indo embora? Agora? Hoje?

Jogo mais uma camisa na mala.

– Estou. Já está na hora. Eu preciso ir.

Ele franze a testa ligeiramente.

– Aconteceu alguma coisa?

– Sim. Confissões das mais variadas. Coisas que eu não sabia. Coisas que eu não queria saber.

– Você está bem? Você parece... – ele estende a mão em direção aos meus braços, mas me esquivo dele, sem saber o que pode acontecer se ele me tocar – ...abalada.

– Vou ficar bem assim que for embora daqui e retornar à normalidade. – Engulo em seco. – Sinto muito por estar indo embora tão de repente. Eu apreciei muito a sua companhia.

Ele morde o lábio inferior, e há algo em seu olhar que eu nunca tinha visto antes, algo mais obscuro.

– Apreciou?

Javier se aproxima de mim, e eu me afasto, e ele vem atrás, como se estivéssemos dançando.

– Pare com isso – peço. – Eu não sou esse tipo de mulher.

– E que tipo de mulher é essa, Kit? Aquela que se apaixona, que permite que suas emoções venham à tona?

Javier acaricia minha nuca suavemente, e eu estremeço. Fico paralisada diante do toque, e não consigo me afastar quando ele diminui a distância entre nós e beija o ponto que seus dedos tocaram, um beijo leve e demorado.

As mãos deslizam para envolver minha cintura, e consigo sentir meu coração bater em cada parte do meu corpo: na palma das mãos e na sola dos pés, nas coxas, nos seios e no pescoço.

Ele me vira em seus braços e me pressiona contra a parede logo atrás. Solto um suspiro quando nossos corpos se juntam, e ele abre um sorriso leve.

– *Apreciar* é uma coisinha pequena, do tamanho de uma azeitona. – Ele desliza as mãos pela parte de trás das minhas coxas, por baixo da saia que estou usando, e me puxa para mais perto. – Isto aqui é muito, muito mais do que *apreciar*, e você sabe disso.

Ele curva o rosto para envolver meus lábios em um beijo insistente, os pelos da barba arranhando meu queixo. Percebo que solto um gemido baixo, e de repente minhas mãos estão envolvendo o corpo de Javier, puxando-o para mais perto de mim. Ele me beija sem parar, as mãos perambulando por todos os cantos, me estimulando. Meu rosto está coberto por algumas lágrimas, e, não sei por quê – acho que são de antes –, mas a única coisa em que consigo pensar é que preciso do corpo dele, da cabeça aos pés.

Nossos corpos se enlaçam de forma quase violenta. Sem tempo para explorar. Sem calma. Apenas lábios famintos e roupas rasgadas, minha camisa e a parte de cima e de baixo do biquíni, a calça jeans dele. No momento seguinte, estamos arremetendo com força um contra o outro sobre a cama em que nunca mais vamos dormir. Nós dois nos perdemos no momento, nos afundando cada vez mais, dissolvendo e derretendo e depois nos reagrupando, eu nele, ele em mim, minhas moléculas entranhadas em sua pele, as dele entranhadas nos meus ossos.

Depois que acaba e estamos ambos ofegantes, ele não se move: apenas envolve meu rosto entre as mãos.

– Isto não é *apreciar, mi sirenita*. Isto é paixão. – Nós dois estamos com a respiração entrecortada. Ele mantém o olhar fixo ao meu, aproxima o rosto para beijar meus lábios. – Isto é amor.

As lágrimas escapam dos meus olhos e escorrem pelo rosto. Passo as mãos pelo cabelo dele, sinto o couro cabeludo.

– E como posso confiar nisso, Javier? Paixão instantânea?

– É assim que você chama?

– Eu não sei. Sou péssima nesse tipo de coisa.

– Não confie em mim – sussurra ele, acariciando a extensão do meu queixo com o dedo indicador. – Confie em nós. Nisto aqui.

Por um momento muito longo, desejo ser outra pessoa, desejo ter um pouquinho da inconsequência que é algo tão presente na minha mãe e na minha irmã.

– Eu não posso – sussurro. – Simplesmente não posso.

Ele olha para mim, toca as lágrimas.

– O gelo está derretendo – diz, e me dá um beijo suave. – Vá. Mas eu quero seu e-mail. Passei o dia inteiro compondo. Quero mandar uma música para você.

– Oh, não. – Fecho os olhos. É estranho que essa conversa esteja acontecendo enquanto estamos assim, só com metade das roupas no corpo, ainda bagunçados depois do sexo. – Eu não vou aguentar.

Ele ri baixinho. Beija meu queixo. Meu pescoço.

– Você vai gostar, *gatita*. Prometo.

Por fim, eu cedo. Javier fica comigo até a hora de eu ir para o aeroporto, mas não conversamos muito. Ficamos apenas sentados em silêncio, as mãos dele afagando meus cabelos, enquanto assistimos à chuva.

Fico bem até que o avião decole. Então, quando ele sobrevoa a cidade e vejo as luzes amareladas e as baías entalhadas lá embaixo, sinto que minhas costelas vão se partir, como se eu tivesse fincado raízes profundas naquele lugar, como uma das enormes figueiras, e agora as estou arrancando com violência de uma só vez. Por que estou indo embora?

Qual é o meu problema?

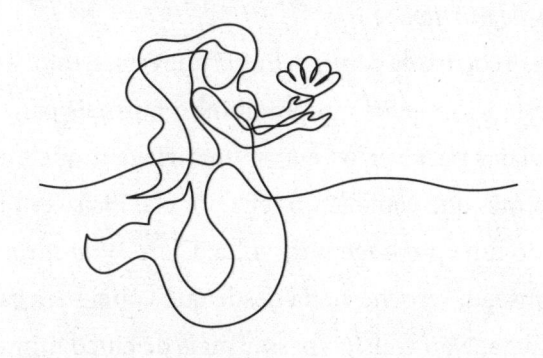

Kit

Um mês depois

A noite no pronto-socorro foi brutal. Um adolescente morreu ao colidir o carro com uma mureta, e o veículo foi lançado ao rio; uma vítima de overdose de fentanil que não conseguimos salvar; uma senhora que teve fratura exposta na perna em dois pontos diferentes ao cair da escada.

E tudo isso me abala de um jeito estranho. Passo o resto da noite furiosa com o mundo inteiro.

Está caótico. As mesmas coisas de sempre. Pulsos fraturados, dentes quebrados e intoxicação alimentar. O corpo humano é uma criação delicada e surpreendente. Não é preciso quase nada para destruí-lo por completo, e, no entanto, também é preciso muito esforço para dar cabo dele. A maioria de nós consegue se manter viva no planeta, em nossos próprios corpos, por setenta ou oitenta anos, todos acumulando cicatrizes pelo caminho, cada uma delas contando uma história. O pedaço de teto desabado que marca seu rosto para sempre, a fivela de cinto, as queimaduras de cigarro.

Recebo uma mensagem da minha mãe: *Quer café da manhã hoje? Fiz panquecas de mirtilo.*

Ela está preocupada comigo. Eu sei que está. E estou tentando fingir que as coisas estão ao menos um pouquinho normais para que ela não tenha medo de viajar para ver os netos, uma viagem que está marcada para a metade do mês que vem. Estou feliz por ela. Ela se esforçou. Merece tudo isso. Mando uma mensagem de volta: *Claro. Vou surfar. Passo aí depois.*

Não consegui resolver nada desde que voltei para casa. O trabalho me deixa inquieta. Não consigo passar mais de cinco minutos sentada com a minha mãe. Não consigo ler. Hobo está bem, como minha mãe disse que estava, e ela acha que talvez ele queira uma companhia.

Tudo o que faço é surfar em toda oportunidade que tenho. A previsão das ondas desta manhã não é particularmente boa, mas não ligo. Coloco a prancha no porta-malas e, em um impulso, resolvo ir até a enseada. Não estive lá desde que voltei da Nova Zelândia. Talvez eu esteja em busca de respostas.

Mas respostas para quê? Tudo o que já aconteceu com qualquer pessoa, a todo momento? Às vezes a vida simplesmente é miserável, e nada mais. Tive a sorte de passar bons anos no Éden com Dylan, Josie e Cinder. Todos felizes, sempre na praia, antes de tudo acontecer. Algumas pessoas nem chegam a ter algo parecido com isso.

Uma das coisas que não me descem é Dylan. Eu achava que o conhecia e o entendia, mas os segredos que Josie revelou destruíram a visão que eu tinha dele.

Ou, para ser sincera, talvez eu já soubesse.

Às vezes eu os via na praia tarde da noite. Via quando os dois aproximavam as cabeças e riam juntos, como se fossem cúmplices de alguma brincadeira só deles. Aquilo me deixava com ciúme o suficiente para que agora eu perceba que já sabia. Fosse ou não apropriado, o fato é que os dois tinham um relacionamento íntimo, e que não tinha nada a ver comigo.

Mas o que tudo isso representa para a minha relação com ele? Para as memórias que tenho dele? Durante todo esse tempo, essas eram as únicas coisas com as quais eu podia contar. Dylan me amava. Ele tornou a minha vida melhor. Ele me salvou de inúmeras formas.

Isso continua sendo verdade. Também é verdade que ele contribuiu para a ruína da minha irmã.

Não sei como conciliar esses dois lados dele.

Eu me sinto bem quando estou no mar. Não preciso pensar. Posso apenas deslizar pelas ondas, tornar-me parte da natureza. Sobre as ondas, eu me pergunto se é isso que Dylan estava fazendo: dissolvendo-se na natureza. Ou, pelo menos, tentando. No fim, foi exatamente o que ele fez. Afogamento foi uma morte perfeita para ele.

Para ser sincera, as ondas não estão lá grandes coisas, e volto para a areia depois de apenas meia hora. Tiro meu traje de mergulho e visto uma calça de moletom e uma camiseta, depois amarro o cabelo em um coque bem no topo da cabeça. Minha mãe não vai se importar.

O toque de e-mail ressoa no meu celular. Encostada no meu jipe no topo da falésia onde se localizava o Éden, abro para ler o que diz.

Mi sirenita,

O céu esta noite está brilhando com uma luz alaranjada que reflete no mar. Fui a pé até o Ima para jantar, um lugar a que vou com frequência agora. Comi frango assado e pensei em você.

Espero que você esteja bem. Sua irmã me convidou para jantar, e eu disse a ela que adoraria. Sarah vai ficar triste por você não estar comigo, mas vou levar tinta para caneta-tinteiro e falar para ela que foi você quem mandou. Talvez você realmente esteja aqui em breve. Estamos todos esperando, ansiosos por ter sua companhia.

Com amor,
Javier

Ele me manda alguma coisa todos os dias. Uma mensagem como essa. Um fragmento de um poema... ele adora as poesias de amor do Pablo Neruda. É comovente e amável, e eu só respondo a cada três ou quatro e-mails. Parece uma ligação tola, fadada a desaparecer. E, verdade seja dita, só passamos alguns dias juntos. É ridículo eu estar abatida por causa disso. Minha mãe teve todo o cuidado de não tocar no assunto da minha tristeza.

Ali, na falésia que assoma sobre a enseada vazia, sinto os fantasmas ao meu redor. Dylan está apoiado no carro enquanto fuma um baseado. Meu pai tira a poeira da calça jeans, o relógio guardado no bolso da camisa. Nunca encontramos o relógio, e passei dias chorando por causa disso.

Nenhum dos dois era perfeito. Um era um homem duro que tinha sido criado em um lugar severo. O outro havia sido destruído pelos maus-tratos.

Assim como Josie.

A revelação chega de forma suave, fluindo pelo meu corpo como uma brisa de verão. Alivia os nós no meu estômago, recolhe os espinhos protetores que revestem meu coração. Talvez eu não tenha de escolher entre Dylan, o vilão, e Dylan, o meu herói amado. Talvez ele fosse os dois. Talvez Josie também fosse – seja – as duas coisas. Heroína e vilã.

Talvez todos nós sejamos um pouco dos dois.

O mar está calmo. Pela primeira vez em muitas semanas, também me sinto calma. Ainda não decidi o que fazer em relação ao meu trabalho. Estou cansada de remendar humanos que se machucam, e talvez esteja na hora de voltar para os animais. Meu primeiro amor foi o mar, os animais e os peixes na água, e Deus sabe que eles precisam de toda a ajuda que puderem neste momento. Tenho muito dinheiro guardado. Poderia procurar alguma nova área de estudo.

Quem sabe.

Minha barriga ronca, entro no jipe e dirijo até a casa da minha mãe. O sol está começando a aparecer por entre as nuvens, e a visão melhora um pouco meu humor. Talvez eu só precise de umas longas férias em um lugar ensolarado. Subo as escadas, analisando as possibilidades: Taiti, Bali, as Ilhas Maldivas.

Espanha.

A mera palavra já faz todos os pelos do meu corpo se arrepiarem de um jeito dolorido. Tenho de parar no meio da escadaria e respirar fundo, obrigando todas aquelas coisas a voltarem para onde deveriam estar. Será que eu realmente me apaixonei pelo Javier?

Não poderia ter me apaixonado em menos de uma semana. Isso seria um absurdo de tão ridículo.

Mas então por que sinto tanta saudade dele? É como se as estrelas tivessem caído do céu. À parte de todas as outras coisas, sinto saudade especificamente de Javier. Tenho saudade de conversar com ele. De ser eu mesma ao lado dele.

Subo o resto dos degraus pisando forte, abro a porta e estaco, perplexa.

– O que você está fazendo aqui?

– Surpresa! – exclama minha mãe.

– Surpresa! – ecoa Sarah, e atravessa a sala correndo para me abraçar.

– Nós todos viemos ver você!

O corpo dela é sólido e forte. Espalmo as mãos sobre suas costas, e estou tão feliz em vê-la, tão, tão feliz que tenho medo de que minhas emoções extravasem e corram pelo chão, então respiro fundo algumas vezes.

– Estou tão feliz em ver você.

Mari está parada ao lado da minha mãe, Simon está atrás delas, e Leo está se esforçando para parecer ocupado.

E bem ali, como se eu o tivesse conjurado, está Javier. Está plantado bem no meio da sala de estar da minha mãe, parecendo elegante e europeu em sua camisa clara em tom de lavanda e listras roxas mais escuras, com calças sob medida e sapatos sofisticados. Mesmo a essa distância consigo sentir seu perfume e percebo que ele parece englobar todas as coisas boas que já existiram no mundo.

– *Hola, gatita* – cumprimenta-me, com um sorriso.

Fico me alternando entre olhar para cada um deles.

– Não estou entendendo nada. O que...

– Querida – interrompe minha mãe –, isso é uma intervenção.

Sarah ainda está me abraçando com força, e eu retribuo o aperto.

– Intervenção? Mas eu...

– A mamãe estava preocupada com você. Ela nos pediu para vir – declarou Mari.

– Por quê? Eu estou ótima.

Simon meneia a cabeça. Fico surpresa com o gesto, e digo:

– Eu estava surfando, só isso.

– É uma intervenção de amor – declara Mari.

– Amor?

A lava de emoções da qual venho me protegendo, aquela que mantenho cuidadosamente contida, começa a borbulhar.

– Isso – responde Mari, e dá um passo à frente, juntando-se à filha e me envolvendo em um abraço. O cheiro de seu cabelo me invade, me deixa inebriada, e logo é a vez de Simon entrar no abraço, depois minha mãe, e então Javier. Até Leo se aproxima, embora eu ache que ele esteja meio constrangido. – Nós queríamos que você soubesse – começa minha irmã – que não está mais sozinha.

– Não entendi o que você quer dizer com isso. Eu estou...

– Nós abandonamos você – minha mãe diz. – Todos nós, de uma forma ou de outra. Eu, Josie, Dylan e seu pai.

– Eu não – rebate Sarah, e me abraça ainda mais apertado.

– Nem eu – diz Javier, com sua voz grave.

É a vez de Simon falar:

– Você não está mais sozinha. Todos nós somos sua família, e você pode contar com a gente.

– E comigo – avisa Sarah.

E é impossível conter o fluxo de lava. Assim como o Monte Vesúvio, eu entro em erupção. Todas as lágrimas que nunca verti, toda a dor que nunca demonstrei, toda a raiva e a tristeza jorram por mim, até que estou soluçando como uma criancinha, aos prantos, enquanto as mãos deles me acariciam e afagam minha cabeça, enquanto os braços me envolvem com força e suas vozes sussurram: "Isso, pode chorar. Nós estamos aqui".

Eu passei tanto, tanto tempo sozinha.

Nós estamos aqui.

Quando, enfim, paro de chorar, depois de o pobre Leo escapar para a praia, e minha mãe me levar para tomar um banho e lavar meu rosto lacrimoso, todos nós nos sentamos para tomar café da manhã. A mesa só tem cadeira para duas pessoas, então nos acomodamos no sofá e apoiamos as panquecas nos joelhos. Minha irmã se senta ao meu lado.

– Isso tudo é cem por cento a sua cara – comento. – Foi você quem planejou, não foi?

– É claro. – Ela sorri para mim. – Não foi tão bom quanto o bolo de sereia, mas também não foi nada mau.

Sinto um nó na garganta.

– Isto é muito melhor que o bolo.

– Preciso dizer que tinha pelo menos dois potes enormes de granulado naquele bolo.

Dou risada.

– É verdade. – Olho para ela. – Ainda assim. Isto é melhor.

– Fico feliz em saber.

Simon se junta a nós.

– A Mari contou que desvendou o grande mistério do assassinato de Veronica Parker?

— Não! Quem foi?

Ela solta um suspiro profundo.

— Infelizmente, foi o George mesmo. Ele descobriu que ela estava tendo um caso com o marceneiro e a atacou. Provavelmente não tinha a intenção de fazer o que fez, mas foi ele.

— Como você descobriu?

— Os diários de Helen — responde Simon. — Eles estavam enfiados no meio de uns mil quilos de revistas, mas ela claramente não conseguia se livrar deles.

— Ela também era apaixonada por George — continua Josie —, e foi ela quem contou sobre o caso da irmã para ele, talvez esperando que ele viesse atrás dela em busca de consolo. Mas, em vez de fazer isso, George matou Veronica, e Helen o acobertou.

— Essa é uma história muito triste.

— Isso explica por que ela passou a vida morando só naqueles pequenos aposentos da casa.

Assinto com a cabeça. Javier está do outro lado do cômodo, prestando atenção ao que minha mãe diz. Como se sentisse meu olhar, porém, ele se vira na minha direção. Ele aponta a porta com a cabeça, e eu aceno.

— Já volto.

Descemos as escadas em silêncio, e então ele para.

— Preciso tirar os sapatos para poder caminhar direito pela praia.

Espero enquanto ele tira os sapatos caríssimos e suas meias, depois enrola a barra da calça. Seus pés descalços, brancos e fortes, me fazem pensar na piscina com hidromassagem em Auckland, no dia em que ele desceu descalço ao meu quarto e eu estava de saída.

Engulo em seco.

Andamos até a beira do mar, e ele segura a minha mão.

— Tudo bem?

Concordo com um gesto de cabeça, sentindo-me subitamente tímida. Envergonhada por não ter respondido a muitos de seus e-mails e, para ser sincera, por ter sido meio indiferente com ele.

– Obrigada por ter vindo – digo educadamente.

– Pffft – responde ele. – Eu estava pronto para entrar em um avião no dia seguinte, mas parecia que você precisava de um tempo.

– Nós não nos conhecemos há muito tempo.

– Isso é verdade – concorda ele. O cabelo se arrepia com a brisa, soprando para longe daquele rosto extraordinário.

– Parece precipitado demais.

Ele baixa o olhar para me fitar.

– O amor é precipitado.

– Isso é amor?

– Sim, *mi sirenita*. – Ele envolve meu rosto entre as mãos. – Com certeza é amor. Para mim é, sem sombra de dúvida.

Olho para ele, o rosto apoiado naquelas mãos enormes, confiando nele.

– Estou com tanto medo.

– Eu sei. Mas você não está sozinha. Prometo.

Ele me beija com muita delicadeza.

– O que significa *mi sirenita*?

– Minha pequena sereia – responde ele, sorrindo.

– E *gatita*?

– Gatinha. *Kitten* – diz, como se fosse óbvio.

Os meus fantasmas não rondam mais pela praia, mas sinto Dylan ali, rindo com suavidade.

– Era assim que Dylan me chamava.

– Humm… Agora é assim que eu te chamo.

Ele me beija, e eu retribuo, e tenho um milhão de perguntas, mas vai ser muito mais fácil responder a elas se eu não tiver de fazer isso sozinha.

– Eu senti tanta saudade de você – sussurro.

– Eu sei. Porque somos almas gêmeas, você e eu.

– *Alma gemela* – digo. – É possível ter mais de uma?

– Claro! Meu amigo que se matou era uma das minhas. Sua irmã também é uma das suas, assim como a sua sobrinha.

Ele dá risada.

– É, a Sarah realmente é uma das minhas.

Ele assente com a cabeça, enfia uma mecha de cabelo atrás da minha orelha.

– Vamos dar uma volta.

E é isso que fazemos.

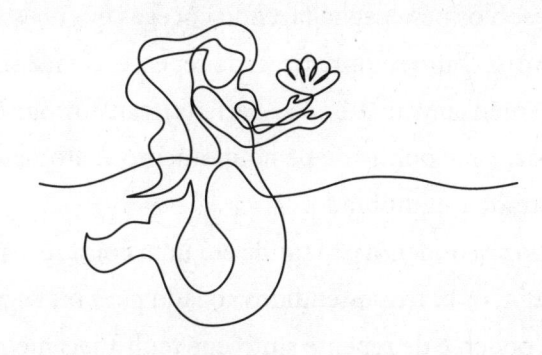

Epílogo

Kit

No começo da madrugada, Josie e eu vamos até a enseada e carregamos nossas pranchas de surfe pela falésia. Estamos vestindo trajes de mergulho grossos para nos proteger da água fria. O clima está um pouco tempestuoso, e o vento cria ondas acentuadas. Não falamos nada. Só ficamos ali, na areia dura onde um dia costumávamos dormir em uma barraca, e assar *marshmallows* e olhar para as estrelas, vendo as ondas rolarem em nossa direção, uma depois da outra, indefinidamente, um movimento que elas vão repetir até o fim dos tempos.

Ela olha para mim.

– Pronta?

Assinto com a cabeça. Contornamos as rochas e seguimos mar adentro. Há muitos outros surfistas por ali, ávidos por surfar, mas isso não faz diferença. Cada surfista e cada onda são uma combinação única. Estamos todos ali pelo mesmo motivo: amor.

Minha irmã e eu nos entregamos ao momento, sentindo o sal nos lábios, a prancha sob os pés, a água fazendo cócegas em nossos dedos. Sigo seus cabelos louros como sempre fiz, e, de repente, ela faz sinal para que eu vá na frente, então eu vou. A onda é perfeita, transformando-se em uma curva poderosa, e me ponho de pé no momento exato, sentindo todo o meu corpo centrado e equilibrado.

O tempo se condensa e se funde em uma coisa só, e posso sentir Dylan atrás de mim, os braços estendidos ao lado para me segurar se eu cair. Ele ri do meu poder, e de repente sinto que tenho seis metros de altura.

Eu estou viva. Eu sou humana. Eu sou amada.

Atrás de mim, minha irmã solta um gritinho empolgado. Olho para trás, aceno com a mão e grito de volta.

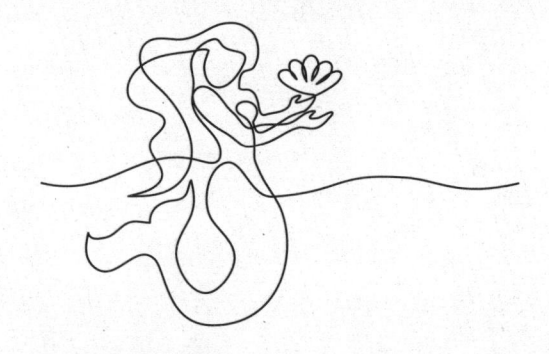

Agradecimentos

Se é preciso uma aldeia para criar um filho, é preciso um exército para trazer um livro ao mundo. Sou extremamente grata a toda a minha equipe na Lake Union: as editoras Alicia Clancy e Tiffany Yates Martins, que ajudaram a tornar o meu trabalho mais brilhante; Gabriella Dumpit e toda a equipe de marketing, que fazem um trabalho esplêndido nos bastidores; e, é claro, Danielle Marshall, cuja visão guia todos nós. Um muito obrigada à minha agente guerreira, Meg Ruley, por todas as coisas que ela vive fazendo.

Agradeço aos meus leitores beta, que me ajudaram a procurar os erros: Yvonne Lindsey, nativa de Auckland, uma grande escritora e uma amiga gentil; Anne Pinder, pela ajuda com Madri e as peculiaridades dos falantes de espanhol; Jill Barnett, por sua leitura perspicaz, pelas sugestões e pelo conhecimento sobre a Califórnia, o terremoto Loma Prieta e surfe. Quaisquer erros remanescentes são inteiramente minha culpa.

E, acima de tudo, agradeço aos meus leitores, a todos vocês. Amo cada segundo de nosso companheirismo.